中國語言文字研究輯刊

十七編

許學仁 主編

第 **16** 冊

白語漢源詞之層次分析研究
（第二冊）

周晏菱 著

花木蘭文化事業有限公司

國家圖書館出版品預行編目資料

白語漢源詞之層次分析研究（第二冊）／周晏篠 著 — 初版
— 新北市：花木蘭文化事業有限公司，2019〔民 108〕
目 14+238 面；21×29.7 公分
（中國語言文字研究輯刊 十七編；第 16 冊）
ISBN 978-986-485-936-8（精裝）
1. 白語 2. 詞源學 3. 語言學
802.08   108011984

ISBN-978-986-485-936-8

9 789864 859368

中國語言文字研究輯刊
十七編   第十六冊   ISBN：978-986-485-936-8

白語漢源詞之層次分析研究（第二冊）

作　　者　周晏篠
主　　編　許學仁
總 編 輯　杜潔祥
副總編輯　楊嘉樂
編　　輯　許郁翎、王　筑、張雅淋　美術編輯　陳逸婷
出　　版　花木蘭文化事業有限公司
發 行 人　高小娟
聯絡地址　235 新北市中和區中安街七二號十三樓
　　　　　電話：02-2923-1455／傳真：02-2923-1452
網　　址　http://www.huamulan.tw 信箱 hml 810518@gmail.com
印　　刷　普羅文化出版廣告事業
初　　版　2019 年 9 月
全書字數　699755 字
定　　價　十七編 18 冊（精裝）　台幣 56,000 元　　版權所有 · 請勿翻印

白語漢源詞之層次分析研究
（第二冊）

周晏菱 著

第一冊

白語調查語區地理位置分布圖概況

第一章 緒 論 …………………………………………1

第一節 研究動機與目的 …………………………4

壹、選題的核心價值 …………………………4

貳、懸而未解的疑慮 …………………………5

參、研究的重要意義 …………………………9

第二節 文獻回顧與探討 …………………………10

壹、原始白語歷史比較研究 …………………10

貳、白語系屬定位各家之說 …………………13

參、白語音節結構綜合探究 …………………16

肆、前人研究再檢討與啓發 …………………19

第三節 研究方法與語料來源 ……………………22

壹、研究方法 …………………………………22

貳、語料來源 …………………………………27

一、語料搜集 ……………………………27

二、語料地域 ……………………………28

三、層次分析所需之對應材料取向 ……31

參、研究步驟 …………………………………32

第四節 理論基礎與反思修正 ……………………37

第五節 論文章節安排 ……………………………42

第二章 白族與白語：史地分析及音韻概述 ………45

第一節 白族歷史發展與白語起源 ………………45

壹、地理位置概況 ……………………………46

貳、歷史發展源流 ……………………………48

第二節 白語聲母演變及結構特徵 ………………57

壹、聲母演變 …………………………………58

貳、結構特徵 …………………………………73

第三節 白語韻母類型及聲韻調音位系統之配合 ……88

壹、單元音韻母搭配現象 ……………………89

貳、複合元音韻母搭配現象 …………………100

第四節 白語音韻結構分析與語區音韻系統說明 ……104

壹、音韻結構分析 ……………………………104

貳、語區音韻結構 ……………………………111

第五節 白語共時音變現象分析 …………………116

目次

壹、語流音變 ………………………………………… 116
貳、白語詞彙語素的認知機制 ……………………… 124
第六節　小結 ………………………………………… 133

第二冊

第三章　白語聲母層次分析及演變（上） ………… 143
第一節　白語詞源屬性解析 ………………………… 144
壹、詞源定義：疊置現象下的混血詞源 ………… 144
貳、詞源借源的時空特徵 ………………………… 162
第二節　白語語音系統的層次變遷歷程 …………… 168
第三節　白語聲母特徵解析 ………………………… 174
第四節　白語聲母層次因接觸內化的演變機制 …… 179
第五節　白語古塞音和塞擦音聲母的變化條例 …… 188
壹、白語全濁聲母類型 …………………………… 189
貳、白語語音系統對清化原理的運用 …………… 191
參、白語語音對送氣與否的實際反應 …………… 193
肆、白語古全濁三聲母「船禪邪」之擦音清化
現象 ………………………………………… 196
伍、白語古塞音和塞擦音的共時演變及其特殊
語音現象 …………………………………… 197
陸、白語分音詞：體現複輔音聲母的遺留 ……… 201
柒、白語全濁聲母的語音對應概況 ……………… 203
第六節　白語滯古鼻輔音與唇舌複輔音現象探討 … 205
第七節　白語滯古層之擦音送氣演變現象 ………… 207
第八節　小結 ………………………………………… 216

第四章　白語聲母層次分析及演變（下） ………… 219
第一節　白語滯古小舌音層次對應及分合演變 …… 220
壹、溯源小舌音起源脈絡 ………………………… 220
貳、滯古層小舌音讀分布的語言環境 …………… 223
參、原始白語小舌音聲母的演變及其音變對應
關係 ………………………………………… 241
肆、白語小舌音組與中古漢語見組、影組之對應
關係 ………………………………………… 243
第二節　白語舌根見系音讀的層次演變現象 ……… 247
壹、見系聲源的歷史源流 ………………………… 248
貳、見系顎化作用的音質分析 …………………… 256
參、白語見系[tɕ]和[tʂ]的塞擦音顎化 ………… 258

　　　肆、白語見系聲母問題釐清與相關語音層次演變
　　　　　規則 ……………………………………………260
　　　伍、見系顎化與文白異讀、見系顎化與端系和
　　　　　章系之溯源 ………………………………………263
　第三節　白語幫非系的層次演變現象 ………………265
　　　壹、白語幫非系演變溯源 ………………………………266
　　　貳、重唇鼻音明母語音發展 ……………………………277
　第四節　白語活躍齒音化之清濁唇齒音[f]和[v]與
　　　　　半元音 ……………………………………………280
　第五節　白語零聲母影疑喻母和喉音曉匣母的語音
　　　　　演變 ……………………………………………287
　　　壹、白語零聲母的「去零化」概念 ……………………288
　　　貳、零聲母「影疑喻」三母的語音演變層次 ……292
　　　　　一、「影疑喻」三母的語音綜合概況 ………294
　　　　　二、「影」母語音歷史演變概況 ………………295
　　　　　三、「喻」母語音歷史演變概況 ………………296
　　　　　四、「疑」母語音歷史演變概況 ………………299
　　　參、喉音「曉匣」二母的語音演變層次 ………301
　第六節　白語端系泥來母之聲源分合與日母鼻音之
　　　　　關連 ……………………………………………307
　　　壹、端系「泥來」母語音溯源 …………………………307
　　　貳、「日母」語音演變概況 ……………………………314
　第七節　白語舌齒音的歷史層次及其演變溯源 ………316
　　　壹、白語舌齒音的格局及其語音演變狀況 ………319
　　　貳、白語知精章莊系的語音合流及演變層次 ……326
　　　參、白語舌齒音讀主體和非主體語音層概況 ……333
　　　肆、白語舌齒音內的特殊擦音游離現象 ………337
　第八節　白語聲母主體層與非主體層語音現象及音值
　　　　　擬測 ……………………………………………341
　　　壹、白語聲母主體層次和非主體層次音讀歸類 …342
　　　　　一、主體層次 ………………………………343
　　　　　二、非主體層次 ………………………………366
　　　貳、早期白語聲母擬測概況 ……………………………374
　第九節　小結 ………………………………………379

第三冊
第五章　白語韻母層次分析及演變 ……………………381
　第一節　從「韻略易通」、「重某韻」論白語六大元音
　　　　　系統 ……………………………………………382

第二節　白語元明清民家語時期西南官話韻母演變
　　　　分析 …………………………………………386
　　壹、重某韻系統之白語韻母演變 ………………386
　　貳、白語族詩人用韻分合概況 …………………394
第三節　白語韻讀層次的語音演變：陰聲韻攝………398
　　壹、陰聲韻之語音鏈變：果假攝、遇攝、蟹攝、
　　　　流攝和效攝 ………………………………398
　　　　一、果假攝的歷史層次 …………………400
　　　　二、遇攝的歷史層次 ……………………410
　　　　　　（一）遇攝與果假攝之語音格局………415
　　　　　　（二）遇攝「模韻合口一等」的語音
　　　　　　　　　演變 …………………………416
　　　　　　（三）遇攝「魚虞韻三等相混」的語音
　　　　　　　　　演變 …………………………419
　　　　三、蟹攝的歷史層次 ……………………425
　　　　四、流攝的歷史層次 ……………………435
　　　　五、效攝的歷史層次 ……………………446
　　貳、陰聲韻特殊語音現象：非鼻音韻之鼻化作用457
第四節　白語韻讀層次的語音演變：陽聲韻攝………460
　　壹、陽聲韻尾併合：深攝、臻攝、梗曾攝、咸山
　　　　攝、通攝和宕江攝 ………………………460
　　　　一、單元音韻母高化路線 ………………463
　　　　　　（一）深攝的歷史層次 ………………463
　　　　　　（二）臻攝的歷史層次 ………………467
　　　　　　（三）梗曾攝的歷史層次 ……………472
　　　　二、韻尾省併之重某韻路線 ……………483
　　　　　　（一）咸攝、山攝的歷史層次 ………483
　　　　　　　　1. 咸攝韻讀演變概況 …………483
　　　　　　　　2. 山攝韻讀演變概況 …………489
　　　　　　　　3. 咸山攝語音層次演變情形……500
　　　　　　（二）通攝的歷史層次 ………………504
　　　　　　（三）宕江攝的歷史層次 ……………509
第五節　白語止攝的層次發展及小稱 Z 變韻………517
　　壹、止攝的歷史層次 ……………………………518
　　貳、止攝[i]音值特殊語音變化 …………………525
第六節　韻讀層次特殊變化之鼻化延伸的陰陽對轉論
　　　　………………………………………………532
第七節　小結 ………………………………………539

第六章　白語聲調層次之裂動對應 ·······················543

第一節　白語漢源詞的聲調系統 ·······················545

　　　壹、已確認之白語漢源詞聲調 ·······················546

　　　貳、白語漢源詞之聲調特點 ·······················553

　　　參、界定白語漢源詞聲調調位系統 ·······················556

　　　　　一、平聲之陰平調位（T1）······················558

　　　　　二、平聲之陽平調位（T2）······················560

　　　　　三、上聲調位（T3）·······················561

　　　　　四、去聲調位（T4）·······················562

　　　　　五、入聲調位（T5、T6）······················563

　　　肆、白語聲調之語流音變 ·······················565

　　　　　一、自由連讀變調 ·······················566

　　　　　二、條件連讀變調 ·······················570

　　　　　三、變調構詞與價 ·······················586

第二節　白語漢源詞聲調層次分析及其解釋 ··········592

　　　壹、白語聲調類型歸派 ·······················593

　　　貳、方言點聲調基值還原與調值鬆緊 ··········597

　　　　　一、方言點調值還原 ·······················598

　　　　　二、元音鬆緊與調值鬆緊 ·······················599

　　　參、白語聲調層次之產生與分化 ··············602

　　　　　一、確立滯古語音層 ·······················603

　　　　　二、聲調之借用和被借的關聯 ··············605

　　　肆、弱化機制下的白語聲調：擦音送氣與滯古調

　　　　　值層 ·······················607

　　　　　一、白語滯古調值層：聲調的分化起源與接觸 ·607

　　　　　二、聲調形成機制：擦音來源 ··············609

第三節　白語滯古調值層確立：擦音送氣 ··········614

第四節　白語調值的變相分韻：鬆緊元音 ··········617

第五節　白語聲調主體與非主體的歷史層次 ·········621

　　　壹、白語聲調主體層次：滯古調值層 ··········623

　　　　　一、平聲主體層次為：55 ·······················624

　　　　　二、上聲主體層次為：33 ·······················628

　　　　　三、去聲主體層次為：31 ·······················630

　　　貳、中介過渡調值層 ·······················632

　　　　　一、緊元音調值：44·······················632

　　　　　二、緊元音調值：42 ·······················635

　　　　　三、緊元音調值：21 ·······················636

　　　參、白語聲調非主體層次：漢語借詞新興調值···638

　　　　　一、漢語借詞新興調值：35 ·······················638

　　　　二、漢語借詞新興調值：32 ⋯⋯⋯⋯⋯⋯ 639
　　第六節　小結 ⋯⋯⋯⋯⋯⋯⋯⋯⋯⋯⋯⋯ 641

第四冊

第七章　結　論 ⋯⋯⋯⋯⋯⋯⋯⋯⋯⋯⋯⋯ 643
　壹、研究成果 ⋯⋯⋯⋯⋯⋯⋯⋯⋯⋯⋯⋯ 643
　貳、研究侷限 ⋯⋯⋯⋯⋯⋯⋯⋯⋯⋯⋯⋯ 659
　參、研究展望 ⋯⋯⋯⋯⋯⋯⋯⋯⋯⋯⋯⋯ 661

參考書目 ⋯⋯⋯⋯⋯⋯⋯⋯⋯⋯⋯⋯⋯⋯ 665
附錄：白語漢源詞語源材料 ⋯⋯⋯⋯⋯⋯ 679
　附錄一：白語詞例語音──語義對照表 ⋯⋯⋯ 681
　續附錄一：白語語音系統之滯古小舌音詞彙 ⋯⋯ 716
　附錄二：白語漢源詞歷史層次分析表 ⋯⋯⋯⋯ 723

附表目次
　表 1-4　　白語歷史層次分層與白語族歷史時期對應
　　　　　　表 ⋯⋯⋯⋯⋯⋯⋯⋯⋯⋯⋯⋯⋯ 40
　表 2-1　　中國歷史年代對應白族歷史起源源流表 ⋯⋯ 49
　表 2-2-1　中古《切韻》暨元明（清）以降之西南官
　　　　　　話語區聲母與今白語昆明/大理語區之聲
　　　　　　母對應表 ⋯⋯⋯⋯⋯⋯⋯⋯⋯⋯⋯ 60
　表 2-2-2　白語整體聲母系統拼音對照分析表 ⋯⋯⋯ 65
　表 2-2-3　濁音清化過程語音對應狀況 ⋯⋯⋯⋯⋯ 67
　表 2-2-4　小舌音及雙唇顫音與軟顎舌根音之語音
　　　　　　對應合流現象 ⋯⋯⋯⋯⋯⋯⋯⋯⋯ 82
　表 2-2-5　白語內部發音部位相同之聲母對應現象：
　　　　　　舌尖後塞音 ⋯⋯⋯⋯⋯⋯⋯⋯⋯⋯ 84
　表 2-2-6　白語內部發音部位相異之聲母對應現象
　　　　　　（一）：舌尖音相對 ⋯⋯⋯⋯⋯⋯ 85
　表 2-2-7　白語內部發音部位相異之聲母對應現象
　　　　　　（二）：舌面擦音相對 ⋯⋯⋯⋯⋯ 86
　表 2-2-8　白語內部發音部位相異之聲母對應現象
　　　　　　（三）：舌根音對應 ⋯⋯⋯⋯⋯⋯ 87
　表 2-2-9　白語內部發音部位相異之聲母對應現象
　　　　　　（四）：舌面音對應 ⋯⋯⋯⋯⋯⋯ 87
　表 2-3-1　白語聲母系統與單元音韻母音位系統配合
　　　　　　表 ⋯⋯⋯⋯⋯⋯⋯⋯⋯⋯⋯⋯⋯ 90
　表 2-3-2　白語聲母發音部位與四呼搭配 ⋯⋯⋯⋯ 91

表 2-3-3　白語單元音相應之鼻化單元音韻母………92

表 2-3-4　白語單元音相應之緊喉元音韻母………93

表 2-3-5　白語單元音及其音位變體搭配原則分析表·94

表 2-3-6　白語音位系統內的「近音」音值屬性……96

表 2-3-7　濁唇齒擦音[v]的語音相關對應………99

表 2-3-8　韻母撮口音[y]的語音相關對應………100

表 2-3-9　白語聲母系統和非鼻化複合韻母音位系統
　　　　　配合表………101

表 2-3-10　白語聲母系統和鼻化複合韻母音位系統
　　　　　　配合表………102

表 2-4-1　白語音韻結構分析表………105

表 2-4-2　白語音節結構條例………106

表 2-5　　白語複合合璧詞之語素來源和組合類型
　　　　　語例………126

表 2-6　　白語對漢語官話和西南官話語音條例的
　　　　　接觸融合概況檢視………134

表 3-4-1　白語古今聲母演變及分合條件（一）……181

表 3-4-2　白語古今聲母演變及分合條件（二）……181

表 3-4-3　白語古今聲母演變及分合條件（三）……182

表 3-4-4　白語古今聲母演變及分合條件（四）……183

表 3-4-5　白語古今聲母演變及分合條件（五）……184

表 3-5-1　白語塞音共時分布表………191

表 3-5-2　白語聲母之清濁區辨對應………204

表 3-6　　白語單鼻輔音類型………206

表 3-7-1　白語送氣擦音分布概況………208

表 3-7-2　白語送氣擦音的演變對應………216

表 4-1-1　詞例「舌頭」和「小舌」音讀分布概況…221

續表 4-1-1 詞例「舌頭」和「小舌」音讀分布概況…221

表 4-1-2　白語小舌音組[q]/[ʁ]/[ɢ]和舌根音[k]的
　　　　　區別特徵………225

表 4-1-3　白語北部方言區（碧江／蘭坪）兼中部
　　　　　過渡語區之小舌音詞例整理概況………226

表 4-1-4　[q]－[k]/[ɡ]－[ʔ]之白語方言分區對應表··234

表 4-1-5　詞例「空」、「彎（曲）」、「富（媼/愛）」
　　　　　語音對應形式………234

表 4-1-6　小舌音送氣與不送氣對應漢語借詞例舉例236

表 4-1-7　白語小舌音音節結構組合條例………239

表 4-1-8　白語軟顎舌根音之特殊語變例舉例………245

表 4-1-9 「蛇」及「虵」字漢語音讀對應…………245

表 4-1-10 白語小舌音組與中古漢語音系對應表……246

表 4-1-11 白語舌根音組與中古漢語音系對應表……246

表 4-1-12 白語喉音（含小舌及舌根）組與中古漢語
音系對應表…………………………246

表 4-2-1 白語見系「見溪群」三母讀音對應………249

表 4-2-2 白語見系「非三等」詞之聲母讀音概況及
其時代層次…………………………252

表 4-2-3 白語見系「三等」詞之聲母讀音概況及其
時代層次…………………………253

表 4-2-4 白語見系未顎化之漢語音讀來源歸納分析 262

表 4-3-1 白語幫非系字之讀音類型概況 …………266

表 4-3-2 白語語音系統幫非系歸屬[p]/[p′]<[pf]/[pf′]
聲母概況 …………………………269

表 4-4-1 唇齒音[v]在白語語音系統內的層次演變 …283

表 4-4-2 唇齒擦音[v]做聲母的搭配詞條範例 ………285

表 4-4-3 唇齒擦音[v]做元音及零聲母單元音的
搭配詞條範例…………………………285

表 4-5-1 白語非零聲母字去零化詞例 …………290

表 4-5-2 白語影、疑、喻母讀音對照 …………292

表 4-5-3 白語曉匣母讀音對應 …………………301

表 4-6-1 白語來泥母字混讀對應 ………………309

表 4-6-2 白語「端系來母」之語音現象詞例列舉…311

表 4-6-3 白語古泥來母今讀類型的歷史層次………313

表 4-6-4 白語日母字之讀音 …………………314

表 4-7-1 白語端知系讀音之聲母讀音概況…………320

表 4-7-2 白語精系讀音之聲母讀音概況 …………322

表 4-7-3 白語莊系讀音之聲母讀音概況 …………324

表 4-7-4 白語章系讀音之聲母讀音概況 …………324

表 4-7-5 白語古知莊章精系語音演變形式兼論與
見系之合流演變形式 …………………335

表 4-8-1 白語幫系聲母主體層語音概況 …………344

表 4-8-2 白語非系聲母主體層語音概況 …………347

表 4-8-3 白語端系聲母主體層語音概況 …………349

表 4-8-4 白語精系主體層次語音概況 …………352

表 4-8-5 白語知系主體層次語音概況 …………355

表 4-8-6 白語莊系主體層次語音概況 …………356

表 4-8-7 白語章系主體層次語音概況 …………357

表 4-8-8　白語見系主體層次語音概況 ……………360

表 4-8-9　白語見系主體層次內之非主體層次語音
　　　　　概況 ………………………………………362

表 4-8-10　白語喉音「曉匣」主體層次語音概況 ……363

表 4-8-11　白語喉音「影母」和「喻母」主體層次
　　　　　語音概況 …………………………………364

表 4-8-12　白語日母主體層次語音概況 ……………365

表 4-8-13　白語非主體層次的語音概況：現代官話層
　　　　　……………………………………………367

表 4-8-14　白語非主體層次的語音概況：滯古彝語層 368

表 4-8-15　白語非主體層次的語音概況：滯古本源
　　　　　詞層 ………………………………………370

表 4-8-16　早期白語聲母系統構擬 …………………375

表 5-2-1　本悟《韻略》重韻歸併後的韻部 …………388

表 5-2-2　西南官話韻部演變發展關係表 ……………391

表 5-2-3　白語族唐至元代的用韻分合概況：兼與
　　　　　《廣韻》及《中原音韻》相較 …………395

表 5-2-4　白語族明清時期用韻分合概況：兼與
　　　　　《韻略易通》相較 ………………………396

表 5-3-1　白語果假攝韻讀語例 ………………………401

表 5-3-2　白語果假攝特殊字例韻讀概況（一）：果攝
　　　　　開合口 ……………………………………405

表 5-3-3　白語果假攝特殊字例韻讀概況（二）：假攝
　　　　　開合口 ……………………………………405

表 5-3-4　白語假攝二、三等語音演化過程 …………407

表 5-3-5　白語遇攝韻讀語例 …………………………411

表 5-3-6　白語模韻鈍音聲母字例音讀分析 …………416

表 5-3-7　白語模韻銳音聲母字例音讀分析 …………417

表 5-3-8　白語模韻明母字例音讀分析 ………………418

表 5-3-9　白語魚虞韻特殊字例韻讀概況 ……………421

表 5-3-10　魚虞有別之特例現象概況 ………………423

表 5-3-11　白語蟹攝韻讀語例 ………………………426

表 5-3-12　白語蟹攝一二等韻詞例韻讀概況 ………431

表 5-3-13　白語蟹攝三四等韻詞例韻讀概況 ………433

表 5-3-14　白語蟹攝與止攝合流之詞例列舉 ………434

表 5-3-15　白語蟹攝與效攝合流之詞例列舉 ………435

表 5-3-16　白語流攝韻讀語例 ………………………436

表 5-3-17　白語流攝讀音韻母分布概況（一）：開口
　　　　　一等 ……………………………………………438

表 5-3-18　白語流攝讀音韻母分布概況（二）：開口
　　　　　三等 ……………………………………………439

表 5-3-19　流攝特殊字例韻讀 …………………………441

表 5-3-20　上古諧聲時代至近代初期流攝各韻演變
　　　　　關係 ……………………………………………441

表 5-3-21　白語效攝韻讀語例 …………………………446

表 5-3-22　白語效攝特殊字例韻讀概況（一）：一二等
　　　　　……………………………………………………450

表 5-3-23　白語效攝特殊字例韻讀概況（二）：三四等
　　　　　……………………………………………………451

表 5-3-24　白語效攝四等韻讀對應概況 ………………453

表 5-4-1　白語深攝韻讀語例 …………………………464

表 5-4-2　白語深攝特殊字例韻讀概況 ………………465

表 5-4-3　白語臻攝韻讀語例 …………………………467

表 5-4-4　白語臻攝特殊字例韻讀概況 ………………469

表 5-4-5　白語梗曾攝韻讀語例 ………………………473

表 5-4-6　白語曾攝開口一三等特殊字例韻讀概況 …476

表 5-4-7　白語梗攝開口二三等特殊字例韻讀概況 …479

表 5-4-8　白語梗攝開口四等特殊字例韻讀概況 ……480

表 5-4-9　白語梗曾攝之人辰韻特殊字例韻讀概況 …482

表 5-4-10　白語咸攝韻讀語例 …………………………484

表 5-4-11　白語咸攝特殊字例韻讀概況（一）：開口
　　　　　一二等 …………………………………………487

表 5-4-12　白語咸攝特殊字例韻讀概況（二）：開口
　　　　　三四等 …………………………………………488

表 5-4-13　白語山攝韻讀語例（一）：開口 …………490

表 5-4-14　白語山攝特殊字例韻讀概況：開口一二等 492

表 5-4-15　白語山攝特殊字例韻讀概況：開口三等 …494

表 5-4-16　白語山攝特殊字例韻讀概況：開口四等 …495

表 5-4-17　白語山攝韻讀語例（二）：合口 …………496

表 5-4-18　白語山攝特殊字例韻讀概況：合口一二等
　　　　　……………………………………………………499

表 5-4-19　白語山攝特殊字例韻讀概況：合口三四等
　　　　　……………………………………………………500

表 5-4-20　白語通攝韻讀語例 …………………………505

表 5-4-21　白語通攝特殊字例韻讀概況 ………………507

表 5-4-22　白語宕江兩攝韻讀語例 ……………………510

表 5-4-23　白語宕江攝特殊字例韻讀概況（一）……513

表 5-4-24　白語宕江攝特殊字例韻讀概況（二）……514

表 5-5-1　白語止攝韻讀語例 ……………………519

表 5-5-2　白語止攝特殊字例韻讀概況（一）：止攝
　　　　　開口三等 …………………………………522

表 5-5-3　白語止攝特殊字例韻讀概況（二）：止攝
　　　　　合口三等 …………………………………522

表 5-5-4　[-i-]音影響聲母舌尖前塞音顎化語例 ……527

表 5-5-5　[-i-]音影響聲母唇音顎化語例…………527

表 5-5-6　聲母唇化語例………………………………529

表 5-5-7　聲母受唇音介音而代換語例 ………………529

表 6-1-1　白語與西南官話聲調系統分類表…………547

表 6-1-2　白語聲調格局統計分析：陰平 …………548

表 6-1-3　白語聲調格局統計分析：陽平 …………548

表 6-1-4　白語聲調格局統計分析：上聲 …………549

表 6-1-5　白語聲調格局統計分析：去聲 …………549

表 6-1-6　白語聲調格局統計分析：入聲（包含陰入
　　　　　和陽入）…………………………………550

表 6-1-7　白語漢源詞聲調與古音對當關係…………552

表 6-1-8　白語天干地支詞之聲調現象 ……………554

續表 6-1-8 白語天干地支詞之聲調現象 ……………554

表 6-1-9　白語三方言分區之聲調系統調值對應統計
　　　　　歸納表 …………………………………556

表 6-1-10　白語陰平調值分布 ……………………559

表 6-1-11　白語陽平調值分布 ……………………560

表 6-1-12　陽平調值止調和起調調值現象 …………560

表 6-1-13　白語上聲調值分布 ……………………561

表 6-1-14　白語去聲調值分布 ……………………562

表 6-1-15　白語入聲調值分布（包含陰入及陽入）…563

表 6-1-16　白語漢源詞聲調系統重構界定 …………564

表 6-1-17　白語人稱代詞之變調現象 ………………581

表 6-1-18　白語指示代詞之變調現象 ………………582

表 6-1-19　白語疑問代詞之變調現象 ………………583

表 6-1-20　白語三方言分區之否定副詞標記…………585

表 6-2-1　白語聲調類型對應表 ……………………594

表 6-2-2　白語聲調類型分析概況 …………………596

表 6-2-3　白語方言區與西南官話分區對照…………604

表 6-2-4　白語聲調與漢語聲調對應概況 …………606
表 6-2-5　白語語音系統內的擦音現象 ……………611
表 6-3　　擦音送氣之白語滯古調值層：兼列舉不送
　　　　　氣同調值現象…………………………615
表 6-4-1　白語緊元音調值歸屬系列之相關語區調值
　　　　　對應 …………………………………619
表 6-4-2　白語鬆緊滯古調值層與漢語借詞混用現象
　　　　　…………………………………………620
表 6-5-1　白語本源詞併入漢源歸化詞暨借詞之調值
　　　　　[55]於整體白語聲調系統內的對應現象
　　　　　（一）………………………………624
表 6-5-2　漢語借詞及白語漢源歸化詞類別之調值
　　　　　[55]調值於白語聲調系統內的對應現象
　　　　　（二）………………………………626
表 6-5-3　白語本源詞調值[33]調值與漢語借詞調值
　　　　　[33]於整體白語聲調系統內的對應現象…628
表 6-5-4　白語本源詞調值[31]調值與漢語借詞調值
　　　　　[31]於整體白語聲調系統內的對應現象…631
表 6-5-5　漢語借詞調值[44]調值於白語聲調系統內
　　　　　的對應現象……………………………633
表 6-5-6　漢語借詞調值[42]調值於白語聲調系統內
　　　　　的對應現象……………………………635
表 6-5-7　漢語借詞調值[21]調值於白語聲調系統內
　　　　　的對應現象……………………………637
表 6-5-8　漢語借詞調值[35]調值於白語聲調系統內
　　　　　的對應現象……………………………639
表 6-5-9　漢語借詞調值[32]調值於白語聲調系統內
　　　　　的對應現象……………………………640
表 7-1-1　早期白語韻母系統 …………………………652
表 7-1-2　白語聲調值類系統與歷史來源對應………657

附圖目次

圖 1-2-1　白語族「方塊白文」發展現象 ……………12
圖 1-2-2　白語族之白族文字與漢語接觸演變階段……13
圖 2-1　　大理白族自治州地理區域分布圖 …………47
圖 2-3　　白語韻母元音舌位圖………………………93
圖 2-4　　白語音節語杠結構分析圖…………………109
圖 3-1-1　白語詞源屬性分類概況圖…………………146

圖 3-1-2　白語詞彙借源之接觸融合圖 ……………152

圖 3-5-1　雙唇塞音共時演變概況 …………………198

圖 3-5-2　舌尖塞音共時演變概況 …………………199

圖 3-5-3　軟顎舌根音共時演變概況 ………………199

圖 3-7-1　白語送氣唇齒擦音和軟顎舌根擦音（含小
　　　　　舌）之演化條例 …………………………211

圖 3-7-2　白語重唇音的擦音演化規律 ……………214

圖 3-7-3　白語齒齦擦音及其相關音位分化 ………214

圖 4-4　　濁唇齒擦音[v]在白語語音系統之演化
　　　　　流程 ………………………………………281

圖 4-5　　喻母音讀的演變流程概況 ………………298

圖 4-7-1　白語知精章莊系之語音演變路徑示意圖…329

圖 4-7-2　白語莊系等翹舌音讀形成路徑示意圖 …331

圖 5-3　　白語流攝[*ɯ]之語音演變概況 …………443

圖 6-1　　雙層語言和雙重語言現象關係圖 ………551

第三章　白語聲母層次分析及演變（上）

　　語音主流層次繼承與新變及非主流層次的特例演變，產生原因莫不與語言接觸、層次疊置與音變的鏈移併合有關，三者彼此間具有複雜的交互關聯性。由於白語聲母活躍複雜，因此，本文將分二章詳細論述白語聲母層次的演變現象。本章先針對歷來區辨未明的白語混血詞源進行分類定義，主要立論於「主層－借層（移借）－變層（演變）」的基礎上，進而辨析詞源所屬的層次。

　　白族內部的漢人經由分析可知，其來源主要二支系統：一支是從中原內陸遷徙而來的漢族人及其後裔；另一支是與當地土著在經濟或生活等各方面都已融合的漢族人及其後裔；由此細究其來源途徑主要是：一支是與當地土著在經濟生活等各方面都已融合的漢族及其後裔，因融合時代較早，言語內部大致並未產生顯著的白漢雙語制階段，僅有少量漢語借詞；另一支是後期從中原內陸遷徙而來的漢族及其後裔，此時的語言內部配合官方政治性考量，逐漸形成白漢雙語制現象，因此漢語借詞在數量上甚為豐富。

　　借源詞彙隨著時代演變批次進入白語系統，使得土著底層詞（除了早期的少量漢語借詞外，亦包含借自其他親族語言者）漸多，白族內部的漢人來源和語源都融合在一起而非獨立存在，形成白語特色的來源之一，疊置的族群來源也讓白語言呈現古今層疊之貌，使得本族語底層詞、早期與漢語接觸已融入本族語內的民族詞、借源不全的漢源歸化詞，及近現代漢語音直譯借詞等詞類，不僅活化白語詞彙系統，藉此也保留白語古今本音和變音的語音演變現象，由

此可知，漢語經由「借用」之名移植進入民族語方言內，此過程是透過「底層」層層積累、接觸競爭與干擾原底層而成。

因此，本章的討論順序除了將詞源屬性分層詳細界定外，針對歷史時代分層，在第一章談論的基礎上再次細說分明；從聲母古今演變的分合現象將白語例字歸類說明，最後從發音方法和發音部位二條路徑，展開歷史層次反應出的相關音變現象探討。本章的安排除了詞源討論和聲母分合條件定論外，亦先從白語聲母的發音方法展開討論，討論重點包括塞音和塞擦音的相關音理演變，對白語影響深遠，特別是聲調層次的分析部分，屬於白語滯古語音成分的「擦音送氣」現象，另外亦說明白語滯古鼻輔音語音特徵；第四章便從發音部位的演變配合制約鏈動，從「滯古小舌音讀－軟顎舌根音－唇音－喉音－舌齒音系列」的進程脈絡，詳盡分析白語聲母層次音變概況。

第一節　白語詞源屬性解析

壹、詞源定義：疊置現象下的混血詞源

隨著語言深度接觸形成的層層疊置現象，乃至於形成雙語混合的過程中，語言內部的關係詞架構即包含自／本源、同源及借／異源三個主要成分，更細部劃分，還有一種受到語言轉用現象影響，進而形成歸屬於自／本源範圍的底層源成分。這些語源類型不僅是語言關係的主要基石，任何有關語言關係的各項結論，都必需建構在這三源結構內，白語詞彙三源結構不僅建構在「主層－借層－變層」的層次基礎上，更屬於移借和演變層次的歷史層次範疇。〔註1〕

透過「主層－借層－變層」的詞源基礎觀察白語內部的語言現象，繫聯白語詞彙結構內，包含字本位及本為字本位，但受到漢語影響而形成詞本位的漢源同源與借源屬性，依據語音對應原則區辨源自於親族語成分的詞彙，並輔以語義對應和史地脈絡為之，進而為白語詞源詳細推究其層次屬性可知，主要包

〔註1〕 所謂「移借」根據李小凡〈論層次〉一文內的定義說明可知，「移借」主要指不同語言或方言彼此之間，因語言接觸過程所產生的層次現象，這種因語言接觸所產生的「移借」過程，與一般認知的語言內部自身演變所產生的「自主演變層次」相對應，兩者屬於不同類型的語音發展。李小凡：〈論層次〉，本文收錄於郭錫良和盧國堯主編：《中國語言學》第四輯內（北京：北京大學出版社，2010年），頁178～195。

含五層詞源層次：

（1）滯古底層語言層：本族語基本專有詞彙、部分未受漢語干擾的關係詞。

（2）上層語言層：受到語言接觸影響並融合異源而來。

（3）漢源歸化層：調合本族語音和借源語音而來，僅借部分並未全借改易。

（4）頂層語言層：因接觸語言強勢滲入，特別是官話權威方言影響。

（5）傍層語言：單純借用，對語言的影響不如強勢語言，多是上古時期或中古早期，主要以藏緬彝親族語之借源爲主。

詞源的上層語言層部分，又可視爲第二度疊置的借／異源詞，頂層語言層受官話權威方言亦包含現代漢語直音譯現象者，則屬於第三度疊置的借／異源詞。

由此可知，即便是隸屬本源詞的方言土語、無語義借用的純擬聲詞，甚或至今已不使用但仍留存於詞彙系統內，藉由各歷史時期爲了政教、政經而借入的官定詞彙、專有名詞等，在疊置作用下，多數也混入借源層的特徵，進而產生質量差異的語變；甚至具有同源屬性的同源詞方面，也有伴隨著語音、詞彙甚至語法系統的不同來源傾向的狀況，而此三維結構在語言接觸中的異源整合機制，使得白語內部詞源屬性界定混淆不清，更是形成白語系屬定位陷於各說各話現象的重要關鍵之一，也使得歷史分層的區分也混然未明。

透過分析白語相關語言材料發現，語音、詞彙及語法三維結構，在白語內部呈現出有機性和有序性的異源結構層次，其來源不僅僅是漢語，甚至是藏緬彝親族語或其他周圍親族語的異質成分，皆在白語詞源內部深入且全面性交錯分布，並表現在每一層次的各項要素內；因此，針對白語詞源的形成與發展歷程、分析語音演變的歷史層次現象，及透過詞源語音系統探討白語和漢語音演變史的前置工作等，皆必要先就歷來混淆釋義不清的詞源屬性及其分層，及歷史時代的分層詳細定論。

根據白語詞彙系統的歸納分析，筆者將白語的詞源依據廣義屬性分成自／本源（包含底層源）、同源、借／異源三類，再由此三類的廣義屬性，細分出各詞例語義和語音所表示的不同類別。詳細區分概況，如下圖 3-1-1 的歸納說明：

圖 3-1-1　白語詞源屬性分類概況圖

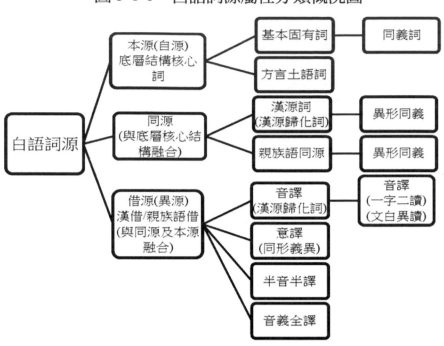

　　透過圖示的分層類型概況，接續將針對白語詞彙的定位釋義進行相關說解。任何事物皆有其核心根源，語言詞彙系統核心根源更加劃分細膩。本源即是自源，亦包含底層詞源，先不論語音系統是否在演化階段受到借入層的影響而改變，單純以詞彙定義而論，自／本源的細部類別屬於白語本族語和同族詞，主要將本／自源分成：基本固有詞及同族語區內各類方言詞二個細項，說明如下：

（1）固有詞：

　　所謂的固有詞，即屬於基本核心詞或關係詞。這類詞在語言發展過程中，主要用以表達本語共同概念或人事物之詞，包括單音節詞，單音節不足以表義時，進一步延伸而來的雙音節詞及不可分割釋義的聯綿詞，具備全民性、穩定性和派生力豐富三項特點。

（2）方言詞：

　　隨著日常生活日漸進步，為配合本語內各方言分支而產生，依據各地不同的自然環境、生活習俗、宗教風俗及社會生產等政經差異所創之詞，只在特定的方言分支區內使用，亦可視為是此區的基本核心詞。

　　針對白語自／本源詞部分，可歸納三點區辨原則：首先，基本固有核心關係詞的形成，以民族底層語、雙語現象和語言轉用為基礎，具有特定的歷史人

文背景；其次，底層語言中有音義相同或相近的詞；最後，表層語言中有詞形不同的同義詞系統；需特別說明的是，區辨原則內所論述的底層語言和表層語言概念，即屬於自／本源詞範疇內的底層源現象。

在語言關係的架構下，白語詞彙底層源結構所形成的底層詞，根據班弨所提出的觀念加以觀察〔註2〕，具有三點特徵：

（1）關於底層詞的形成背景：底層詞的形成是以民族底層、雙語現象和語言轉用為基礎，在此三點理論的背景之下，底層詞透過某些族群的人民由底層語言（即母語）帶到表層語言中的，而表層語言中原本可能已具備相關的表達模式。

（2）音義相同或相近的底層：底層語言中有音義相同或相近的詞。

（3）關於表層語言詞形特徵：表層語言中有詞形不同的同義詞系統。

綜上所論，底層詞最重要的結構特徵便是——「在表層語言中存在一套對應的同義詞系統」。然而，底層詞與同源詞不同之處，在於底層詞無法歸納出語音對應規律；而底層詞與借源詞不同之處，則是底層詞在表層中有詞形不同的同義詞存在而借源詞沒有，底層源的區辨原則，亦可做為區辨自／本源時的理論輔助，因此，自／本源亦可包融底層詞於範疇之內。

語言並非封閉系統，白語的自／本源發展，固然有其方言自身的語音系統特徵，相對而言，隨著與周圍民族的接觸交流，借入內化成為自源成分的情形在白語語音系統內甚為常見，如此形成第一度自／本源詞和借源詞的融合疊置，形成所謂的同源詞彙現象。

所謂「同源」，指不同事物但有共同的來源或出自同一源頭，特別著重「源頭相同」概念〔註3〕；而白語內部的同源概念還包括同族詞根的詞族現象。同源的廣狹二義概念，皆在白語詞彙內部獲得留存。狹義的同源概念，即專門指稱同源詞彙內，只包含吸收自漢語成分即與漢語相關，從漢語引進並沿用至今，甚至融入本源語底層結構形成固有詞的「漢源詞」，及白語與漢語接觸融入的過程中，吸收漢語形式但在語音表達上，卻以符合自身的語音發音規律呈現的狀況，這種實際源於漢語但卻與漢語斷絕連繫，以自身語音形式出

〔註2〕班弨：《論漢語中的台語底層》（北京：民族出版社，2006年），頁59～61。

〔註3〕駢宇騫和王鐵柱主編：《語言文字詞典》（北京：學苑出版社，1999年），頁541。

現的漢源形式，本文將其定義爲「漢源歸化詞」，此類詞與漢語借源形成區辨不明的灰色地帶，在語料歸類上應獨立視爲一類，也就是在接觸融合的過程中只演變一半，另一半還保有自身語言特質現象；本文研究依其定義歸入漢源類，而將其實際語音表現形式置於漢語借源類舉證，這是因爲本類詞彙具有白語特徵亦有漢語借詞語音現象所致。

　　反觀廣義的漢源即是同源，意指有親屬關係的不同語言中的詞彙，如果有相同語音對應規律的詞根（root）則構成同源概念，如此而論，廣義同源不僅是漢語亦有來自其他如藏緬語、彞語等親族語及其他語系、周圍親族語之源。

　　孟蓬生在其〈漢語同源詞芻議〉文中指出，「同源同出一源但非根源」，此論述早在 19 世紀的歷史語言學即通過「形態」和「基本詞彙的系統對應」確定其關係，同源詞的關係不可能是分別從語音、語義、語法和字形進行單純靜態分析，而是從發生學的角度加以動態分析，針對語音、語義、語法和字形綜合觀察，特別是音義間的派生規律。〔註4〕因此，針對同出一源但與本源的根源屬性仍有差異的同源，將其基本區辨原則定論爲：「語音上存在完整且成系統的對應關係，語義則相同或相似」，即具有發生學關係的語言詞彙。〔註5〕然而，以語義相同或相似的區辨原則，往往沒有嚴格標準且帶有主觀性，反觀在語音上完整且呈系統的對應關係，相對於「語義相似」而言，有較強的客觀性。

　　因此，本文在使用歷史比較法確定同源詞時，採用金理新所提出的論述，首先必需把那些語音相似，卻不存在語音對應的詞排除在同源詞範圍外，因爲這些有時候在語音上看起來完全不同的詞，卻可能具有語音對應關係，藉此明確同源概念〔註6〕，由此定義細究白語同源詞內部的漢源屬性，亦可藉由形態和基本詞彙的系統對應加以區辨。

　　究此而論，在確定漢源詞即指稱來源於漢語方言的詞彙及親族同源詞範圍的問題上，有必要先明確下列三項原則：

〔註4〕孟蓬生：〈漢語同源詞芻議〉《河北學刊》第 4 期（1994 年），頁 70～75。

〔註5〕駢宇騫和王鐵柱主編：《語言文字詞典》，頁 541、蔣紹愚：《古漢語詞彙綱要》（北京：北京大學出版社，1992 年），頁 178～179。筆者認爲，此處的「發生」，即具有「同源增生」的概念。

〔註6〕金理新：〈漢藏語的語音對應與語音相似〉《民族語文》第 3 期（2003 年），頁 11～18。

第一項原則從歷史年代而論：

漢源詞不應侷限於特定音系時段內融入本源系統內的詞，無論任何時期的音系時段，只要起源於漢語或其來源是從漢語引進的詞彙，都應該含括在漢源詞範圍內。

第二項原則從歷史層次而論：

將關係詞彙利用語音對應規律並參照語義、語法特點分析，若其與漢語沒有呈現音義對應關係時，進一步將此些關係詞擴大與同語族的其他親族語言加以對應，彼此存在對應規律者，即屬於親族同源詞範圍。

第三項原則漢源詞界定依據：

親族同源的界定依據民族歷史發展及遷徙聚居地而論。

綜合上述三點原則，進一步將同源類下轄的細項分為漢源詞及親族同源詞，針對兩者的定義分別說明：

（1）漢源詞定義界定：

本文研究將漢源詞定義為「具有漢語方言詞彙成分的詞」，包括語音、詞彙語義（漢源詞素、漢源詞、核心關係詞、漢源短語等）、語法結構及來源於漢語，但在融入過程中與漢語斷絕連繫關係、並兼融本族語特徵之漢源歸化詞；換言之，廣義而言的漢源詞，是來源於漢語方言或在各歷史分期內，受到漢語接觸影響而內化演變的詞皆屬之；若以狹義而言，則需透過白族史歷來所在地域加以劃分其歷史接觸的漢語官話，做為細部區分。

（2）親族同源定義界定：

依據白語史地概況及接觸融合史可知，白語親族同源較為緊密的對應來源以藏緬彝語為主，特別是彝語方面，對於白語滯古本源層影響甚廣；若藏緬彝語無法形成對應規律時，再進一步從白族歷史上曾接觸的語源，例如：壯侗語、孟高棉（早期古越語）、梵語或苗瑤等其他語系之詞彙語音結構，進行語音－語義為主的深層對應比較。

同源的概念相當複雜，且對於白語整體詞彙語音系統的影響甚為重要，因此必需在這部分加深說明。白語同源的定義範圍是指與漢藏語系各親屬語言中語音相似、詞義相通和形態相符而非相同的語詞。本文依據徐通鏘《基礎語言

學教程》〔註7〕、嚴學窘詞族比較法〔註8〕、邢公畹深層語義比較法〔註9〕、全廣鎮論點〔註10〕及具備一定的方向性、等級性、強制性和可分析性的概念，設定判斷同源的原則有以下三點：

1. 在音義兼顧原則下進行語音對應

語音和事物間的聯繫爲約定俗成，同源是一種兼顧音義派生規律的動態發生學關係，僅語音相通而語義缺乏必然聯繫、或語義相通而語音沒有流轉對應者，實應排除於同源範圍；因此，若親族語彼此間語音相似，排除借貸偶合後，可歸入同源範疇內；若親族語彼此間語音不相似，但可以透過語音轉換規則探尋其對應關係者，亦可視爲同源詞。

2. 平行互證下檢視詞義是否相通

除了音韻流轉對應外，義項類別即語義初形本義及其引申的同類現象，亦需配合相互佐證。考核方法有三：首先，確認語義（本義、引申派生義及慣用義）、語法和搭配方法彼此關聯性，是否符合一定的語音對應規律；再者，由於地理位置、歷史更迭、方言變異和語用環境等內外因素影響，使得詞義系統不斷進行弱化淘汰或活化更新，因此，在語音對應規律下，能有效掌握詞語源發展總體脈絡關係者，亦可視爲同源；最後，重建同源詞義原始初形本義共象，確立詞義演變規律。進一步再次探究，進行語義對應時又必需額外再留意三點原則：首先，在白語與漢語及其藏緬親族語之同源詞，要接受符合兩語源的詞義引申系統檢驗；其次，限制語義對應差異度，並精確解釋詞義；最後，針對同源語義必須包含同族詞的核心源義素。透過層層條件檢視，以便在混雜模糊的混血疊置下詳細區辨。

3. 語音－語義形態相符

符合語音對應規律及語義初形本義深層對應者，即屬於同源屬性，最嚴格

〔註7〕 徐通鏘：《基礎語言學教程》（北京：北京大學出版社，2001 年）。

〔註8〕 根據嚴學窘 1979 年所提出的「詞族比較法」，能方便在研究的過程中，將白語詞源系統內的同源詞和漢語借源詞如實切分，提高識別率。嚴學窘：〈漢語同族詞內部屈折的變換模式〉《中國語文》第 2 期（1979 年）。

〔註9〕 邢公畹：〈漢台語比較研究中的深層對應〉《民族語文》第 5 期，頁 4～10。

〔註10〕 全廣鎮：《漢藏語同源詞綜探》（臺北：臺灣學生書局，1996 年）。

的同源檢視，必需再加上語法形態的演變規律做為最後對應，唯有表層音義和隱性形態屬性皆詳細核實，才能將同源詞明確定義區辨。

對於本源詞而言同源屬於新借詞，隨著時代及整體語言環境的發展，與本源融合的同源在語言系統內已成為老借詞成分，由於語言持續發展且借入持續進行，借源便成為新借詞成分進入詞彙系統內。所謂借源即異源，主要是針對借詞本體的描寫及供、受語間的關係說明，於此基礎下，進一步探尋與借詞本體相關聯的語言學或方法論之意義。本文稱「借」，是著重於語言在接觸融合的過程中，產生借入、借出及有借無還的假借性質特性，較之於「異」，「借」更能突顯此種特徵，由於是大量借入，故詞彙本身派生力較弱。因此，白語詞彙系統內具有豐富的同形詞彙，並以此肩負多重語義，例如白語[so]音讀結構（因白語各語區聲調略有差異，此處先暫略聲調值），既可表示字亦可表示書和新義「知識」；又因其派生力弱的特徵，逐漸形成語義合成的詞根成分，例如白語[vo]釋義為「雨」，但此音讀結構在語義合成詞，例如：「前妻[tɯ21$^{(緊)}$ vo33]」和「小老婆[sʻe31 vo33]」時，釋義為雨的音讀結構[vo]，卻產生另一新義「妻」。

白語借源與同源相似，主要是向漢語及其親族語進行借入，透過聽辨與模仿，將吸收自他族語言的詞，用本語內的結構形態予以改造，使之符合本語音節結構和語法規則，然而，詞彙借入連帶語音、語義一起植入，進而形成借源特殊的同形義異（音同義異）、一字二讀及文白異讀的現象，這種現象與漢源時常識別不清，特別是兩者的來源，同樣都是源自於漢語及其他親族語，若不加以區辨，後續關於層次屬性界定及系屬定位問題，仍無法得到完善解答。相較之下，親族語借源較之漢語借源單純，較為複雜的情況是漢語借源與漢語同源之漢源，由於兩者來源極為相似，從古至今各個歷史時期陸續進入白語，如何將漢語借源和漢源辨析分明，並分析出它們的不同歷史層次，牽動白語整體發展，此處特別就漢語借源加以說明。

白語詞彙借源屬性有「借貸」和「融合」二種類型，大致可分為三個時期及地理位置、文化融合和歷史融合三類類型，如下圖 3-1-2 所示：

圖3-1-2　白語詞彙借源之接觸融合圖

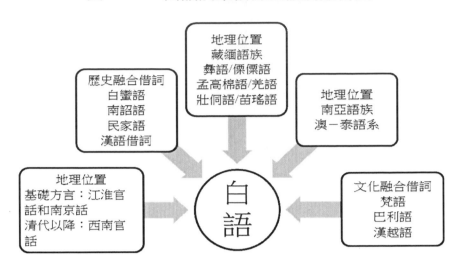

藉由圖說示例針對白語語源，從古至近現代的來源架構分析說明可知，白語疊置層次下的複雜混血詞源，不僅屬於語言接觸融合的過程，亦屬於白語特殊的語言互補現象。

進一步針對詞彙系統內的主要結構——「借源屬性」詳細定義說明，這也是白語在各時期借入詞源的語言競爭過程的展現，其借源概況分別為：

1. 屬於上古時期的語族共同語時期借入

這部分經由聲韻調讀音甚或語義皆難以辨別，隨著時代演進形成所謂的老借詞，有漢語亦有藏緬彝親族語成分，特別是漢語借源成分，已然成為底層基本結構的老借詞，特別是音譯及音義全借類型，與同源類型中之漢源詞更是難以區辨。

2. 屬於中古時期語支共同語時期借入

依據白語實際的接觸狀況定義，將語支共同語時期的借入語源，設定於大理南詔統一白族時，白語向漢語、羌語（藏緬語）、梵語和巴利語甚至是越語族（孟高棉語＋古越語）、壯侗語及中唐雲南當地官話漢越語展開語言接觸。

3. 屬於近現代各現代官話方言分化後借入

這時期的借入甚為活躍，當中亦不乏有融合現象，特別是借入漢語部分特徵並與白語本源特徵相融而成。依據方言地理區的劃分，白語區於宋元以前受有江淮官話影響，明清時期則隸屬於漢語西南官話地帶，西南官話最顯著的語言特徵便是透過「重韻」以易通的現象，使得不僅入聲塞音韻尾，連同鼻音韻

尾都全然脫落整併，並以韻腹元音鼻化取代原鼻音韻尾予以區辨，隨著語音發展，甚至亦有鼻化成分也脫落，現今白語語音系統爲免混淆且受到漢語接觸的深入影響，鼻音韻尾之軟顎舌根音[-ŋ]和舌尖鼻音[-n]部分亦有部分語源區，例如鶴慶金墩則回復鼻韻尾，再次將軟顎舌根音[-ŋ]和舌尖鼻音[-n]重新回歸語音系統內，此外，西南官話的語音特色，即是將複元音單元音化，而白語繼承此項傳統，其語音特色以「單元音爲主→受漢語影響而產生元音複合化」，其複輔音成爲此種語音現象的過渡；由此可知，白語語音系統從上古滯古層的語音特徵及其一直以來的語音演變，其單元音承載的語音現象即相當豐富，單元音化屬於白語本源固有特色，隨著中古時期與漢語接觸的影響，單元音裂化成複元音，並以複輔音作爲短暫演變過渡期，使得白語語音系統內在中古時期亦產生相當份量的複元音，時至近現代時期的元明清民家語時期，受到「『重某韻』及『韻略』」的西南官話語音原則影響，複元音又再度單元音化，至現代時期再次爲了借入漢語借詞音譯之故，複元音甚至央元音[ə]、撮口呼[y]都相應而生，白語單元音裂化複元音的過程，簡要概述如下：（「↓」表示其演化進程）

上古時期六大單元音系統[*i]、[*e]、[*ɯ]、[*a]、[*o]、[*u]

↓

中古時期在六大單元音系統的架構下，融入漢語接觸影響，受
單元音裂化影響而成的複元音第一度產生

↓

近代時期受到重某韻、韻略的影響使得複元音再度單元音化

↓

現代漢語大量融入和音譯漢語借詞的影響，單元音又再次複元
音化並持續發展

如此層層疊置的過程，豐富白語整體語音系統，此外在聲母部分受到活躍[-i-]介音的影響，產生翹舌化、舌面音顎化、塞擦化甚至是擦音化等聲母再造作用，形成例如：[tʂ/tʂʰ/ʂ]和[tɕ/tɕʰ/ɕ]等清塞擦音和擦音聲母，及其對應的濁音成分[dʐ]、[dz]、[z]和[ʐ]等聲母；這種語音系統特徵實屬南方西南官話一帶少數民族的語音整體特色，白語借源詞借入融合後內化形成「漢＋白」的語音特色，例如：以詞彙「天」爲例說明，試看下列關於白語詞彙「天」，在各

語區之語源演變概況，並與漢語音讀和西南官話加以對應比較：

例字	中古聲紐	漢語音讀	西南官話	共興	洛本卓	營盤	辛屯	諾鄧	漕澗	康福	挖色	西窯	上關	鳳儀
天	透開四	tʰien thin thien thien	tiæ55	xẽ55	xĩ55	xe55	xe55	xe55	xæ55	x'ẽ55	xe55	xe55	xe55	hi55xi55ɣi55

（表說明：表格內漢語音讀部分有兩層音讀現象，第一層為上古音讀，第二層為中古音讀，
音讀參照為王力和李方桂語音系統）

　　詞例「天」在白語詞彙系統內，屬於「漢源歸化之本源詞」屬性，在韻尾表現部分，受到西南官話影響，而以鼻化成分表示原山攝舌尖鼻音韻尾的存古特徵，另外在白語其他語源區，例如：西山沙朗[xɯ55]、金華[xĩ55]等地〔註11〕，此字聲母屬於軟顎舌根清擦音，韻尾同樣以元音鼻化的現象表示，在西山語區「天」字的元音表現，較之其他白語區略有不同，是以「後－高－不圓唇[ɯ]」表示，此元音屬於滯古－上古層的語音現象，即具有[əi]複元音性質和央化[ə]單元音性質，西山語區以[ɯ]音，表示音節結構內的「介音＋主元音＋鼻音韻尾」成分；再者，標舉詞例「天」為例，亦可探尋到白語語音系統內，屬於滯古固有層的另一項語音特徵，即是詞例「天」的聲母屬於軟顎舌根清擦音現象；然而，需特別說明的語音現象是，在康福白語內的音節結構，雖然為軟顎舌根清擦音，但此擦音卻具備漢語所不具有的送氣成分語音現象，若先不論擦音送氣現象，僅就送氣成分而論，或可與漢語音讀的送氣成分做類似的對應，卻無法歸為相同的語音對應；但透過此音讀概況，卻已透露出白語的舌根音和舌齒音之間，有其演變生成的源流脈絡，如此亦能體現詞源分類所論之漢源歸化的語音特徵。

　　白語語音系統內滯古的特殊送氣成分，所表示的聲調調值系統[55]調，也透露出其聲調層次的語音特色，調值[55]調屬於滯古固有層，與聲母和韻讀系統相同，滯古層受到接觸愈加頻繁的影響，亦不純然屬於上古特徵，層層疊置之下，亦混雜入其他的聲類調值成分，這也使得「聲調辨義」在白語語音系統

〔註11〕西山沙朗[xɯ55]和金華[xĩ55]語音，查詢於王鋒：《昆明西山沙朗白語研究》（北京：中國社會科學出版社，2012年）；袁明軍：《漢白語調查研究（當代語言學論叢）》（北京：中國文史出版社，2006年）。

內並不如漢語成爲必然現象。

　　從上述列舉關於詞例「天」的語音歸納對應又可得知，白語各方言點的語音聲母基本以軟顎舌根清擦音[x]爲主，康福白語出現與漢語相應的送氣成分；韻母部分各區差異不大，基本將鼻音韻尾脫落以主元音鼻化：[ẽ]/[ĩ]/[ũ]等西南官話鼻音韻尾表現的語音特徵表示，使其韻讀發展由陽聲韻，進而歸併入陰聲韻讀系統內，進一步把白語詞彙「天」字的語音結構和上古音[t'iən55]→中古音[t'ien55]→漢語現代音[t'iān]對應，並旁及藏緬親族語音[gnam55]（藏）和[mu33]（彝）相互對應發現，彼此間並無顯著對應。前述談論到，詞例「天」雖然屬於白語借源融入後所形成的「漢＋白」（漢語西南官語＋白語自身語言特徵）語言特色，又並非全然漢源化，此種語音現象亦可屬於白語在融入過程中，吸收便斷絕與漢語的連繫關係所致，此現象即爲白語詞彙系統內的「漢源歸化詞」類，此種歸化詞不全然具備漢源特色，而是以符合本源的語音特色表示在語音系統內。

　　透過上表詞例「天」的語料分析又再發現，在洱海周邊之鳳儀一地，其語音特徵屬於與其他語區呈現對立的濁音聲母，然而，此字屬於清音成分，鳳儀卻以濁音表示，此現象實具有兩種可能性：第一是清音濁化現象存在於白語語音系統內，第二是白語語音系統內正處於濁音清化的過渡；此外，除了「漢＋白」的借源融入外，亦有將本語語音借出融入自借詞內的「白＋漢」語音現象，例如以本語發音「泥來相混」的語音現象──「『鼻音』＋鼻韻尾／鼻化韻母」來表示漢語帶有鼻韻尾的借詞。

　　除了詞彙「天」外，從詞彙「亮」爲例說明亦能得到相同的語音演變概況，試看下列關於白語詞彙「亮」的各語區之語源演變概況：

例字	中古聲紐	漢語音讀	西南官話	共興	洛本卓	營盤	辛屯	諾鄧	漕澗	康福	挖色	西窯	上關	鳳儀
亮	來開三	lĭaŋ	niaŋ	pã42	pã42	ma21	liã55	niɑ33	niã21	niã44	mɛ21	mɛ21	mɛ21	mɛ21
		lĭaŋ ljaŋ												

（表說明：表格內漢語音讀部分有兩層音讀現象，第一層爲上古音讀，第二層爲中古音讀，音讀參照爲王力和李方桂語音系統）

　　針對詞例「亮」再次查詢，發現鶴慶金墩已然將脫落的鼻音韻尾再度還

原：[niaŋ22]〔註12〕，但只還原一半，聲母仍是維持西南官話語音特色——泥來相混的滯古特徵；洱海周邊四語區和營盤使用[mɛ]和[ma]表示「亮」義，筆者認為是受到侗臺語之侗語的影響，而使用天剛亮時那種微亮光線之「明」的語義表示，例如侗語內，與白語洱海周邊四語區和營盤「亮」的音讀近似之音為「天[mən¹]」；表示「亮」，特別指稱房子之亮為「[kwa:ŋ¹]」；表示「明亮／光亮」之音讀為「[kwa:ŋ¹ mjən²]」。〔註13〕透過對應侗語音讀顯示，白語此種語音表現方式並不違合，其聲母同屬鼻音（雙唇鼻音），且韻讀主元音為存古的單元音[ɛ]，由單元音[ɛ]受到元音裂化作用影響而產生漢語音讀[ia]屬於正常的韻讀演變現象，洱海周邊四語區、營盤和漕澗並採用調值[21]表示此詞例屬於借入的借源屬性；共興和洛本卓採用重唇鼻化[pã]表示「亮」，採用天亮的光從中間顯露出半點亮度再至全亮的初始階段。此種語音特徵亦是屬於漢源歸化的借源屬性，但深入解析後亦可將其歸類為白語語音的滯古固有層的存古特徵。

除此之外，白語亦透過此種「漢＋白」或「白＋漢」的借源組合現象，豐富本族語內部的音韻和詞彙系統，相關類型說明如下：

1. 借源組合對音韻系統的影響

白語吸收漢語，經由滯古固有層六元音系統之圓唇[o]和[u]展開裂化為複元音[ou]或[uo]等，或由展唇低元音[a]展開裂化為複元音[ao]、[au]或[ai]等語音現象前，有經過一個「唇化→唇軟顎化」的語音過渡階段，而此種「唇化→唇軟顎化」的語音過渡階段，雖然在詞彙系統內轉為形成類詞綴的詞彙結構使用，但在語音系統內，此種「唇化→唇軟顎化」的語音現象卻是表示語音存古性；換言之，白語產生「唇軟顎化」的語音環境，其韻母普遍以圓唇元音音位[-o]或[-u]為主，進一步對應白語存古性語音現象融合來源之彝語發現，白語此種語音特徵實透過複輔音聲母演變而來，並有吸收自彝語之跡。〔註14〕

〔註12〕鶴慶金墩語音概況除了筆者調查外，另外查核自李義祝：《雲南鶴慶漢語方言和白語的語言接觸研究》（昆明：雲南師範大學，2012年）調查專書論文報告。

〔註13〕侗語音讀查詢於梁敏：《侗語簡志》（北京：民族出版社，1980年），頁95、111、113。

〔註14〕潘正云：〈彝語阿都話唇軟顎複輔音聲母比較研究〉《民族語文》第2期（2001年），頁17～22。

　　藉由所舉白語詞例「天」，及以雙唇鼻音爲音讀之詞例「亮」和詞例「外」可知，雖然詞例「天」之音讀和藏彝語音讀並無顯著對應，但進一步細究，卻仍能探詢其語音對應轉化現象。

　　透過白語詞例音讀此種「唇化→唇軟顎化」的語音現象發現，白語音存古性應具有唇軟顎複輔音聲母，受到語音脫落的音變影響，使得複輔音聲母產生脫落，而白語的複輔音脫落主要以前音脫落爲普遍；其次，語音的接觸融合，使得複輔音聲母在演變的過程中逐漸緊密化，形成單輔音語素；而白語「唇化→唇軟顎化」的語音現象主要以脫落和融合爲主要演變方式，當與韻母[-o]或[-u]拼合時，舌根輔音聲母弱化或脫落，形成清擦音、雙唇或軟顎鼻音聲母，韻母亦具有融合現象。例如在諾鄧白語內此種語音詞彙化的現象甚爲顯著，更可從諾鄧此種語音詞彙化的現象觀察語音演變現象；除了上列詞例「天」和「亮」外，再舉以詞彙「外」爲例說明，試看下列關於白語詞彙「外」的各語區之語源演變概況：

例字	中古聲紐	漢語音讀	西南官話	共興	洛本卓	營盤	辛屯	諾鄧	漕澗	康福	挖色	西窯	上關	鳳儀
外	疑合一	ŋuat ŋwadh ŋuai ŋwâi	uai	ua33	uã33 zḙ42	ua33	ua33	ŋʷa33 ŋua33	uã33	uã44	ua44	ua44	ua44	ua44

（表說明：表格內漢語音讀部分有兩層音讀現象，第一層爲上古音讀，第二層爲中古音讀，音讀參照爲王力和李方桂語音系統；洛本卓和諾鄧語區分別有兩個音讀現象）

　　從上表詞例「外」所呈現的借源組合現象，主要顯現出白語語音系統在聲母和元音部分的演化進程。首先，在洛本卓的第一個語音、漕澗和康福三語區的語音結構，主元音部分都具有鼻化現象，這屬於白語存古現象的語音遺留，此詞例中古聲紐屬具有鼻音成分的疑母字，當軟顎舌根聲母脫落後，爲保有自身屬性，因此在主元音部分增加鼻化成分表示；換言之，當軟顎舌根聲母脫落後，因主要元音的固有鼻音性影響，使得[ua33]在零聲母的音節結構上產生了鼻化成分；此外，詞例「外」的音讀增加鼻化成分，其增添鼻音的另一個原因，是出自於漢語影響，而產生的「同化作用」所致，這是因爲在白語多數語源區內，詞例「外」連同自身本源成分的鼻化現象都已脫落，

隨著近現代時期，漢語詞彙更加豐富且區辨更加細微的前提下，單音節詞雙音節化已成爲表意原則，詞例「外」由單音節詞引申爲雙音節詞，將其「外部」的概念更加強調；因此，白語近現代亦借入漢語「外面」一詞，而增加詞尾「面[mi42]」：[ua33 mi42]，受到詞尾鼻音[mi42]的影響，使得[ua33]受到同化影響而在主元音加上鼻化成分。

透過表內的語音對應現象可知，白語詞例「外」屬於同源與借源疊置的語音現象，從諾鄧的語音演變可知，此種借源組合在音韻系統內形成了「唇化→唇軟顎化」的語音過渡現象：[ŋua33]→[ŋwa33]，此時屬於同源語音現象，但聲母「弱化脫落」後的語音表現[ua33]，甚至是雙音節詞「外面[ua33 mi42]」，顯見受到近現代漢語詞彙的影響而形成；此條詞例即是歸屬於「漢源歸化詞」的語音現象內，從洛本卓的第二個語音便可得知，由此更加確認，這是白語將借入漢語的雙音節詞「外面[ua33 mi42]」，加以「合音詞」化的結果。

2. 借源組合對詞彙系統的影響

「漢＋白」或「白＋漢」的借源組合現象，對於白語詞彙系統的影響，主要表現在單音節詞雙音節合璧詞化，透過漢語詞彙的義譯進一步透過白語自身方言的音義予以表示，普遍在現代漢語借詞方面甚爲顯著，相對應詞彙語例如下說明；例如：爲避免同音異義詞混淆而增加所指物之形貌予以區辨，如「心」字。詞例「心[se55]→[ɕi55]/[ɕĩ55]→[sʅ55]」，聲母先受到主元音[-i-]影響而產生舌面擦化[ɕ]，再者韻母主元音[-i-]持續高頂出位形成舌尖元音[ʅ]，聲母又回歸舌尖擦音[s]；白語以相同音讀同樣表示新舊的「新」和柴薪的「薪」字，白語爲了區辨三者，特別針對身體詞「心」加諸說明的音節結構，相關現象有：增加心在身體內部有如被包圍的樣貌[ɕi55 kʼo33]，近現代受到漢語影響遂將[kʼo]改爲[uo]（窩）表示，使得白語詞彙系統內表示「心」的說法便有白讀單音節詞即文讀增加形貌標式的雙音節合璧詞兩種現象；此外，較爲顯著的借源組合現象即是「小稱詞尾」的產生，除了上述表示心窩義的[kʼo]擴大表示有被包覆或包圍形貌的語義外，受漢語子韻尾影響下而產生的廣義小稱詞尾[tsʅ]，爾後再依據所指稱類別屬性依序產生專指人（非指族群）的詞尾[ȵi]、專指非人生物的詞尾[dɤ]、專指族群詞尾[xɔ]，以及專指時間的詞尾[ɕɛ]或[ȵi]與稱人的詞尾相同等情形。

在借源組合對詞彙系統的影響方面，其語音部分顯然透過漢語借詞音譯而成，但白語表示以其自身的語音系統爲之，而非借漢語音譯和意譯全然借用表示，這些具有組合性特徵的詞例、「唇化→唇軟顎化」的語音現象，甚至是受到詞彙擴散影響而產生的語音鏈動擴散等，皆歸屬於難以明確從「漢語借源詞」表示的白語滯古現象。此類特殊白語現象，筆者研究將此歸置於「漢源歸化詞」類獨立視之，而非籠統以漢語借源詞表示，藉此如實區辨白語自／本源和借源，及借源內屬於這種既屬漢語、又略有不同的「漢源歸化」特殊屬性的詞彙類別，如此才能更加明確白語詞彙系統的音讀結構所反應出的音變特例。

綜合白語詞彙系統內關於同源和借源的概念發現，語音對應除了做爲區辨同源的標準外，更能藉由「比較」從其參差不齊的形式上，溯源原始共同語形式；反觀借源雖然在形式上相對於同源來得整齊，也能形成規律的語音對應系統，但此規律的語音對應系統，僅能使白語內的漢語借詞在形式上與漢語發展史上某個時期的形式相似，無法透過此相似的借詞形式溯源其原始共同語形貌；除此之外，借詞雖然隨著時代及借用後各自音系的變化，使得相似程度逐漸弱化消失，但同源和借源在語音上的相同相近，使得借源便成爲歸納同源系統的一大障礙。

因此，在確認白語與漢語及其藏緬彝親族語，在語音和語義皆能相匹配的同源關係詞後，仍需借助語義或溯源歷史發展進程做爲輔助，將內部屬於借源成份的詞彙予以剔除後，才能從同源同語族的其他語言，甚至更大的語言範圍溯源其原始語音形式。

綜合上述，針對白語混血疊置現象下的詞源屬性定義與底層理論，以及班弨、王遠新、史有爲、歐陽覺亞、高名凱和戴慶廈等學者對詞彙語源之定義，〔註15〕再次將白語因「漢源」所產生的複雜詞源結構，總結相關源流概述如下：

〔註15〕班弨：〈底層理論和漢台語關係〉《廣東外語外貿大學學報》第 20 卷第 5 期（2009年），頁 21、史有爲：《異文化的使者——外來詞》（長春：吉林教育出版社，1991年），頁 20～23、《漢語外來詞》（北京：商務印書館，2000 年），頁 99～100；歐陽覺亞：〈運用底層理論研究少數民族語言與漢語的關係〉《民族語文》第 6 期，頁 23～29、王遠新：《語言學教程》（北京：民族出版社，2003 年），頁 220～223、高名凱：《語言論》（北京：商務印書館，1995 年），頁 13～15、戴慶廈：《社會語言學概論》（北京：商務印書館，2004 年），頁 94～95。

1. 本源底層詞

本源即自源的概念。白語詞彙系統內的本源底層詞包括：滯古本源詞之本族語；透過各歷史時期與漢語的接觸，彼此經由語言競爭而得以留存於語言結構內之勝方，敗方則逐漸消失或保存於罕字詞彙、專有詞彙等部分，偏屬於語言活化石。

2. 漢源借詞層

白語借詞層的來源除了漢語外，更廣泛的範圍亦包含來源於藏緬彝親族語和周圍各其他親族語，此處特別狹義以漢語而論。白語詞彙系統內的借詞以來源於漢語為基礎，雖然白語歷來歸屬於漢藏語系，但漢語在白語系統內仍然不屬於本族語，性質上仍屬於外來成份之融合本族語特徵的「民族語」類；然而，在白語漢源借詞層內有一類「漢源歸化詞」的借用語言單位〔註16〕，這種語言現象是結合白語本源詞特徵，並吸收漢語在各歷史時期借用後的底層遺留而成，借後未還亦斷絕來源，屬於混合借用或外來混合詞現象（loan blends）。〔註17〕

白語的漢源借用屬於語音和語義的廣義借用，具備文化標準和語音標準的借用原則。〔註18〕白語的漢源借用具備：文化標準的借用指本族語內本就不具有某種特殊文化現象，隨著族群的接觸融合，逐漸出現表示此特殊現象的

〔註16〕 筆者特別將白語詞彙系統之詞彙來源整理出「漢源歸化詞」一類，根據研究顯示，其白語漢源歸化詞之詞彙特徵，符合 Van Coetsem 在 1988 年所提出的「底層效應」理論。Van Coetsem 認為，所謂的「底層效應」是指非優勢語的使用者，採行優勢語的語言現象，進一步將自身本有的語音風貌甚至語法結構等現象，加至優勢語言內。由此對照白語和漢語彼此間的接觸融合現象發現，白語在「漢源歸化詞」類所表現的語言現象，即是調合自身本具有的語言現象，並與借入的漢語現象進行融合，形成半白半漢的語言特徵，屬於白語內部穩定的語言接觸過渡類型，雖言過渡，但其影響層面仍不容忽視。

「底層效應」理論出於 Van Coetsem 之言。Van Coetsem, Frans:Loan Phonology and the Two Transfer Types in Language Contact. Dordrecht, Foris.（1988）.

〔註17〕 黃芝：〈借用‧混合‧轉換：拉什迪語碼挪用之社會語言學分析〉《外國文學》第 1 期（2009 年），頁 80～87。

〔註18〕 游汝杰和鄒嘉彥：《社會語言學教程》（上海：復旦大學出版社，2004 年），頁 208 ～210。

詞彙，不論這類詞彙是以何種結構存在於本族語彙內，其屬性仍舊為；語音標準的借用指不符合本族語音原本具有的語音規律，也不屬於本族語音之特例者，此即是借詞，借詞的語音標準借用規律包含「音節形式」、「音位組合」、「發音部位」和「發音方法」等，除此之外，白語的漢源借用也更廣泛地包含了純轉寫音譯借詞、半音半義詞、音加義詞、仿譯詞、描寫詞、白漢文夾雜混合詞及語法指類詞。〔註 19〕

3. 同源與同形層

　　白語詞彙系統內的同源來源複雜，普遍指稱源自於原始共同語之基礎詞彙，在語音和語義上具有對應特徵；白語詞彙系統內的同形現象，則來源於借用時，採用相似的音位組合之聚合而成。

　　筆者依據游汝杰提出的觀點得到啟發，〔註 20〕進而觀察白語詞彙系統，白語詞彙系統內具三種語言類型，除了滯古底層語言層外，在各歷史時期的洪流內，漢語、藏緬彝語及其他周圍親族語融合滲入，形成疊置於滯古底層上的上層語言層；此外，隨著語言接觸的作用，誘使滯古底層語言層和上層語言層不斷交錯融合，在這場融合角力戰下，漢語以強勢之態，以民族學的前提，在地理上藉由軍屯制度及官話韻書方言系統，侵略白語滯古底層語言層；然而，白語詞彙系統內部亦有另一種語言態勢，即是「傍層語言」現象，白語內部屬於滯古語言之藏緬彝語及其他周圍親族語，並未如同漢語般，在地理上侵略其滯古底層語言，白語接受藏緬彝語及其他周圍親族語之借詞，其借用屬單純借之，甚或形成第一度疊置的本源內之基本詞。

　　由此可知，白語內部的語言現象，由詞源屬性來源分層，即具有包含本族語及淪為疊置於底層的老借詞之滯古底層語言層、受語言接觸影響融合借／異源之上層語言層、因強勢語言，特別是官話權威方言影響之頂層語言層，在上層語言層和頂層語言層間又有一類漢源歸化過渡層，及單純借用之傍層語言，主要以藏緬彝親族語之借源為主；而上層語言層又可視為第二度疊置的借／異源詞，受官話權威方言亦包含現代漢語直音譯現象者，則屬於第三度疊置的借／異源詞。

〔註 19〕劉正埮等人編著：《漢語外來詞詞典》（上海：上海辭書出版社，1984 年），書前凡例說明、陳原：《社會語言學》（北京：商務印書館，2004 年），頁 297～230。

〔註 20〕游汝杰和鄒嘉彥：《社會語言學教程》，頁 232～233。

　　將詞源分類屬性的層次系統置於歷史時間的分層基礎上討論，主要可細分出四項層次：滯古層、上古層（上古時期）、唐宋層（中古時期 A 期和中古時期 B 期）、漢語干擾層（包含官話接觸：近現代時期）；在滯古層方面，白語有其特屬的存古小舌音讀及擦音送氣現象，其時間或可溯源至魏晉以前，與上古層逐漸產生語音融合，即表現出存古小舌音讀與軟顎舌根音產生併入合流，擦音再次強調送氣成分的語音現象已逐漸往合流爲不送氣表現；此外，關於漢語干擾層部分，主要是白語自源語音現象受漢語接觸的移借干擾，形成結合白語和漢語語音特徵的漢源歸化現象。

貳、詞源借源的時空特徵

　　白語借源歷史悠久，回溯白族形式的大理南詔時期開始，白語即向漢語、羌語（藏緬語）、梵語和巴利語甚至是越語族（孟高棉語＋古越語）、壯侗語及中唐雲南當地官話漢越語展開語言接觸的借貸融合。白語借詞具有時間和空間即歷時和共時雙重特徵，在時間特徵方面，白語借詞主要有三點劃分標準：

　　（一）詞彙來源可依據語音對應規律判斷其歷史層次，即借自上古層、中古層早期 A 和中古層中晚期 B、近代層或現代層之不同層次屬性。

　　（二）若語音對應無法詳實區辨時，便透過語義初形本義的深層對應判別，兩者可獨立使用亦可相互參照使用，呈現對等性。

　　（三）白語自身產生的音變現象。當白語在某個時期產生音變現象，若藉由聲、韻、調的語音對應規律比較後，其漢語借詞的語音條件亦符合音變條件時，伴隨而至的是白語基本固有詞一同發生變化，如此便要借助白語語音史考察其借詞音讀是否也經歷音變，做爲確認詞源聲韻調演變的確切層次時期。

　　反觀借詞的空間特徵，則是表示詞彙在地域上錯綜複雜的語義使用差異。地域上的語義使用差異和語言內部的方言土語有相當關係，呈現顯著傾向性但不如時間特徵有著對等性，借入的詞彙依據方言土語實際狀況而有不同的語用新義，因此，空間特徵反映了方言土語差異和接觸影響下的發展變化，體現彼此間同異質性的關聯性，成爲方言土語劃分及識別語言和方言土語的關鍵點；由於現代層的漢語借詞主要以音譯爲普遍的借入較無很大的判別問題外，關於判斷白語詞彙系統內來源於滯古－上古層、中古層早期 A 和中古層中晚期 B 及近現代層的借源詞彙時，特別關涉到空間特徵部分，可透過下列三點進行檢視：

1. 借　源

白語借源詞基本來源於漢語方言為主體，並旁及藏緬語和彝語上古層借源，特別在漢語部分，不論語音或語義的判斷，皆存在詞彙來源屬性及其結構層次問題。首先在藏緬語和彝語親族語方面，其內容各自有不同的方言分支，白語內借源於親族語源的借詞可以來自其內部不同的方言分支，也可能來自於藏緬親族語最原始的源流「羌語」；在漢語方面，白語內借源於漢語的借詞，隨著時代演進有受到江淮官話南京型影響，影響甚大者當屬近代層次時期依地域劃分歸屬於西南官話區的滲入為首要，白語區主要的方言歸屬為西南官話滇西片內姚理小片和保潞小片及灌赤片內麗川小片範圍，僅昆明一區歸屬於貴昆片，進一步依據白語起源史論斷現今的語音體系，則以其中的昆明和大理方言為識別白語現代音的語言參考系值，此即古今關係之時間特徵於空間內的投射。

白語借源詞不僅借源於漢語，甚至是借源自藏緬彝親族語之同義詞、近義詞或異義詞，更可結合實際的語用現象，及地方風俗形成異形同義的語言現象；除此之外，由於白語借源詞的語源來源多樣，供語差異反映了白語借詞的組合並非單一多元，也反映了白語借源詞同時保留借源詞和基本固有詞的語言風貌，再次體現層層疊置的語言風貌。

2. 借　法

借法即說明白語借源詞的借用方法。白語借源詞主要的借用方法有四種類型：第一種類型為全借，包含音譯和意譯的完全根植，以現代漢語的借入最為顯著，例如「烏龜[u24 kue24]」即屬於音譯完全根植借入；第二種類型為半借，包含半音譯加半意譯的借入，例如「合併[xo24 kʻɯ33]」即屬於半音半譯的借入；第三種類型為派生，借入方式指從漢語及藏緬親族語借入時，將非派生詞改變為符合本身語用常規的派生詞，這部分當以白語詞彙系統內的小稱詞為例；第四種類型為複合，借入方式指從漢語及藏緬親族語借入時，改變詞素或調整詞素的次序，例如最末／末尾一詞，白語借入後改變詞素序為「尾末[ŋɔ44 mɤ55]」。

詳觀白語借詞的借源和借法兩種現象，與清儒段玉裁於《六書音均表‧古異部假借轉注說》內之說甚為相合，即「有音而後有形，義不外乎音」、「有義

以有音，有音以有形」且「有義而後有聲，有聲而後有形」言論，〔註21〕以段玉裁之言觀察白語，更能確認筆者論及白語並將其定調具有「以義領音」的借詞特徵不謀而合。

3. 借 量

借量即借詞借用的數量。由於借用之詞在語義上不具備同義概念，因此數量上的反差，不僅突顯白語內部各方言土語間的差異，也呈現出白語與周圍語源點間的接觸融合關係。因此，對於白語內部成批量與漢語具有音義對應規律的詞彙，若語音能和上古音或中古《切韻》音系形成對應規律、語義初形本義能形成對應關係或具備漢民族特有的風俗文化特徵者，則歸類為漢語借詞。

在語言接觸過程中，白語屬於受語方，漢語及其他藏緬親族語則屬於供語方，彼此間為雙語接觸之局部雙語現象。白語借源在歷時和共時之時間與空間的特徵屬性上，具備三點判斷原則：

（1）對於供語（借出語）和受語（接受語）間的歷史關係，能提出相關的信實史料，即語音來源的對應規律及語義來源的初形本義深層對應，以語言本體或語言因素為識別依據。

（2）供語（借出語）的歷時研究成果，即根據歷史層次分層展開對應。

（3）供語（借出語）和受語（接受語）彼此具備相當數量可供對應的語料。

從上述三點原則可知，語言比較建立在科學語言的描寫基礎上，必需描寫與解釋雙向並行，描寫是基礎，解釋是描寫的再次深化，二者相結合才能對語言比較得出可靠的結論，才能將供、受語言間接觸關係的發生動機和過程詳細分辨。

根據上述針對白語借詞時空特徵的相關定義說明後，進一步將透過勁松和瞿靄堂在〈嘉戎語藏語借詞的時空特徵〉文內提及識別嘉戎語與藏語同源詞和借詞的原則，進一步審識並搭配白語與漢語及其他親族語間的同源和借源關係，在音譯、義譯及音義全借的現象內，又有以下 5 項識別特徵並敘明之：〔註22〕

〔註21〕〔清〕段玉裁：《說文解字注》（上海：上海古籍出版社，1981 年），頁 833、754。

〔註22〕勁松、瞿靄堂：〈嘉戎語藏語借詞的時空特徵〉《民族語文》第 2 期（2009 年），頁 3～19。

1. 共存原別

借詞和基本固有詞彼此間，屬於相互替代及共存並現的對應關係，甚至在語言環境內共同使用，依據同異質性分成「同系統並存」和「異系統替代並存」二類。在同系統並存方面，即指一個詞彙系統中，借詞和基本固有詞相互替代或共同並存於語音系統內；異系統替代並存方面，其廣義而言，即指語言間的替代並存現象，狹義而言，即指語言內各方言及方言內部各語源區之間，其內部替代並存的語言借用現象；白語語音系統內的這種異系統替代並存現象，即指白語各語區的內部方言點有不同的借入，有些在詞彙系統內並未借用仍保有基本固有詞，有些則是基本固有詞和借詞同時並存，有些則是以借詞取代基本固有詞。

共存原則的兩種對應現象，正好可使用詞彙「鞋」字予以統整說明。「鞋」字在白語內部具有三個詞彙層次：底層本源屬於上古至中古早期所借，借用初形本義「屝」字為之，洛本卓稱「鞋」有三種演變，隨著詞彙擴散而逐漸演化，正巧得以看出「鞋」字，在白語詞彙語音系統內的三層次演化現象。

首先，上古層以「鞋」的用途意譯借用[ji42 pa42]以「上古＋上古」的合璧合成詞形式表示「鞋」是穿在蹄[pa]上的衣飾[ji]；其認，至中古早期借入「鞋」字本義，遂以[ð55 tɕi33]呈現「鞋」字早期借初形本義「木屝」一詞的語音型貌，近者於中古中晚期後則借入[ŋe21]表示；最後，中古中晚期約莫唐代以後，詞義以「鞋」稱「屝」後，白語遂借入「鞋」的語音表示[ŋe21]/[ŋi21]，諾鄧表示「鞋」字時亦使用合璧合成詞形式表示，其呈現「中古＋上古」的語音形貌[ŋe21 kɛ42]，此音已逐漸替代基本固有詞存於語音詞彙系統內，基本固有詞有被借詞取而代之的趨向。近現代時期隨著漢語小稱詞的活用，「鞋子」的借詞稱法也深入白語內部，詞彙系統內亦出現增加[tsʅ33]→[ŋe21 tsʅ33]的音讀，現代時期隨著生活環境日漸複雜，事物種類愈加繁多的情形下，事物分類更加細緻化，「鞋」也出現更多材質不同的品項，為配合這些新興借詞，白語在中古後期的借詞音讀[ŋe21]的基礎下演化為[xe42]表示，依據借法而論，「鞋」字在白語語音詞彙系統內的借用屬於既借義譯又以音譯表示其義的兼用借法，但借用仍符合自身方言語音特徵的原則。

2. 文化原則

依據白語內部文化風俗及宗教信仰詞彙分析得知，此部分的詞彙在語音

現象的表現仍舊具有存古及方言替代並存的現象，在文化原則借用方面，除了基本固有詞例如：男巫覡[pɔ21 si35]、女巫婆[ʂɛ21 mɔ44 n̩i21]或陰陽[ji35 jɔ21]等，亦有借用的宗教和文化詞，例如：道士[to44 si44]，以突顯特徵表示[tɯ21 pɔ35]指和尚等；此外，在親屬稱謂詞方面，此種存古固有詞仍保存在詞彙語音系統及口語使用上，例如習慣在稱呼親人時加上[a55]或[zu21]，這個[a55]則如同漢語發語詞及詞綴「阿」的特色，並無實質語義、習慣在表示動作的結果後加上語尾助詞[tiã33]；在文化原則方面，白語內部也發現借詞和固有詞的並存現象，且固有詞是依據方言內部的文化概念而造，例如：白語以表示耕作莊稼的人作為農民的詞彙[tsɿ55 tsua35 tɕa42 xɔ44]此說法屬於文讀，近現代借入漢語之說以表示白讀[nu42 miə42]。

3. 共借原則

在共借原則方面，主要針對上述關於白語借詞的借法部分進一步說明，白語內部的四種借法特徵可將其共借原則歸納出三種借入的語用現象：

（1）第一類借用

指同一個詞彙借自同一語源的借用現象，稱為同語源合成詞，可指全借自漢語或其他藏緬親族語，但此同一語源卻可能來自不同時間的層次借入，換言之，此類同語源合成詞主要的表現方式有（1）上古＋上古、（2）上古＋中古、（3）上古＋近／現代、（4）中古＋上古、（5）中古＋中古、（6）中古＋近／現代、（7）近現代合成詞等合成類型，此種合成類型亦屬於各時代層次間的合璧現象。例如詞例「地方」和「四方」，雖然此二詞例分別表示不同語義，但其合成合璧詞的方式類同，二者在「方」字的搭配上出現二個層次：上古至中古時期以「上古＋中古」表示[tɕi31 kɔ44]（地方），近現代時期則以「上古＋近現代」表示[tɕi31 fa44]；「四方」上古至中古時期以[ɕi33 kɔ44]表示，近現代時期隨著「四」字韻母主元音高化形成舌尖元音[ɿ]後，聲母從舌面擦音演化為舌尖擦音[sɿ]、「方」字也借入[fa44]，形成「近現代合成詞」現象。

（2）第二類借用

指同一詞彙的來源為本語，但由不同的語義詞彙組合而成，此種現象具有混同第一種類型的共借特徵，普遍產生於白語雙／多音節合璧詞內，例如詞彙「紐扣」，此詞原初形本義即以單音節詞[kue44]表示，從糸本與絲線有關，

紐者繫也指可解之結，時至上古晚期借入「冠幘簪簧結髮紐」義，引申表示將結結合在物件上，因此其音讀在本語[kue44]的基礎下語義逐漸演進：先突出結合的語義形成結物件[kue44 ɔ44]和表示結合的動作[so33 pʼɯ55]→再透過[so33 pʼɯ55]的動作配合結的意思形成[so33 pʼɯ55 pe55 a31 qʼo33]，受到現代漢語借入的影響，紐扣的早期說法遂保留在詞彙底層，取而代之者為音譯音讀[n̠o33 tsi33]→[n̠iu33 tsi33]（韻讀複元音由單元音[o]裂化以合於漢語借詞音讀形式）→[n̠o33 tsɿ33 kʼɔ33]（紐扣），形成現今的語音表現形態。

（3）第三類借用

由語音共借形成語義近義，指配合不同的語言使用環境產生同中有異的語義分工借用現象，此現象形成白語「文白異讀」的語言特徵，白語內部的文白異讀現象有二種表現：第一種依據詞彙屬性而言，漢語借詞屬文讀、白語原讀屬於白讀，亦有例外情形，例如上述「紐扣」詞例，其文讀即為白語原讀，漢語借詞則為白讀；第二種依據音節結構的表達區分，單元音者為白讀、複元音者屬於文讀現象，且詞彙本身有不同的正面、負面或中性的語義韻質性特徵。例如：白語詞彙系統內的表示人的類小稱詞[n̠i21]/[jĩ21]、表複數時詞綴[ɤɔ35]，其詞彙語義色彩屬中性，但此廣義表示人的類小稱詞隨著「人」的屬性不同而形成不同語義韻色彩的類小稱詞，如[dɤ21]不僅表示動物，也表示負面人物，例如：犯人[fa55 dɤ21]、小偷[dzɤ21 dɤ21]，又如[pʼĩ31]表示稱「物」的類小稱詞未帶語義色彩之中性詞彙。

4. 音譯原則

指借詞在語音上和漢語或其他藏緬親族語間完全相同，其基本原則為聲母和韻尾相同，韻母有時會有些微改異，或有語音相近似的顯著對應規律，亦有在音譯複合詞內增添無意義的語素，這個部分普遍在四音格詞內較為常見，藉由上述說明的詞例「紐扣」亦可發現，其合成詞[n̠o33 tsɿ33 kʼɔ33]間的[tsɿ33]亦屬於音節結構內的羨餘成分，並無實際語義；白語在音譯原則部分還有一種語音現象即是透過音譯將詞語的意義張顯其中，例如：詞例「醫生」白語以開藥者表示[jɔ33 ʂɛ35n̠i21]、「老師」則以教字／書者表示[qa35 sɿ35 n̠i21]；另外還有以抽象義譯表示音譯者，例如：「書」以「寫字的紙」表示[sɿ33 tsʼuḁ33]、「紙」以單位名稱[tsa33]表示、「筆」最為特殊，初期借入以說明如

何寫出字的筆劃義表示[fa33 kuã21]等。

5. 結構原則

結構原則主要關涉到語法部分。結構原則方面主要是句式「S＋V＋O」
和「S＋O＋V」的表達方式，即白語本屬於「S＋O＋V」的後置表達系統，
受漢語影響逐漸形式前置表達特徵；此外，白語在雙音節詞的表達方面亦有
受到逆序影響而形成不同於漢語的正序表達方式，例如：短褲以褲短表示
[kua35 du21]，也具有吸收漢語構詞靈活的特色，顛倒詞序即表示不同詞義，
例如：孫子[sua44 ɲi21]→子孫[ɲi21 sua44]；雙音節或多音節借詞中若有詞綴，
特別是小稱詞綴時普遍屬於借詞性質；由語義判斷，若韻母有[u]或[y]亦或在
音節內增加介音[u]或否定詞綴[pɯ21]時，普遍屬於否定詞之借用例；此外，
在結構原則部分，白語詞彙內部呈現的同族詞現象亦可歸屬於此範疇內。蔣
紹愚指出，所謂同族詞是指一個原始的音義結合體，分化成語音和語義都彼
此具有相關聯性不同詞；廣義而言，從該原始形式的語義到由其所分化出來
的同族詞的語義之間，也可視為引申關係，此種語義的引申對於語音的演變
亦產生相當的影響性。〔註23〕

總結上述針對白語詞源來源的屬性加以定義解析，並由詞源初步探究語音
結構概況後，接續將就白語音的層次變動過程進行論述。

第二節　白語語音系統的層次變遷歷程

白語語音系統的層次變遷恪守分化與整化的規律而行，以下將透過結構主
義語言學、歷史語音學及類型學等架構，說明對白語語音系統的層次變遷產生
影響的音變原則及相關的繼承與創新。

對白語音變過程影響甚鉅者便是語言接觸。語言接觸是社會語言學的產物，
更是語言彼此間在外在環境和語言內部結構彼此互補和接觸後所產生的結果。
根據陳保亞及吳福祥對語言接觸的說明觀察白語和漢語的接觸發現〔註24〕，白
語受到語言接觸影響甚鉅，特別是漢語直接的外部作用及干擾內部自發的影

〔註23〕蔣紹愚：《古漢語詞匯綱要》（北京：北京大學出版社，1992 年），頁 178～189。
〔註24〕陳保亞：《語言接觸與語言聯盟》（北京：語言出版社，1996 年），頁 152、吳福祥：
　　　　〈關於語言接觸引發的演變〉《民族語文》第 2 期（2007 年），頁 3～23。

響，漢語作爲強勢影響源的外部語言系統，於接觸過程中被作爲目標語的白語吸收進入語音系統內，在共競作用的過程下，漢語對白語的接觸影響，主要可以歸納出以下三種情形：

1. 共　存

做爲外部成分的漢語在共競影響下與白語內部系統並存共處，白語內部的漢語借詞亦有使用自身的語音系統表示其音譯與意譯，例如：白語北部方言區仍以小舌音表示漢語舌根音的借詞。

2. 過　渡

白語內部系統受外部成分的排拒而逐漸消失，例如：小舌音與軟顎舌根音和平共處進而趨向合流、濁音成分合流於清音，及鼻冠音和複輔音成分，已然不留存於內部系統中等語音現象。

3. 突　變

外部成分強勢驅逐內部成分進而取代之，引發白語內部語音結構產生變化。

在白漢接觸過程下的共存－過渡－突變過程，鄭張尚芳認爲，各種語言和方言都是由不同的語言層次所構成的層積系統，並從漢語方言的角度將其來源分成四層展開分析，此四層分別如下所列：〔註25〕

甲、本語語音層：A. 規則音讀、B. 歷史沉積、C. 創新變異

乙、非本語語音層：D. 底層語言、E. 表層書面語、F. 借詞

丙、構詞構形變音層：G. 辨義分化、H. 弱化和連讀變化、I. 構形音變

丁、文字借讀層：J. 音近通讀、K. 義近訓讀、L. 形近冒讀

筆者研究白語實際概況認爲，這四層可以將其歸納爲「語音」和「語義－語法」雙層結構來分析非純質的語言層積系統，不僅有語言內部作用力的影響，更突顯外部接觸產生的有序異質語言觀。因此，先透過此四層說明分析白語內部規則讀音和音變後不規則讀音的存古與創新，對其整體語言概況進行初步分析，以做爲後續層次探討的基礎。

〔註25〕鄭張尚芳：〈漢語方言異常音讀的分層及滯古層次分析〉文，收錄於何大安主編：
《南北是非：漢語方言的差異與變化》（第三屆國際漢學會議論文集・語言組，2002年），頁97～128。

甲層 A 爲白語民族本語語音層的常規音讀，屬於未受語言接觸影響的原始語音現象；甲層 B 爲語音演變的歷史沉積，鄭張氏稱之爲語音演變滯留的化石，王士元認爲此滯古層是經由詞彙擴散形成，當結合一定的詞彙而存在，這層語音演變的滯古層也是層次分析探索焦點，後續將以白語具體的語音層次與演變情形深入解析；甲層 C 爲白語新出現的語音變異現象，或零星不成規模的特殊讀法，例如：表示揚穀子的「揚」其語音爲[fo44]，但此字中古時期爲以母陽韻擬音爲[jĭaŋ]，由白語音深入探查發現，此字並未釋義作「揚」，而是以使用鏈枷打穀後使穀物飛揚貌之引申義表示，取其「飛」義語音並以[44]調表示屬於漢語借詞，但表示非母微韻擬音爲[pĭwəi]的「飛」時，其語音爲則爲[vo24]，兩字以聲母清濁表示本義和漢語借詞引申義，又如白語「手」的音讀受上古和中古漢語擬音「[çĭu]－[çĭəu]」影響而有[çi33]的音讀，此字在白語內部另有直接音譯「手」音的[sɯ33]音。

乙層 D 對白語甚有意義，白語因地理位置和歷史因素影響，當地住民所接觸的族群繁雜，雖然最後與漢族的接觸同化最深，但在語言上自然仍留有故語的語音特徵，觀察白語語音內部便有此底層語言成分現象，其語音內部並存借入的現代音和上古時期的借入音，例如：「街／解」、「敲」和「巷」等詞條其白語現代語音屬於音譯，分別擬音爲[tçie55]/[tçie33]、[tç'iao55]和[çiã42]，其上古－中古時期的語音則分別擬音爲「街／解[kei55]－[tsɿ̃33]」、「敲[k'ou55]－[tĭɤ44]」和「巷[ts'v55ka32]－[hã42]」，此即歸屬於底層語言，屬於大面積式的音讀覆蓋；乙層 E 屬於方言文讀系統，白語內部也有文白異讀的語音現象，例如：「騎」文讀[kɯ33]白讀[ko42]、「妹妹」文讀[n̩v33 the44]白讀[the44]，白語文白異讀現象屬於零星個別字現象而非普遍成系統的語音現象；乙層 F 則相對於乙層 D，此層屬於小範圍式的音讀輸入滲透，白語主要透過詞彙的音譯、義譯及音義全借方式進行。

丙層 G 爲詞義分化音變現象，這種音變現象在白語內部極爲普遍，形成原因與白語詞彙量少且大量借用漢語詞彙有關，爲表達新的或複雜的語義概念，不得不借用現有詞在聲、韻、調部分予以改造，同時間若外來同音詞或同音異義詞等又進入詞彙系統，便形成同音異義或同音多義的現象。例如：[xau42]表示動詞融化，[xuã55]表示被動有外力使某物產生融化、[p'ɛ55]和[p'u55]分別表示動詞剖和鋪的意思；[kɯ33]和[kɯ42]聲母和韻母相同，以上聲和去聲改變調

值分別表示緊和舊的意思，[kv33]和[kv42]聲母和韻母相同，以上聲和去聲改變調值分別表示老和硬的意思。丙層 H 和 I 在第二章已有說明，此層包括廣義的語流音變現象及特殊形態誘發的構形變化，白語內部有豐富的小稱詞使用，例如：[a55]、[a31]、[sɯ33]、[tsi33]、[ne21]、[kʼɔ44]、[n̻i21]等小稱詞變調，用來表達不同的小稱詞綴屬性。

　　丁層屬於文字音近通讀現象，白語借用漢語轉注條例：「屬於同源詞者，即使用同一語根變形分化造就新字」的定義來建構其詞彙語音系統並形成詞族，基本語根相承不變，不僅改換或增添符合音譯或意義的音節結構，有時也為了符合韻律和諧而增添無實際語義的音節，這種組合模式形成「白＋漢」或「白＋其他親族語」的合璧詞現象，此種語音現象好發於白語詞彙結構內頗為發達的四音格詞形式，並由此再製的詞彙結構組合隱喻或轉喻符合自身詞彙系統及民情風俗的解釋。例如：[ta42 xo31]。漢譯為「大伙」屬於完全音譯，白語在雙數音節增添無意義的音節結構形成[ta42 la42 xo31 lo31]，用來表示強調大伙一起的意思、[sɯ33 kou44]。漢譯為「浪費」，在單數音節增添音譯[tɔ]表示都的語義，形成[tɔ31 sɯ33 tɔ31 kou44]加強浪費語義、[xẽ55 si31]在有湯有飯的菜色上，於單數音節內增添實義形容詞[tɕĩ55 jĩ21]形成「漢（音譯）＋白＋漢（音譯）＋白」的結構[tɕĩ55 xẽ55 jĩ21 si31]（金飯銀飯），表示菜色豐富的山珍海味或滿漢全席；又如：[tɕɕẽ33]。此字據唐代樊綽《雲南志》和《新唐書‧南詔傳》裡的載錄屬於白蠻語且漢譯為「州郡」義，白語譯為「瞼」，以「瞼」表示地理區域名稱，此語音和語義當屬於上古時期語音遺存，然而，隨著時代變遷及語義產生改換，[tɕẽ33]音至中古時期不僅語音產生分化，伴隨語義也跟著變易，此字至中古時期語音分化為「[tɕẽ33]（州：章母尤韻[tɕĭəu]，郡：群母問韻[ɡĭuən]）→[tɕẽ31]（見母琰韻[kĭɛm]）」，韻母保持鼻化現象且聲調由中平調變易為中降調，漢譯「州郡」義消失，白語「瞼」義轉而吸收漢語「瞼」字表示眼皮的語義；[tɕẽ33]的語音釋義為州郡義時具備鼻化現象，這與語音實際狀況不相符合，，如此是否透露出白語上古時期的語音現象實具備鼻冠音成分？此外，語義擴散變化透露出見組舌根音的語音演變，也具備語音疊置的影響，然而，[tɕẽ31]做「眼皮」語義在白語內部亦不普遍使用，而是以語義擴大表示「臉」義使用，例如：[tɕẽ31]→洛本卓[tɕy33 mi31]／彌羅嶺[tɕu33 ŋue31]／漕澗[tɕy33 uã44]／辛屯[tsɛ33 u33]，而「眼皮」義以眼睛[ŋue33]

做爲詞根展開結合，於大理和金華地區則將眼睛做爲臉的合璧成分表示，且金華仍保有鼻化成分，例如：[tɕu33 ue33]和[tɕu33 uẽ33]。

此詞例「眼」在白語語音系統內的演化現象及產生疑慮整理，以下列二條引申演變途徑說明闡示：

1. 「瞼」[tɕẽ33]中古南詔時期釋義爲州郡語義，此詞例[tɕẽ31]據唐代李延壽所作《北史·姚僧垣傳》：「瞼垂覆目，不得視。」可知此詞例在上古魏晉南北朝時期本義爲「眼皮」，將「瞼」釋義爲「州郡」乃是中古南詔時期白語族之稱，此詞例不論釋義爲「州郡」或本義「眼皮」其元音仍有鼻化現象，形成因素有二：第一爲白語滯古語音層具有鼻冠音成分；第二爲語義影響語音形成鼻音韻尾現象

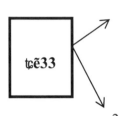

tɕẽ33

2. [tɕẽ31]上古眼皮本義→近現代用以表示「臉」，以不具鼻化音成分爲主，並以[ŋue33]/[ue33]/[mi33]等語音表示「眼」。
由此發現語義的引申變化對軟顎舌根音的語音演變形成的層次演變現象

分析相關語音演變的層次問題前，必需先針對音變的定義及其對白語存古與創新的影響加以說明，以便明瞭音變在白語音系結構內傳播現象。

綜合整理索緒爾、威廉拉波夫（William Labov）、王福堂、王士元、朱曉農、瞿靄堂及王洪君等學者們對於語音演變的相關理解說明可知〔註26〕，白語語音系統的層次變遷與詞彙擴散、疊置式及語音合併等音變規則有著緊密的關聯性。語音演變屬於漸變而非突變，因此有連續共時和離散歷時的縱橫向音變特性。共時語音線性結構受到連續式音變制約，在此制約條件下，語音

〔註26〕索緒爾：《普通語言學教程》（南京：江蘇教育出版社，2002 年）、威廉拉波夫（William Labov）. Principles of Linguistic Change: Internal Factors Oxford:Blackwell Publishing Limited（1994），p320～324、王福堂：《漢語方言的語音演變和層次》（北京：語文出版社，1999 年）、王士元著石鋒等譯：《語言的探索－王士元語言學論文選譯》（北京：北京語言文化大學出版社，2000 年）、朱曉農：〈從群母論濁聲和摩擦：實驗語音學在漢語音韻學中的實驗〉《語言研究》第 2 期（2003 年），頁 5～18，本文又收錄於朱曉農 2006 年出版著作：《音韻研究》（北京：商務印書館，2006 年）內、瞿靄堂：〈語音演變的理論和類型〉《語言研究》第 2 期（2004 年），頁 1～13、王洪君：〈文白異讀、音韻層次與歷史語言學〉《北京大學學報》第 2 期（2006 年），頁 22～26。

會產生相同的變化並無例外，此即丙層 H.和 I.語流音變現象，屬於非語音歷史層面演變，為語言創新的今音性質，並有誘發其產生的語言條件和環境；歷時語音非線性結構受到離散式音變制約，在此制約條件下，詞彙系統內具有同部同韻之共同來源屬性的語音，隨著語言環境條件影響而演變，發展出屬於自身語音特徵的演變史；而層次分析研究便是要梳理出非線性結構的離散式音變特徵，此即甲層 B 歷史沉積和乙層 D 底層語言所需釐清的重點；語音在長時間發展變化的過程中若受到強勢外力干擾便會使演變產生中斷，反之則持續變化進而呈現規則結構，受干擾而中斷的語音變化過程，便產生語音結構不規則變化的原因，亦形成語音演變的歷史沉積，也是需探究的重點因素，屬於關涉語言歷史層面的演變，為語言存古遺留的古音性質。

　　進一步藉由「圖 3-1-2：白語詞彙借源之接觸融合圖」可知，以白語為中心展開的接觸交流可分為地理位置、文化融合及歷史淵源，特別是與漢民族在歷史上的接觸滲透，進而形成本族語整體音系結構和詞彙系統產生交互影響替代的音變，這種透過同源成分的不同表現形式的競爭（compete）及替代所產生的音變現象，即是所謂的疊置式音變模式。白語與和漢語兩種方言同時存在於白語語音系統內，長時間相互干擾競爭，在歷史和共時的方言音韻結構中形成異源成分的疊加，較為顯著的例子即是白語的聲調，由於此種疊加的作用，使得聲調的內在規則愈顯複雜化；因此，釐清語言結構內各種直接或間接的音變方式甚為重要，如此才能明確區辨出語言彼此間相似而對應的層次演變現象。

　　詳觀王士元和沈鐘偉、徐通鏘、王士元和汪鋒及王洪君等學者對於語言演變的討論發現，眾學者不約而同皆提到，詞彙擴散理論強調語音突變和詞彙漸變，即音變動態過程的重要性，兩種音變方式在歷史上皆存在且非全然絕對〔註27〕，本文所採用的歷史層次分析法主要強調研究的首要依據，便是要排除突變與漸變等音變內容中的異質成分。因此，區辨詞彙擴散產生的影響

〔註27〕王士元和沈鐘偉：〈詞彙擴散的動態描寫〉《語言研究》第 1 期（1991 年），頁 15～33、徐通鏘：《歷史語言學》（北京：商務印書館，1991 年）、王士元和汪鋒：〈基本詞匯與語言演變〉本文收錄於《語言學論叢》第 33 卷（2006 年），頁 340～358、王洪君：〈層次與斷階─疊置式音變與擴散式音變的區別〉《中國語文》第 4 期（2010 年），頁 314～320。

時，必需明確界定詞彙擴散是屬於音系內部的作用還是文白異讀所造成的擴散作用，然而詞彙擴散對白語的作用，是屬於音系內部的作用，文白異讀在白語的語音系統內相對較不明顯，由此可知，白語與漢語在有序異質的語言接觸過程中，詞彙擴散對白語的影響，不僅是從一個詞的音變擴散至另一個詞，更包括音變後所產生的社會反差，此些皆在不同的歷史階段左右白語語音系統發展。

接續將從音變所產生的語音合併方式，針對白語聲母特徵予以解析，在分析語音演變與層次之前，先就聲母演變規律及分合條件進行歸整；針對白語聲母進行層次演變分析，其總體語音概況，可以分別透過發音方法和發音部位二條路徑進行推展討論：

（1）發音方法

主要探討古塞音、塞擦音聲母的演變現象，及白語滯古層語音特徵，關於滯古鼻輔音和唇舌複輔音現象，關於白語特殊的擦音游離現象，因關涉舌齒音部分，因此歸於發音部位內一併說明。

（2）發音部位

分析滯古小舌音的演變機制與軟顎舌根音之分立合流、見系的承繼創新、唇喉通轉下的唇音幫系和喉音演變、舌齒音溯源分析——從端系一脈展開逐層分析，及唇齒音和半元音、零聲母。需特別說明的是，關於白語特殊的擦音送氣現象，由於其牽動白語聲調的層次演變發展，因此將擦音送氣歸入白語聲調的層次演變內進行說明。

本章將先從發音方法展開探討，第四章再就發音部位，更深入解析聲母演變所反應的音之變與音之同的語音現象；先就白語聲母相關特徵概要論述。

第三節　白語聲母特徵解析

白語聲母系統經歷上古（上古語音層）－中古（中古語音 A 層和中古語音 B 層）－近代西南官話－現代（近現代語音層）四階段的接觸融合影響，經過複雜的語音演變過程才逐步形成現今面貌，而此四個階段的接觸融合正好也是白語族自信史時代肇始的族群發展歷程，更是影響民族語語音演變的發展關鍵。

本文於第二章以針對白語北、中、南三語區整體聲母系統做統整歸納分

析；然而，透過語源點的分區研究發現，在白語北部方言區保有較為完整的白語上古時期的語音遺留現象，在南部和中部地區則與漢語聲母系統相當，形成此種內部音變的差異分化，實屬地域語音演變現象，其丟失合流的主因，應當與白語和漢語長時間且廣泛的語言接觸所密不可分。因此，筆者認為，白語的音變合流現象不僅具有來自內部自發性動力，諸如：發音部位、語音和諧規律或內部結構自體相互牽引等因素影響，更重要的關鍵影響，仍是受到外部誘發性動力的接觸干擾，例如：強勢語言於政治、經濟等外在環境方面，運用半脅迫的威嚇手段，使人們不得不順從，進而強迫自己改變迎合，如此一來，白語便在此內外相互作用下，進行語音的分化與整化。

總結而論，白語聲母系統的構成與音變的諧合內化有關。威廉拉波夫（William Labov）指出，合併與鏈移是構成音變的兩大要素，但依據實際的語音演變歷史而論，合併對於音變的諧合發展較之鏈移有著更大的影響作用，合併的機制分為——接近式、遷移式和擴張式三種類型〔註28〕；筆者分別就此三種類型，分析其在白語內部產生的引導作用。

1. 接近式合併

指兩個音位的位置同時向彼此的方向接近直到毫無差異，這種合併的類型所完成的語音結果，便是形成以兩個音位的中間狀態為最終的語音定論。例如：白語「黑」的語音[xɯ44]和[ɣɯ44]、「壇」的語音[zɯ21]和[ɣɯ21]、「杵」的語音[to24]和[tɑ42]、「擠（腳）」的語音[kɯ44]和[kou44]、「騎」的語音[ko42]和[kɯ33]，「騎」字在白語語音系統內，並以聲調差異表示漢語借詞一字兩讀現象的合併。

2. 遷移式合併

指一個音位的位置向另一個音位的位置逐漸靠近直到相同，遷移式合併只有一個音位發生變化，故此種合併不同於接近式屬於雙向式，遷移式屬於單向式合併，例如：詞彙「改」的白語音讀為[qɛ̃44]，其中元音的[ɛ̃]與音讀[qɔ̃42]的元音[ɔ̃]合併。

3. 擴張式合併

指一個音位在部分條件下與另一個音位進行合併。這種併合現象產生於白

〔註28〕威廉拉波夫（William Labov）. Principles of Linguistic Change, p320~324.

語聲調系統內，即鬆緊元音逐漸產生合併，透過本次調查的語區發現，在過渡語區的諾鄧和康福二地，仍保有鬆緊元音的語音特性，其他語區則逐漸趨向合流，不刻意強調元音鬆緊，而在聲調方面以調值做爲區辨，另外還有關於韻母近央化[v]和圓唇[u]合併爲[v]音位。

這三種合併現象對於白語而言，在語言接觸產生的干擾與借貸的影響下，仍在語音系統內持續交互作用與影響。由此機制解釋白語聲母系統，可歸納出以下 11 點共性特徵及 1 點特殊女國音語音特徵，共 12 點關於白語聲母系統相關語音現象，分別論述如下：

（1）塞音、塞擦音和擦音有清濁之分

白語聲母系統的不送氣塞音有[p]/[b]、[t]/[d]和[k]/[g]三對；不送氣塞擦音有[ts]/[dz]、[tʂ]/[dʐ]和[tɕ]/[dʑ]三對；擦音有[f]/[v]、[s]/[z]、[ʂ]/[ʐ]和[ɕ]/[ʑ]四對，彼此兩兩清濁對立，其中濁音部分出現頻率較低，少數方言區仍保有濁音，多數地區已合流於清音內。

（2）鼻音自成音節

白語內部鼻音自成音節僅有一例[ŋ]，並未有清化鼻音現象。自成音節的鼻音發音部位和發音方法與作爲聲母時完全相同，差異在於自成音節時值較長。

（3）具有半元音

白語聲母系統內，[j]是一個具有輔音色彩的半元音位，此音位有一定的摩擦成分，但沒有濁塞音[ʑ]來得強烈，此外，白語聲母系統內還有[w]的半元音位，此音位與擦音[v]並不構成對立關係，[w]半元音多出現在圓唇化音節成分內，因此也將此音位歸併爲一個音位成分，標記時以上標代表。

（4）遺存鼻化輔音聲母

白語聲母系統目前已不存在此種稱之爲鼻冠音聲母的鼻化輔音系統，但透過單獨查考白語小舌音聲母語料後發現，此組聲母系統上古時期應當存在於白語語音系統內，隨著語音演變後逐漸弱化消失。

白語北部瀘水洛本卓地區，出現小舌發音但不具有陽聲韻尾的詞條例，此現象也出現在小舌音已併入軟顎舌根音內的白語中部及南部地區，例如：「狗」在妥洛、共興、金滿及洛本卓等北部方言區內產生元音鼻化現象，同樣在中部和南部金華、金星、大石、馬者龍亦有同樣狀況「[qʼɤ̃33]/[qʼuã33]－[kʼuã33]」、

厚「[quĩ42]－[kẽ33]」，二「[kõ33]」等。由這些語例發現，白語聲母系統內之[q]和[ŋ]兩個聲母在上古時期應具有鼻冠音，然而[q]的鼻冠音不甚顯著，但[ŋ]則有明顯的鼻冠音成分，然目前的實際語言現象顯示，[q]的鼻冠音已經消失，而是以元音鼻化做為承載。

（5）[k]、[x]、[h]、[v]在白語語音系統內是四個相對立的音位

「[k]、[x]、[h]、[v]」在白語語音系統內是四個相對立的音位，但受到漢語接觸的影響，在部分詞條的音節中，彼此具有相互變讀的情形。例如：壞[que42]－[kue42]－[xe44]，音讀屬於漢語借詞音譯現象、對[xo35]－[ho55]，音讀屬於漢語借詞聲調變讀現象；此外，[x]和[h]兩個擦音聲母方面，兩者在發音上並不是很容易區辨，相較之下[x]的摩擦程度較[h]重，值得一提的是，聲門擦音[h]和[x]軟顎擦音的相互變讀混用，僅好發於中古漢語借詞，近現代特別是現代音讀漢語借詞則少有此種現象。

（6）清唇齒擦音[f]輕唇音非母字

清唇齒擦音[f]輕唇音非母在白語內部出現的頻率較不普遍，白語多使用此音來拼寫漢語借詞，例如：「付[fo31]」、「份[fv42]」、「分[fu55]」、「飛機[fei55 tɕi55]」、「天花[fv35]」等；少數情況用來拼寫本族詞，例如：俊[fe24]、「鋸[fv31]/[fv42]」、「屁[fv31]」、「六[fɯ44]/[fv44]」等。

白語內的清唇齒擦音[f]一部分詞內的讀音有作雙唇半元音[w]，然此音讀並不形成獨立音位，多併入濁唇齒擦音[v]；依據語音演變之時代推估，白語使用唇齒清擦音[f]即由重唇音讀分化而出的輕唇非母字，應當於中古中期即守溫三十六字母出現之後，因唇齒濁擦音奉母[v]出現，因而產生相應的清音，白語以此表示部分屬底層本源屬性的關係詞，此音讀即為唇音與韻母介音產生擦音化：[p-]＋[-i-]/[-j-]→[pi-]/[pj-]=[f]現象。

（7）聲母韻母雙唇性質的濁唇齒擦音[v]

濁唇齒擦音[v]，此音在白語語音系統內甚為特殊，兼具聲母和韻母的功能，做為聲母時在白語內部出現的頻率與[f]相似皆不普遍，且只能和單元音韻母相拼合，並有聲母和韻母同為[v]的拼合現象，例如：雲[vv21]、泥鰍[vv44]、戊[vv55]、撈[vv21]、淹[vv44]、孵[vv44]、匀[vv21]、胃[vv42]、背（背負物件非背負人）[vv35]等，亦有做為多音節詞之詞首現象，例如：蝸牛[v33 sl33 ŋɯ21]、妻[v21 tɯ21]等，當借入的漢語詞彙為零聲母（實際語音現象以[m̩]為

基本）時，白語基本以濁唇齒擦音[v]表現，亦有例外現象；做韻母時，濁唇齒擦音[v]則形成唇齒濁半元音。

（8）唇齒擦音[f]和舌根擦音[x]/[ɣ]混用

唇齒擦音[f]和舌根擦音[x]/[ɣ]混用，例如：漢語音譯借詞「小（漢）＋腹（白）」[se42 fɣ44]=[se42 xu44]，其白語的腹[fɣ4]亦與[xu44]混用，同樣表示「腹」的語義，又如表示蜜蜂一詞有[fṽ55]（蜂）亦可以[xõ55]表示；另外，在底層本源關係詞之詞例「六」，在白語詞彙系統內亦與「腹」同音，在辛屯語區亦有[xo44]音讀對應。

（9）鼻音[n]和邊音[l]混用

鼻音[n]和邊音[l]混用，即泥母和來母混用現象。此音較有規律性，屬於中古時期漢語的泥母／日母和來母。白語具備西南官話鼻音[n]和邊音[l]混用的特徵，中古來母字在白語內常見以鼻音[n]表示，又隨著元音為前元音且展唇高化影響（[-i-]和[-e-]），[n]變為舌面前鼻輔音[ȵ]表示，用以表達漢語借詞音讀時，部分詞語亦有未見相混的情形。例如：鼻音[n]和邊音[l]混用現象，來母「樓」字具備[lɯ31]和[nɯ31]/[nə̠21]兩讀、泥母「泥」字具備[næ̠21]和[læ̠21]兩讀、來母「龍」字具備[nṽ1]（近央元音[v]成音節鼻化）/[no31]和[lo31]兩讀；鼻音[n]和邊音[l]分明未混用現象，漢譯為口袋的「囊」字即只以泥母鼻音[n]表示[nõ31]/[nṽ31]，而未與邊音[l]混用、較為特殊的是白語漢源歸化詞之「虎」字，中古漢語為曉母姥韻，然此字在白語語音系統內僅以邊音[l]－[lɔ21]/[lo21]/[lou21]表示，聲母為自身語音韻母則融合漢語形式而成，且「虎」字在白語詞彙系統內不僅表示動物名，更承載了屬相名，因此，白語以聲調[21]調表示屬相「寅」的調值。

（10）端系承載舌齒音的發展

從端系展開舌齒音語音系列的發展。白語自上古層起始至唐宋層，其知、精、莊、章系的讀音類型為：知系與端母混讀[t-]、並與精、莊系混讀[ts-]、[ts'-]、[s-]：此外，在知系部分又可再細分出：①知系與章系混讀，洪音讀為[tʂ-]、[tʂ'-]、[ʂ-]，細音讀為[tɕ-]、[tɕ'-]、[ɕ]，端系細音亦有讀為[tɕ-]、[tɕ'-]、[ɕ]。②知系與章系部分讀塞擦音和擦音：[ts-]、[ts'-]、[s-]/[tʂ-]、[tʂ'-]、[ʂ-]/[tɕ-]、[tɕ'-]、[ɕ]，其中的[ts-]、[ts'-]、[s-]和[tʂ-]、[tʂ'-]、[ʂ-]音讀，白語有時會以濁音表示，呈現清濁對立現象。

知系、精系、章系和莊系這四組舌齒音讀，在白語語音系統內，主要是知系與端系和精莊系混同，其音讀在上古時期為[*t]、中古時期除了底層舌尖塞音[*t]外，受到漢語端二[*tr-]內的[-r-]介音影響而形成翹舌音[*ʈ]，並重疊出現混讀章系[ts-]/[tʂ-]/[tɕ-]的語音現象，近代時期亦然，現代直音譯的漢語借詞部分，則以[ts-]/[tʂ-]並用為主；值得注意的是，白語舌齒音同見系，其語音演變現象內存有特殊的擦音游離現象，這種語音現象的產生，是語音系統內擦音和塞擦音演變不同步發展所致，舌齒音知、莊、精、章系及軟顎舌根見系，連同韻母止攝開口三等皆有此種語音現象，止攝的聲母類型即屬於舌齒音類。

（11）裂化機制

元音裂化及透過分音詞的結構類型將複輔音予以保留，影響唇音顎化為塞擦音及擦音化。

（12）女國音現象

重唇音聲母[p]受到重紐及接觸吸收漢語特殊「女國音」的發音現象，聲母與韻母介音[-i-]產生舌面音顎化作用，由舌面音再次與介音[-i-]作用形成舌尖化語音現象，此種白語特殊的漢源女國音現象，特別保存在白語北部語源區，例如洛本卓表示「邊」時其音讀為[tɕuĩ55]、同為北部語源區之營盤則為舌尖音塞擦化[tsuɛ̃55]，北部語源區之共興音讀為[tuĩ55]（[tyĩ55]）。

釐清白語聲母較為顯著的特殊屬性後，筆者進而總結白語語音系統內，受到語言接觸導入而產生雙向擴散的音變現象有二〔註29〕：第一是語言接觸形成的語音層次演變，即不同層次間的異源層次變異，屬於歷時的語音演變現象；第二是由滯後音變及擴散音變所形成的同源層次變異，屬於共時的語音演變現象。

接續將分析白語聲母的層次演變規律及相關分合條件。

第四節　白語聲母層次因接觸內化的演變機制

白語聲母自滯古－上古時期開始，歷經中古時期特別是中古中晚期 B 層，其語音演變甚是活躍，除了自然語音系統的自體生發演變外，更重要的演變機

〔註29〕王士元和連金發：〈語音演變的雙向擴散〉《中國語言學論叢》第 3 卷（2004 年），頁 111～144、陳忠敏：〈語音層次與滯後音變、擴散音變的區別〉《漢語研究的新貌：方言、語法與文獻》，頁 1～12。

制，便是受到語言接觸影響而產生的外源性誘發演變，主要分為以下演變方向：滯古小舌音的存古演變機制、小舌音與見系的承繼與創新格局、端系泥來母的合流與分化、端系塞擦化的演變機制、喉音影母、曉匣母及零聲母的語音現象、端系支脈的發展：舌齒音知精章莊系的源流發展，舌齒音自然的語音系統演變發展跟不上接觸誘發的演變速度，進而形成擦音游離的特例、全濁塞音和塞擦音聲母的語音現象、擦音送氣的滯古音理、唇齒音與半元音、滯古鼻輔音與唇舌複輔音等的語音演變情形，歸屬於第一度聲母演變階段；至近現代時期的民家語層，主要的影響範圍雖然以韻母為主，然而，也因為民家語層對韻母的演變改造，對於聲母產生顎化作用及其相關的音節結構變化，歸屬於第二度聲母演變階段。

　　本節在分析白語聲母歷史層次演變的前提下，先針對相關的演變規律及分合條件進行梳理統整，做為研究前的基礎觀念建立。

　　關於白語聲母演變規律及分合條件類型，首先，依循中古《切韻》音系相關音理條件，並根據調查的白語方言相關語料進行音韻結構對應分析，總結出白語聲母演變規律及分合條件，分別建檔為下列五個整理表（表 3-4-1 至表3-4-5）所示，並於各表後，針對白語相關特殊例字所表示的漢語釋義、特殊語音等相關語音現象進行釋疑說明，由此發現，白語聲母系統的分合條件，著實可與等韻門法相互契合，特別是元明民家語時期，劉鑒所編著的《經史正音切韻指南》後所附之〈門法玉鑰匙〉。

　　〈門法玉鑰匙〉乃門法集大成之作，共分門法 13 條，配合白語實際語音反映的現象，相應的門法類型說明為：〔註30〕

　　（1）音和門：白語詞彙語音結構內與漢語同出一源者，即同音同母，同韻同等四者者皆同屬之。

　　（2）類隔門：與音和相對。其語音現象主要以端系為主，即「類隔者，謂端等一四為切，韻逢二三，便切知等字；知等二三為切，韻逢一四，卻切端等字，為種類阻隔而音不同也，故曰類隔。」白語實際

〔註30〕關於門法相關資料，綜合整理自：竺家寧：《聲韻學》，頁 259～279、李新魁：《等韻門法研究》收錄於《李新魁語言學論文集》（北京：中華書局，1994）、史存直：《漢語語音史綱要》（北京：商務印書館，1981 年），趙蔭棠：《等韻源流》（上海：商務印書館，1957 年）。

語音現象在唇音、舌音、牙音和齒音方面都有類隔現象，主要形成於中古時期階段。

表 3-4-1　白語古今聲母演變及分合條件（一）

聲母	中古聲紐	演變及分合條件	白語對應例字列舉
p	幫	清濁分立[p]－[b] 濁音清化／重紐唇音顎化 唇音齒齦化（溯源端系）	爸八包補飽布筆 並抱步薄扁編
p'	並	重紐／元音裂化／複輔音 塞音→塞擦音化	皮脾[1] 虼（螞蟻）[2] 庳（矮／低）秕
	滂	重紐／元音裂化／複輔音	鋪偏[3] 粕（酒糟）剖[4] 瓟
m	明	雙唇鼻音→影響元音鼻化	眉擾蟆麵麥脈秫
f/v	非	幫系型分化	風背／背負／佛[5] 蹯（蹄）孵伏
	敷	合口一、三等	
	奉	近現代形成與[p]混用	肚[6] 六屁插／插秧
v	微	合口三等	襪蚊亡晚萬
	影	合口一、三等	烏鴨／泥鰍／溫餕喂
	匣	合口一等	鬍狐[7] 畫
喻（云）		合口三等	雨胃[8] 麂云

（表格註：（1）虼：螞蟻（2）庳：矮或低（3）粕：酒糟（4）瓟：黃瓜（5）蹯：蹄（6）六、屁、插／插秧：這組詞之聲母無法以漢語相對應，屬白語本源特殊音讀（7）畫：白語詞彙系統內亦釋義表示「寫」（8）麂：比鹿體型略小的哺乳類動物。）

表內所反應的語音現象，即屬於門法類型的（3）輕重交互門，亦屬於類隔的一種。此類的語音現象屬於「輕重唇分裂」，除了少數白語滯古底層本／自源詞，白語在輕唇音部分仍以重唇音讀表示，其類隔語音的現象，主要是內源古音聲母相混合的遺留，及外源受介音與聲母拼合的制約條件影響而成。

表 3-4-2　白語古今聲母演變及分合條件（二）

聲母	中古聲紐	演變及分合條件	白語對應例字列舉
t	端	塞音→塞擦音化 合口一、三等 山合口一等[ts']	底燈刀膽戴直端遠剁碓短得[1] 笕

	知	徹母蟹開口三等[j] 遇合口三等[ts][t]	啄[2] 趄（回）[3] 拄（托）豬
t′	定	濁音清化 山開口一等[s]/[z]/[z]	弟定等待豆盜偷鈍毒 [4] 塘壇頭道路踩踏
	透		兔脫
	徹		坼
	澄		[5] 擇
n/l	泥	泥來混用／漢語借詞不混	膿你二囊泥難耳
	來	開口和合口一、三等 [n-]＋[-i-]→[ɳ] [ɣ]/[ø]/[j] 山蟹開口四等 臻止開口三等[l-]＋[-i-]→[tɕ]/[x] 詞彙擴散影響語音擴散 [k-]→[ts]→[tʂ]→[tɕ-]	亮籠臘邋（髒）罾樓摟柳力落 利淚易[6] 籮（籮筐）連 娘（孃）捩女[7] 栗（栗子） 李（李子）[8] 耕→犁

（表格註：（1）罾：籮筐（2）趄：回（3）拄：托（4）塘：白語借自彝語[bɯ33]音讀而來，白語借入後以清濁音並存[pɯ33]－[bɯ33]語音形式表達（5）擇：可表示雙音節詞「選擇」（6）籮：籮筐。（7）栗和李：白語詞彙表示蔬菜水果「栗子」和「李子」。兩詞彙屬來母開口三等字，其聲母既非來母亦非以泥來混用的語音現象表示，而是以顎化的舌面音和舌根擦音表示，這是因為受到韻母具有[-i-]介音的影響而致（栗：質韻；李：止韻），導致來母[l-]也產生舌面音和舌根音顎化現象（栗（子）：[tɕʼi55]；李（子）：[xɯ33]）。（8）白語詞彙語音系統內，犁和耕使用相同音讀表示，屬於互訓現象，這是吸收漢語語音而來：「犁，耕也；耕，犁也，從耒井聲，表犁田」，其語音演變體現舌根音顎化的演變現象，並受到詞彙擴散影響而逐漸演變：耕[kɯ44]→[tso44]→[tsau44]→[tsu44]→[tʂõ44]；由耕[tʂõ44]顎化形成舌面音[tɕi44]表示犁的音讀。）

表3-4-3 白語古今聲母演變及分合條件（三）

聲母	中古聲紐	演變及分合條件	白語對應例字列舉
ts	精		[1] 蹤焦將早[2] 子酒
	知	開口三等[dʑ] 通合口三等[tɕ]/[tʂ]	[3] 著竹
	澄	合口三等、開口二等	重蟲濁
	莊		窄
	章	通合口三等[tɕ]/[tʂ] 遇開口三等[tɕ]/[tʂ]	鍾（杯）／鐘（鐘鼓）／煮[4] 種燭腫[5] 指枕紙眞脂

ts/ts′	精	遇開口三等 遇合口一等[k′]	嘴租
	清		粗苶刺 [6] 餐切七漆
	從	開口一、三等[z]/[dz]	在藏槽蠶罪字嚼（咀）[7] 咋
	澄	開口三等[dʑ] 臻開口三等[s]/[ʂ]	箸陣長沉茶長腸柱
	初		[8] 鐺炒
	崇		鋤秧牀
	昌	宕開口一等 止合口三等	[9] 赤臭醜糠吹
	船	梗開口三等[dz]	射乘
	書	梗開口三等[ts′]/[t]	輸身聲螫
	禪	合口三等[tɕ] 梗開口三等[ti][t][d]	熟贖舐市十拾城成是
s/s′ z	心	與[ɕ]/[ʂ]相混用 蟹開口四等[m] 效開口一等[ts′]/[t]	笋髓（[s′]）析細 [10] 賜笑蒜 [11] 信三孫年歲 [12] 猴猻掃
	生	開口二等[x]/[ʂ]	殺深澀梳 [13] 生
	書	開口三等[x]	燒屎書 [14] 黍
ŋ/r	日	開口三等 臻開口三等[ts]/[tʂ]	[15] 日熱／太陽／入揉柔忍人 刃

（表格註：（1）蹤：腳印（2）子：可指稱男或兒（3）著：表持續不斷貌（4）種：表示名詞種子和動詞種植兩義（5）指：趾頭（6）餐：意指「早飯」（7）咋：大聲（8）鐺：鍋（9）赤：紅（10）賜：給（11）信：可表示雙音節詞「相信」（12）猴：猻，猴猻（13）生：主要表示生蛋（14）黍：糯米。（15）日：白語詞彙可表示熱和太陽）

表格內「日母」字音讀主流概況，中古後期始與「日寄憑切門」相關。

表 3-4-4　白語古今聲母演變及分合條件（四）

聲母	中古聲紐	演變及分合條件	白語對應例字列舉
tɕ	端		釘（釘子和釘的動作）多
	精	[tʂ]	井嘴接借
	從	[ts]	剪
	見	山開口三等[dʑ]	[1] 搴金筋巾 [2] 箕儿

	中古聲紐	演變及分合條件	白語對應例字列舉
	群	臻／止開口三等[dʑ] 合口三等[s]/[ɕ]/[ʂ]與舌尖塞音相諧	旗近 菌
	定	止開口三等[dʑ]	地
	（來）	止開口三等／蟹開口四等	犁
	（曉）	流開口三等 深開口三等[ts]	朽吸
tɕ/tɕ′	透		(3)鰈聽獺貼踢
	清		青清(4)圍淺(5)刺
	澄	開口二等[dʐ]	侄濁重
	溪		(6)骹
ɕ	心	主流對應三、四等 特例：[s]＋[-i-]/[-j-]/[其他元音]>[ʃ]>[ʂ]	星腥逍開仙痣
	邪	與舌尖塞音相諧 深開口三等[z]/[j]	夕(7)習（習慣）(8)岫（山）尋
	生		山
	船	臻開口三等[z]/[z]	神
	書	遇開口三等[ʂ]	水少鼠
	曉		香

（表格註：(1) 搴：拉取 (2) 箕：簸箕 (3) 鰈：朋友 (4) 圍：肥料 (5) 刺：常接賓語「繡」(6) 骹：小腿 (7) 習：亦可表示雙音節詞習慣 (8) 岫：山。）

表 3-4-2 至表 3-4-4 所反應的語音現象，其相對應的門法概念，除了類隔外，主要有：與照系相關的「寄韻憑切門」和「正音憑切門」、與精系相關的「振救門」、「窠切門」，和精系分裂之「精照互用門」，「精照互用門」的語音現象與白語特殊的擦音游離現象相類，顯現出白語齒齦音源流「端系」字的語音複雜狀況。

表 3-4-5　白語古今聲母演變及分合條件（五）

聲母	中古聲紐	演變及分合條件	白語對應例字列舉
k/q	見	遇開三、庚開二 梗開三、蟹合二 合口一等、開口一、三等[k]→[l] 臻開口三等[j]	鋸腳羹湯官寡罩壞骨賣薑弓聲露／露水／落／拍落／老兩 吃

k'/q' g/ɢ	見	合口一、三等	果蕨
	溪		狗寬腿客渴⁽¹⁾巧（會）苦曲／彎曲，曲／歌曲／筐空起
	群		棍屜瘸⁽²⁾劇（最／極）跪⁽³⁾窟絢舊橋騎撅摘
ŋ	疑	[n-]＋[-i-]→[ɳ]	鵝五⁽⁴⁾御熬牛芽⁽⁵⁾岩魚語硬午
	匣		鞋黃⁽⁶⁾皇汗
	溪	合口一，受韻母韻尾脫落整併影響	孔
	定		洞
x/ɣ k/q	曉	山開四、梗開二 開口一、二等	黑搕⁽⁷⁾喝稀／化／融化／天生熏火
	匣	曉母合口三等[ø]/[ɳ] 曉母臻合口一等[s]/[z] 匣母遇合口一等[x]→[k] 匣母咸開口二等[ts']	蝦豪含寒／寒冷／湖禾／稻禾喉 兄昏 ⁽⁸⁾姻 咸
ø j	疑	蟹開二	⁽⁹⁾騃
	邪		松／松樹
	影		看⁽¹⁰⁾喝鴨腌淹惡咽一壓 ⁽¹¹⁾邑
	喻（云）		圍／圍裙
	喻（以）	開口三等 通合口三等[ɳ] 曾開口三等[z]/[z] 假開口三等[l] 咸、宕開口三等 舌尖和舌面前塞音相諧 舌根音相諧 喻四以母和喻三云和匣母相諧 喻四以母和章系、精系相諧	羊癢陽余搖窯夜藥⁽¹²⁾遺油用欲蠅葉⁽¹³⁾恙也
	微	合口三等 表示漢語借詞聲母[w]，韻母[u]	霧文萬尾／尾巴

（表格註：（1）巧：會（2）劇：表示最或極義（3）窟：窩（4）御：馴（5）岩：石頭（6）皇：表示雙音節詞皇帝（7）喝（罵）（8）姻：富或愛（9）騃（傻）（10）喝：飲（11）邑：村寨（12）遺：屎尿（13）恙：生病、痛。）

表格內「喻母」音讀主流概況則與「喻下憑切門」相應。

　　針對白語聲母演變及分合條件說明，除了「端系」相關門法相應現象外，需特別指出的現象，即是白語聲母演變反應出的「重紐」特徵。

　　透過上列五表的歸納發現，白語唇塞音聲母在語音學上受到介音[-i-]或半元音[-j-]影響，進而產生翹舌化舌尖齒齦清塞音[t-]，或相對的翹舌化舌尖齒齦濁塞音[d-]，白語此種音變現象，實際而言，是體現中古中晚期 B 層的語音接觸現象：重紐四等擬音[-i-]或[-j-]，進而影響聲母產生舌面音或舌尖音顎化發展。

　　白語語音系統對唇音齒齦化現象的表現方式，即朱曉農所言，唇塞音[p]、[p']、[b]、[m]受到介音[-i-]或半元音[-j-]影響，甚至是聲母本具有的圓唇化[-u-]影響，進一步顎化變為舌尖齒齦塞音系列[t]、[t']、[d]、[n]/[l]及擦音[s]、[z]，〔註31〕這種音變現象屬於有條件音變，受到介音條件的制約影響，這樣的語音演變也牽動著白語內部關於重紐現象的產生。

　　白語本身在舌尖齒齦塞音[t-]的演變過程中，同樣也產生這種重紐擬音[-i-]或[-j-]的語音現象，主要出現在原不具有介音性質的端系一、四等音，卻因為介音出現二、三等才具有的[-i-]或[-j-]介音，甚至是介音本身非受到聲母圓唇化影響，而是受到本身音讀內即具有的圓唇介音影響，進而產生新的音位：清齒齦翹舌音[t-]和濁齒齦翹舌音[d-]，此種現象普遍產生於白語北部語源區，試看下列語例說明：

漢譯	韻攝	中古聲母	中古韻目	中古聲調	開合	等第	共興	洛本卓	營盤	辛屯	諾鄧	漕澗	康福	挖色	西窯	上關	鳳儀
肺	蟹	敷	廢	去	合	三	tɕ'ua44	tɕ'ua44	tɕ'ua44	p'ia44	p'ia21	p'ia33	fe44（緊）	p'ia44	p'ia44	p'ia44	p'ia44
八	山	幫	黠	入	合	二	tɕuã44	tɕua44 tʂua44	pia44	piã44	pia44	pia44	pia44（緊） pa35	pia44	pia44	pia44	pia44
頭	流	定	侯	平	開	一	di31	tɯ31 dɯ31	tɕɯ31	ti31 po21	dɯ21 bo21	tsṽ31 sã42	tɯ21（緊） pa21（緊）	tɯ21 po21	tɯ21 po21	tɯ21 po21	tɯ21 po21
等待	蟹	定	海	上	開	一	di33	dɯ33	diɯ33	tũ33	dɯ33	tiɯ33	tɯ33	tiɯ33	tiɯ33	tɯ33	tɯ33
道路	遇	來	暮	去	合	一	t'iu33	t'u33	t'v33	t'u33	t'u33	t'u33	t'u31	t'u33	t'u33	t'u33	t'u33
瓜	假	見	麻	平	合	二	p'v44	p'o44	qua55	xo42 vu42	k'ua35	kua44 tɕi55kua44	kua55	kua35	kua35	kua35	kua35

〔註31〕 朱曉農：〈唇音齒齦化和重紐四等〉《語言研究》第 24 卷第 3 期（2004 年），頁 11～17。

　　詞例「肺」和「八」屬於唇音幫系，北部語源區三區的語音產生舌面音顎化現象，同時受到介音[-i-]和聲母本身帶有的圓唇音[-u-]的影響，進而顎化後並還原[-u-]介音；詞例「頭」、「待」和「路」即屬於白語本身舌尖齒齦音位受到介音影響，便產生舌尖齒齦翹舌清塞音[t]－舌尖齒齦翹舌濁塞音[d]；詞例「瓜」屬於舌根音見系，由語音現象可知，其唇音受到聲母本已具有介音[-u-]影響，產生舌根音顎化，此外亦形成唇齒音[v]的唇音齒化現象。

　　白語這類的語音演變情形發生在歷時和共時變異中，藉由觀察與白語關係密切的藏緬彝親族語發現，這類語音現象在藏語內部亦有之，例如：「剝」，藏語產生舌根音顎化[gog]，白語[po24]/[pɚ21]；「戴」，藏語產生舌根音顎化[gon]，白語則由舌尖齒齦音[t]受到韻母[-i-]音影響產生舌尖塞擦音和翹舌塞擦音顎化現象：[tso42]/[to42]/[tʂu42]。由此可知，白語此種語音現象屬於本身具有的唇音齒齦化現象，並非全然受到接觸漢語的影響而來。

　　進一步分析白語此種既有自身語音現象，又因語言接觸之下受到漢語影響的重紐現象，根據陸志韋等學者提出的觀點，所謂「重紐」存在聲母、介音和元音三種不同的區別〔註32〕，在陸志韋的看法上，依據白語語料所反應出的實際情況可知，白語體現重紐現象，主要在聲母、介音和元音的區辨上皆有所體現。白語重紐聲母三等和四等主要以帶有唇化的喉牙音[kʷ]和唇音[pʷ]為主，其元音主要以圓唇化的[-u-]音，介音則以半元音[-j-]和高化的[-i-]為普遍；白語內部的重紐特例，即是聲母本該不具介音者的端系字，卻出現介音[-i-]或連同元音亦出現圓唇化[-u-]的語音現象，使得白語語音系統的重紐現象，除了唇音齒齦化外，齒音更持續升化朝向翹舌化發展。

　　藉由分析白語詞彙語音系統反應出的音韻現象可知，白語內部從中古時期至近現代時期，關於重紐語音現象的演變過程，依據漢語韻書韻圖的發展過程而論：

　　（1）在中古早期至中期時的漢語《切韻》時代：主要表現在介音的不同，例如：較低的半元音[-j-]和高化的[-i-]介音，但已有朝向合流於高化的[-i-]介音為主。

　　（2）在中古中期至晚期時的慧琳《一切經音義》時代：主要表現在聲母的

〔註32〕陸志韋：〈三四等與所謂喻化〉《燕京學報》第 16 期（1939 年），頁 143～173。

不同，例如：唇音、牙音和齒齦音，唇音齒齦化並形成唇齒音[v]、唇音牙喉音化，及齒音升化發展等，透過聲母受到介音影響而產生的演化機制。

（3）在中古晚期至近現代時期：白語在重紐的現象表現出合流情形，主要以高化[-i-]爲主，且白語重紐在聲母部分傾向逐步減弱，與韻母產生顎化等語音演變並非全然因爲重紐的原因所致；反觀韻母部分的作用則逐步明顯，左右著聲母複雜層次演變歷程。

由此可知，白語語音系統所體現的「重紐」現象，主要以聲母、韻母和諧律爲主，即說明聲母和韻母都能區辨重紐，表現出一定程度的和諧規律；而這種規律下的聲母演變發展，又受到脫落和弱化的條件影響，如此一來，針對本文前述提及的白語詞例：（1）八[pja44]－[pia44]－[tɕua44]－[pa35]（漢語借詞音讀），和（2）瓜[kwa55]（[kua35]）－[tɕi55kua55]（增添舌面音顎化音節）－[xo42]－[vu42]的語音演變型式，便能得到解釋。

對白語聲母演變規律及分合條件有基礎認知後，第五節將從白語聲母發音方法這條演變路線先進行詳盡分析說明，藉由語言接觸引發「滯古本源聲母－中古 A 層聲母－中古 B 層聲母－近現代層聲母」的相關主體層次和非主體層次內，透過對應比較白漢對音的音韻結構，所反應的語音演變現象進行探討。

第五節　白語古塞音和塞擦音聲母的變化條例

白語語音系統深受漢語影響甚深，論及白語古塞音及塞擦音的演變，首先就漢語相關內容進行簡要概述。漢語中古聲母依據發音時聲帶振動與否將聲母依次分爲：全清、次清、全濁、次濁四類，但舌齒音部分則又再細分爲：全清、次清、全濁、又次清和又次濁五類。全清聲母一般即指發音時聲帶不帶音振動的清音之古塞音、塞擦音和擦音，依據白語語音系統反應的音理現象，及古漢語《切韻》系系現象，有以下情形，例如：古幫母／非母合流、非母、古端母／知母／章母／莊母／精母合流、知母、莊母、精母和章母；次清同樣是不帶音振動但卻形成送氣成分之古塞音和塞擦音，例如：古滂母／敷母合流、敷母、透母、徹母、清母、初母、昌母；次濁聲母不同次清不

帶音，次濁發音時帶且振動，一般指鼻音、邊音、半元音，例如：古明母／微母合流、微母、來母、泥母等；由此可知，全濁聲母與全清聲母形成對立，所指即是帶音的古塞音、塞擦音和擦音。

　　針對白語古塞音和塞擦音聲母的演變現象討論，主要依據語音學原理，分析白語帶音與不帶音的塞音、塞擦音和擦音成分的全清和全濁聲母，並從音系學的角度論述此些發音方法，有受到韻母介音或元音：齊齒音[-i-]、半元音[-j-]，甚至是後起撮口音[-y-]的影響，更有受到民家語時期，由齊齒音[-i-]逐漸高化而產生的舌尖元音，即舌尖元音[ɿ]和[ʅ]的影響，進而帶動聲母顎化、齒擦化及塞擦化的語音演變現象，形成與古漢語聲紐等第無法對應的語音特殊現象，及受到清化原則和送氣與否，影響的清化甚至擦音清化的語音演變現象。在全濁聲母部分，不包括中古次濁聲母，次濁聲母因語音變化差異不大，普遍隨著主要聲系變化，因此，本部分將各聲系內的全濁聲母，特別提出另外觀察討論，在行文過程中若需與全清部分區隔將以全濁說明，若非此情形則以廣義的「濁音」行文論述。

壹、白語全濁聲母類型

　　首先在全濁聲母部分，中古漢語全濁聲母有並（奉）、定、澄、群、從、邪、崇、船、禪、匣等十個，其分化條件主要依據切語下字之平仄聲為論據，凡平聲字變送氣清音，仄聲字變不送氣清音。本部分說明的全濁聲母語音演變現象，將依據白語實際語音現象加以分析，此中古漢語全濁音十母內，奉母在白語內仍合於並母內故以並母為主，匣母雖為濁音，但因其語音演變現象而與曉母一併討論，此處僅就餘者部分說明。根據擬音區分，其中並、定、群三母白語同於漢語皆屬濁塞音；漢語從、崇、禪是濁塞擦音，白語在禪母部分已有塞擦音塞音脫落形成擦音化的語音現象，從和崇仍以塞擦音為主，漢語奉、邪、船、匣是濁擦音，白語在奉母較明確以[v]表示者，以音譯現代漢語借詞為主，邪和船二母亦有形成擦音化的語音現象，特別是船、禪、邪三個全濁聲母在白語語音系統內皆有讀為擦音的情形，並且也保有濁音的讀法，「清濁音同時並列」是白語語音系統的特徵，特別是白語北部語源區，受到漢語影響產生清濁並列的語音轉變過渡甚為顯著，反觀位居中部和北部過渡語區的諾鄧，其音韻結構並遍使用濁音表示，較之北部語區的轉變過渡，

諾鄧反而更保留古白語濁音發達的語音現象。

　　藉由歸納調查語料，及《白語簡志》和《白漢詞典》內的說明可知，白語語音系統針對此些中古全濁聲母的處理方式，在中部和南部方言區基本已同於漢語呈現濁音清化現象，然而仔細探究內容，仍有略顯異質的語音現象，例如：

（一）唇音全濁奉母仍合流於並母內

　　白語在元代[v]音質成形後以其表示微母音質，時至現代漢語借詞才普遍用以表示奉母及具有[u]的音質成分，亦是歸類為擦音化（唇齒擦音）的語音表現。

（二）全濁聲母和聲調的關連性

　　白語北部方言區普遍在上聲和去聲調及陽平調部分以濁音表示，南部大理方言區雖已濁音清化，但在上聲和去聲調部分仍可以採用濁音表示，中部雲龍諾鄧則呈現清濁聲母並用現象，在鶴慶特殊的短促音值[21]調部分亦使用濁音表示其音短促低沉，在入聲調部分則呈現清濁聲母並用的現象，普遍在陽入調以濁音表示。

　　根據筆者研究認為，白語北部方言區及處於中界地帶的中部諾鄧語區，上古時期應具有一條「濁音走廊」，透過研究語料顯示，諾鄧語區內部保有相當數量的濁音系統，此處白語方言內的全濁聲母仍未完全完成清化，實際語音現象目前仍呈現清濁並列及趨向清化的過渡階段；此外，在聲母的發音方法部分，基本以塞音和塞擦音為主，但在聲母船、禪、邪部分具有讀為塞音、塞擦音和擦音的狀況、並母朝向唇齒擦音演變，匣母呈現舌根音擦化現象。這些語音現象的具體形式，反映了中古時期船、禪、邪三聲母在今白語方言中不同的歷史演變層次，這也顯示出白語方言在發展演變的過程中，自體變化和周邊方言的影響痕跡，藉由具體語音形式的研究，可以較為明確疏理船、禪、邪三個全濁聲母的清化方式及其擦音化的過程。本節將從白語語音系統內的全清和全濁塞音、塞擦音聲母的演變現象進行說明，並論述其產生擦音化的影響，由於擦音化對白語語音系統影響甚廣，特別與白語聲調的起源關係密切，因此，更細部的討論將依其實際影響，歸入聲調層次章內討論。

貳、白語語音系統對清化原理的運用

　　白語共時平面呈現出來的塞音和塞擦音相當豐富，以塞音為例主要是四分，諸如具有清送氣與不送氣之雙唇、舌尖、軟顎、翹舌塞音[p]、[t]、[k]、[ʈ]和[p′]、[t′]、[k′]，較特殊者為翹舌塞音[ʈ]不具送氣成分，因此無法形成平均的對立語音型式，此外，白語還具有漢語少有的濁塞音[b]、[d]、[g]、[ɖ]等語音形式，詳細分類整理如下表 3-5-1 所示，並依據白語實際語音概況，特別標出呈現過渡語音特徵之語區，例如中部諾鄧和南部大理，表格內「＋」表示具有其音位，「－」表示不具有此音位，說明欄位舉出其音理現象：

表 3-5-1 　白語塞音共時分布表

普通／特殊	普通發聲									特殊發聲		說　明
發音部位	雙唇			舌尖			軟顎舌根			翹舌		
塞音	p	p′	b	t	t′	d	k	k′	g	ʈ	ɖ	
北部	＋	＋	＋	＋	＋	＋	＋	＋	＋	＋	＋／－	清濁音並用
中部諾鄧	＋	＋	＋	＋	＋	＋	＋	＋	＋	－	－	濁音發達 無翹舌音
中部	＋	＋	－	＋	＋	－	＋	＋	－	－	－	受漢語影響
*南部大理	＋	＋	＋	＋	＋	＋	＋	＋	＋	－	－	1.上聲和去聲及陽入調具濁音 2.與漢語具深入接觸調合，音讀與漢語相仿
南部	＋	＋	－	＋	＋	－	＋	＋	－	－	－	受漢語影響

　　中古漢語在往現代漢語演進的過程中，以依據切語下字的平仄聲來分辨送氣與否之濁音清化為主流，現代漢語已不具濁塞音成分，然而，白語內部在北部方言區及特定聲調值的條件下，仍有濁塞音的語音現象；白語塞音不具內爆音[ɓ]和[ɗ]，反而具有清濁對立翹舌音[ʈ]和[ɖ]，但此種對立趨向合流於清音[ʈ]。然而，筆者提出懷疑，白語內部在雙唇濁塞音[b]和舌尖濁塞音[d]部分，應具有內爆音的語音合併現象，觀察仍保留濁音的語源區推測，由於發濁音時的調值普遍以上聲、去聲及陰平聲為基本，有時並用短促音值[21]調或更短又急促的[11]調表示，急促低沉與內爆音的發音方式具有相似性，依據語音學原理來看，發內爆音時要將舌位和喉頭壓低，使聲門向下壓迫出肺部空

氣進而控制氣流，使之能衝破成阻已完成發音。

　　然而，筆者研究提出「白語內部在雙唇濁塞音[b]和舌尖濁塞音[d]部分，應具有內爆音的語音合併現象」這種假定的主要因素，是由於白語濁塞音和濁塞擦音的發音狀況，與陳忠敏研究吳語內爆音時，所指出的聲帶振動屬於真濁音，且與陰調而不與陽調相配的發音狀況有所相類同之故〔註33〕，不僅如此，由於內爆音與陰調值搭配且是真濁音的特點，使其在產生清化的過程中，逐漸轉往同部位的唇音清塞音[p]和舌尖齒齦清塞音[t]整化合流，但其真濁音的性質表現出聲帶振動的發音特徵，又可能帶動內爆音在演變的過程中，仍維持濁音化，而整化合流入唇音濁塞音[b]和舌尖齒齦濁塞音[d]內，白語語音系統所表現出的歸併現象與陳忠敏研究吳語所言之現象有其相類之處，這也顯示出白語吸收漢語方言內吳方言之痕跡。

　　因此，觀察白語濁塞音發音狀況時，便先提出這點假設，但是甚為可惜的是，由於白語方言區隔步不同音且各區方言點繁複，同一語源點在上、中、下游的語音即有所差異，例如：洱海周圍語區，同一城鎮內甸北、甸中、甸南亦有不同的語音特性，例如：洱源鳳羽一地即屬於此種語音疊壓帶的過渡，依據地理位置不同而語音則略有差異，這種地理影響語音的狀況，可以從白語塞音和塞擦音清濁對立不平均的語音現象獲得證明，例如：白語塞音特殊發聲的翹舌音讀[t]和[d]，其濁音亦合流入清音內，舌尖齒齦塞擦音本有清濁對立音位：[ts]和[dz]，但白語區內這組對立並非如同漢語般絕對，例如調查過程中探訪到的洱源鳳羽一地，這組舌尖齒齦塞擦音清濁對立音位：[ts]和[dz]，在濁音[dz]的部分僅出現在白語滯古調值層[33]和[31]，不如其他音位具有明確的清濁對立現象，性質屬於音位變體而非獨立主體音位。然而，在調查語料仍未詳盡白語全部方言點的概況之下，僅就此語音現象先行提出假設，待日後調查方言點更完善後方能得到確實論證。

　　根據白語語音系統內所顯示的語音情形，主要透過李如龍和辛世彪〔註34〕、

〔註33〕陳忠敏：〈南匯方言的三個縮氣音〉《語言研究》第 1 期（1988 年），頁 131～134。

〔註34〕李如龍、辛世彪：〈晉南、關中的「全濁送氣」與唐西北方音〉文，收錄於李如龍主編：《漢語方言的比較研究》書內，（北京：商務印書館，2001 年），頁 211～226、辛世彪：〈濁音清化的次序問題〉《海南大學學報（人文社會科學版）》第 1 期（2001年），頁 12～18。

陳淵泉（Chen, Matthew）等學者，對於清化原理的理論加以輔助說明。〔註35〕濁音發生清化作用可以從發音方法、聲調和字類三方面論述，並認爲此三部分內部發生清化仍有其先後次序，在發音方法部分，首先產生清化者爲擦音再次爲塞擦音，塞音最末清化；在聲調方面，清化順序可先仄聲再平聲，也可以先平聲再仄聲；字類則是常用詞或方言固有詞先清化，非常用冷僻語或外來語等則較遲清化。在白語內部清化的主因當與聲調密切相關，白語在塞音甚至塞擦音部分，其濁音的表現基本上存在於古上聲和去聲調內，陽平聲普遍已完成清化，但仍保留部分濁音現象，進一步就此些仍保有濁音的調值縮小觀察，其濁音部分首先清化者，爲發音耗力缺乏經濟效益的濁軟顎塞音[g]，然而，本文研究認爲，白語形成以聲調爲主的清化現象，其主要原因不外乎與語言經濟化有關，從語言類型學的角度觀察，發濁音時的聲帶需低沉振動，濁軟顎塞音[g]在發音的過程中其成阻部位靠後，如此影響之下使得發音時的聲腔受到壓迫，並無適當空間使氣流順透通過，因此，濁軟顎塞音[g]便在這場濁音清化戰中首先弱化，從這點面向再深入觀察，亦能論及白語塞音受到韻母介音或元音齊齒[-i-]、半元音[-j-]和近現代逐漸形成的撮口[-y-]，所產生的顎化、齒擦化和塞擦化的語音演變現象，其產生的先後順序莫不依循濁塞音清化的順序進行，即從軟顎舌根音開始，依次舌齒音、雙唇音。

參、白語語音對送氣與否的實際反應

漢語主要透過發音方法上的送氣與否，及聲調做爲區辨語義的原則。對於白語而言，其主要的區辨原則以元音高低變化和聲母清濁、聲母是否產生音變爲主，聲調爲次主要的區辨要素，這種語音辨義現象，在筆者另外調查的語區洱源鳳羽內甚爲明顯，例如：[ka33]（要回屬於自己的物品）－[ga33]（減少）、[pa33]（爸）－[ba33]（泡）、[ta35]（桃）－[da35]（盜）等，即屬於以聲母清濁做爲辨義準則之例。然而，送氣與否的區辨作用主要發生於擦音上，擦音送氣對於白語而言甚爲重要，其不僅是存古現象的特徵，更是白語聲調古原始層次的主要表現，擦音送氣對於白語聲調的影響，將於聲調層

〔註35〕Chen, Matthew（陳淵泉）.Cross-Dialectal Comparsion:A Cate Study and Some Theorectical Consideations. Journal of Chinese Linguistics, Volume 1 Number 1（1973）,p173~191

次分析章節內討論，此處僅說明白語語音系統內所發生的擦音化現象。

　　藉由上表 3-5-1 的歸納可知，白語語音系統內清塞音具有送氣與不送氣之二元對立語音現象，濁塞音部分則無送氣，在北部方言區具有的翹舌塞音部分亦無送氣成分，在語言經濟原則下，送氣與不送氣的相互對應本為雙向對立，如此才能使音系結構更加穩固，換言之，也就是在經濟原則理論下，送氣與不送氣所承載的語言音位功能應該取得雙向發展的平衡格局，但是，歸納白語語音系統所呈現出來的狀況，卻是不送氣的塞音（含塞擦音）承載的詞彙較之送氣者為多，在塞音和塞擦音部分的送氣成分，有很大的形成因素是受到漢語接觸的影響而產生，使得送氣的音位在白語內部呈現與不送氣合併的格局，研究認為，這種不平衡的語音發展現象在白語內部作用，有一部分應當可以回溯自中古中晚期佛教梵文的影響，詳觀在白語全清塞音（含塞擦音）的部分，發現少量送氣音讀，這也是白語底層語音特色之遺存，試看下列範例：

　　　　幫母：巴（結）、布、包、剝[p′]；肺[p′]（敷母次清）

　　　　端母：點[tɕ′]、弟[t′]（定母清化）

　　　　精母：鑽[t′]、掃[t′]→[ts′]→[tɕ′]→[t′]、鬚、積（水）[tɕ′]（心母全清）

　　　　知母：蜇[t′]→[ts′]→[tɕ′]→[tʂ′]

　　　　莊母：札、失、身[tʂ′]

　　　　章母：腫[ts′]

　　　　書母：伸[t′]→[ts′]→[tɕ′]→[tʂ′]（同知母演變過程）

　　　　見母：哽、狗、*蓋[k′]、*家[x′]（見母全清）；*攬[tɕ′]（見母全清）

這些字數量並不多，但會出現在語音系統內必有其應該留心之處：第一送氣音的讀法基本保留於白讀內，文讀則一律以不送氣的音讀為主，第二在這些字例中，以上聲和去聲占優勢，平聲字次之，對應白語濁音仍然保留的聲調發現，與全清送氣出現的調值正巧形成呼應。形成這種特殊語音現象的原因，應該排除受到其他方言影響，如此現象應當與語源內部自源變化有關，研究認為，白語內部此種少量的語言特殊現象，應受有藏文對音譯文影響而誘發內部自源變化，又承襲古漢語古漢語全濁塞音和塞擦音不送氣的語音現象雙重內化而成。

　　前述提及，漢語濁音清化的分化條件，主要依據切語下字之平仄聲爲論據，凡平聲字變送氣清音，仄聲字變不送氣清音，然而，由於白語在塞音和塞擦音送氣與否的承載作用不平衡的先天條件下，其濁音在形成清化作用的過程中，無論平仄，普遍的演變原則即是朝向同語音部位的不送氣清塞音和塞擦音歸位，如此一來，使得白語語音系統內在塞音和塞擦音的不送氣成爲承載主力。

　　由此可知，在清化作用影響下的白語濁塞音和塞擦音，其形成的語音類型爲：普遍以不送氣爲語音主流；清化具有聲調爲前提的條件，在北部及南部大理方言區主要在上聲、去聲及部分陽平聲內，形成仍保有濁塞音和塞擦音的不送氣語音現象，其餘聲調內則清化爲清塞音和塞擦音的不送氣語音現象；中部雲龍諾鄧除了上聲、去聲及部分陽平聲外，此區在短促音[21]調內，仍保留濁塞音且不送氣的語音現象。徐通鏘認爲，中古清塞音和塞擦音分爲送氣與不送氣兩系列〔註 36〕，但濁塞音和塞擦音僅只一系列，這種一濁配二清的模式爲古全濁聲母的發音留下廣闊的活動空間，不論是否以平仄爲條件區分送氣與否，都不違背音系「清－濁」間相互制衡的結構規律，因此，不同方言區的不同音值皆爲「清－濁」結構規則的不同表現，古全濁聲母送氣與否本就具有些微隨機成分，全濁聲母讀音的不同是在語音競爭下，沿襲上古漢語本就具有差異的質性演變而來，並非突變生成。

　　因此，白語古全濁塞音現今多讀爲不送氣，依其歷史脈絡推測，即可能承襲了古漢語全濁塞音和塞擦音不送氣的語音現象，加以內化而成；除此之外，亦可能受到中古時期侗台語的接觸雙重影響所形成，筆者透過梁敏和張均如針對侗台語代表方言點進行研究，得出原始侗台語並未具有送氣清塞音，甚至是兩廣一帶少數民族使用主流語——壯語，特別是其北部方言區在塞音方面也是不具有送氣成分，但南部方言則有之的說明觀察白語語音現象可知〔註 37〕；依據白語語音史上與親族語系及周圍語系的接觸論斷，白語古全濁塞音今多讀不送氣的語音清化現象，具有吸收侗台語的語音特徵；若從語音學原理來看，白語往不送氣演變發展，與發音時的省力原則有關，因省力原則促使送氣成分弱

〔註 36〕徐通鏘：《歷史語言學》（北京：商務印書館，1996 年），頁 407。

〔註 37〕梁敏和張均如：《侗台語族概論》（北京：中國社會科學出版社，1996 年）。

化消失，併合於原本即不送氣的成分內，使得同音現象增加形成交際困擾，白語的解決之道便是透過聲調形成新的音節予以區辨。

　　然而，隨著與漢語更加深入接觸，且現代新興漢語借詞大量借入後，白語語音系統開始針對古時全濁聲母不送氣的現象產生轉變，針對現代新興漢語借詞則依循古漢語全濁聲母平聲送氣、仄聲不送氣的原則予以音譯拼讀，例如：「平」字古漢語聲母爲「全濁並母且平聲」，根據調查的白語語料顯示，此字早期主要以清濁對立且不送氣的語音現象呈現（語料內粗黑體字），但近現代時期並有以送氣語音現象呈現——「[pɛ̃31]/[bɛ̃31：[p'iɯ21]」兩種讀音形式，形成同一聲母在不同的歷史層次時期，兼具了送氣和不送氣兩種不同的語音現象。

肆、白語古全濁三聲母「船禪邪」之擦音清化現象

　　白語古全濁聲母內，以「船、禪、邪」三母產生擦音化語音現象，澄母雖然也是全濁聲母，但澄母卻未產生擦音化，而是依舊維持端系塞擦化路徑進行語音演變。如此現象，本文研究推估排除全濁聲母澄母，其他船、禪、邪三母產生擦音化的時間，應該早在澄母與莊系及精系合流前即已完成擦音化，透過舌齒音分析章節的語音歸納可知，澄母並未出現擦音化的語音現象，此外，研究過程中也發現，在莊系與章系的全清及次清、又次清聲母普遍未產生擦音化語音現象〔註38〕，白語書母和生母出現清音齒擦化現象，早於知、莊、章、精等聲母全清和次清部分，率先擦音化即產生二次清化作用，此外，在全濁聲母船、禪、邪擦音化的現象，研究認爲亦能歸屬於全濁聲母的清化現象之一，而其相關語音演變規律範例，將於第四章白語聲母層次演變內的舌齒音章節討論，此處說明僅就演變規律述明。

　　藉由語音演變現象可知，全濁聲母船、禪、邪三聲母的清化過程實際上就是全濁塞擦音其塞音弱化消失，並趨向同部位的濁擦音併合的結果，配合白語濁音清化作用的條件，在上聲、去聲及陽平聲部分保留濁音，餘者濁音成分進一步弱化消失，歸入同部位的清擦音內，完成清濁合併的語音演變過程，因此本文研究認爲，白語全濁聲母及相關產生擦音化的全清或次清聲母，

〔註38〕章組內的書母及莊組的生母爲次清，屬例外現象，其產生擦音化現象。

當屬於塞音和塞擦音外的第二層主體層次的語音演變層次，根據在舌齒音單元的討論可知，其完成擦音化的時間應當於宋元之際，從羅常培、俞敏、邵榮芬、施向東、儲泰松、聶鴻音、尉遲治平等學者〔註39〕，以及劉廣和針對晉代譯經對音的研究〔註40〕，分別針對隋唐時期《經典釋文》、《切韻》、番漢對音及西北方言等相關語音研究可知，此三母完成擦音清化的時間應不晚於宋元之時。

伍、白語古塞音和塞擦音的共時演變及其特殊語音現象

本部分將針對白語古塞音和塞擦音的共時演變討論，並將白語古塞音和塞擦音爲人忽略的特殊語言現象提出說明。

語言發展的主流趨勢便是濁音產生清化作用，濁音產生清化作用後普遍演變爲不送氣則是受到發音省力的經濟原則影響。經由研究分析可知，白語語音系統內的古塞音和塞擦音不僅只有本源主體層次，其內部亦有來自於其他聲類的異源成分，屬於歷時演變的結果，從共時平面的角度觀察，白語古塞音和塞擦音則可能來源於不同的歷史層次，受到語音擴散與疊置影響形成現今語音面貌。

以下便以圖例演示其融合演變流程，概略說明白語塞音在共時平面上的演化語貌。

〔註39〕 尉遲治平：〈周隋長安方言初探〉《語言研究》第 2 期（1984 年），頁 105～114、羅常培：《唐五代西北方音》（北京：科學出版社，1961 年）、俞敏：《俞敏語言學論文集》（北京：商務印書館，1999 年）、邵榮芬：《切韻研究》（北京：中國社會科學出版社，1982 年）、儲泰松：〈梵漢對音與中古音研究〉《古漢語研究》第 1 期（1998 年），頁 45～51、施向東：〈玄奘譯著中的梵漢對音和唐初中原方音〉《語言研究》第 1 期（1983 年），頁 27～48、聶鴻音：〈番漢對音和上古漢語〉《民族語文》第 2 期（2003 年）。

〔註40〕 劉廣和：〈東晉譯經對音的晉語聲母系統〉《語言研究》增刊（1991 年）、〈西晉譯經對音的晉語聲母系統〉《中國語言學報》第 10 期（2001 年）。

圖 3-5-1　雙唇塞音共時演變概況

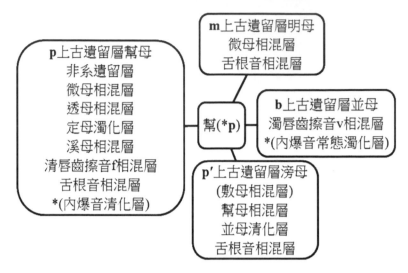

從圖 3-5-1 可以發現到，白語雙唇塞音在共時演變的過程內，在清雙唇塞音所代表示「幫母」，在共時演變的洪流內融納諸多語音來源，白語遵循上古時期「古無輕唇音」條例，因爲輕唇音並未分出，直到元代以後濁唇齒擦音[v]形成後以之表示微母，才用以做爲近現代漢語漢詞聲母[w]或韻母[u]的音讀，並以相應的清唇齒擦音[f]做爲輕唇音非系的音讀；此外，從共時演變圖內也發現雙唇塞音幫系和舌根音間彼此有相互混用的現象，例如：扶[k'ɛ55]、賣[qɯ31]、攀[ke55]、怕[kɛ35]等，較特殊者是與端系相互混用的現象，必需藉由語義深層對應進一步分析才能得知兩者混用互諧的關聯性，例如：塌[pa33]，塌趴一音之轉，白語語音透過「凹陷倒塌而墮落」後其散落樣貌如同趴下或垮下之樣予以代表其音讀，屬於借引申義之音爲音讀之例，但此字甚爲有趣的是，白語表示「趴」的本義字音讀，使用舌根音表示[k'a33]，從此亦可能知，採用舌根音爲音讀且表示本義音[k'a33]，其借入時間必早於採用唇音爲音讀表示引申義的[pa33]；此外，屬於一音多義且幫系和端系相互混用的例字，還有在白語詞彙系統內因詞彙擴散而形成的同義詞組「丟－抛－扔－擲」，同樣使用[piɛ35]/[pie35]表示音讀，將漢語借詞語義相近者歸爲一類，並使用同音讀表示。

其次，說明白語舌尖塞音在共時平面上的演變語貌，如下圖 3-5-2 所示：

圖 3-5-2　舌尖塞音共時演變概況

t上古遺留層端母
知精章莊母/澄母
透母相混層
定母清化層
知組遺留層
幫母相混層
舌根音相混層
*(內爆音常態濁化層)
端(*t)
d上古遺留層定母
*(內爆音常態濁化層)
t'上古遺留層透母
徹清昌母/澄母
端母相混層
定母清化層
滂母相混層
並母相混層

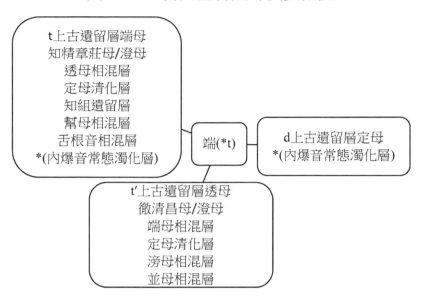

透過圖 3-5-2 可以發現到，白語舌尖塞音在共時演變的過程內，在舌尖唇塞音所代表示「端母」，除了依循舌無舌上音原則外，亦與舌根音見系相互混用互諧，例如：抖（灰）[kɔ42]、抓[kɛ33]、枯[ʂu55]、焦[tsa35]等；此外，在端母部分有和唇音幫母相混之例，例如表示低／矮時使用唇音[pi33]/[bi33]表示，然而，此字不論是低或是矮皆屬於全清（端和影），但此字卻同時使用清塞音和[p]和濁塞音[b]表示，似乎具有清音濁化的現象，白語語音系統內，在保有濁塞音及塞擦音的北部方言區及中部雲龍諾鄧，此種語例亦為數不少，且多產生在本字為全清或次清的字例上；筆者據此認為，白語語音系統內應具有濁音清化及清音濁化的語音現象。

最後，分析白語軟顎舌根音在共時平面上的演變語貌，如下圖 3-5-3 所示：

圖 3-5-3　軟顎舌根音共時演變概況

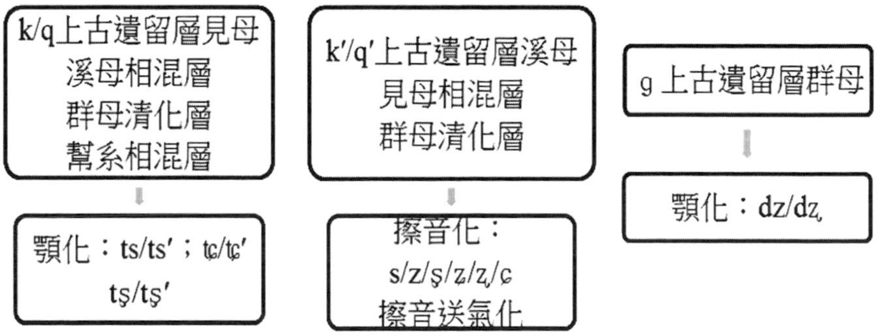

k/q上古遺留層見母
溪母相混層
群母清化層
幫系相混層
顎化：ts/ts'；tɕ/tɕ'
tʂ/tʂ'
k'/q'上古遺留層溪母
見母相混層
群母清化層
擦音化：
s/z/ʂ/ʐ/ʑ/ɕ
擦音送氣化
ɡ 上古遺留層群母
顎化：dz/dʐ

　　軟顎舌根音包含小舌音及舌根音，不論是否為三等字皆會產生顎化現象，並藉由顎化與舌齒音相互混用通諧。

　　值得注意的是，透過雙唇、舌尖及軟顎舌根音三部分的共時演變概況分析發現，白語語音系統內一種特殊語音現象，即是漢語上古時期所形成以「塞音＋擦音＝塞擦音」形態的複輔音聲母遺留之跡。筆者認同馬學良及高名凱和石安石等學者所提出的論點〔註41〕，學者們指出，凡在時間上能覺察出變化來的都歸入複輔音的範圍內〔註42〕，所以複輔音的語音表現是先塞後摩擦的二合複輔音，並認為[p]是先塞後送氣的二合複輔音，更複雜的仍有三合複輔音，不僅如此，高名凱和石安石更進一步認為，塞擦音是複輔音系列內的一類特殊現象。〔註43〕

　　本文研究認為，前述指出的馬學良和高名凱、石安石的論點能幫助筆者解決學者袁明軍留下的問題，即：針對白語這種複輔音形態時，提出是因為藏語中存在著[sb-]變[ts-]所產生，但何來之變？如何變？袁明軍並未說明，更未細審白語語料所顯示出的現象，筆者透過層層的分析研究認為，這種不是「變」，而是漢藏語系在上古時期「本就」具有這種特殊而重要的塞擦音形態的複輔音，包擬古及麥耘和潘悟云等學者不約而同指出，上古漢語複輔音聲母具有「CL」以流音[L]為第二音素、[sC]以[s]為第一音素及結合兩者的[sCL]複輔音形態，這種結合形態莫不具有塞音＋擦音形成塞擦音的語音形式，此種結合本為合理而非突變而來〔註44〕；另外，從古漢字諧聲的角度更能佐證，例如：「讀、瀆、牘、續、犢」等字例同諧「賣」聲本因同音，但「賣」古讀「明母（[m/p]）」、「讀、瀆、牘、犢」歸「定母（[d/t]）」、「續」歸「邪母（[z]）」，又如「龍」和「龐」同諧「龍」聲本因同音，但「龍」為「來母（[l]）」、「龐」為」並母（[b/p]）」，又如「待、特、痔、持、寺、詩」等字同諧「寺」聲本音同音，但「寺」歸「邪母（[z]）」、「詩」歸「審母（[s]）」、「待和特」歸「定

〔註41〕馬學良：《語言學概論》（武漢：華中理工大學出版社，1981年），頁50～51。

〔註42〕高名凱、石安石：《語言學概論》（北京：中華書局出版社，1963年），頁62～63。

〔註43〕高名凱、石安石：《語言學概論》，頁62～63。

〔註44〕〔美〕包擬古著、潘悟云和馮蒸譯：《原始漢語與漢藏語》（北京：新華書店，1995年）。

母（[d/t]）」、「痔和持」歸「澄母（[d/t]）」等，〔註45〕顯示複輔母的確存有[st-]/[sd-]、[ds-]/[ts-]甚至是[sk-]/[zk]等組合現象。

　　原始白語如何體現「塞音＋擦音＝塞擦音」形態的複輔音聲母？依目前語料所示雖不見有複輔音聲母之跡，但研究發現，白語是透過另外的方式將複輔音保留於語音系統內，其主要保留方式為：透過分音詞的概念將複輔音以漢語意義結合白語語音的方式來體現複聲母之遺留；其遺留的複輔音類型透過包擬古、孫宏開和江荻、嚴棉等民族語研究學者的研究加以初步歸整，〔註46〕並依上古複聲母來源類型分為：以聲母為塞音者，例如：[ps-]、[bz]、[ts-]、[pl-]和[kl-]等；以擦音、鼻音或流音搭配塞音或塞擦音者，例如：[sp-]、[st-]、[mp-]和[nt]等，白語語音系統透過分音詞及漢源歸化的方式體現複輔音聲母。

陸、白語分音詞：體現複輔音聲母的遺留

　　觀察白語分音詞現象可知，白語分音詞主要出現於動詞、形容詞和名詞等實詞類裡，這類詞兩音節分開後其原義消失，進一步形成如同漢語類詞綴的概念，一部分保留意義另一部分意義弱化消失；白語這項語音特色與彝語相當類同，〔註47〕相似之處便是能夠透過分音詞來推斷出一個能與之相配相對應的漢語意義詞，且能從相對應的過程中聯繫彼此的關聯性；再者，透過在分音詞的基礎上增添襯音等羨餘音節，深化語義、加強語音表達形成新形態的四音格詞，這部分對於白語聲調值的變調現象有著實質的影響，關於變調的相關問題，將於白語聲調層次分析章節內探討，此部分將暫不論變調現象。

　　白語以分音詞表現複輔音的遺留主要在唇音、舌／齒音和舌根音內，白語語料呈現出的實際狀況如下：

〔註45〕 麥耘、潘悟云：〈上古漢語複輔音聲母研究述評〉《南開語言學刊》第 2 期（2003年），頁 141～142。

〔註46〕 孫宏開和江荻：〈漢藏語系研究歷史沿革〉文，收錄於《漢藏語同源詞研究（一）：漢藏語研究的歷史回顧》（南寧：廣西民族出版社，2000 年），頁 1～116、嚴棉：〈上古漢語調複聲母研究的幾個問題〉文，收錄於《中國北方方言與文化》（韓國首爾：韓國文化社，2008 年），頁 27～42。

〔註47〕 朱文旭：〈涼山彝語複輔音聲母探源〉《民族語文》第 3 期（1989 年），頁 62～65。

（一）唇音分音詞

白語詞彙內在唇音分音詞部分的表現有以聲母爲塞音，也有以擦音、鼻音或流音搭配塞音或塞擦音的形式。例如：「『籃子』在諾鄧爲[pl-]→[pe55 la21]」、康福「[np-]→[no33 pæ21]」，以不同語音形態表現唇音分音詞現象；「鈍」在洱海周邊挖色、西窯、上關三地音爲「[ji31 mou33]」，鳳儀和康福同爲「[pɯ33 ji31]」、「風：[ps-]→[pi35 sɿ35]」、「死（文讀）：[ml-]→[mu44 la42]」，此種複音詞形態屬於上古時期語音遺留，「鈍」字在現代白語亦借入音譯漢語借詞語音[tua31]語音，形成老借詞與新借詞的語音疊置，以複音詞形式爲文讀，現代漢語音譯借詞則爲白讀；「癢」在《白漢詞典》內爲「[pl-]→[pi21 li21]（劍川）」，白語增加襯音形成四音格詞形態，並用以表示漢語形容詞義「[pi21 li21 sɯ31 lɯ31]（癢癢的）」，「鬆軟」爲「[ps-]→[p'e55 sue55]」，白語重複音節形成四音格詞形態，並用以表示鬆軟程度更深化「[p'e55 p'e55 sue55 sue55]」，「吞」字則分音成爲「[mjɔ42 ʔe21]」形式，產生音節雙音化但語義仍以單音節詞表達的情形。

（二）舌音分音詞

白語詞彙內在舌音分音詞的表現較爲特殊，以漢語意義搭配白語語音表現複輔音特徵，例如：「低（端母）」和「矮（影母）」同時使用[pi33]，相同現象亦有漢語借詞「涼（來母[l]）」白語使用[tv44]、漢語借詞「燙（透母[t']）」白語使用[lue44]，形成[tp-]/[tl-]的語音形態；詞例「解（開）」爲[t'l-]→[the44 lue35]的表現形式；詞例「茶」在調查的白語各區的語音表現形式分別爲[tɕɔ21]/[tʂɔ21]（顎化）/[to21]、詞例「搓」的語音形式爲[t'ue44]/[ts'u44]/[tʂ'ɤ44]、詞例「桃」的語音形式爲[ta31 se31]等，皆屬於舌音分音詞的現象。

（三）齒音分音詞

齒音的語音分詞現象表現有：[tsl-]、[ts'l-]、[dzl-]或[sl-]等現象。例如：詞例「梨[ɕi55 li55]（擦音化）」、詞例雙音節詞「成功（指事情）[tʂɛ31 la42]」、詞例雙音節詞「新鮮[sẽ55 lu55]」，此例亦可形成四音格詞現象表示語義再深化「[sẽ55 sẽ55 lu55 lu55]」等表現形式。

（四）舌根分音詞

舌根的語音分詞現象表現有：[kl-]、[k'l-]、[gl-]或[ŋl-]等現象。例如：詞

例「慢[kʼwa55 lɤ33]」、詞例「禿[kua33 lue33]」，其分詞現象具有圓唇介音，
詞例雙音節詞「痊癒（病）[xe55 la42]」、詞例雙音節詞「結束[qa35 la42]」、
詞例雙音節詞「梳洗[ka33 se33 ka33 te33]」等；除此之外，上述情形亦有使
用[l-]或[j-]等，爲主要詞根的複輔音形式，例如：詞例「壞[la44 ka55]」、詞
例雙音節詞「舒服[ja21 tɕʼi33]」、詞例雙音節詞「懶惰[pɛ21 ja44 gɔ44]」等，
四音格詞之用語亦有之，例如：《白漢詞典》內的四音格語音現象「[la44 tse44
la44 ke42]（亂無章法）」、「[la35 me33 la35 sua42]（亂說一通／胡說八道）」、
「[lu33 tɯ33 lu33 kɔ̃42]（囉哩八嗦）」等語例，皆屬於白語語音系統內所表現
的上古時期複輔音的遺留現象。

柒、白語全濁聲母的語音對應概況

　　總結而論，白語和漢語方言都具有一套完整包含全濁及次濁的濁聲母系
統，白語這套聲母系統得以保留，並以相應的濁音與之對應及產生清化作用，
最重要的因素之一便是受到民族語的影響所致，白語的聲母系統不僅清濁對
立，雖然濁音逐漸趨向清化，但白語語區內仍有條件且不同程度地保存了濁
音，但當白語轉用漢語或兼用漢語時，基本是清音對清音、濁音對濁音來使
用，但白語並非如此整理，其轉用時亦出現清音對濁音、濁音又對清音的方
式，如此使得白語的全濁聲母失去清化的外來影響，使得白語在全濁聲母部
分較少清化，此現象泰半存在於白語北部方言區，形成此種語音現象的主要
因素，與白語區整體地理環境密切相關；此外，白語全濁聲母又受到鼻音韻
尾整併的影響，甚至是中古時期梵文對音之融合，使其與鼻音聲母亦有所關
聯。傳統將白語整體區域劃分爲三區：北部方言區、中部方言區及南部方言
區，南部方言區和中部方言區因其地理位置與漢語接觸較爲頻繁之故，使其
語音演變較爲快速脫落原始白語的影響較早，因此在全濁聲母部分已完成清
化，例外的語源區爲中部雲龍諾鄧與北部方言區相同仍保有濁音，並在聲調
值上以上聲、去聲及陰平聲爲普遍出現濁聲母的調值，有時並用短促音值
[21]/[11]表現，南部方言區僅大理語區仍有部分濁音特徵。

　　因此，本文認爲，白語和漢語方言在濁聲母的保留部分是相互影響的結
果。在白語族轉用或兼用漢語初期即與漢語初次接觸時，民族語（白語）的
全濁音對與漢語方言濁聲母的保留應有其相當的重要性，然而，隨著與漢語

接觸的再深入，情況則有所改易，演變爲漢語方言對於白語語音系統內的濁聲母保留產生不小的影響，其影響與地理環境、交通便利及整體政經交流相輔相成。換言之，白語濁聲母至今仍保留於語音系統內的關鍵因素當與漢語接觸有關，這種影響是通過豐富的漢語借詞而成；本文研究又發現，白語北部方言區和中部雲龍諾鄧在語音系統內有清濁對立的塞音和塞擦音聲母，當漢語方言的清濁音相應借入此些語源區後，即分別依據漢語借詞清濁音歸入相應的民族語清濁音系統內，形成整齊的語音對應關係，因此在白語北部方言區和中部雲龍諾鄧的語音系統內，清濁聲母的區別性特徵仍具有相當穩定的對立，不僅如此，全濁聲母皆以不送氣呈現，試看下表 3-5-2 所整理歸納相關詞例範例說明：

表 3-5-2　白語聲母之清濁區辨對應

範例字	語源區	白語北部 中部諾鄧	白語南部 （除大理外）
厚	全濁	guɯ33	kɯ33
舊	全濁	guɯ31	kɯ31
寒	全濁	gɤ35 ga21	kɯ55 ka55
低	全清	bi55	pi33
老	次濁	gu33	ku31
補	全清	bu33	pu33
早	全清	dzu31	tsu31
豆	全濁	də31	tɯ31
得（到）	全清	duɯ33	tɯ33
飽	全清	bu33	pu33
站	全清	dzɤ31	tsɯ31
射	全濁	dzu42	tso42
穿（鞋）	次清	dzu44	tsao44

從上列範例觀察可知，在白語北部及中部諾鄧地區濁聲母並不侷限於全濁聲母，連同全清聲母亦使用濁聲母表示；另外，筆者研究還發現白語內部還有一種濁和清塞擦音擦音化的現象，擦音化的同時連同元音亦跟著改換，並表示漢語借詞不同的語義，試看下列詞條範例說明：

語源區 範例字	白語北部 中部諾鄧（清／濁塞擦音）	白語北部 中部諾鄧（清／濁擦音）
炸	tʂa33	ʂu33
沿（著） 靠（近）	dʑɤ31	ʂɔ31
張（量詞）	一張（床）dzɔ21	一張（紙）zɔ21
藏（動詞）	藏（東西）dzɔ21	藏（東西）zɚ21

　　由此發現，在具有濁聲母的白語北部方言區和中部諾鄧，其濁塞擦音進行擦音化的語音現象可謂正在發生中，尚處於語音演變初期階段仍不穩定，清濁演變交替，且涉及的詞語數量有限，應屬於白語語音系統自源演變的現象。

　　下節將針對白語滯古鼻輔音與唇舌複輔音現象進行討論。

第六節　白語滯古鼻輔音與唇舌複輔音現象探討

　　白語語音系統與漢藏親族語存有相當的共性，即是同樣具備雙唇鼻輔音[m]、舌尖前鼻輔音[n]、軟顎（舌面後）鼻輔音[ŋ]及舌面前鼻輔音[ɲ]（此音也視為[n]的音位變體）等四類單鼻輔音系統，然而少量詞條以舌面中單鼻輔音[ɲ]和小舌鼻輔音[ɴ]標示，例如：生命[ɲuo42]、癢[ŋð33]、鐮刀[ɲia31]、吊[ɲi31]、用[ŋð42]（此些例字同時也以[ɲ]表示），僅有「我」字為[ɴo31]表示（同時也以[ŋo31]）。白語的雙唇鼻輔音[m]、舌尖前鼻輔音[n]和舌面後鼻輔音[ŋ]可以獨立成一個音節做為聲母，且雙唇鼻輔音[m]做為聲母時，其可以搭配的不同部位之輔音種類最普遍，其次為舌尖前鼻輔音[n]，軟顎（舌面後）鼻輔音[ŋ]最少，從語音學及類型學的角度觀察可知，[m]其自身的輔音性質本就強於[ŋ]，因此能搭配的輔音受限較小，由於[ŋ]自身的元音性質大於輔音性，故做為聲母時，能搭配的輔音相對較受限，[n]則具有語音雙面性，因此[n]和[ŋ]做為聲母所搭配的輔音多與自身發音部位相近似者為主，[m]則不受此約束；此外，在具有單鼻輔音的漢藏親族語內，其單鼻輔音有顯著區別，白語的單鼻輔音具有清鼻音性質。

　　白語聲母系統內的單鼻輔音主要類型，歸納如下表 3-6 所示：

表 3-6　白語單鼻輔音類型

語　族	語言	雙唇	舌尖前	舌尖後	舌面前	舌面中	舌面後	小舌
漢藏語系 漢白彝語族	白語	m	n	-----	ȵ	ɳ	ŋ	N

　　然而，此類單鼻輔音的形成絕非偶然，筆者認爲，白語雖然在藏緬彝等親族語言內被歸屬於無鼻冠音成分的語言，然而，經由歸納分析戴慶廈及王双成對藏緬彝語的相關論述發現〔註 48〕，白語於形成單鼻輔音的過程中，必定歷經屬於上古層次複輔音的鼻冠音成分，因「整化」造成語音弱化丟失，進而形成現今的單鼻輔音成分，以下將推本溯源構擬單鼻輔音的原始語音形貌。

　　原始唇鼻冠音聲母包含清唇音和濁唇音，將其擬爲[*mp]和[mb]及[*mpl]和[*mbl]等四類，而現代白語唇音部分的單鼻輔音聲母，其來源與原始唇鼻冠音聲母[*mp]和[mb]有關。這類聲母對於現代白語聲母系統內的變化規律有相當關聯性者如以下五點：

（1）鼻冠音部分丟失形成清雙唇塞音和濁雙唇塞音。其變化規律爲：[*mp]>[p]和[*mb]>[b]。

（2）受漢語濁音清化影響而形成清塞音或送氣清塞音。其變化規律爲：[*mb]>[b]（鼻冠部分丟失遺留濁音）>[p]、[p′]（濁音[b]清化後產生送氣和不送氣的清塞音成分）。

（3）塞音部分丟失或鼻音變化爲擦音或邊音。其變化規律爲：[*mp]>[m]>[z]、[v]、[ʑ]；[*mpl]>[ml]（先丟失塞音成分[p]）>[m]、[l]（丟失塞音成分形成）。

（4）白語語音系統內現今仍保留少量的濁塞音，其演化規律應爲鼻冠音先演變爲前喉塞音，其後塞音則爲清音的濁化。其變化規律爲：[*mp]/[*mb]>[ʔb]>[b]。

（5）白語語音系統內現今仍使用濁塞擦音，其演化規律即複輔音變爲塞擦音且鼻冠音成分消失。其變化規律爲：[*mbl]>[ntl]（雙唇鼻冠音受邊音影響而變化）>[dʑ]（濁塞擦音）

〔註48〕戴慶廈：〈彝緬語鼻冠聲母的來源及發展——兼論彝緬語語音演變的「整化」作用〉，《民族語文》第 1 期（1992 年），頁 42～51、王双成：〈藏語鼻冠音聲母的特點及其來源〉《語言研究》第 36 卷第 3 期（2016 年），頁 114～120。

　　透過上述對於白語存古脣鼻冠音的分析可知，來源於以[*mp]和[*mb]爲聲母的詞語，在現代白語方言中的發展層次大致爲：[*mp]/[*mb]>[p]、[p′]、[ʔb]、[b]、[m]，其演變規律爲：[*mp]→[p]/[m]/[b]；[*mb]→[b]→[p]/[p′]及[*mb]→[mp]→[p]/[b]；因雙脣鼻冠音受邊音影響亦產生另一條演變規律：[*mbl]→[ntl]→[nts]→[d]/[dʑ]，邊音脫落後形成：[*mbl]→[ntl]→[nt]→[n]/[t]，如此亦影響舌尖音的產生。

　　原始舌尖鼻冠音聲母包含舌尖鼻音與塞音和由塞擦音搭配組合成的聲母，將其擬爲[*nt]和[nd]及[*ntl]和[*ndl]等四類，而現代白語舌尖音部分的單鼻輔音聲母，其來源與原始舌尖鼻冠音聲母[*nt]和[nd]有關。這類聲母對於現代白語聲母系統內的變化規律有相當關聯性者如以下五點：

（1）鼻冠部分弱化丟失進而形成清舌尖前塞音和濁舌尖前塞音。其變化規律爲：[*nt]>[t]和[*nd]>[d]。

（2）受漢語濁音清化影響而形成清塞音或送氣清塞音。其變化規律爲：[*nd]>[d]（鼻冠部分丟失遺留濁音）>[t]/[t′]（濁音[d]清化後產生送氣和不送氣的清塞音成分）。

（3）鼻冠音成分變爲前喉塞音。其變化規律爲：[*nt]>[ʔt]>[t]和[*nd]>[ʔd]>[d]。

（4）塞音部分弱化丟失其邊音變爲擦音。其變化規律爲：[*ndl]>[dz]>[ts]、[ts′]、[tɕ]。

　　透過上述對於白語存古舌尖鼻冠音的分析可知，來源於以[*nt]和[*nd]爲聲母的詞語，在現代白語方言中的發展層次大致爲：[*nt]/[*nd]>[t]、[t′]、[ʔd]、[d]、[n]，其演變規律爲：[*nt]/[*nd]→[t]、[d]、[n]；此外，還有一條演化路徑爲舌尖鼻冠音首先丟失其鼻冠部分，再由遺留的複輔音變爲濁塞擦音再產生清化而成：[*ndl]>[dl]>[dz]>[dʑ]>[ts]、[ts′]。因此，筆者將相關演變條例構擬爲：舌尖音[*n]>[l]、[ɳ]；舌尖複輔音[*nl]>[n]/[l]>[ɳ]；舌面前鼻音[ɳ]>[n]/[ŋ]>[ts]、[tʂ]、[tɕ]；舌面後鼻音[ŋ]>[ɳ]。

第七節　白語滯古層之擦音送氣演變現象

　　白語語音系統內的存古特徵除了小舌音外，即是在塞音和塞擦音外，於擦音具備漢語所缺乏的送氣現象，擦音送氣的語音現象與小舌音的分布極爲相

似，在白語北部方言區外，白語中部方言區的鶴慶、劍川及雲龍等主流語源區亦有此存古的語音現象，但在白語南部方言區內，此種擦音送氣的語音現象則已整化併入不送氣擦音內，這是因為南部方言區受漢語影響較深，漢語具有擦音的聲母現象，但具有送氣成分並未見得，然而，白語語音系統內的擦音卻具備送氣特性，此語音現象雖不見於漢語，但在藏緬親族語內卻有相關的語音表現，因此，白語內部的擦音送氣莫不與藏緬親族語有著親族同源的關聯性。

根據語音學的研究定論可知，送氣與否是塞音「[p]－[p′]、[t]－[t′]、[ʈ]－[ʈ′]、[k]－[k′]（[q]－[q′]）」和塞擦音「[ts]－[ts′]、[tʃ]－[tʃ′]、[tɕ]－[tɕ′]」用以區辨意義的對應基礎，白語語音系統除了塞音與塞擦音與漢語相同具備送氣與否之區辨特徵外，將之與藏緬親族語，例如：安多藏語和黔東苗語等，進行對應比較可知，除了與藏緬親族語內之羌語同樣具備小舌音的存古語音現象外，即是在語音系統內仍保有滯古遺留的語音現象：即「擦音有送氣和不送氣的對立區辨特徵」，這在白語北部和中部方言區就有這樣的對立現象，南部方言區擦音的送氣現象已然整合入不送氣內。

本節將針對白語的送氣擦音是早期語音特徵的遺留，及白語的送氣擦音是來源於不送氣擦音的觀點提出懷疑，並就此問題再加以討論。首先將白語語音系統內有關於擦音送氣的分布特徵，整理如表 3-7-1 所示：

表 3-7-1　白語送氣擦音分布概況

部位＼語區	雙唇	唇齒	齒	齒齦	齦後	舌面	翹舌	硬顎	軟顎	小舌	聲門
北部	－	f-f′-v	－	s-s′-z	ʃ-ʃ′-ʒ	ɕ-ɕ′-ʑ	ʂ-ʂ′-ʐ	－	x-x′-ɣ	χ-ʁ	h-（ɦ）
中部	－	f-f′-v	－	s-s′-z	s-s′-z ɕ-ɕ′-ʑ	ɕ-ɕ′-ʑ	ʂ-ʂ′-ʐ	－	x-x′-ɣ	x-ɣ	h-（ɦ）
南部	－	f-v	－	s-z	s-z ɕ-ʑ	ɕ-ʑ	ʂ-ʐ	－	x-ɣ	x-ɣ	h

由上表 3-7-1 的整理歸納可知，白語擦音具備清濁對立的現象，除了聲門咽喉的濁擦音有清化的現象，及小舌音擦音僅清濁對立而未有送氣對立外，其餘擦音皆未明確清化仍維持清濁對立，這是因為在白語語音系統內，清濁對立較之送氣與否更有區辨的功能性；至於在送氣與否部分，白語擦音的送氣僅在清擦音部分，濁擦音並未具有相對立的送氣成分；北部方言區另有一

套特殊的齦後擦音[ʃ-ʃ'-ʒ]〔註49〕，這套擦音並非主流語音，實際音讀現象是依據發音狀況靠向齒齦和舌面併合，除了南部方言區外，白語北部及中部方言區的擦音同時兼具清濁和送氣與否的對立特性。因此，透過白語送氣擦音整理表 3-7-1 可知，白語內部實際的送氣擦音，排除過渡的齦後擦音[ʃ']，主要有 5 種類型，分別是：唇齒[f']、齒齦[s']、舌面[ɕ']、翹舌[ʂ']和軟顎[x']及 1 個過渡齦後擦音[ʃ']，且皆爲清擦音並呈現送氣清擦音和不送氣濁擦音對立。

觀察白語語音系統具備的唇齒[f']、齒齦[s']、舌面[ɕ']、翹舌[ʂ']和軟顎[x']及 1 個過渡齦後擦音[ʃ']等清擦音音位之發音強弱，依據語音學原理可知，擦音的發音現象是聲道中雖有阻礙，但並未完全阻塞，氣流仍可透過些微的縫隙中摩擦發出聲響，故其持阻的時間較長〔註50〕，因此，這些擦音在送氣時，其送氣程度的強弱便與發音部位和口腔的距離遠近密切相關；唇齒[f']和齒齦[s']發音時離口腔最近，故送氣程度最爲顯著，翹舌[ʂ']和齦後擦音[ʃ']發音較不明顯，易與齒齦[s']相混，舌面[ɕ']亦同，軟顎[x']最不明顯。

白語語音系統內的送氣擦音與小舌音同樣屬於存古語音滯古層的遺存，其來源概況，主要依據白語實際語音狀況分爲：「送氣唇齒擦音」、「送氣齒齦與舌面擦音」和「送氣齒齦及舌面擦音的來源與送氣音位[ʃ]和[ʂ]的關係」等 3 種類型進行探討，以下分別就此類別進行溯源。

1. 送氣唇齒擦音的來源

這類的送氣擦音來源，主要源自於白語中古時期幫系型的唇齒音非系字，稱之爲[pf]組，[pf]組普遍擬音爲[f]－[f']－[v]－[m]，溯源其原始擬音即爲[pf]－[pf']－[f]－[v]，這組唇齒音系統對於白語語音的影響，即是非敷合併所形成的[f]清唇齒擦音及其送氣[f']與濁音[v]，而主要肩負起演化重任者，即是重唇幫系內的「滂母[pf']」。

白語[pf]組聲母產生的時間約莫於元代後，即近現代民家語時期，由雙唇作用的牽引演變而成，即[pf]組聲母內的清唇齒擦音[f]是由重唇音[p]蛻變而

〔註49〕此組[ʃ-ʃ'-ʒ]音讀現象，在楊曉霞：《白語送氣擦音研究》（昆明：雲南師範大學碩士論文，2007 年）內亦有列舉，足以證明筆者之調查且此音在白語滯古層內應有其音讀現象。

〔註50〕駢宇騫和王鐵柱主編：《語言文字詞典》，頁 23～24。

來，其演變的過程是遵循：同組聲母擦音演變即[pf]組內的[pf']→塞音[p]脫落保留送氣音[f']→送氣音[h]弱化成不送氣音→形成擦音送氣與不送氣對立[f]－[f']。然而，在白語語音系統依循此路徑形成送氣唇齒擦音的過程中，其間必有一種內化的過渡階段，也就是[pf]組聲母內具有的塞爆音[p]弱化消失，形成具有送氣成分的唇齒音[f']，最後連同送氣成分也弱化消失而成為不送氣的唇齒音[f]，形成送氣與否對立。因此，白語唇齒擦音的語音演變過程為：

（1）首先由重唇[p]蛻變出[pf]組：[p']→[p'f]→[pf']

（2）再由[pf']進行語音脫落演變，但送氣成分仍然保留：[pf']→[f']

（3）白語擦音以送氣與否對立為主流，亦有合併現象：[f']>[f']/[f]

在現代白語語音系統內，此種唇齒音[f]的發展趨向，是用以借代漢語借詞的音讀現象為主流，亦有部分用以借代屬於自／本源本族語或民族語成分的詞彙，與濁唇齒擦音[v]形成送氣清唇齒擦音[f']與不送氣濁唇齒擦音[v]的清濁對立現象。

2. 唇齒擦音的發展來源：送氣軟顎擦音[f]→[x]

清唇齒擦音[f']進一步發展便形成軟顎舌根清擦音[x]，促使清唇齒擦音[f']向軟顎舌根清擦音[x]發展的主要原因，可歸究於後高圓唇單元音[-u-]的影響所致，這與[f]的形成不謀而合。輕唇音多與合口韻搭配，雖然其合口介音成分因語音異化導致輔音化為[v]或[ṽ]，然而，這並不影響整體語音的演化發展，因此，由清唇齒擦音[f']演化而成的軟顎舌根清擦音[x]，應當受到韻母條件制約：後高圓唇單元音[-u-]的影響，並因此產生以下的演化路徑：清唇齒送氣擦音[f']>[f]（送氣成分弱化消失）>[f]＋/u/、/uo/>舌面後軟顎音[x]。

總結而論，藉由推論唇齒擦音[f]演變的整體過程可知，白語語音系統內的重唇幫系[p]的合口韻向[pf]組聲母轉化，在轉化演變的過程中，[pf']內先進行擦音轉化即塞爆音弱化消失，接續變化是留存的送氣成分即形成送氣唇齒擦音[f']，最後變化是不送氣成分，也就是往不送氣的方向進行整化。這條演化路徑不僅產生送氣唇齒擦音，也形成唇齒濁擦音[v]，使得白語內部具備[f]和[v]兩個清濁對立的特殊音位，具送氣成分的[pf']，在語音系統內的應用較之未送氣[pf]來得廣泛。由此可知，白語語音系統內的唇齒擦音[f]和軟顎舌根清擦音[x]，其形成來源莫不與[pf]習習相關，如此也使得唇音和軟顎舌根音彼此間，普遍具有通轉互諧的語音現象。

綜上所述，根據唇音送氣擦音化的演化條例，可以統整如圖 3-7-1 所示：

圖 3-7-1　白語送氣唇齒擦音和軟顎舌根擦音（含小舌）之演化條例

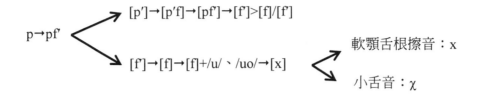

由圖 3-7-1 歸納的演化條例發現，軟顎舌根清擦音[x]音位，在白語語音系統內產生兩種變體：第一類是軟顎舌根清擦音[x]，第二類是白語北部方言區仍保留的小舌擦音[χ]。小舌擦音[χ]僅有清濁對立而無送氣與否之別，小舌擦音[χ]使用時機較狹，其出現的條件普遍在和諧單元音為[ɯ]或[ɛ]的情況，但小舌擦音[χ]實際多併合進入軟顎舌根音系統[x]內，在白語中部和南部語區朝向整化併合發展，此外，與小舌清擦音[χ]對立的小舌濁擦音[ʁ]，實際多以舌根鼻輔音[ŋ]或趨向零聲母[ø]表示。

軟顎舌根清擦音送氣[x′]，其音值來源除了重唇音分支外，最主要的形成分化來源要件，仍是以同部位的軟顎舌根清塞音送氣[k′]為主，例如：美[k′ɛ33]→[xuo33]、壺[ku21]→[xu21]、很[qɔ55]→[xɯ33]→[fe33]等；塞音[k′]的送氣音弱化消失形成[x]，形成：[k′]>[k]>[x]；此外，軟顎舌根清塞音送氣[k′]的送氣音，弱化消失趨向軟顎舌根清擦音[x]發展的另一項條件，即是軟顎舌根清塞音送氣[k′]與低元音搭配，其演變公式為：「[k′]＋低元音=[x]＋低元音」，這是因為低元音的開口響度大，使送氣強度弱化之故；然而，在白語內部關於顎舌根清擦音[x]的搭配，除了「[x]＋低元音」仍維持顎舌根清擦音[x]外，顎舌根清擦音[x]若仍然維持搭配高元音，其顎舌根清擦音[x]則會逐漸趨向「咽喉聲門化[h]」音值發展。

白語「送氣唇齒擦音」和「軟顎擦音」的來源，屬於音變鏈移過程之「推鏈現象」，[註51]推鏈過程為：A 先向 B 位變，迫使 B 向 C 位變，C 向 D 位變，以序類推形成：「/A/→/B/→/C/→/D/→[空位]」，產生此種現象之因，莫過於語音系統自身本就具存的內源對稱性與自然質性，由於受到語音演變和接觸干擾的

〔註51〕朱曉農：〈母音大轉移和元音高化鏈移〉《民族語文》第 1 期（2005 年），頁 1～6、
　　　　〈漢語母音的高頂出位〉《中國語文》第 5 期（2004 年），頁 440～451。

雙重影響，此種內源對稱性與自然質性受到破壞，進而產生「空位」，即空出音位無任何音位補足現象，系統內部為了保持語音的均衡自然，便會有新的音位來填補其空缺，送氣唇齒擦音和軟顎擦音的產生，即屬於此種「補缺」的語音現象。

3. 送氣齒齦及舌面擦音的來源與送氣音位[ʃ]和[ʂ]的關係

舌尖齒齦送氣清擦音[s′]的來源發展較之唇齒擦音[f′]複雜，不僅自身來源多重性，同時也間接影響[ʃ]、[ʂ]和[ɕ]的產生，這是因為齒齦擦音是屬於底層原始擦音結構所致。溯源齒齦送氣擦音[s′]的產生關鍵，主要和音位本身的發音原理和藏緬親族語間的同源對應有關。這部分與送氣舌面擦音相似，同樣關涉到白語中古借詞心母及生母、書母的語音演變規律，相關演變分析，將依其語音關連性，歸入白語舌齒音的歷史層次演變小節內說明，此處僅針對舌尖齒齦清擦音[s]的送氣來源提出演變條例說明。

首先，從音位本身的發音原理觀察，[s′]和[f′]二個音位同屬於強送氣音，實際發音現象為[s＋h]和[f＋h]，[h]為咽喉聲門擦音，用以表示此二個音位在語音系統內強送氣成分，記音時雖以[′]或[h]表示送氣成分，然而在白語語音系統內，咽喉聲門擦音[h]在實際語音情況內，對於舌尖齒齦送氣擦音[s′]的產生具相當的作用，此種語音現象屬於送氣特徵分化的結果，即「[sh-]>[s]/[h]」，此條例顯示白語已然分化出[s-]和[h-]兩個音位，然而此分化出的[h-]在白語內部並不普遍，少數例詞以[h-]表示，也有與[x]相用的情形，以音譯漢語借詞為主要使用對象。

再者，將白語與藏緬親族語等同源例證進行對應比較可知，白語齒齦送氣擦音[s′]的來源，與藏文帶前置輔音的二合複輔音聲母[st′]，及上古漢語[*ST-]類的複聲母之分化為主要演變方式，其演變條例為：[*st′-]（[*ST-]類）>[t′]/[s′]；此外，雖然透過同源例證也發現由[*sk′]進行演變的路徑：[*sk′-]（[*SK-]類）>[k′]/[s′]，但例證仍明顯無疑問的證明，白語齒齦送氣擦音和藏語齒齦送氣塞音或塞擦音間關係密切，與軟顎舌根送氣塞音[k′]未有明確同源關聯，因此，筆者研究認為，白語舌尖齒齦送氣擦音[s′]的來源，應依循[*st′-]（[*ST-]類）>[t′]/[s′]的演變規律而來。

然而，若以「唇齒擦音的塞音脫落」演化規律為前提假設，原始古白語內有組源於現今白語已不見於語音系統內的鼻冠音成分，因詞首鼻冠成分脫落

及濁音清化的合流形成[ts-]，屬於第一度演變；詞彙量豐富加重[ts-]承載的詞彙負擔，在語音系統有保持自然對稱傾向的條件下，為了使語音系統重新自然對稱，第二度演變即針對[ts-]的塞音進行演化，削弱塞音成分[t]加強餘留音位[s]的送氣成分，使得語音系統內產生原始音位不送氣[s]，和用以承載[s]功能而生的送氣[s′]，使得不平衡的語音系統藉由強化[s]的送氣成分而取得自然對稱；分析其演化過程條例應該為：「[*nts-]>[ts-]（鼻冠音第一度脫落）>[s]（塞音第二度脫落）>[s′]（為區辨而增強送氣成分）」，此種演變規律與「[*st′-]（[*ST-]類）>[t′]/[s′]」的演變不相違背，此種語言演變現象亦合於音變鏈移過程之推鏈現象，此外，此條鼻冠音演變現象由於白語與漢語深入接觸影響，使得語音屬性諸多已然歸化漢源，但白語在其發展的歷史過程中，雖與漢語接觸較深，但仍與周圍親族語群有相當的接觸。因此，針對白語是否如侗臺語及苗瑤語般具有鼻冠成分，並隨著語音演變而脫落，或整化入語音內部某些音位內之假設持保留且懷疑的態度，並有待更多例證以證實此假設。

白語舌面擦音[ɕ-]>[ɕ′-]的演變與齒齦擦音[s-]>[s′-]相似，同樣受到輔音移位的影響而成，由[s-]演變為[ɕ-]屬於漢藏語系內普遍的語音演變現象，將白語與藏緬親族語等同源例證進行對應比較可知，白語語音系統亦依循此條演變規律進行音位增生，舌面擦音[ɕ′]的來源應可溯源自[*tsj-]/[*dzj-]，當[*tsj-]內的塞音脫落後，[*sj-]的後置輔音[-i]/[-j]介音逐漸顎化，[*sj-]在脫落塞音後，又受到顎化和送氣等語音演變過程形成[ɕ′-]後，為使[ɕ′]能承載[ɕ]大量的詞彙壓力，進而增強[ɕ′-]在語音系統內的作用，使不平衡的語音系統取得再次的自然對稱，其音位屬性應歸屬於[s]的條件變體，特別是來源於漢語借詞部分。此外，在[*sj-]音變的過程中，其後置輔音[-i]/[-j]介音顎化，又產生新的音位結構，即特殊送氣音位[ʃ]和[ʂ]，與舌面擦音[ɕ-]相同，特殊送氣音位[ʃ]和[ʂ]亦屬於[s]的條件變體，而齦後擦音及其送氣音則普遍併入齒齦[s′]或舌面音[ɕ′]系統內。

音變具有系統性，白語內部擦音送氣的產生亦循著此系統性展開，當音系結構中的某成分產生變化後，其結構便會作出誘發其他音系結構產生相應變化的諧合作用，使音變能穩定於結構內發展傳播。白語舌尖齒齦擦音[s]的演變及其條件變體的增生，屬於「音變鏈移過程之拉鏈」現象，即音位 A 先產生變化，其留下的空位吸引本在其後的 B 前來遞補，B 發生變化後形成的

空位再有待 C 前來遞補，以此類推，由此活化白語語音系統結構。

因此，總論白語送氣擦音的主要演變路徑爲：率先由重唇音展開音變分化，除了形成唇齒送氣擦音外，亦透過送氣唇齒擦音展開演化，進而形成軟顎擦音及小舌擦音，然而，軟顎舌根擦音最基本的分化來源，仍是以同部位的塞音[k′]爲主。演化路徑之圖示說明如圖 3-7-2 所示：〔註52〕

圖 3-7-2　白語重唇音的擦音演化規律

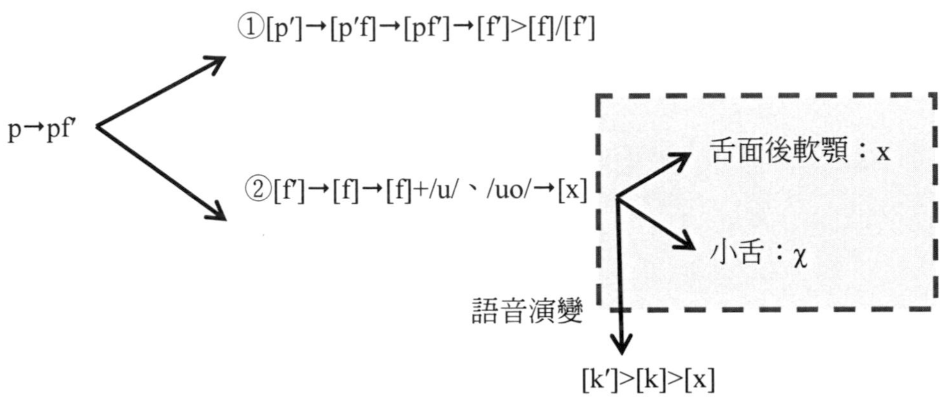

①[p′]→[p′f]→[pf′]→[f′]>[f]/[f′]

p→pf′

②[f′]→[f]→[f]+/u/、/uo/→[x]

舌面後軟顎：x

小舌：χ

語音演變

[k′]>[k]>[x]

再者，由舌尖齒齦送氣擦音[s′]爲源頭，展開相關的擦音類型分化路線，如圖 3-7-3 所示：

圖 3-7-3　白語齒齦擦音及其相關音位分化

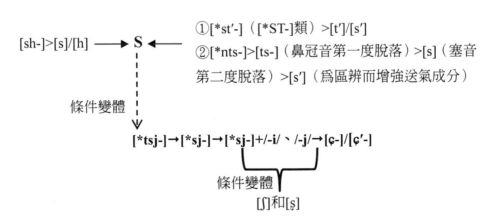

[sh-]>[s]/[h] ⟶ S ←

①[*st′-]（[*ST-]類）>[t′]/[s′]
②[*nts-]>[ts-]（鼻冠音第一度脫落）>[s]（塞音第二度脫落）>[s′]（爲區辨而增強送氣成分）

條件變體

[*tsj-]→[*sj-]→[*sj-]+/-i/、/-j/→[ɕ-]/[ɕ′-]

條件變體
[ʃ]和[ʂ]

朱曉農從語言類型學的角度觀察具備送氣成分的擦音可知，送氣擦音是一種較爲特殊的擦音類型，白語的擦音發音特徵雖然呈現清濁對立，但只有清擦

〔註52〕圖 3-7-2 和圖 3-7-3，爲筆者依據白語語音系統，關於「重唇音的擦音演化」和「齒齦擦音及其相關音位分化」，實際語音概況所製圖說明。

音（voiceless）而無濁擦音（voiced），具有唇化擦音（labialization）、顎化擦音（palatalization）及齒化擦音（dentalization）等類型〔註53〕，並在清擦音部分具有送氣成分濁擦音則無，呈現不對稱的語音現象，因此，朱曉農便指出，其實擦音本身在發音的過程中即有氣流隨著間隙送出，故擦音送氣與否在發音的過程中並非有所區別〔註54〕；白語的狀況亦然，隨著語言環境的多元接觸影響，擦音送氣與不送氣在發音過程中已逐漸趨向合流，甚至在以擦音送氣與否做為區辨詞義的方法也逐漸以不送氣成分為主，形成一詞多義，或轉而使用聲調來取代原以送氣與否辨義的作用，即便如此，在白語語音系統內，擦音送氣著實屬於其語音發展的一部分。因此，本文研究將白語送氣擦音置於最後討論，主要原因是方便在完整的聲母層次演變基礎上，進而說明白語擦音演變為送氣成分的時間。

4. 送氣擦音的對應演變

白語語音系統內滯古語音現象——送氣擦音，根據徐琳與趙衍蓀主編《白漢詞典》、李紹尼和奚興燦〈鶴慶白語的送氣擦音〉文及《大理白族自治洲州志·卷 5》及楊曉霞等研究所載錄〔註55〕，白語送氣擦音主要分布於鶴慶金墩、康福和南河、劍川西南部下羊岑區及雲龍縣白石區，這些語源區的聲母系統內具備送氣擦音的滯古層語音現象，除了這些語源區外，送氣擦音的滯古現象便以其他相類的聲母存在於語音系統內。

綜合歸納《白漢詞典》、《大理白族自治洲州志·卷 5》和艾磊（Bryan Allen）《白語方言研究》內關於送氣擦音的相關語料，透過歷史比較法觀察送氣擦音在白語整體聲母系統內的共時演變發現，送氣擦音在白語語音系統內實際的使用現象僅有唇齒擦音、齒齦擦音、齦後擦音（採用齒齦或舌面）、舌面擦音、翹舌擦音和軟顎擦音六種，然齦後擦音部分在語源區內使用多數以齒齦或舌面表

〔註53〕 朱曉農：《語音學》（北京：商務印書館，2010 年），頁 179。

〔註54〕 朱曉農：《語音學》，頁 179。

〔註55〕 統一整理於徐琳與趙衍蓀主編：《白漢詞典》（成都：四川民族出版社，1996 年）、李紹尼和奚興燦：〈鶴慶白語的送氣擦音〉《中央民族大學學報》第 2 期（1997 年），大理白族自治州地方誌編纂委員會：《大理白族自治洲州志·卷 5》（昆明：雲南人民出版社，1998 年）、楊曉霞：《白語送氣擦音研究》（昆明：雲南師範大學碩士論文，2007 年）。

示，各自在擦音送氣較不顯著的語源區內，分別有對應的聲母來表示語音現象，其對應來源相當繁複，相關語音對應情形，製表 3-7-2 予以說明：

表 3-7-2　白語送氣擦音的演變對應

擦音類型	清送氣擦音	送氣擦音整併後的對應聲母來源
1. 唇齒	f-f′	f、f′、v/ʋ/n̪/ȵ、ɕ、ɕ′/s、s′/tɕ/ʂ
2. 齒齦	s-s′	tɕ、tɕ′、ʈ′/p′/ts、ts′/ɕ/ʃ/s、s′、z
3. 齦後	ʃ-ʃ′	tɕ、tɕ′/ʃ、ʃ′/s、s′/ɕ、ɕ′/ʂ
4. 舌面	ɕ-ɕ′	tɕ、ȵ/ɕ、ɕ′、z/s、s′/ʂ/ʃ
5. 翹舌	ʂ-ʂ′	ʂ、ʂ′、z/s、s′/x/ts/tʂ/tɕ
6. 軟顎	x-x′	f、b、m、ɕ/tʂ、ʂ/x、x′、ɣ/s、s′/p′/ts/tɕ

透過上表 3-7-2 關於白語語音系統內擦音送氣的相關語音對應可知，其擦音送氣的滯古聲母現象正處於整併交替的轉變過渡期，如同滯古小舌音讀，雖處於整併的轉變過渡期，但其對於白語聲母系統的影響性仍不容忽視，甚至是白語聲調值性的層次演變，亦受到擦音送氣甚爲深刻的影響，因此，關於擦音送氣對白語的語音系統影響，於聲調章節探討時，將再次提出說明。

第八節　小　結

　　本章做爲分析白語聲母層次演變概況之先導，針對白語複雜多樣的聲母系統進行歷史層次分析，首先就歷來對於白語詞源釋義不明的現象，詳細分析其屬性來源與詞源的分層，在本族語層、民族語層、雙語層及語言轉用層等分層架構下，進一步明確區辨白語詞彙內「自／本源、同源、借／異源和漢源歸化源」的屬性來源，並將相關詞源置於「主層－借層－變層」之移借與演變的歷史層次內，透過語言接觸的過程，使白語的詞彙系統，因接觸而滲透融合、借貸競爭，並在歷史族群的接觸浸入下，使得詞源穩定的語音產生演變，在各時期形成不同的語貌，隨著時代的推進，形成屬於時間類的歷史時代層次。

　　因此，分析白語聲母的歷史層次語音演變概況，主要立足於「白語漢源詞之白漢對音現象」的前提下得以實踐。透過研究總結歸納白語漢源詞，廣義區分爲：「滯古－上古時期、古代（即中古早期和中晚時期）和近現代時期」三個主體層次，在此三大層次的架構下，白語漢源詞又可以再區分爲四個反映語音演變現象的核心層次，分別爲：「滯古－上古語音層：魏晉甚或更早先秦時期」、

「中古早期 A 層之滯古與發展過渡期：隋至唐代早期，約莫可以《切韻》時代做為斷代」、「中古中／晚期 B 層之語音演變發展層：唐代中晚期至宋代」，「近現代時期：宋元明清及現代」等四個層次。

　　此四個層次在語言接觸的調合交融之下，又分屬於內源性音變層次和外源性音變層次二個大的層次；其中，依據分析語源材料顯示，白語詞彙系統內最主要且大量的漢源詞層，集中於中古中／晚期 B 層，且各層彼此間交錯滲透融合，形成層層疊置的複雜現象，本章和第四章，便是利用這些不同層次的白語漢源詞反應的實際對音音讀表現，分析白語聲母部分，因接觸融合形成的相關語音演變情形。

　　本章先說明白語語音系統內，受到重紐概念影響的聲母顎化現象，再從發音方法之塞音和塞擦音相關議題展開討論。研究發現，白語語音系統內塞音和塞擦音以具有清濁對立現象為主、濁音做為清音之音位變體現象為特例；濁音產生清化的過程分別從軟顎舌根音開始，逐漸往舌齒音和雙唇音展開；白語的聲調系統和聲母清濁及顎化與否、元音高低及送氣與否，同樣肩負起音節結構內的辨義責任；此外，透過全濁聲母「船、禪、邪」的擦音清化現象不平衡推測，此或許亦是形成擦音游離的原因之一；白語透過唇音、舌音、齒音和舌根的分音詞概念，將滯古－上古層之複輔音現象予以遺留；再者針對白語滯古語音成分，亦是影響白語聲調層次產生及白語與漢語不同處的重要現象：擦音送氣，由各發音部位所具有的擦音送氣音值進行歸類，說明其來源及將擦音送氣對應其趨向整併後的相應聲母音位，最後討論關於白語單鼻輔音的語音現象分析，主要是受到「整化」過程影響，使得語音弱化丟失，進而形成現今的單鼻輔音成分。

　　第四章將從發音部位展開討論，以語言接觸下的歷史層次演變為基礎，詳細探討白語聲母的層次演變概況，及其反應的相關音變現象。

第四章　白語聲母層次分析及演變（下）

　　本章接續第三章，從發音部位「滯古小舌音讀－軟顎舌根音－唇音－喉音－舌齒音系列」的演變進程，探究白語聲母的分化合流與相關音變類型，而白語這條聲母語音的演變流程，主要依據南宋韻圖《四聲等子》的韻圖安排順序而來，然而，較爲不同的是，筆者在白語聲母層次分析的討論部分，將從滯古小舌音讀展開，接續探討軟顎舌根音的演變進程，詳其唇喉通轉原則，且白語唇音亦有產生舌根音顎化現象，因此在軟顎舌根音的分析後，接續從唇音及其唇齒音展開說明，由於白語語音系統內，舌齒音演變較爲複雜，因此在研究分析時，接續唇音後先探討喉音和零聲母相關演變機制，最後再一系列說明白語舌齒音相關層次演變及發展源流，最後並就各聲母呈現的主體層和非主體層語音現象進行歸納，亦在層次分析的基礎上，爲白語早期聲母形式做相關構擬。

　　白語聲母在滯古層、上古層、唐宋層及漢語干擾層與歷史層次四階段分期「滯古－上古時期、中古早期A層、中古中晚期B層、近現代時期」的原則基礎下，依據白語詞彙系統之自／本源、同源、漢源與借源屬性，將白語語源材料相關聲母輔音系統的語音對應現象，區辨出主體層次和非主體層次、現代官話層次、滯古彝語層次和滯古本源層次，藉此忠實反映白語聲母輔音的演變概況，及白漢對音的語音現象。

第一節　白語滯古小舌音層次對應及分合演變

白語語音系統內有一套屬於「滯古－上古時期」的語音特徵，即是現代漢藏語系內，在音系區辨功能已然相對弱化，且發音部位和空間位處舌面音區塊的小舌音組。這組小舌音屬白語語音系統獨有，並非來源於軟顎舌根音，在白語語音系統內，小舌音組和軟顎舌根音屬於兩類不同的語音系統，白語小舌音在白語語音系統內，主要作用是左右著軟顎舌根音及喉塞零聲母音讀的演變，甚至影響中古層次，特別是中古中晚期 B 層，在軟顎舌根和喉塞音部分的擦音來源。

然而，白語的小舌音組甚為特殊，雖然歸屬於滯古－上古時期的語音層次現象，然而，在小舌音仍然穩定使用的白語北部方言區，及中北部過渡區諾鄧內部分例字內，同樣也用來承載中古時期漢語借詞相關語音之音譯或意譯；換言之，此種現象即是將借入的借詞，採用自身本有的語音型態予以標音，而非援用借入借詞原本的語音系統標音；因此，小舌音在白語語音系統內部的維繫作用，特別是與軟顎舌根音和喉塞音的關聯性，及隨著時代演進的獨立或合流於相對應的軟顎舌根音或喉塞音內等相關語音演變現象，皆有必要深入分析其脈絡。因此，本節分析順序：先溯源小舌音的起源歷史進程，歸納白語詞彙系統內部從古至今仍舊以小舌音顯示的相關語料例共 115 例，依次分析小舌音存在的語音環境、小舌音聲母及其層次音變對應規律，最後再進一步說明小舌音和緊密相關的軟顎舌根音及喉塞音間的層次對應關係。

壹、溯源小舌音起源脈絡

「小舌音」在白語詞彙內部主要以「舌頭」為代表，僅有在諾鄧和康福語區內，有特別標詞雙音節詞例「小舌」，並有相關音讀節構，其餘調查語區，甚至是具有小舌音讀的北部語源區，其詞彙結構內並未有專門「小舌」的詞條，由此調查的語音現象推測，屬於滯古語音層屬性的「小舌音」，是否在滯古層內，其發音部位和發音方法，與相類似的軟顎舌根音實屬一體兩面，或是相應的音位變體現象？

然而，換另一種釋義展開調查，將「小舌」改用「舌頭」調查，卻發現調查語區內皆有此種詞條，對照諾諾鄧和康福語區獨有的「小舌」語料可知，其語音在舌頭和小舌間，是以近義的音節結構表現，或可由語音材料反應出，在

白語詞彙結構及其認知內，小舌音即是舌頭音之一類，也因為如此，又可推測，白語在小舌／軟顎舌根音的語音演變過程中，有一類的演變即是依循舌齒音一脈進行，而舌齒音的發展源流即是舌頭音，從其語源發展而論，日後的小舌／軟顎舌根音的相關顎化作用，皆與自身本源自身內化，配合外源語言接觸雙重影響而成，屬於自然演變而非突發特例演變。關於「舌頭」和「小舌」詞例的語讀概況分別歸納如下表 4-1-1 說明：

表 4-1-1 詞例「舌頭」和「小舌」音讀分布概況

漢譯	韻攝	中古聲母	中古韻目	中古聲調	開合	等第	清濁	共興	洛本卓	營盤	辛屯	諾鄧	漕澗	康福	挖色	西窯	上關	鳳儀
舌頭	山	船	薛	入	開	三	全濁	tie42	te42	tie42	tse42	dzɛ21 p'i21	tsai42 p'iɑ̃31	tsæ42^(緊) p'i21	tse42	tse42	tse42 p'i33	tse42
小舌	山	船	薛	入	開	三	全濁	----	----	----	----	qe35 tʂe42 te44 ne21	----	s'e31 tsæ42^(緊) tsi33	----	----	----	----

由於小舌音在白語語音系統內的特殊語源屬性，且分部地區較侷限並在北部語源為主，本次調查所設定的北部語源區僅三處：蘭坪共興、營盤和瀘水洛本卓，然而，僅三處的北部方言區對於小舌音的歷史層次分析，尚顯立論未實，因此，關於小舌音的歷史層次探討部分，將再查詢相關調查方言報告進行立論輔助[註1]，以便確實反應白語語音系統內滯古成分的小舌音讀相關演變概況。進一步查詢相關調查報告發現，白語北部語區同於中部諾鄧外的其他語區和南部方言區，都僅有「舌頭」詞條而未有「小舌」詞條，如下續表 4-1-1 其他語區歸納說明：

續表 4-1-1 詞例「舌頭」和「小舌」音讀分布概況

漢譯	大華	俄嘎	金滿	恩棋	妥洛	彌羅嶺	昆明	大理
舌頭	di42	ti21	tɚ42	tie42	de42	tiɛ31	tse42	tse42
小舌	-----	----	-----	-----	-----	-----	-----	-----

〔註1〕 語料來源除了筆者調查語區外，另外又第二度驗核查詢王鋒：《昆明西山沙朗白語研究》（北京：中國社會科學出版社，2012 年）和汪鋒：《語言接觸與語言比較——以白語為例》（北京：商務印書館，2012 年）等調查報告專書，以便便詳實完整白語語音現象。

　　小舌音組的軟顎舌根音化、喉音化、零聲母化及擦音化等語音演變現象，在白語整體聲母演化過程中有相當重要的語音轉化維繫作用，不僅如此，觀察「舌頭」和「小舌」詞條的語音結構發現，小舌音承載白語語音系統內，由小舌音進一步發生「塞擦化」和「擦化」的語音演變規律，這也說明了小舌音較之其他聲母系統而言，具有極強的音變共性；從類型學之發音部位和發音方法檢測小舌音組，其發音部位歷經成阻與除阻的音變過程，形成軟顎塞音和喉塞音，發音方法則音變為小舌擦音、軟顎擦音和喉擦音，因此，擦音和喉音也成為白語語音系統內不容忽視的重要音質成份。

　　由於小舌音組在白語語音系統內僅見於北部方言區，依聲源屬性歸入滯古－上古時期的語音現象遺留。因此，本節針對白語聲母小舌音的討論，其內容編排考量，而將小舌音組獨立探討，並將歸屬於小舌音組的詞條語例 115 例，單獨完整歸納於本節內以便相關討論時舉列說明，也做為與其他聲母類型之區隔。需特別說明的是，本節探討的語料詞條來源除了本文主要調查語區：北部語源區之瀘水洛本卓、蘭坪共興、營盤及中部過渡語區諾鄧外，另額外查詢相關調查方言報告，以便更詳實歸納白語北部語源區之小舌音語音現象，使小舌音的層次分析更顯完整。〔註2〕

　　小舌音組於漢藏語系內的藏緬語族或苗瑤語族甚為常見，普遍皆有的小舌音位是小舌塞音聲母不送氣[q]和送氣[qʼ]之對立，且藉由漢藏語系及侗台語族

〔註2〕 這部分的語源材料來源整理，額外配合徐琳和趙衍蓀編著的《白語簡志》和《白漢詞典》等詞典相關語料、袁明軍《漢白語調查研究》、王鋒《昆明西山沙朗白語研究》和汪鋒《語言接觸與語言比較──以白語為例》等調查報告專書內之語料進行二度查核，採用寬式國際音標記音並進一步核實比對，以期如實完整呈現白語語音系統內，關於小舌音的相關詞例現象。查詢來源有：徐琳和趙衍蓀編著：《白語簡志》（北京：民族出版社，1984 年）和《白漢詞典》（成都：四川民族出版社，1996 年）、袁明軍：《漢白語調查研究》，（北京：中國文史出版社，2006 年）、王鋒：《昆明西山沙朗白語研究》和汪鋒：《語言接觸與語言比較──以白語為例》。另外還需說明的是，關於文內語料表內的語音對應，在白語與漢語在上古及中古語音的對應部分，其上古和中古漢語擬音部分主要擇用王力系統，必要時輔以李方桂擬音及《漢字古音手冊》之擬音音讀進行核實查對，此外，文內語料表及說明部分所舉之白語語音範例若無特別注明者，皆為本文主要調查語源區之語料，若因說明對應所需，必要引用其他參考資料之語料，即於語料表後附注說明來源出處。郭錫良：《漢字古音手冊》（北京：商務印書館，2010 年）。

的整體語音系統觀察可知，許多語族在早期的上古階段都存有小舌音聲母；語音隨著時代演進而改變，亦隨著與強勢語言漢語接觸的深淺，小舌音的保留也有所不同，例如：仡央語支甚早便從侗台共同語族分化，在整體語言史上與漢語接觸相對較少，因此得已保留早期侗台語特徵。〔註3〕若以此角度分析白語，白語在北部方言區與漢語接觸的程度相較中部和南部深化的程度略淺，故其語言系統內仍存有早期上古階段的小舌音聲母，然而，在本文研究所調查和歸納的白語北部方言區內，諸如瀘水洛本卓以及額外查詢的蘭坪大華等語區，實際音值是處於小舌和軟顎舌根並存的過渡階段，蘭坪彌羅嶺雖然處於北部語言區，但實際音值卻已呈現小舌合流於軟顎舌根音內，較為特殊的語區是本次調查的中部方言區之諾鄧語區，此區音讀不僅保有北部方言區特有的小舌音組，且呈現小舌音與軟顎舌根音並存且混用的語言現象，且此語區濁音色彩甚為顯著，然而，相同的語音現象是，在小舌音存在語源區內，小舌音同樣也用來表示漢語借源詞，其內部滯古色彩已非純粹，這也使得在判斷詞源屬性時，同源於漢語或借源於漢語，甚或自／本源成分的小舌音讀難以明確區辨，這樣的語音演變受到語言接觸的干擾所致，也是影響白語語音系統演變的關鍵因素，使自／本源詞的純粹性又帶有些微漢語，或其他親族語的成分，這也成為白語語音系統內的特殊語音現象。

　　初步針對小舌音的歷史淵源概略性說明後，接續將就小舌音的語音分布環境深入分析、與軟顎舌根音間的關聯性，及其層次對應演變過程進行相關討論。

貳、滯古層小舌音讀分布的語言環境

　　小舌音是漢藏語系內，特別是羌語支常見的一類輔音聲母，據馬提索夫（Matisoff）和孫宏開的研究顯示，小舌音與軟顎舌根音普遍屬見系[k]組，在音位結構上是對立的不同音位，但卻同樣具有「鼻喉親緣性」特徵〔註4〕，除了

〔註3〕 整理自李錦芳和周國炎：《仡央語言探索》（北京：中央民族大學出版社，1999年）。

〔註4〕 「鼻喉親緣性」現象為馬提索夫所提出的觀點，主要說明鼻音特徵與涉及喉部的發音動作之間，有著密切的關聯性。馬提索夫（Matisoff），James A. "Rhinoglottophilia: the mysterious connection between nasality and glottality". Nasálfest: Papers from a Symposium on Nasals and Nasalization ed. by Charles A. Ferguson, Larry M. Hyman et

羌語支外，同屬於漢藏語系一支的白語，其語音系統同樣具備小舌音組。

然而，綜觀白語整體語源概況發現，目前僅白語北部碧江方言區（含怒江州瀾滄江）內仍較完整保留，白語中部和南部方言區已不見小舌音組，例外情形出現在白語中部劍川片之雲龍諾鄧白語，其內部仍有小舌音組遺留，雖然，隨著與漢語頻繁接觸，以致於滯古小舌音讀與軟顎舌根音呈現相融混用的中介現象，但白語北部方言區對小舌音的使用較之中南部方言區仍較為普遍；因此，有必要對白語北部方言內，屬於滯古本源層且常見的小舌聲類的歷史發展進行探究，如此對於重構原始白語的面貌甚有價值，同時也有助於釐清白語與漢語，及周圍親族語彼此間的語言接觸歷史。

因此，針對白語聲母系統內小舌音在內部語區的對應現象，經由調查分析，小舌音確切在白語各語區內的分布使用狀況及其來源發展，主要分為三種情形說明：

（一）「穩定使用地區」：白語北部碧江方言區，即怒江和瀾滄江一帶拉瑪族群群居地為主。

（二）「不穩定使用地區」：白語北部方言區內之蘭坪（彌羅嶺和大華），瀘水（洛本卓），小舌音仍在區內使用，但已有與中古見母[k]組字合流現象，特別是蘭坪彌羅嶺，屬於「小舌－舌根」使用之中介過渡區。

（三）「無小舌音使用地區」：白語中部和南部方言區，小舌音已然與中古見母[k]組字合流，然而例外情形出現在中部雲龍諾鄧白語，此地區保有小舌音組，與[k]組並存於語音系統內。

白語北部碧江方言區，以古稱為拉瑪（即勒墨，拉瑪勒墨一語之轉，屬同一族群不同稱呼）一支的白語族群為此區的主要居住者，其語音系統保留較完整的小舌音，可謂忠實反映白語上古歷史層次的語音系統，藉由文後附表 4-1-3「白語北部方言區（碧江／蘭坪）兼中部語區之小舌音語料範例對應」歸納可知，白語主要使用小舌音的北部方言區及中部劍川雲龍諾鄧白語區，目前保有的小舌音聲母依據使用頻率而論，主要仍是以小舌塞音為基本，若依廣義整體而論，主要有以下 6 項，及目前已罕見使用之小舌顫音[ʙ]：

al. Stanford: Stanford University.（1975）,p265~87.、孫宏開：〈原始漢藏語輔音系統中的一些問題〉《民族語文》第 1 期（2001 年），頁 1～11。

（1）小舌清塞音不送氣：[q]。

（2）小舌清塞音送氣：[qʻ]。

（3）小舌濁塞音：[ɢ]。

（4）小舌濁鼻音：[ɴ]。

（5）小舌清擦音不送氣：[χ]。

（6）小舌濁擦音送氣：[ʁ]。

小舌音較爲活躍者爲狹義的小舌音：小舌塞音[q]/[qʻ]，可與軟顎舌根音呈現整齊對應，小舌清擦音不送氣[χ]則多數與軟顎舌根清擦音不送氣[x]對應。因此，分析小舌音相關語音演變現象時，先就白語小舌音組[q]/[ʁ]/[ɢ]和舌根音[k]的區別特徵，規納其屬性說明如表 4-1-2 所示，再將小舌音詞例字表特別提出整理於本節內，以便查詢對應，主要以表 4-1-3 呈現。

首先透過表 4-1-2 分析白語小舌音組[q]/[ʁ]/[ɢ]和舌根音[k]的區別特徵，以「＋」表示存有的特徵，「－」則表示該語音特徵不存有，但在軟顎舌根音[k]的欄位內卻出現「＋／－」，這是因爲在白語區內的語音過渡區，呈現小舌和舌根音混用的語音現象，因此以「＋／－」現象標示。

表 4-1-2　白語小舌音組[q]/[ʁ]/[ɢ]和舌根音[k]的區別特徵

區辨特徵	[q]	[ʁ]	[ɢ]	[k]
清／濁	＋	－	－	＋
塞音/非塞音	＋	－	＋	＋
舌面後	＋	＋	＋	＋
小舌／非小舌	＋	－	－	＋／－

對於小舌音的區辨屬性已有初步了解後，因小舌音在白語語音系統內的特殊滯古性和獨特性，因此特別將白語詞彙系統內，經調查主要採用小舌音表現的詞條 115 例，製成小舌音詞例歸納表爲表 4-1-3。

由表內詞例的語音結構特徵可知，小舌音詞例屬性內呈現層次疊置現象顯著，兼具有滯古本源層的特徵，也滲入中古時期後的漢語借詞例，形成以古表今之語音形貌，如此也是採用自身語音系統內的相應音位，表現相對的借入詞之方法。

表 4-1-3 白語北部方言區（碧江／蘭坪）兼中部過渡語區之小舌音詞例整理概況（註5）

小舌音	漢譯	中古聲母	開合	等第	清濁	韻目	韻攝	共興	洛本卓	營盤	大華	俄嘎	金滿	恩棋	妥洛	彌羅嶺	語鄧
q	稻	定	開	一	全濁	皓	效	qo42	qo42	qo42	ko42	qo21	qo21	qo21	ʁo35	ko42	qo42
q	江／河	見／匣	開／開	二／一	全清／全濁	江／歌	江／果	qõ55	qõ55／qo31	qõ55	qõ55	qu55	qõ55	qo21	qõ55	ku55	qo55／qo55
q	湖／海	匣／曉	合／開	一／一	全濁／次清	模／海	遇／蟹	qo42	qo42／lu31／buɯ33	qo42	ko42	li21／buɯ21	li21／buɯ21	qo21	ʁɔ35	qo31	ɢo21／ɢo21
q	打	端	開	二	全清	梗	梗	qã55	qã55	qã55	qã55	qa55	qã55	qa55	qã55	tsa44	du21／tse42
q	銅	定	合	一	全濁	東	通	qã33	qõ33	qã33	qõ33	qa33	qã33	qa33	qã33	tu31	guɯ21／dʑɤ21
q	骨頭／莖	見／影	合／開	一／二	全清／全清	沒／耕	臻／梗	quã44	qua44	quã44	quã44	quã44	quã44	quã44	ku44	quã44／kua44	kua44
q	肝／缸	見／匣	開／開	一／二	全清／全濁	寒／江	山／江	qã55	qã55	qa55	qã55	qo55	qã55	qa24	qõ55	kã55	qa35／ko21
q	茛（蘆葦）	見	開	一	全清	麻	假	qe55	qo55	qe55	ko55	qe55	qe55	qe55	qa55	ke55	qe35
q	指甲	見	開	二	全清	押	咸	qa42	qa42	qe42	ke42	qa42	qa42	qa42	qa42	ke42	ge42

（註 5） 表 4-1-3 內的漢譯詞例部分，其欄位內有二個單詞同置一欄，例如：「江河」／「湖海」等，這是因為在白語語音系統內，以相同音讀表示一個字義，此外，單詞內有以粗體字標示者，這是表示白語主要單字，即以單音節字表示白語的語音主要義，這是表示單音節的雙音節字語義，以雙音節表示受到漢語接觸影響所致。此外，需特別說明的是，本文研究在本表 4-1-3 內的語料排列順序，是依據小音的雙音節字來音，即以單音節字表示白語主要語音主要義，主要以小舌清塞音不送氣合口 [q]－小舌清塞音送氣合口 [qʰ]－小舌濁塞音合口 [ɢ]－小舌濁鼻音 [ɴ]－小舌清擦音 [χ]－小舌濁擦音送氣 [ʁ]。後續依次按照中古聲母及其清濁開合等第排列，最後再列舉白語各區相關音讀概況。

小古音	漢譯	中古聲母	開合	等第	清濁	聲調	韻目	韻攝	共興	洛本卓	營盤	大華	俄嘎	金滿	恩棋	妥洛	彌羅嶺	諸語部
q	舅父	群	開	三	全濁	上	有	流	quɯ33 / gɯɯ33	quɯ33 / gɯɯ33	quɯ33 / gɯɯ33	quɯ33	quɯ33	quɯ33	quɯ33	guɯ33	kuɯ33 / tɕo55	guɯ21 / tɕo55
q	姑	見	合	一	全清	平	模	遇	quɯ55	qv55	quɯ55	quɯ55	quɯ55	quɯ55	quɯ55	quɯ55	kuɯ55	pu55 / u55 / ku35
q	角 / 樣	見 / 澄	開 / 合	二 / 三	全清 / 全濁	入 / 平	覺 / 仙	江 / 山	qo44 / qou44	qõ44	qo44	kv44 / ko44	qo44	qo44	qo44	qo44	qo44	qo44
q	雞	見	開	四	全清	平	齊	蟹	qe55	qẽ55	qe55	qe55	qe55	qẽ55	qe55	qe55	ke55	ke35
q	刺猬	--	--	--	--	--	--	--	ga21	qa42	qa42	qa42	qa21	qa21	qa21	ʁɔ35	ka21	ka21
q	鱗殼	來	開	三	次濁	平	真	臻	qa42	qa42	qe42	ke42	qa55	qa55	qa55	qa42	ka42	ke42
q	稻草（秣）	--	--	--	--	--	--	--	Go44 (ma44)	qa44 (ma44)	qe44 (ma44)	qo44 (ma44)	ma55	qo55 / qua55	qua44	mo42	ma44	ma44
q	麥秸	見	開	二	全清	入	黠	山	qua42	qua42	qua42	qua42	qua42	qua42	qua42	qua42	kua42	kua42
q	肉	日	合	三	次濁	入	屋	通	ge21	qa21	qe21	qo21	qa21	qa21	qa21	ʁa35	qa21	ke21
q	木棍	匣	合	一	全濁	上	混	真	qua44	qua44	qua44	qua44	qua44	qua44	qua44	qua42	kua42	kua33
q	鼓	見	合	一	全清	上	姥	遇	qo33	qo33	qo33	qo33	qo33	qo33	Gu33	qo33	kuɯ33	Gu55
q	亮影	來	開	三	次濁	去	樣	宕	qã33	qã33 (pã42)	qe33	qõ33	qa33	qã33	qã33	qã33	(ma21)	ke33
q	今天	見	開	三	全清	平	侵	深	qe55	qe55	qe55	qe55	qe55	qe55	qe55	qe55	ka55	ke55
q	乾	見	合	一	全清	平	寒	山	qã55	qõ55	qõ55	qã55	qo55	qã55	qa55	qõ55	kã55	ka35
q	高	見	開	一	全清	平	豪	效	qa55	qo55	qe55	qe55	qo55	qo55	qe55	qẽ55	kẽ55	ke35
q	間	見	開	二	全清	平	山	山	qa42	qa42	qe42	ke42	qa42	qa55	qa55	qa42	ka44	ke44
q	壞	禪	合	二	全濁	去	怪	蟹	que42	que42	que42	kue42	que42	que42	que42	que42	que42	xe44
q	盛飯	見	開	三	全清	平	清	梗	qe55	que55	quɯ55	quɯ55	quɯ55	quɯ55	quɯ55	qe55	kuɯ55	quɯ35
q	隔	禪	開	二	全濁	入	麥	梗	qa42	qa42	qe42	ke42	qa42	qa55	qa55	qa42	ka44	ke44
q	鈎	見	開	一	全清	平	侯	流	quɯ55	quɯ55	quɯ55	quɯ55	quɯ55	quɯ55	quɯ55	quɯ55	kuɯ55	kuɯ55
q	垢	見	開	一	全清	上	厚	流	quɯ33	quẽ55	quɯ55	quɯ55	quɯ55	quɯ55	quɯ55	quɯ55	quɯ55	guɯ44 (緊)

白語漢源詞之層次分析研究

小舌音	漢譯	中古聲母	開合	等第	清濁	聲調	韻目	韻攝	共興	洛本卓	營盤	大華	俄嬈	金滿	恩棋	妥洛	彌羅嶺	諸鄧
q	夾菜	見	開	二	全清	入	洽	咸	ʁa42 / qo42	ʁa42 / qo42	qe42	qo42	qa42	qa42	qa42	ʁa42	ka21	ke42 (緊)
	剪	精	開	三	全清	上	獼	山	ʁa42 / qo42	ʁa42 / qo42	qe42	qo42	qa42	qa42	qa42	ʁa42	ka42	ke42 (緊)
q	教	見	開	二	全清	平	肴	效	qa55	qã55	qa55	qã55	qa55	qa55	qa55	qa55	kã55	ka35
q	賣	明	合	二	次濁	去	卦	蟹	ɢe21 / qɯ21	ʁɯ21 / qɯ21	qɯ21	kɯ21	qɯ21	qɯ21	qɯ21	ʁɯ21	kɯ21	qɯ21
q	舀水	以	開	三	次濁	上	小	效	qe55	qa55	qɯ55	qɯ55	qɯ55	qɯ55	qɯ55	qe55	kɯ55	ɢɯ35
q	價	見	開	二	全清	去	禡	假	qa42	qa42	qa42	qo42	qa42	qa42	qa42	qa21	ka42	ke21
q	更換	見	開	二	全清	平	庚	梗	qa42	qa42	qa42	ke42	qa42	qa42	qa42	qa42	ke42	kẽ42
q	葫蘆茶盅	匣	合	一	全濁	平	模	遇	qo42	kv55 / lo55 / ue42	qɯ42	ko42	q'o44	xu42	vu42	vu42	ko21 / kua42 / tsi33	ku21 / k'o44
q	合	匣	開	一	全濁	平	覃	咸	qa55	qa55	qa55	qa55	qa21	qa21	qa21	qa21	ka21	ka21
q	寒冷	來	開	二	次濁	上	梗	梗	qa44 / ka44	qa44 / ka44	qa44 / ka44	ka44	kɯ55	kɯ55	kɯ55	kɯ55	kɯ55	ɢɯ35 / ga21
q	脖子(項)	匣	開	二	全濁	平	江	江	qõ42	qõ42	qo42	kv42	qo42	qo42	qo42	qo42	ko21	ɢo21 / ko21
q	鞠躬 點頭 彎腰	見	合	三	全清	入	屋	通	qɯ42	qɯ42	qɯ42	qɯ42	qɯ42	qɯ42	kɯ42	qɯ42	va33	qɯ42 (頭) / me33 (彎)
q	碗	影	合	一	全清	上	緩	山	qe42	qe42	qe42	qe42	qe42	qe42	qe42	qe42	ke42	ke42
q	看 看見	溪	開	一	次清	去	翰	山	ĩ55 / qe42	ʔe55 / qe42	ʔe55 / qe42	i55 / kẽ42	qe42	qe42	qe42	qe42	ʔe33	ʔa33
q	更改	見	開	一	全清	上	海	蟹	qẽ42	qe42	qe42	ke42	qa42	qã42	qa42	qõ42	ke21	ke21
q	頂帽子	明	開	一	次濁	去	號	效	qa42	qa42	qa42	ka42	qa42	qa42	qa42	qa42	ke42	ka33 / k'a33

小舌音	漢譯	中古聲母	開合	等第	清濁	聲調	韻目	韻攝	共興	洛本卓	營盤	大華	俄嘎	金滿	恩棋	妥洛	彌羅嶺	諾鄧
q	劇/最/極	群	開	三	全濁	入	陌	梗	qe42	qo42	qe42	ke42	----	----	----	----	tsue44	tɕ'o55
q	櫃/匣	匣	開	二	全濁	入	狎	咸	qa42	qa42	qa42	qa42	----	----	----	----	ka44	ko21 ke35
q	虹	見	開	二	全清	去	絳	江	qo42	qo42	qo42	ko42	----	----	----	----	ko44	go42
q	膠	見	開	二	全清	平	肴	效	qo55	qõ55	qo55	qõ55	----	----	----	----	ku55	ku55
q	裂(開)	來	開	三	次濁	入	薛	山	qe42	qo42	qe42	ke42	tɕyi21 t'o55	p'o42	p'a42	p'e42	k'e55	pɛ35 t'ɛ33
qu	卵/石	來	合	一	次濁	上	果	果	qua33	qõ33	qua33	que33	----	----	----	----	k'ue55	k'ue55
qu	官	見	合	一	全清	平	桓	山	quã55	qõ55	qua55	kuã55	qua55	qua55	qua55	qua55	kuã55	kua55
qu	寡	見	合	二	全清	上	馬	假	quã33	que33	qua33	kua55	----	----	----	----	kue33	ua42
q'u	腿	透	開	一	次清	上	賄	蟹	q'ua33	q'ua33	q'ua33	q'o33	q'ua33	ko33	q'ua33	q'ua33	k'ua42	k'ue21
q'u	寬/編	溪	合	一	次清	平	桓	山	q'ua44	q'ua44 q'o44	q'ua44	q'ua44	q'ua44	q'ua44	q'ua44	q'uo44	k'uã44	k'ua44
q'u	狗	見	開	一	全清	上	厚	流	q'ua33	q'õ33	q'ua33	q'ua33	q'ua33	q'õ33	q'ua33	q'ua33	k'ua33	k'ua33
q'u	嘔吐	影	開	一	全清	上	厚	流	q'ue33	q'ue33	q'ue33	q'ue33	dʑi42 le21	tɕ'a44	que33	k'ue33	ti42 t'v42 t'u42	ta21（緊）
q'u	蘚草	曉	開	一	次清	平	豪	效	q'u55 q'ou55	q'u55	q'u55	k'o55	q'u55	q'u55	q'u55	q'u55	k'o55	k'u55 k'ou55
q'u	哭	溪	合	一	次清	入	屋	通	q'u44	q'u44	q'u44	q'u44	q'u44	q'o44	q'o44	q'o44	k'o44	k'u44
q'	客人	溪	開	二	次清	入	陌	梗	q'a42	q'a42	q'e42	q'e42	q'a55	q'a55	q'a55	q'a42	k'a55	k'e42
q'	果	見	合	一	全清	上	果	果	q'o33	q'o33	q'o33	k'o33	q'o33	q'o33	q'o33	q'o33	k'ou33	k'o33
q'	粒/顆	溪	合	一	次清	上	果	果	q'o33	q'o33	q'o33	k'õ33	q'o33	q'o33	q'o33	q'o33	k'ou33	k'o33
q'	苦	溪	合	一	次清	上	姥	遇	q'o33	q'u33	q'u33	k'oũ33	q'u33	q'u33	q'u33	q'o33	k'o33	k'u33
q'	餓	疑	開	一	次濁	去	箇	果	tɕi21 q'a55	q'a55	q'a55	q'a55	tɕi21 q'a55	tɕi21 q'a55	tɕi21 q'a55	tɕi21 q'a55	tɕi21 q'a55 ŋõ42	tɕi21 q'a55

小舌音	漢譯	中古聲母	開合	等第	清濁	聲調	韻目	韻攝	共興	洛本卓	營盤	大華	俄嘎	金滿	恩棋	妥洛	彌羅嶺	諾鄧
qʼ	繫	見	開	四	全清	去	霽	蟹	qʼo55	qʼo55 / kʼo55	qʼo55	tɕʼi55	kʼo55	tʼɯ55	tɕʼi55	kʼo55	tsʼɯ55	qʼɯ44
qʼ	開門	溪	開	一	次清	平	咍	蟹	qʼe55	qʼɯ55	qʼɯ55	qʼɯ55	qʼɯ55	qʼɯ55	qʼɯ55	qʼe55	kʼɯ55	kʼɯ55
qʼ	咳嗽	匣	開	一	全濁	平	咍	蟹	qʼo55	qu55 / gu55	qu55	ku55	kv42	kv42	qʼo55	qʼo55	kʼo55 su42	kʼo44
qʼ	渴	溪	開	一	次清	入	曷	山	qʼa44	qʼa44	qʼa44	kʼa44	qʼo44	qʼa44	qʼa44	qʼɔ44	kʼa44	kʼa44
qʼ	牽牛	溪	開	四	次清	平	先	山	qʼã55	qʼe55 tɕio55	qʼe55	qʼe55	qʼe55	qʼe55	qʼe55	qʼe55	kʼe55	kʼe55
qʼ	元	疑	合	三	次濁	平	元	山	qʼo55	qʼo55	qʼo55	qʼo55	qʼo55	qʼo55	qʼo55	kʼo55	kʼo55	kʼue21
qʼ	搬	並	合	一	全濁	平	桓	山	qʼe55 pi 55	qʼe55 pie55	qʼe55 pie55	qʼe55	qʼe55	pie21	qʼe55	qʼe55	pa21	pie21 / ba21
qʼ	擴	群	合	三	全濁	平	戈	果	qʼe42	qʼe42	qʼe42	qʼe42	qʼe42	qʼe42	qʼe42	qʼe42	kʼe42	gu33
qʼ	蓋/罩(蓋)	匣	開	一	全濁	入	盍	咸	qʼa42	qʼa42	qʼa42	kʼa42	qʼa42	qʼa42	qʼa42	qʼa42	ke44	ka33 / kʼa33
G	厚	匣	開	一	全濁	上去	厚	流	ɢu33 / qɯ33	ɢu33	qɯ33	kɯ55	qe33	qũ42	ɢɯ33	ʁɯ33	ɢu33	gu33
G	點火	端	開	四	全清	上	銑	系	Ge42	Ge42	Ge42	qe42	qu42	go42	gu42	Ge42	ke21	qu42 / ke21
N	我	疑	開	一	次濁	上	哿	果	ŋa42	ŋo42	ŋo42	ɲi42	ŋo42	ɔ42	ɲo31	ŋo21	ŋo31	ŋo21
χ	摸	曉	開	一	次清	上	梗	梗	xɯ33	χũ33	χɯ33	fv33	xɯ33	xɯ33	xɯ33	χɯ33	xɯ33	xɯ33
χ	房/家	並	開	一	全濁	平	唐	宕	χa42	xo42	xo42	xo42	xo42	xo42	xo42	xa21	tsɯ31 / xa31	hɔ21
χ	黑/暗	曉	開	一	次清	入	德	曾	χe42	xɯ42	xɯ42	xɯ42	xɯ44	xɯ55	xɯ55	xɯ42	xɯ44 / mie42	xɯ55
χ	痊癒/恢復	--	--	--	--	--	--	--	χe33	χɯ33	χɯ33	xɯ33	xẽ33	xe33	χɯ33	xẽ33	xɯ33	xɯ33
χ	湯/羹/活	透/見/匣	開/開/合	一/二/一	次清/全清/全濁	平/平/入	唐/庚/末	宕/梗/山	xã55 / hã55 / xie55	xã55 / xie55	xie55	xo55	χã55	xã55	χæ55	xã55	xã55	xe55

小舌音	漢譯	中古聲母	開合	等第	清濁	聲調	韻目	韻攝	共興	洛本卓	營盤	大華	俄嘎	金滿	恩棋	妥洛	彌羅嶺	諾鄧
ʁ	黃/皇帝	匣	合	一	全濁	平	唐	宕	ʁɑ̃21	ŋõ21 / õ21	ʁo21	ŋõ21	ʁo21	õ21	ŋõ21	ŋõ35	ŋõ21	ɣɔ21
ʁ	學/讀	匣	開	二	全濁	入	覺	江	ʁɯ42	ɣɯ42	ʁɯ42	ɣɯ42	ɣɯ42	ɣɯ42	ʁɯ42	ɣɯ42	ɣɯ42	ço35
ʁ	雲	云	合	三	次濁	平	文	臻	ʁe31 / ŋe31 / e31	ŋa31 / ã31 mo31 / qo31	ʁe31 / ŋe31 / e31	je31	mũ21	mu21	ʁe21	ŋo35	ŋɛ̃21 / ɛ̃21	v21 / k35
ʁ	汗	匣	開	一	全濁	去	翰	山	ʁɑ̃31	ŋã31 / ã31	je31	je31	ŋa21	ã21	ʁa21	ŋo35	ŋa21	ɣa21（緊）
ʁ	熬/熝	疑	開	一	次濁	平	豪	效	ʁo55 / kv42	ŋo55 / õ55 / ko42 / (tsyi31)	ʁo55 / kou42	ŋo55	ko42	ko42	ko42	ŋo35	ko42	ku21
ʁ	盒子	匣	開	一	全濁	入	合	咸	ʁã42	ɣa42	ʁe42	ɣa42	-----	-----	-----	-----	ɣa42 / xo31	ɣa21
ʁ	盃/麵粉	匣	合	一	全濁	平	戈	果	ʁo42	jo42	ʁo42	ua42	-----	-----	-----	-----	pʰa44	ɳi35

說明1：詞例表內以雙線區辨自行調查語源區之語料和查核調查語源區之語料，表內灰色網底者查核調查方言報告之語區。

說明2：詞例表內在聲母欄位內以「——」標示者，表示白語詞彙內以雙音節音即節表示音讀現象；在白語詞彙受到接觸化影響而具備兩種（含以上）音讀現象，表中將其並列，可從中探尋白語語音演變現象。

說明3：區內因故遺缺此種詞例音讀現象。

說明4：北部語源區之洛本卓在表示詞彙「黑/暗」時，另有以[a42 pa42]為音讀；在表示詞彙「黃/皇帝」、「雲」、「汗」和「熱」等詞例時，其音讀具有「以軟顎舌根音為聲母」及「零聲母以韻母主要元音增添為主要音節成分」等兩種語音分化音變現象；詞例「盒」較為特殊，此詞具有名詞和動詞兩種詞性。做名詞使用時，表示在上古商周時期做為青銅鑄成的酒器的語音，此詞例在白語詞彙內已保留的語音面貌，此詞例在白語詞彙內已較為少見，由少數語源區仍做成「麵粉」之語義，主要表示轉喻詞「調和/調味」之語義，近現代時期借詞「調」和「盂」即「調」和「盃」的用法。此動詞，此詞例在白語詞彙系統內「調和」調「盂調」主要的作用是調音語音讀漢語語音。表內詞例標示漢語語音讀以「盃」為語音讀音。

　　白語區主要以小舌音讀呈現的詞例共計有 115 例，透過表 4-1-3 對白語整體語音系統內，關於滯古小舌音讀的整理可知，白語內部除了本源詞和底層老借詞以小舌音讀爲音節結構外，對於新興漢語借詞部分，亦會依據自身方言語音以小舌音讀表示，但隨著語音演變，部分詞例同時也具有非小舌音的相關軟顎舌根音讀現象，產生古今音並存疊置的語音形貌。形成此語音演變現象的主因，主要因素與白語與漢語深化接觸後，其語義擴大引申有密切關聯，不僅小舌音讀在白語整體語音系統內受有語義擴大引申影響，其餘各聲母系統亦顯見此種「以義領音」的語音演變作用，即「義不外乎音」之特徵〔註6〕；然而，從表內的語音概況不僅可以窺見小舌音讀在白語語音系統內，和軟顎舌根音並存並已逐漸趨向合流的語音現象外，小舌音讀與唇音擦音和唇齒擦音間亦有語音相關性，例如：詞例「擤（小舌音聲母[χ]）」、「搬（小舌音聲母[qʻ]）」等語例的語音演變狀況。

　　白語小舌音穩定使用之區，主要集中在北部方言區及中部諾鄧語區，但諾鄧的小舌音使用已趨向合流於軟顎舌根音內，隨著與漢語接觸的深入影響，使用小舌音的這些區域，其小舌音的地方變體與軟顎舌根音或緊喉音已逐漸併合使用，即不送氣[q]變成[k]或[ʔ]，送氣[qʻ]變成[kʻ]、[ʔh]或[x]等音變現象，然而，在白語南部和中部方言區，小舌音早已與軟顎舌根音或緊喉音合併，此外，在白語北部語源區內針對漢語借詞部分，亦有採用自身方言所具備的小舌音讀表示其語音現象。透過白語小舌音組的詞源調查可知，白語北部方言區這組上古時期語音遺存痕跡，和承載維繫作用的小舌音組，經由分析歸納，共有以下六項語音特徵：

1. 小舌音為獨立音位結構

　　小舌音組因其發音原理之因，雖然能和舌根音或緊喉音產生合併，如此一來便產生疑問：小舌音與舌根音是否能夠互換？小舌音與舌根音出現在不同的語音環境，是否可將其視爲舌根音的變體並看作是一個輔音？小舌音與舌根音發音部位和方法相近，那小舌音是否就是舌根音的變體？小舌音間彼此能否合併？這諸多疑問的答案是否定的，小舌音並非舌根音的變體，何以見得？原因在於：第一上古時期具有小舌音的階段裡，白語小舌音與舌根音是不同的音位；

〔註6〕語出段玉裁：《說文解字‧六書音均表‧古異部假借轉注說》，頁 833。

第二是白語上古早期的音系特點是小舌音與舌根音並存，同屬小舌發音的可能具有數個音，舌根音同樣也是如此，無法究此論定兩者屬於同部位的音位變體；第三是小舌音和舌根音的來源與演變發展不同，不能因兩者逐漸合流便一概而論。

從能否區辨詞義的最小語音單位結構之音位來界定小舌音和舌根音，可以得知白語語音系統內存在小舌音組的語源點，其小舌音和舌根音雖能產生對應，但實際又分屬於不同的音位，試看下列範例：

寬[qʼua44]　　摘（果子）[kʼua44]（此字白語應做「撍」使用）

垢[qɯ31]　　舅舅[gɯ31]

乾／高[qõ55]　　弓[kõ55]

小舌音是否能合併爲一類？白語小舌音組有送氣和不送氣兩套，白語小舌音不論送氣與否，其出現位置皆在非派生調裡，且送氣與不送氣本是無法等同之不同語言特徵的音，白語語音系統雖不同於侗語，因送氣與否產生聲調的派生現象，然而，白語即使沒有產生派生調，但仍具有送氣與否和純音與清化音的對立現象，因此，從深層層次上而論，送氣與不送氣音之來源不同且分化複雜，故不論小舌音送氣與否，兩者皆不能理解爲或合併成一個小舌音做爲代表。

此外，小舌音地方變體除了[k]外還有[ʔ]，在小舌音穩定使用的北部方言區語音系統內，[q]、[k]和[ʔ]普遍是並存的。例如：

壞[que42]　　溫[ʔue55]

葫蘆[qu42]　　窩[ʔu55]

教[qa55]　　鴨[ʔa44]

小舌音[q]的地方變體軟顎舌根音[k]和喉塞音[ʔ]，或與其他輔音進行合併，其來源便有諸多音位的可能性；然而，小舌音送氣[qʼ]的地方變體[ʔh]則未探尋出相關的合併例證，因此可以認爲，白語內部的[ʔh]音應來源於[qʼ]。由此可知，小舌音有不送氣對應組「[q]－[k/g]－[ʔ]」和送氣對應組「[qʼ]－[kʼ]－[ʔ]」兩組，且彼此實屬同源關係，其上古時期的語音層次必然是三個輔音中的一個。將這三個輔音置於白語三方言分區內觀察，其在音節結構內的留存情形如表 4-1-4 說明：表格內以「＋」表示有此音讀，「－」表示無此音讀，並以箭號表示兩語音現象的合流走向

表 4-1-4　[q]－[k]/[g]－[ʔ]之白語方言分區對應表

方言點 ＼ 語音	舌根音[k]	小舌音[q]	緊喉音[ʔ]
北碧江	＋	←＋→	＋
中劍川	＋	←（＋）→	＋
南大理	＋	←（＋）→	＋

　　透過表 4-1-4 的對應歸納可知，這三個輔音的早期音應為小舌音[q-]，[q-]當為舌根音及緊喉音上古語音層次之源。白語南部方言區現今語音系統內已未有小舌音，小舌音受到漢語接觸影響已分別合流於舌根音和緊喉音內，中部方言區大致的演變現象與南部相同，僅雲龍諾鄧地區仍保有小舌音，並與舌根音和緊喉音並存於語音系統內。從此語言分布觀察，白語具備小舌音的地域分布於北部碧江（含怒江、瀾滄江一帶，為拉瑪白族居住地），目前有兩種使用情形：其一為小舌音與舌根、緊喉音對立分為兩套，相互干擾程度小，維持小舌音系統的北部方言區，亦使用小舌音來表示漢語借詞，並於聲調部分和本族詞以示區別；其二為小舌音與舌根、緊喉音雖對立且分為兩套，但彼此間已產生相互干擾混同，例如：洛本卓、中部諾鄧及隸屬北部的大華語區，小舌音已經無法完全發音到位，進而產生混用情形，隸屬北部的彌羅嶺則有以舌根和緊喉音取代小舌音的現象；還有一種現象是除了諾鄧外的白語中部和南部方言區，由於此區白族與較之北部方言區，與漢族接觸深入，因此小舌音已無法發音到位且趨向弱化消失，取而代之的是舌根塞音，例如：比較詞條「空」、「彎（曲）」、「富」在白語內部的語音結構概況為表 4-1-5：

表 4-1-5　詞例「空」、「彎（曲）」、「富（姻／愛）」語音對應形式

漢譯	韻攝	中古聲母	中古韻目	中古聲調	開合	等第	清濁	共興	洛本卓	營盤	辛屯	諾鄧	漕澗	康福	挖色	西窯	上關	鳳儀
空	通	溪	東	平	合	一	次清	q'õ55	q'õ55	q'o55	k'õ55	k'ɚ55	k'ṽ55	k'õ55	k'v55	k'v55	k'v55	k'v55
彎曲	通	溪	燭	入	合	三	次清	q'o44 k'ou44	jõ44 k'ui44 jo33 kɯ55	k'o44	ŋã55 k'ɯ33	ko44	ue35	ko44 u24 uẽ55	k'v44	k'v44	k'v44	k'v44
富姻愛	遇	匣	暮	去	合	一	全濁	qo33 go33	qo33 ko33	qo33 ko33	kou33 ni33 pou55	qo21	kou31 ni42	fo55	ko21 xou42	ko21 xou42	ko21 xou42	ko21 xou42

　　觀察詞條「空」、「彎（曲）」、「富」的語音形式，發現小舌塞音從滯古－上古層演變至今產生語音變易，在北部方言區不僅保留滯古－上古時期的語音形式，隨著與漢語的接觸影響，在小舌音位的表現外，同時也並存受漢語影響而變化的軟顎舌根塞音的語音形式，不僅如此，小舌音依據其發音原理並受到漢語接觸影響，也趨向往脫落聲母之零化作用發展。針對所舉比較「空」、「彎（曲）」、「富」三詞例，其語音形式有以下說明：〔註7〕

　　例如詞條「空」：此詞例在白語語音系統內屬於漢源借詞語例，並採用方言語區自身習用的語音模式，表達借入後同質音位的語音現象，本例發展穩定，主要表現方式是聲母以小舌音和軟顎舌根音並存。

　　例如詞條「彎」：在白語詞彙系統內分別以同一音讀表示三種釋義：單音節彎、曲，並列結構彎曲；當釋義為「曲」時，其音讀借入漢語音讀以合口零聲母表示，屬於喉塞音的音位變體現象表現，其合口呼零聲母的語音形式，明顯為借源漢語音譯借詞而來，有的變化為軟顎舌根塞音和零聲母或半元音零聲母結合，以合璧詞形式出現，例如北部洛本卓[jð44 kʼui44]和[jo33 kɯ55]；南部金華[jĩ21 pɔ55]、喜州[n̥ĩ55 pɔ35]，亦有以軟顎舌根音唇齒化後的濁唇齒擦音，和軟顎舌根鼻音表示聲母做為「彎」表示，例如：北部彌羅嶺[vã55]、中部辛屯[ŋã55]；金墩更是將「彎」釋義為「歪」，彎曲即歪斜不整，因此影響其音讀以表示[uai35]，演化順序歷經流程為：「小舌音藉由發音部位前移的原則，朝向軟顎舌根塞音（清[k]／濁[g]），形成軟顎舌根音後，再次藉由演化發音部位後移的原則，朝向聲門喉塞音[ʔ]演變，並受內源性自發音變作用，因語音內化產生音位變體零聲母[ø]現象。」

　　例如詞例「姻」：此字釋義表示「富」或「愛」。詞條「富」在洱海周邊四語區的讀音為[ko21xou42]，受漢語雙音節字詞「富豪」影響而產生；辛屯白語做多音節結構[kou33 ni33 pou55]（詞根＋詞綴＋詞綴）、漕澗[kou31 ni42]（詞根＋詞綴）、昆明[tsɯ33 pia44 tsɿ33]（詞綴＋詞根＋詞綴）、金華[ko21 jĩ21

〔註7〕詞例說明所引用的其他語區語料來源於：周城、金華語料來源於袁明軍《漢白語調查研究》（當代語言學論叢）調查報告專書論文；昆明、喜州語料來源於張華文等編著：《昆明方言詞典》（昆明：雲南教育出版社，1997年）；金星、馬者龍、大石語料來源於王鋒《昆明西山沙朗白語研究》和汪峰《語言接觸與語言比較──以白語為例》之調查報告專書論文。

po55](詞根＋詞綴＋詞綴）和喜洲[kɔ21 ɲĩ55 pɔ35]（詞根＋詞綴＋詞綴），多音節內的音詞詞根「[kou]」或「[ko]」表示「富」義，至康福白語直接音譯漢語音讀表示，此外，白語音節結構的軟顎舌根音與圓唇介音搭，亦會產生唇齒擦音生成，因而產生如康福所呈現的音讀形式，此外，白語此詞例音讀亦形成詞綴的語音表現，例如：「[ni]」、「[jĩ po]」或「[ɲĩ po]」引申表示「人群或族群」之泛稱語義。

此外，從詞條範例發現，早期的語音形式伴隨著不送氣及送氣軟顎塞音、零聲母喉塞音以及軟顎擦音，並且透過小舌音字表探查亦發現還有少量喉擦音（[h]）形式，例如：共興表示漢族之「漢」時，即以喉擦音形式呈現[hã42]，恩棋則以小舌濁擦音呈現[χa42]；「湯」在共興具有[hã55]及[xã55]兩種聲母形式，恩棋以[χæ55]表示「湯」，語音的改變顯示，小舌音逐漸趨向包括小舌音和喉塞音的擦音化形態。

2. 小舌塞音和擦音送氣音和不送氣音的對立

具備小舌塞音和送氣擦音聲母的白語北部方言區，不送氣小舌音出現頻率高於送氣小舌音，也有以不送氣和送氣小舌塞音做為漢語借詞之用，亦有以送氣小舌音讀表示漢語借詞之不送氣詞例，表 4-1-6 即扼要舉出部分詞例為代表說明，以灰色標示之詞例「果」和「狗」，白語語音系統便採用送氣小舌音讀表示其語音現象，需特別說明的是，由於小舌音讀至今仍保留並出現於白語北部方言語區，南部及中部語區基本以將小舌音讀整併入軟顎舌根音讀內，因此，在談論小舌音讀時，主要語料列舉以北部共興、營盤、洛本卓及中部諾鄧語區為基準，並旁及其他亦採用小舌音讀的北部語源區：表格以雙橫線區隔調查語區和查核語區

表 4-1-6　小舌音送氣與不送氣對應漢語借詞例舉例

小舌音	中古聲母	漢譯	共興	洛本卓	營盤	大華	俄嘎	金滿	恩棋	妥洛	彌羅嶺	諾鄧
q	見 k	肝缸	qã55	qã55	qa55	qã55	qo55	qã55	qa24	qõ55	kã55	ga35 ko21
q	見 k	指甲	qa42	qa42	qe42	ke42	qa42	qa42	qa42	qa42	ke42	ge42
qʻ	見 k	果	qʻo33	qʻo33	qʻo33	kʻõ33	dʑi42 le21	qʻo33	qʻo33	qʻo33	kʻou33	kʻo33

q′	見 k	狗	q′ua33	q′õ33	q′ua33	q′ua33	q′ua33	q′õ33	q′ua33	q′ua33	k′ua33	k′ua33
q′	溪 k′	寬	q′ua44	q′ua44 q′o44	q′ua44	q′ua44	q′ua44	q′ua44	q′ua44	q′uo44	k′uã44	k′ua44

詞條「肝／缸」和「指甲」，此二例為白語小舌音使用區，以不送氣小舌塞音做為漢語借詞用例，需特別說明者為聲調部分，詞條「肝」在恩棋以[24]調表示陰平聲，這是白語北部方言區各別地域，在表示漢語借詞陰平聲部分的特殊借詞調值，如同中部過渡語區諾鄧的[35]調值。

詞條「指甲」的「甲」字白語以中古調值入聲調表示；詞條「寬」為漢語釋義，白語此字表示的語義為「闊／寬闊」，實際的小舌塞音為送氣＋唇軟顎化[q′u]，在洛本卓和妥洛兩語區之音讀，突顯出「寬闊」的「闊」之音讀現象，與漢語借詞音讀[q′ua]同時並存於語音系統內。

3. 小舌塞音和擦音的清濁對立

白語聲母小舌音塞音和擦音的清濁對立普遍存在，除了[q]和[q′]外，白語小舌音組還存在有濁塞音聲母[ɢ]、濁鼻音聲母[ɴ]、清擦音聲母[χ]和濁擦音[ʁ]。透過小舌音字表的整理，對比普遍存在的小舌清塞音[q]和[q′]，小舌濁塞音聲母[ɢ]的使用較不普遍，小舌濁鼻音聲母[ɴ]僅表示「我」一語例，小舌清擦音聲母[χ]和濁擦音[ʁ]在共興和營盤兩區域仍有使用，主要以「[ʁ]→[ɣ]或[ŋ]」和「[χ]→[x]（[h]）」的音變原則呈現，擦音[χ]和[ʁ]在妥洛和恩棋少數例字仍使用，以表示緊促音值為主，且多出在陽平調和陽入調中，在具有小舌音的藏緬親族語系內屬於特例，但白語區的小舌音組並未如仡佬語或湘西、川黔滇方言等，還保有小舌鼻冠濁擦音[ɴʁ]或小舌鼻冠濁塞音[ɴɢ]、[ɴq]。

4. 不論單音節或多音節詞，小舌音都只能置於詞首做聲母

白語小舌音不同於其他藏緬親族語，小舌音可置於詞的任何位置，白語小舌音僅能置於詞首位置，即便是多音節詞，小舌音仍置於所屬音節之首位，例如洛本卓語料：漢語雙音節音譯關係詞[qo55 xõ42]（更換）、[dɔ42 q′uɔ31]（大腿）、非漢語雙音節音譯關係詞[qɔ55 pu42]（布穀鳥）、合璧式[qa55 ȵi44]（今天）、[mu21 qɑ42]（木碗）、非漢語關係詞[le55 que42]（講話）、[pɔ55 qɔ44 xɯ31]（旁邊）、非漢語雙音節音譯加註關係詞[qɔ42 bu42]（湖）等。

因此，從音節結構部分觀察白語，白語的詞屬於分析型且每個音節都由聲母、韻母和聲調 3 個部分組織，亦有零聲母僅由韻母和聲調構成的現象。

白語詞彙本身結構很少於形態上產生曲折變化，單音節單純詞在白語整體詞彙系統內占主要優勢，並以單音節詞做為合璧成分，白語在動詞、形容詞甚或名詞，有時會增添可前置或後置的類詞綴附加成分，常見的附加成分如：[a55]、[a31]、[suɯ33]、[tsi33]、[ne21]、[k'ɔ44]、[ȵi21]等，發展到現階段，這些附加成分的附著性已逐漸減退，主要的功能做為強調語義及突顯物件性狀之用，在不發現意義混淆的情形下，這些前置或後置的附加成分經常可有可無，在合成詞中，附加成分隨時脫落的現象普遍存在，白語小舌音都處於輔音位置且置於詞首，即便為合成詞或合璧詞現象，小舌音都僅置於詞首位置；然而，在小舌音的使用區域較狹且與漢語深入的接觸影響下，合成詞內的小舌音成分，仍有部分詞條能尋找出對應，此語音現象可在洛本卓、彌羅嶺和諾白內找出相關詞例予以對應，例如：名詞「嘴」字[tɕu33 qua55/ tɕu33 ko55（洛）]－[tɕu33 qua55（彌）]－[dʑy31 gɛ35 ne21（諾白）]，表示嘴張開時往外「闊」的類詞綴義呈現[q－k－g]對應，同樣的類詞綴[qua55]也出現在「尾巴」（[mõ33 qua55（洛）]－[mẽ33 kua55（彌）]－[ŋɔ31 gɔ35 ne21]（諾白））內，表示其長往左右開闊之貌。

5. 小舌清擦音不送氣[χ]和小舌濁擦音送氣[ʁ]

此兩種小舌音常見於營盤及共興，其餘各地語料量較少。然而，調查過程中也發現，白語北部方言區實際發音現象在小舌塞音部分以不送氣和清音為基本，且塞音清濁音分立已逐漸不明確且有合流趨勢，例如：在北部語區的彌羅嶺和妥洛地區甚為顯著，其語音不僅往舌根音歸類且有呈現中介語過渡面貌。形成此種現象的原因是因為省力原則所致，在發音受經濟原則而趨簡求易的前提下，小舌音更容易變為軟顎音，而軟顎音較難變為小舌音，除此之外，白語這套小舌音組並不全然皆是原始藏緬親族語所遺存，更多時候是由軟顎舌根音加以分化，其條件或來源於古藏緬親族語中不帶前置或後置輔音的軟顎音，白語小舌音和軟顎舌根音從類型學角度而論，正呈現互補，即有[q-]組小舌音亦有[k-]組軟顎舌根音，但多數方言有[k-]組軟顎舌根音卻不一定有小舌音，然白語正好兩者兼具。

6. 小舌音演變規律

白語小舌音組穩定使用於北部含括怒江和瀾滄江的碧江方言區，此區以

古時稱爲拉瑪（勒墨）的族群爲主要居民，然而，在蘭坪彌羅嶺和大華地區則產生小舌音組和軟顎舌根音併用之過渡，較爲特殊的小舌音使用地區出現在白語中部雲龍諾鄧地區，除此之外，其他方言區小舌音組區域變體與舌根音或緊喉音產生合併，基本的合併趨向爲：（1）不送氣[q]和[ɢ]→[k]或[ʔ]；（2）送氣[q']→[k']或[ʔh]；（3）濁擦音[ʁ]→[ɣ]或[ŋ]；（4）清擦音[χ]→[x]（[h]），其中條例（1）和（2）還包含唇軟顎化的演變，即[qʷ]→[kʷ]/[q'ʷ]→[k'ʷ]。

進一步分析白語小舌音組現今語音概況。從字表歸納中發現，白語小舌音充當聲母與韻母，和聲調組合的音節結構可分爲：全音譯式（包含單音節和多音節）、音譯加注式和合璧式三類。以 C 代表小舌音輔音和表示鼻化音節、V 代表元音和 T 代表聲調，列舉語例爲證分別整理如下表 4-1-7 所示：

表 4-1-7　白語小舌音音節結構組合條例

音 節 結 構	例　　詞		
C＋V＋T	qv42 蕎麥／在／住	q'u55 薅草	qɔ42 稻
C＋V＋V＋T	quo31 醜	que42 壞	χua42 畫
C＋V＋C（鼻化）＋T	q'õ42 空／扁	qã55 教	qõ55 深／濃

藉由小舌音歸納字表和表 4-1-7 音節結構表可知，白語現今小舌音主要有以下幾點特徵：

1. 音節結構：

小舌音的音節結構以[C＋V＋T]爲基礎，[C＋V＋C（鼻化）＋T]帶鼻化成分結構較少，音節結構[C＋V＋V＋T]在第二個表示元音[V]的部分，實際語音具有唇軟顎化[w]成分。

2. 韻母結合：

小舌音聲母普遍與單元音韻母[ɯ]、[u]、[o]、[e]、[ɛ]、[a]、[v]（[ɣ]）及其鼻化結合，以舌位靠後高圓唇元音[ɯ]、[u]、[o]爲主要結合類型，亦與複元音韻母[ua]、[ue]、[ou]結合，此即元音圓唇化[w]的影響，也關聯著圓唇軟顎音的語音演化。

3. 聲調層次：

白語聲調的數量基本以 8 個基本聲調數，隨著地區差異、鬆緊元音對聲調的影響或表示漢語借詞、爲區辨各方言區差異而產生的聲調等因素左右，白語

聲調也有 5 個或 6 個。不論聲調數多寡，白語小舌音在聲調方面的層次對應，仍能整理出基本規律性。例如：

（1）調類搭配：

小舌塞音[q]和[q']部分主要以搭配陰平調爲主，搭配上聲調和陰入調爲次要，特別是小舌塞音[q]的聲調，搭配上聲調和陰入調時，看似呈現不規則現象，但透過將漢語釋義還原爲白語原始語義觀之，這種聲調不規則的搭配現象，在中古時期仍能理出相應的規律對應。

例如詞例「改」則有這類搭配不規則的語音現象，以具有小舌音讀之北部和中部諾鄧及其他各語源區音讀概況觀察，及詞條「改」在中古時期的音韻結構整體分析：主要呈穩定的小舌音對應軟顎舌根音的語音現象

小舌音	中古聲母	漢譯	共興	洛本卓	營盤	大華	俄嘎	金滿	恩棋	妥洛	彌羅嶺	諾鄧
q	見 k	更改 改變	qẽ42	qe42 qɔ44	qe42	ke42	qa42	qã42	qa42	qɔ̃42	ke21	ke21

漢譯	中古聲母	中古韻母	清濁	聲調	中古擬音
改	見	海	全清	上	kɒi
更	見	庚	全清	平	kɐŋ

（中古擬音採用王力系統予以說明）

詞例「改」屬於白語以小舌音讀表示中古漢語借詞之例，但白語借入後不做「改（變）」的釋義，而是以其本義「改，更也」之「更」義的語音做爲借入後的音讀，採用[42]或[21]調表示借詞讀音，洛本卓另有音讀[qɔ44]，以[44]調表示漢語借詞音讀並以示區隔，透過借詞的本義音讀判斷，才能解釋爲何在部分地區的讀音，會出現元音鼻化表示鼻音韻尾之因，呈現陰陽對轉語音現象。

（2）語音拼合

小舌濁塞音[ɢ]在白語語音系統內多以[q]拼合，少數字例以[ɢ]表示，例如詞條「厚」在共興以濁塞音[ɢ]表示[ɢɯ33]，同樣現象也出現在恩棋。

（3）特定聲母以特定調值出現

小舌濁擦音送氣[ʁ]部分主要以規律陽平調爲主，例如：黃[ʁe31]、汗[ʁa31]。

（4）小舌音語音對應不規律

小舌清擦音不送氣[χ]則無明顯對應規律，例如：詞條[χɛ44]，漢譯為「罵」應為去聲，但白語以大聲喊叫之「喝斥」的「喝」義為語音，並以陰入聲表示，語音對應略顯不平衡。

參、原始白語小舌音聲母的演變及其音變對應關係

首先針對原始白語小舌音聲母的演變分析說明。原始白語小舌音聲母包括清和濁、送氣與不送氣在內有塞音、擦音和鼻音 6 個小舌單輔音聲母：[*q-]、[*q'-]、[*ɢ-]、[*ɴ-]、[*χ-]和[*ʁ-]。其中[*ɴ-]、[*χ-]和[*ʁ-]出現頻率較低，普遍以其變體後的音位[*ŋ-]、[*x-]（[*h-]）和[*ɣ-]表示。

小舌音的演變現象主要有四點原則：

（一）原始白語小舌清塞音聲母[*q-]和[*q'-]的演變

原始白語小舌清塞音聲母[*q-]和[*q'-]在現代北部方言區仍是以表現為[*q-]和[*q'-]為主，並未有原[*q-]的詞變化讀為[*q'-]，兩者分屬不同音位；部分詞聲母前移讀為軟顎舌根清塞音[*k-]和[*k'-]；小舌音在白語中部（諾鄧除外）和南部方言區消失多歸入軟顎舌根音[*k-]和[*k'-]；[*q-]聲母部分詞在特定區域和單韻母[ɯ]、[e]、[o]、[ɛ]、[a]及複合韻母[ua]結合時讀為[ɢ]聲母，例如：恩棋刺蝟[ɢa21]、肉[ɢæ21]、木頭[ɢua21]；部分詞甚至還產生擦化和塞擦化現象，例如：茱[qe42]→[dʑɛ42]→[ts'uo42]，這類小舌音產生擦化和塞擦化現象的變化較為異常，推測也許是先經歷一段喉音[h]的階段，進而產生相關變化所致。

（二）原始白語小舌濁塞音[*ɢ]和小舌濁擦音[*ʁ]的演變

原始白語可能有小舌濁塞音[*ɢ]和濁擦音[*ʁ]，透過字表觀察可知，此兩音位和小舌濁鼻音[*ɴ]類似，在現今白語北方各方言點內語料例較少且表現較為複雜，有小舌清塞音[q]、清擦音[χ]、濁擦音[ʁ]、軟顎舌根音[k]、[g]、[ŋ]、喉塞音[ʔ]及其音位變體零聲母[ø]等，較多時候出現在特定區域表示特定詞例，例如：鞋字在妥洛、恩棋和俄嘎分別表示零聲母[jẽ35]、濁擦音[ʁɛ21]和鼻音[ŋa21]。表現為軟顎舌根塞音[k]和[k']者，則擬音為[*ɢ]或[*q]，依語音演變原則而論，濁塞音演變為不送氣清塞音[k]和送氣清塞音[k']為常態規律。

從原始白語小舌濁塞音[*ɢ]和小舌濁擦音[*ʁ]並不十分明確的演變規律推測，這兩個音位可能上古時期是同一個聲母所致，若從現代類型學的角度觀察兩者，同時使用[ɢ]和[ʁ]兩個輔音的語言並不常見，白語僅在特定地區和特定詞表示，實屬特例。

（三）原始白語小舌清擦音聲母[*χ]的演變

原始白語可能存在小舌清擦音聲母[*χ]，[*χ]音普遍發音時有顫動小舌的情形，學者研究多將此音記爲喉擦音[h]，此舉不僅是爲了方便記音書寫，也是爲了方便與清擦音[x]區別。觀察白語目前的實際情況，[*χ]在白語小舌音系統內是典型的小舌擦音，雖然記爲[h]，但此音與喉擦音[h]及清擦音[x]音有明顯不同，但[*χ]卻與軟顎舌根清擦音[x]、喉擦音[h]或喉塞音[ʔ]產生對應關係，白語區內普遍的情形爲[χ]和[x]常相互交替使用。例如：

（四）原始白語小舌音具鼻冠音聲母現象

原始白語可能有鼻冠音聲母。戴慶廈談論鼻冠音聲母時認爲〔註8〕，鼻冠音在發音時其鼻音部分較弱，但鼻音後的塞音、塞擦音或複輔音發音時則音值較強且不送氣，不僅如此，鼻冠音之鼻音與同部位的塞音和塞擦音緊密結合且爲濁音成分。究此定義觀察白語小舌語音部分，筆者研究認爲，原始白語在上古時期應該在小舌及相應的舌根部位皆存有鼻冠音聲母痕跡，未保留在語音系統內，應當與隨著語漢語深入的接觸而弱化並藉由鼻化承載有關，本部分特別就小舌部分予以還原說明。

透過歸納白語小舌音字表發現，白語原始小舌鼻冠音聲母是指小舌及軟顎舌根鼻音加軟顎舌根或小舌塞音所構成的聲母而言，針對這類聲母，暫且以擬作[*ŋq]、[*ŋk]、[*ŋg]、[*ɴɢ]形式，而這一類聲母在現代白語的演變規律擬測如下說明：

（1）鼻冠部分弱化丟失進而成爲塞音，此條演變規律形成部分未帶鼻化的詞條卻出現鼻化之因。例如：[*ŋq]>[*q]、[*ŋk]>[*k]、[*ŋg]>[*g]。

（2）小舌鼻冠音聲母發音部位前移。例如：[*ɴɢ]>[ŋk]、[k]、[k']。

（3）濁音清化爲清塞音或送氣清塞音。例如：[*ŋq]/[*ŋg]>[ŋk]、[k]、[k']。

〔註8〕戴慶廈主編：《漢語與少數民族語言關系概論》（北京：中央民族大學出版社，1992年），頁42。

（4）塞音部分弱化丟失或鼻音部分變爲擦音。例如：[*ŋgl]>[ŋ]、[l]>[ʐ]、
　　　[ɣ]

　　[*ŋg]的表現形式有：[ŋ]、[g]、[q]、[qʼ]、[k]、[kʼ]等。這部分的演化語例有：詞例「兄」，在洛本卓、共興音讀爲「[n̠ṽ55]→[jṽ55]→[jõ55]」，其[n̠]的聲母來源於軟顎舌根鼻音[ŋ]與高元音相結合而成；詞例「鋸子」之音讀爲「[fo42]→[fv42]」，此例屬特殊演化語例，不屬於唇音化的演變，從此詞例屬於見母字，上古、中古及西南官話語音分別擬作：「[kǐa]－[kǐo]－[tsy35]」，並未受到唇音化影響，因此，其[f]聲母的形成，直接來源於舌根不送氣清塞音[k]與後高元音組合時，受後高元音圓唇化影響而轉變爲唇齒清擦音[f]所致，同樣條例亦能解說「六[fv44]」屬於白語內部語音演變現象；又如「力[ɣɯ42]」，[ɣ]聲母由軟顎舌根濁鼻音[ŋ]演變而來，由舌根鼻冠音弱化丟失塞音，再由留存的軟顎舌根濁鼻音部分發展形成擦音[ɣ]，演變過程爲：[ŋg]>[ŋ]>[ɣ]。

　　[*NG]的表現形式有：[q]、[qʼ]、[k]、[kʼ]等。在現代白語方言中的表現於北部方言區仍以[q]和[qʼ]爲主，亦有並用[k]和[kʼ]及少數[G]殘存；白語中部（諾白除外）和南部方言區則以[k]和[kʼ]爲主，當中的[ŋk]此處在白語內部已弱化丟失前置鼻音[ŋ]，然而白語部分詞仍表現出此前置鼻音[ŋ]的音值，遂透過元音鼻化承載此現象，如此使得部分例詞未有鼻化卻出現鼻化現象。因此，[*NG]的總體變化趨勢是發音部位前移和塞音清化，此外，亦有濁塞音變爲送氣清塞音的現象，其演變條例擬爲：[*NG]>[G]/（[ŋk]）>[G]>[q]、[qʼ]、[k]、[kʼ]。

　　總結原始白語舌根鼻冠音[*ŋg]，前置軟顎鼻音弱化丟失後，分別展開的演變條例爲：舌根鼻冠音[*ŋg]分裂爲[*ŋ]和[g]展開演變途徑：[ŋ]→[n̠]/[ɣ]/[ŋ]；[g]則有兩條演變規律，演變爲不送氣時[k]則轉變爲唇齒清擦音[f]，演變爲送氣時[kʼ]則轉變爲清擦音[h]；[*ŋq]和[*ŋk]則分別演變爲[q]和[k]；[*ŋgl]在白語內的演變以[ŋg]→[ŋ]及[ŋgj]→[dz]、[ts]、[tɕ]爲主，[*NG]在白語內的演變以[G]→[q]→[k]和[qʼ]→[kʼ]及[ŋk]→[k]爲主。

肆、白語小舌音組與中古漢語見組、影組之對應關係

　　白語北部方言區除了保有上古時期的小舌音外，由於發音的省力原則趨使，使得諸多地區小舌音亦逐漸往軟顎舌根音發展，因此，白語除了以上6個

小舌音外，還有 7 個軟顎舌根音，與小舌音正好形成對應，差異在於小舌音沒有送氣擦音，但軟顎舌根音有，對應的軟顎舌根音分別是：

　　（1）軟顎舌根清塞音不送氣：[k]。

　　（2）軟顎舌根清塞音送氣：[kʼ]。

　　（3）軟顎舌根濁塞音：[g]。

　　（4）軟顎舌根濁鼻音：[ŋ]。

　　（5）軟顎舌根清擦音不送氣：[x]（[h]）。

　　（6）軟顎舌根清擦音送氣：[xʼ]*（小舌音無送氣擦音）。

　　（7）軟顎舌根濁擦音送氣：[ɣ]。

軟顎舌根音的語音分布環境與小舌音大致相同，不論單音節或多音節詞，都只能置於詞首做聲母。根據音位互補理論及音位分析中的相似原則可以初步確定，小舌音[q]/[qʼ]、[ɢ]、[ʁ]、[χ]與軟顎舌根音[k]/[kʼ]/[g]、[x]（[h]）、[ɣ]之間分別存著相對直接的關聯性，特別是[q]/[qʼ]和[k]/[kʼ]/[g]、[x]（[h]），其餘由於語例較少且使用區域較狹，相對直接的關聯性不如[q]/[qʼ]和[k]/[kʼ]/[g]、[x]（[h]）強。

　　透過小舌音字表的歸納可知，將白語這套屬於上古時期語音特徵的小舌音組對應漢語中古音系統發現，白語小舌音組基本是與中古漢語見組字相對應，在白語軟顎舌根音部分也對應中古漢語軟顎舌根音，但在「疑母」和「來母」則呈現複雜對應，白語小舌喉音部分的對應除了「影母」外，「曉母」和「匣母」亦呈現複雜對應，軟顎舌根和小舌部分出現中古喻三字「圓」、「雲」、「攍（表背、負義）」、「遺（表拉屎義）」和「藥」等詞例，顯示中古時期白語喻母與小舌（含軟顎舌根）的語源關係，其中漢語釋義為「背（東西）」和「拉屎」語例必需還原為原始字例，才能明悉白語內部特殊釋義詞例的讀音來源，為其歸屬正確的源頭；白語小舌和軟顎舌根音所對應的漢語中古聲類以「見溪群曉匣」為主，「群母」和「匣母」中古聲類歸為全濁音，受到顎化現象及尖團音影響，其音變後的語音現象呈現複雜貌，即[ɕ]及[ts]和[tʂ]、[tɕ]和[dʑ]等音讀並存對應的情形，表 4-1-8 舉詞例「鬼」和「蛇」兩條詞例進行說明：

表 4-1-8　白語軟顎舌根音之特殊語變例舉例

漢譯	韻攝	中古聲母	中古韻目	中古聲調	開合	等第	清濁	共興	洛本卓	營盤	辛屯	諾鄧	漕澗	康福	挖色	西窯	上關	鳳儀
鬼	止	見	尾	上	合	三	全清	tsๅ33	tʂe33	tʂๅ33	ko44	kv44	qɔ44⁽緊⁾	kv33	kv33	kv33	kv33 tɕui33	ko33
蛇虵	假	船	麻	平	開	三	全濁	tsʻๅ33	tʂʻɛ̃33	tsʻๅ33	kʻo33	kʻo44	kʻv33	kʻo33	kʻv33	kʻv33	kʻv33	kʻv33

　　詞例「蛇」字甚為特殊，依據北部方言區的音讀判斷〔註9〕，白語「蛇」應當以「虵」字表示，才符合顎化的語音變化，從其中古聲母系統和對應藏緬彝等親族語言進行對應比較，以表 4-1-9 說明：

表 4-1-9　「蛇」及「虵」字漢語音讀對應

漢語釋義	上古韻部	中古聲母	中古韻母	聲調	開合	等第	韻攝	中古擬音	先秦擬音	備註
蛇	歌	以	支	平	開	三	止	ʑie	ʎǐai	藏語拉薩 [tʂʻๅ13]
	----	透	歌	平	開	一	果	tʻɑ	----	
	歌	船	麻	平	開	三	假	dʑia	ȡiai	
它	歌	透	歌	平	開	一	果	tʻɑ	tʻɑi	彝語喜德 [ʂๅ33]
虵（蛇）	微	曉	尾	上	合	三	止	hǐwəi	hǐwəi	
	微	曉	灰／皆	平	合	一／二等	蟹	huɐi	huəi	

（註：中古及先秦擬音採用王力系統予以對應說明）

　　透過對應比較發現，白語「蛇」字屬於已融合藏緬親族語，及漢語方言特徵的語音雙重疊置詞例，白語北部語區音讀出現舌尖翹舌音讀[ti]/[t]，此音讀及其他各語區，分別以舌尖塞擦音或翹舌塞擦音為音讀，著實保有融合漢語「蛇」字的語音特徵；除了北部方言區外，普遍以軟顎舌根音[k]組為「蛇」字音讀，顯示出白語在上古時期吸收此字融入本族詞內時，是以同樣表示「蛇」的語義，但漢語釋義為「虵」字表示，「蛇」字在中部及南部方言區，主要仍是維持以軟顎舌根清送氣塞音[kʻ]表示其音讀現象，而非北部語源區以產生顎化的音值表示；另外，透過語音對應發現，在白語北部方言區的語音又是另一層語音系統，此音融合藏緬親族語特色，也融入漢語「蛇」字產生聲變與

〔註9〕詞例「蛇」另有音讀為[tsʻɛ33]、[tɕʻiɚ33]、[tʂʻɚ33]和[tʂʻๅ33 tiɯ31]，顯示出聲母已產生顎化作用，且韻母逐漸往高化甚至高頂出位發展。

韻變後的音讀，然而，此種變化僅發生在白語北部方言區，使得北部方言區的小舌音讀呈現三種演變規律：（1）雙重融合牽動聲變和韻變；（2）顎化後的舌尖翹舌音讀的語音表現；（3）不產生顎化等語音演變的軟顎舌根音讀。

　　整體而言，漢語中古借詞在無小舌音的白語中部及南部方言區內，其讀音為[k]音，在有小舌音的北部方言區則仍以小舌音為主要讀音，隨著與漢語的影響而有小舌與舌根並行使用的現象，即[q]/[ɢ]與[k]或[g]、[q′]與[k′]及[χ]與[x]（[h]）並存對立。

　　相關對應條例分別就白語「小舌音」、「舌根音」及「喉音（含小舌及喉音）」進行歸納，並整理為表 4-1-10、表 4-1-11 及表 4-1-12 的說明：

表 4-1-10　白語小舌音組與中古漢語音系對應表

白語小舌音	q	q′	q/ɢ	
中古漢語音	見	溪	群	
	k	k′	k/g	tɕ

表 4-1-11　白語舌根音組與中古漢語音系對應表

白語舌根音	k		k′		k/g		ŋ/ɣ/ʔ/ø	k/ɣ/ø/x
中古漢語音	見		溪		群		疑	來
	k	ts/tʂ	k′	ts/tʂ	k/g	tɕ	ŋ	l
		tɕ/dʑ		tɕ				

表 4-1-12　白語喉音（含小舌及舌根）組與中古漢語音系對應表

白語喉音	ʔ/ø	q′/k′/χ/x（h）			ŋ/ɣ/ʁ/ø/x/n̥	ŋ/ø/v	n/j
中古漢語音	影	曉			匣	喻三/云	喻四/以
	ʔ/ø	x	tɕ/ts/tʂ	ɕ	ɣ	j/ɣ	j/ø

　　小舌音目前僅保留在白語北部方言區及中部諾鄧白語內，屬於滯古－上古時期語音遺留現象，而此語音遺留現象隨著與漢語的深入接觸，透過語音演變規律產生了不同層次的語音變化，例如：軟顎音化、喉音化、擦音化、零聲母化及相應的送氣清塞音、軟顎擦音、喉擦音及圓唇軟顎音等音位變體現象，並與中古漢語產生相對應的關聯性。

　　因此，白語小舌音屬於本就有之的語言遺留特徵，不受任何親族語言影響而產生，但受漢語接觸影響而產生變化，其層次演變共性第一類變化為軟

顎（濁塞音及其圓唇軟顎音，第二類變化爲喉塞音及其零聲母音位變體，第三類變化爲小舌擦音和喉擦音，屬於語音遺留之接觸後的創新語言現象，其整體演變趨勢可概括爲：

（1）發音部位前移和塞音清化：[k]/[k']<[q]、[kʷ]/[k'ʷ]<[qʷ]

（2）擦音化：[χ]/[x]/[ʔ]<[q]

（3）濁塞音演變爲送氣清塞音：[q']<[ɢ]和[ŋk]<[*ɴɢ]。

接續將就與小舌音有著密切關聯性的軟顎舌根音見系相關層次演變概況進行說明。

第二節　白語舌根見系音讀的層次演變現象

白語語音系統內小舌音[q]和軟顎舌根音[k]分屬於兩個不同的音位。值得注意的是，在白語分布有小舌音的北部方言區和中部諾鄧語區，其小舌音的使用已經不穩定，除了諾鄧外，中部和南部方言區小舌音基本已弱化併合於軟顎舌根音見系內。

語音的演化與地理環境莫不習習相關，交通閉塞且經濟狀況較爲落後的區域，其語音較能保留存古性質，因爲這些區域與外界的接觸較少，受到語言接觸的影響較小，例如地理位置更北邊陲的拉瑪白語，與漢語接觸狀況相對更不普遍，其語音形態更屬滯古；反之，鄰近縣城且交通便利與周圍族群，特別是漢語族接觸頻繁，經濟愈顯發達之區，相對而言，其語言發展也愈發快速。從白語整體發展來看，小舌音發展向軟顎舌根音併合爲主要發展趨勢，連帶伴隨著喉音及小舌和喉擦音的產生，這樣的變化趨勢說明，白語族已無法明確區別舌根音和小舌音的差別，因而產生軟顎舌根音替代「[q]－[k]」這種語音變化，這樣的變化也透露出語言接觸的影響，此外，隨著在白語區漢語做爲類似第二語言學習的語言概況，小舌音發爲軟顎舌根音，這種習得模式相對也對白語族自己本身的白語音變產生整化；軟顎舌根音的層次演變，關涉其與小舌音的分合，也與唇音和舌齒音有著密切的通轉互諧關連性，這與外源韻母條件制約及聲母自源複輔音聲母的遺留，在語言接觸影響下誘發聲母演變新音位，以便相應詞彙擴散而新生的新語義現象有關，這也使得軟顎舌根音的演變更顯多元，而此種因詞彙擴散產生的詞頻變化，促使音韻形態產生變化的情形，在白語詞

彙語音系統內甚為顯著。

壹、見系聲源的歷史源流

　　筆者研究定調屬於漢藏語系「漢－白－彝語族」之「混合語系白語支」系統的「白語」，由於在中古時期開始與漢語深入的接觸淵源，使得白語的詞彙語音系統內部，漢語借源現象甚為豐富，除了詞彙借入外，亦透過詞彙影響語音擴散的重新整化與新生。白語聲母軟顎舌根音見系，呈現出多元風貌的語音疊置現象，這組聲母在白語語音系統內的滯古層期，與小舌音同時分屬兩個不同的音位系統，隨著時代演變，發音趨簡求易和與漢語漸漸接觸等影響下，至上古時期以降至中古早期，以小舌音為主的滯古語音現象，逐漸因發音部位相近似而逐漸趨向軟顎舌根，依據相應的發音部分整併其中，中古中晚期開始則隨著與漢語接觸程渡深淺，小舌音亦隨之保存、並存與併合。

　　白語舌根音見系及融合小舌音讀的廣義見系，主要的語音演變規則以「顎化作用為主，去顎化作用為輔」，展開語音演變。歸納白語廣義見系音讀可知，中古時期 A 層受漢語接觸影響而更明確確立出軟顎舌根[k]音後，中古時期 B 層起，來源於軟顎舌根音見系三母「見、溪、群」的漢語借源詞，在白語北部方言區及中部諾鄧語區，大致仍使用小舌音表示，並有小舌音及軟顎舌根音並存的現象，突顯小舌音的語音現象已逐漸不穩定，除了諾鄧外的中部和南部語言區，小舌音更是不見於語音系統內，連同特別專用小舌音表現音韻結構的 115 例，都已採用相應的軟顎舌根音表示，突顯小舌音的語音現象已成為語言化石，但這也表示小舌音的語音層已注入軟顎舌根音的語音特徵，使得小舌音具有滯古層和中古層的語音屬性。

　　探討軟顎舌根音的層次演變前，首先依據軟顎舌根音見系三母的等第、開合口的區辨，歸納相應的語音表現特徵，說明如表 4-2-1：

表 4-2-1　白語見系「見溪群」三母讀音對應〔註10〕

	開口				合口			
	一等	二等	三等	四等	一等	二等	三等	四等
見母	q=k	q=k	q=k	q=k	q=k		q=k	
	k/g	k	k		k/ku		k　　*ku	----
	q'/k'	k'	f/v（[u-]）	k	k/ku	k/ku	tʂ/ts/k	----
		f	tɕ		g		q/k	
			dʑ/tɕ					
溪母	q'/k'	q'/k'			q'/k'			q'/k'
	g/k	k'	k'	q'/k'	k'	q'/k'	k'	k'　k'u/q'u
					k'u/q'u			
	t	tɕ			tʂ/ts s/k'			
					ŋ			
群母	----	----	k/g	----	----	----	q'=k'	----
			q/k				k'　k'u	
			tɕ				k/g	
			dʑ/tɕ				k'/dz/dʑ/dz̩	
							tʂ/ts/k	

　　由上表 4-2-1 的讀音歸納，進一步分析白語廣義見系的聲母語音的顎化程度特徵如下說明：

　　1. 小舌音[q]及舌根音[k]，白語見系特殊舌尖音讀[t]：屬於顎化作用不顯著的非顎化音讀。

　　2. 舌尖塞擦音[ts]：屬於見系音讀同精系音現象，顎化作用亦不顯著的非顎化音讀，此類亦包含白語見系特殊唇齒擦音讀[f]和[v]、及舌根擦音[x]和舌面擦音[ɕ]，鼻音[n]。

〔註10〕表格註說：表格內分層表示同等內有多項語音現象，表格內的音值以斜線左邊表示多數語區使用、右邊表示少數語區使用；表格內的音值以等號表示者，說明左右兩邊的音值在語區的使用情況相當；[u-]表示合口呼零聲母，亦有方言點以[o-]表示，表內一律以[u-]表示，因白語語音系統有以[v+v]兩個唇齒音[v]的音節結構表示音讀者，以[v-]表示唇齒音零聲母，以[v]表示零聲母；表格內分層者表示同等內有多種語音現象，表格內以虛線表示者，代表此聲母在此開合等第內無音讀現象，特殊語音現象在說明欄內解說。

3. 舌面塞擦音[tɕ]：屬於顎化作用顯著的顎化音讀，包含翹舌塞擦音[tʂ]。

讀音對照特例說明：

（1）詞例「捆」等同「綑」，其語義釋義有二：第一類表示動詞，指用輔助工具（普遍指用繩），將散落的東西整理並綁好；第二類表示量詞，用來指稱被綁在一起的物品。此詞例兩種釋義都保存在白語詞彙語音系統裡，白語此例隨著語義的不同而有不同的語音表現，不僅體現詞彙擴散引發語音擴散的現象，更表現出語音演變的特徵。例如：表示單位量詞時之「捆＝一捆柴」，其語音為濁唇塞音[bɯ33]；表示動詞「捆」柴，其語音現象為：

漢譯	韻攝	中古聲母	中古韻目	中古聲調	開合	等第	清濁	共興	洛本卓	營盤	辛屯	諾鄧	漕澗	康福	挖色	西窯	上關	鳳儀
捆	臻	溪	混	上	合	一	次清	kɯ33	kɯ33	ke33	tɕiɚ33	tʂˈɯ33	tʂˈɯ33	tsˈɯ33	tsˈɯ33	tsˈɯ33	tsˈɯ33

透過語音現象可知，在北部語源區的詞例音讀皆為舌根音[k]，然而，語音演變從辛屯語區開始，聲母呈現顎化的雙重作用，分別屬於：見系語音範圍的顎化作用不顯著的去顎化舌尖塞擦音[ts]、顎化作用明的舌面塞擦音[tɕ]和翹舌塞擦音[tʂ]。聲母受到元音[ɯ]的兩個成分影響[-i-]＋[-ə]，介音[-i-]和聲母[k]產生顎化作用，元音[ə]仍然保留在語音系統內，當顎化作用完成形成新的聲母音位後，元音亦歸位還原，形成舌根音藉由顎化形成齒齦化新聲母音位現象。同樣語音條例，在溪母開口二等也有之，溪母開口二等產生舌面音顎化，例如：骹（小腿）[tɕo55]/[tɕã55]的音讀表現亦然。

（2）溪母開口一等詞例「糠」，音讀與漢語聲紐不合，主要原因是本字在白語詞彙語音系統內表示「糙」（清母開口一等），更用以表示「糙糠」之語義。此例亦可得知詞彙擴散影響語音擴散，也看出見系與舌齒音彼此間的語義通轉情形。

漢譯	韻攝	中古聲母	中古韻目	中古聲調	開合	等第	清濁	共興	洛本卓	營盤	辛屯	諾鄧	漕澗	康福	挖色	西窯	上關	鳳儀
糠	宕	溪	唐	平	開	一	次清	tsˈõ55	ʈˈo55	tsˈou55	tˈio55	tʂˈo55	tsˈo55	tsˈãu55	tsˈo55	tsˈo55	tsˈo55	tsˈo55

（3）見母開口二等，表名量詞「睡一覺」之「覺」，以唇齒擦音[fv35]表

示，屬於見系音讀內的特殊非主流音讀，屬於去顎化的特殊範例；另有見母開口二等字「杠」在白語內部產生特殊音讀在辛屯和康福音讀爲[k'ã42]（產生送氣音），在洱海周邊和漕澗音讀爲[ta35]/[tã24]，諾鄧產生開口二等字顎化作用，形成[ɲɔ35]音讀；見母開口三等出現清濁對立唇齒擦音鋸[fv42]和麂[vu31]（[uo31]），形成顎化與去顎化交互作用的疊置情況。

（4）溪母合口一等字詞例「孔」，其聲母受鼻音韻尾影響，其音讀爲舌根鼻音[ŋui33]，此外，定母合口一等字詞例「洞」，其音讀與孔字相同。

（5）見母合口三等詞例「鬼」字，白語北部方言區以顎化後的輔音聲母爲之，且韻變爲[-i-]，並有高頂出位的現象[ŋ]/[ɻ]，影響層次屬於近現代民家語時期。

漢譯	韻攝	中古聲母	中古韻目	中古聲調	開合	等第	清濁	共興	洛本卓	營盤	辛屯	諾鄧	漕澗	康福	挖色	西窯	上關	鳳儀
鬼	止	見	尾	上	合	三	次清	tsɿ33	tʂe33	tʂɿ33	ko44	qo44^(緊)	kv44	ko33	kv33	kv33	kv33	kv33 tɕui33

透過上表詞例「鬼」的調查語區音讀可知，此例在白語見系音讀內的音變屬於先顎化再去顎化的語音作用，透過音節結構可知，此例字爲圓唇元音，與舌根音產生顎化的機制明顯產生抵制，然而，由於此字本屬具備[-i-]介音的三等，因此產生內源性音變而誘使顎化作用[tɕ]/[tʂ]產生，產生顎化後卻還原[-i-]介音，又使得聲母再次作用，形成去顎化作用：[tɕ]/[tʂ]＋[-i-]/[-y-]（[ui]）/[-ɻ-]>[ts]，形成特殊的回頭音變現象。

透過分析，在表 4-2-1 的基礎上，進一步整理白語見系三母聲母歷史音讀的對音概況，配合置入相應的白語詞例，依據見系特殊現象，分爲見系非三等及見系三等兩張聲類演變表加以說明，這部分的安排是：首先完整歸納出白語見系「非三等」詞例之聲母音讀演變概況；將這些非三等語音現象予以排除後，依序再歸納其他屬於見系「三等」之詞例的聲母音讀演變現象。以表 4-2-2 說明白語見系「非三等」詞的相關聲母讀音演變概況：

表 4-2-2　白語見系「非三等」詞之聲母讀音概況及其時代層次

漢語聲類	白語聲類暨詞例	白語	相 關 詞 例 舉 例
見 [*k]	上古至現代重疊	[q]	乾[qõ55]/[qã55]、江[qõ55]/[qṽ55]、垢[qɯ44]、羖[qo33]/[qu33]、打[qã33]、銅[qõ31]/[qẽ31]、價[qa42]/[qo42]、雞[qe55]、指甲[qa44]、角[qou44]/[qõ44]/[qo44]、鞠（彎腰）[qɯ42]、鋼[qã55]、骨[qua44]、官[qõ55]/[qua55]、秸[quo44]、夾（剪）[qa42]（見開二）、羖（山羊）[qo31]、隔[qa42]
		[k]	乾[kã55]/[ka55]、江[kṽ55]/[kv55]、垢[kɯ44]、羖[ko33]、打[kã33]、銅[kẽ31]/[kɛ̃31]、價[kɛ42]、雞[ke55]、教[kã55]、指甲[ka44]、角[kv44]/[ko44]、鞠（彎腰）[kɯ42]、鋼[ka55]、捆[kɯ31]（匣）、罐（瓶）[ku42]、果[kua44]、骨[kua44]、官[kua55]/[kuã55]、秸[kuo44]、夾（剪）[ka42]（見開二）、解/街[kei55]（見開二）、羖（山羊）[ko31]、隔[ka44]
		[g]	垢[gɯ44]、股（量詞）[gu31]
		[qʼ]	蓋[qʼa44]（見開一：白語讀為送氣）
		[kʼ]	哽/[kʼɛ33]、蓋[kʼa44]、夾（剪）[kʼɚ42]（見開二）
		[x]	角[xɔ44]
	顎化與去顎化並存	[ts]	解/街[tsɿ33]（見開二）、滑[tsue42]（見合一）
		[tɕ]	假[tɕa42]（漢借去聲）/[tɕia31]（漢借上聲）、街[tɕie55]、解[tɕie33]、乖[tɕy21]/[dʑy21]（見合二：清濁對立）、跟[tɕe42]（見開一）、罐[tɕy35]（見合一）
		[xʼ]	家[xʼau31]/[ha31]（見開二）
	特殊音讀	[n]	專有名詞：特別指關羊[no42]/[nõ42]/[nṽ42]（見合二）
	中古時期與端系混用	[tʼ]	乖[tʼã31]（見合二）
	近代時期	[f]	睡一「覺」[fv35]（見開二）
溪 [*kʼ]	上古至現代重疊	[qʼ]	開（門）[qʼɯ55]、苦[qʼu31]、哭[qʼu44]/[qʼo44]、客[qʼa42]、空[qʼõ55]、繫[qʼo55]（溪開四：特指繫鞋帶）
		[kʼ]	開（門）[kʼɯ55]、苦[kʼɯ31]、顆[kʼɯ55]、哭[kʼo44]、窟[kʼv44]、牽[kʼẽ55]、客[kʼɛ42]/[kʼɚ42]、空[kʼõ55]、繫[kʼo55]/[kʼõ55]（溪開四：特指繫鞋帶）、敲[kʼou55]（溪開口二等）
		[g]	烤[gõ31]（濁舌根塞音）
		[k]	烤（熬/燉）[kou31]/[ko31]
		[qʼu]	寬[qʼua55]、狗[qʼua31]/[qʼõ31]（犬[qua31]：送氣對立）、闊[qʼua55]
		[kʼu]	寬[kʼua55]、狗[kʼua31]/[kʼuã31]、睽（分開）[kʼui42]（溪合四）、闊[kʼua55]
	與影母混	[xʼ] [x]	看[xʼã55]→[xã42]→[ʔa33]→[a33]/[ã44]

與疑母混	[ŋ]	孔[ŋui33]（溪合一：同音字亦有定母合口一等「洞」）
中古中晚期顎化與非顎化作用：舌尖音、舌面音和擦音化	[ts']	窟[ts'ŋ44]（溪合一）、糠[ts'õ55]、繫[ts'ɯ55]（溪開四）
	[tɕ]	骹[tɕo55]/[tɕã55]（溪開二）、口[tɕy33]（溪開一）
	[tɕ']	繫[tɕ'i55]（溪開四：特指繫鞋帶）、敲[tɕ'iao55]（溪開二）
	[tʂ']	窟[tʂ'ɛ44]/[tʂ'ŋ44]（溪合一）、糠[tʂ'õ55]
	[ʂ]	枯[ʂu55]（溪合一）
中古時期與端系混用	[t]	敲[tṽ44]（溪開二）
	[t']	糠[t'iõ55]（溪開一）/[t'iõ55]

從「白語見系非三等詞之聲母讀音概況及其時代層次」歸納表發現，白語詞源系統內，見系非三等詞在上古及現代亦呈現重疊現象，不僅如此，其中古時期有少數詞例與「端系」相混用，並已有塞擦音和擦音化的顎化作用現象產生。透過排除上列「非三等」的見系字音讀後，以表 4-2-3 說明白語見系「三等」詞的相關聲母讀音演變概況：

表 4-2-3　白語見系「三等」詞之聲母讀音概況及其時代層次

漢語聲類 ＼ 白語聲類暨詞例		白語	相　關　詞　例　舉　例
見 [*k]	上古至現代重疊	[q]	*賈（估）[qɯ42]、今[qõ55]、景[qõ31]
		[k] [ku]	腳[ku44]/[ko44]/[kou44]、薑[ko55]/[kõ55]/[kou35]、鬼[kv33]/[ko33]、弓[kõ55]、*賈（估）[kɯ42]、今[kɛ55]/[ki42]、景[kɛ31]、軍[kṽ55]、蕨[kua44]、救[kɯ42]、踞[kv42]/[ku42]、韭[kɯ31]、居（住）[kv42]
	中古中晚期顎化與非顎化作用：舌尖音、舌面音和擦音化	[ts]	鬼[tsŋ33]、緊[tsɯ42]
		[tɕ]	鬼[tɕyi33]、搴（取）[tɕi31]、九[tɕi31]/[tɕɯ31]
		[tʂ]	鬼[tʂŋ33]
		[dʑ]	搴（取）[dʑi31]
	近代時期	[f]/[v]	鋸[fv42]、麂[vu31]/[uo31]
溪 [*k']	上古時期	[k']	起[k'ɯ31]、曲（彎）[k'ou]/[k'v44]、麴[k'v44]
	中古時期	[ts']	輕[ts'ɛ55]（溪開三）
群 [*g]	上古至現代重疊	[q] (ɢ)	舅[qɯ33]
		[k]	橋[ku31]、蕎[kv31]、舅[kɯ33]、群[kv31]、騎[kɯ31]、舊[kɯ42]
		[q']	瘸[q'e42]、渴[q'a55]
		[k'] [k'u]	瘸[k'e42]、撅（摘/折）[k'ua44]、件（量詞）[k'õ55]/[k'ou55]、渴[k'a55]
		[g]	橋[gu31]、蕎[go31]、騎[ɣɯ31]、舊[gɯ42]

與端系混	[t]	趕[tã31]
中古中晚期顎化與非顎化作用：舌尖音、舌面音和翹舌音化	[ts]	群[tsʅ31]
	[tɕ]	舅[tɕou55]/[tɕiou55]（漢借群開三）、跪[tɕi42]、旗[tɕi31]、金/筋/巾[tɕi55]、箕[tɕi55]
	[tʂ]	群[tʂɛ̃31]/[tʂʅ31]、軍[tʂe55]
	[dz]	跪[dzʅ42]
	[dʑ]	跪[dʑĩ42]
	[dz]	跪[dzʅ42]

　　針對白語語音系統內，關於見系語音的層次演變現象，主要可以分爲二點進行討論：

（一）白語見系非三等及三等音值來源

　　白語見系字有豐富的存古小舌音及舌根音聲母，小舌音在白語北部語區和中部雲龍諾鄧成系統地保留，同時在語音演變上與中古漢語舌根見系詞例、零聲母影母及曉匣兩母的演變有著密切關聯。對於見系之見、溪、群三母在白語內部的語音表現，是依據時代演進分爲二條演化路徑：第一較爲單純，即是白語見、溪、群三母在現代漢語借詞部分，白語音譯現代漢語的方式，主要是依照洪音和細音分別讀爲[k]和[tɕ]；第二較爲複雜，即是白語見、溪、群三母在古時的漢語借詞部分，古漢語借詞在白語北部方言區及中部雲龍諾鄧，見系非三等主要讀[q]類，南部方言區其見系非三等主要讀[k]類，而不見[q]類，這是受到發音原理的影響自然演化合流所致，特定韻母前讀[g]及其變體[tɕ]，少數特例出現送氣讀[q']和[k']及[tɕ]、[ts]和[f]；三等主要讀[k]（含[ku]）類，其次讀[tɕ]類。

　　研究分析的過程中，將見系相關語音演變表加以綜合觀察，並針對這批古漢語借詞音讀詞例進行對應比較顯示，白語見系字非三等字和三等字之間，在上古時期，主要是以小舌塞音[q]與舌根塞音[k]的對立做爲區辨；時至中古時期，白語北部方言區及中部諾鄧，此種對立區辨仍然保存，南部方言語區這種對立形式逐漸消失。

　　白語北部方言區及中部諾鄧，從古迄今皆存在小舌塞音[q]和舌根塞音[k]，即便白語北部本有小舌音讀的部分語區，例如：蘭坪大華、彌羅嶺、瀘水洛本卓等語區，語音結構顯示已具有小舌塞音[q]和舌根塞音[k]並存或趨向合流爲舌根音讀的語音現象，然而細究其語音結構，其基本的語音現象，仍然是見母一律讀爲[q]/[k]（非三等：洪）－[k]（三等：洪）；細[tɕ]（三等／非

三等：細）。進一步論其來源，白語見系中古漢語借詞三等主要讀音[k]（含[ku]）來源於[*k]，次要讀音[tɕ]來源於[*k]、[*j]；非三等主要讀音為[q]和[k]，分別來源於[*q]和[*k]，濁軟顎擦音[g]來源於[*k]，少數詞例[ts]來源於精系[ts]亦有來源於[*k]、[*j]，[f]來源於具半圓唇現象的[kʷ]和[qʷ]，受舌根音唇齒化作用而成。

（二）顎化與去顎化作用對白語見系聲母的影響

影響白語見系聲母形成語音演變，主要為受到[＋前]、[＋高]元音影響下，聲母產生音變的「顎化作用」，透過語音歸納發現，白語在語音變化的過程中，亦產生特殊的「去顎化作用」，顎化與去顎化主要皆在中古中晚期 B 層展開，「顎化作用」促使見系本源底層[q]/[k]類產生六種語音演變現象：

（1）舌面音顎化[tɕ]/[tɕʹ]/[dʑ]：不同於舌齒音的演變來源

（2）舌尖音顎化同端系[t]：一聲之轉

（3）唇齒音顎化同幫非系[f]/[v]：舌根音唇齒化

（4）舌齒音顎化同精系[ts]/[tɕ]：尖團音之別

（5）翹舌音顎化[tʂ]：顎化作用

（6）擦音送氣的顎化[x]/[ç]：屬於去顎化作用

進一步針對見系聲母顎化現象細分其屬性，除了第二類型屬於舌根音塞音齒齦音顎化、第三類型屬於舌根音齒擦化顎化現象外，其餘四種類型則屬於舌根音塞擦化及舌根音擦化送氣的顎化作用現象，白語語音系統在第二類型屬於一聲之轉，並以此表現不同的詞義特徵，例如：端系透母「天」，表示自然界的「天」為軟顎舌根音[xʹẽ55]，表示單位量詞之「天」則為舌尖音[tʹa55^{（緊）}]，又如端系定母「凸」，白語音讀為[kõ31 kʹɯ33]皆屬軟顎舌根與舌尖齒齦音一聲之轉之例；特為特殊的是，顎化現象亦屬於清化作用之一，但見系發生唇齒音顎化形成[v]音，似乎又有清音濁化的演變跡象。

據此首先需釐清的問題是，古漢語在見系二等之通、止、蟹、臻、宕等五個韻攝內，依韻母分為合口三等和四等的特殊顎化現象，白語在見系語音的演變過程中亦有所接觸融入。所謂見系開口二等字在現代漢語顎化為舌面音[tɕ]、[tɕʹ]、[dʑ]及唇齒擦音[f]的現象，最重要的因素即是受韻母細音化的誘發所致。從語音學原理上來看，二等字的主要元音普遍是作為舌面前元音的音理作用，當聲母為舌根音時，與後置的元音間，彼此谷易因發音作用的影響，而滋生出

原音節結構內所沒有的細音介音[-i-]，如此使得本屬於洪音的例字遂演變為細音，韻母也產生了具有形成顎化作用的因子，因而使得開口二等原非顎化之音產生顎化，古漢語在開口二等的舌根音聲母部分進行顎化作用前，韻母已早先完成韻變演化，由洪音轉變為細音，再促使聲母進行相關語音演變以符合發音原理。

然而，白語針對舌根音二等字顎化所呈現的實際語音現象，卻是仍舊以舌根音[q]/[k]為主要讀音，以顎化後的舌面音為讀音者仍未形成定律，即便如此，藉由將白語與西南官話系統整統源流比對後發現，此舌根音二等顎化的現象在元代周德清曲韻韻書《中原音韻》內已有記載，並已大致完成演變，由此認定，白語語音內舌根音二等字產生顎化作用雖不顯著，但此語音演變現象仍對白語見系語音產生小幅度影響，因此，其層次來源應屬於中古中晚期至元代中期更已形成，最晚不會晚過《中原音韻》以後，白語語音系統內見系開口二等字，主要是顎化與非顎化並存，屬於語音演變的不確定變動過渡。

貳、見系顎化作用的音質分析

對見系聲源有初步的概念後，進一步將針對影響白語屬於見系聲母系列音位的六類主要顎化音質進行說明。白語見系非三等字演變路徑依據方言分區，即是否具有滯古小舌音讀現象，分為小舌音與非小舌二條演變歷程：

1. 北部語區和中北過渡諾鄧：

   [*q]/[*k]>[f]/[v]/[tɕ]/[ts]/[tʂ]；[qj]/[kj]＋[u]/[o]>[t]/[ʈ]；

2. 中部多數語區和南部語區：

   [*q]>[*k]>[f]/[v]/[tɕ]/[ts]；[qj]/[kj]＋[u]/[o]>[t]。

此外，關於白語見系三等字部分，其演變路徑為：[*q]>[*k]>[f]/[v]/[tɕ]/[ts]。

從發音原理觀察白語語音系統內的見系演化過程，主要是受到「發音部位前移」的作用影響，從舌根音趨向舌尖音演變，即舌根音塞音、齒齦音顎化，這種演變模式成立於白語北部語源區和中部諾鄧，原因在於，此語言區的白語見系語音在小舌音聲母上，比起除了諾鄧外的其他中部語源區及南部語源區，保有更古老的語音。透過語源點的材料歸納可知，「[*q]/[*k]>[tɕ]/[ts]」的古今語音演變方式是得以成立的，且舌根音[*k]承載了古老小舌音[*q]的演變模式，似乎能佐證「[*q]>[*k]」的語音演變模式並非特例，且受到元音高化、

墊音[-j-]、舌尖元音及牙喉音聲母，具備增生[-i-]介音傾向的特點影響，進而促使[*k]產生了齒齦[ts]和舌面[tɕ]塞擦音的顎化作用，即[*q]/[*k]>[tɕ]/[ts]的語音演變過程，甚至也出現翹舌化[tʂ]的語音現象，並有專有名詞，特別指稱「關『羊』」的音讀[no42]/[nõ42]/[nṽ42]，聲母受到羊的聲母讀[j]影響，進一步鼻音顎化形成[n]的聲母。如此的觀點，劉澤民在其《客贛方言歷史層次研究》論著內亦有提及〔註11〕，然而劉澤民針對的是客贛方言，筆者研究認為，白語在中古時期與漢語深入接觸的影響，接受漢語官話語區的方言影響顯著，屬於中古早期魏晉南北朝時期的中古贛語，透過南遷進入當時代的白語區，語言進一步接觸融合，使得語音演變產生相類的格局。

進一步深究後發現，白語見系顎化並非僅在三等出現，在非三等的情形下亦會形成顎化作用。根據此項白語見系聲母演變的線索，著重要討論分析的重點，在於白語見系聲母來源內，亦是從[q]/[k]所產生的特殊顎化現象：舌尖齒齦塞音[t]和[t′]的音變語例，和如何解釋白語見系在非三等的情形下，卻產生顎化音質的關鍵要素。

解決白語這項語音問題，筆者研究的過程，採用王暢和彭建國的論點加以論證，王暢和彭建國認為，這項語音問題的解決前提，必需從「具體介音或主要元音」的情況為音變條件展開說明。〔註12〕

針對此項前提論說，首先需設定白語語音史上某一時期存在著顎化牙音的音變現象：「[qj]/[kj]和[q′j]/[k′j]」組音讀，在圓唇音[u]或[o]（統稱[w]）前，演變為[t]和[t′]（包含翹舌化[ʈ]/[ʈ′]），即形成「[qj]/[kj]＋[u]/[o]>[t]；[q′j]/[k′j]＋[u]/[o]>[t′]」組音讀現象，凡是合於此音變條例者，即使非合口或三等皆會產生變化。例如語音歸納表內所舉詞例「糠[t′iõ55]」的音讀。

漢譯	韻攝	中古聲母	中古韻目	中古聲調	開合	等第	清濁	共興	洛本卓	營盤	辛屯	諾鄧	漕澗	康福	挖色	西窯	上關	鳳儀
糠	宕	溪	唐	平	開	一	次清	tsʼõ55	ʈʼo55	tsʼou55	tʼio55	tʂʼo55	tsʼo55	tsʼãu55	tsʼo55	tsʼo55	tsʼo55	tsʼo55

〔註11〕 劉澤民：《客贛方言歷史層次研究》（蘭州：甘肅民族出版社，2005年）。

〔註12〕 王暢：〈釋湖南雙峰話的部分古合口三等見系字讀t-系聲母〉《漢字文化》第1期（1991年），頁31～39、彭建國、熊睿：〈湘語見溪群母的語音格局與歷史演變〉《語言科學》第14卷第6期（2015年），頁640～652。

形成此種音變現象的原因，透過王暢和彭建國的論點可知，其最主要的誘發因子即是來源於「聽者」的誤聽誤判﹝註13﹞，因爲聽者將說者發[qjw]/[kjw]或[q'jw]/[k'jw]的音聽成舌尖齒齦塞音不送氣[t]和送氣[t']，在將錯就錯的情形下逐漸成型；換言之，此種語音現象即屬於「地域音變例」，溯及源流，若從語音學的觀點來看，在「唇化」和「顎化」的條件下，「唇音、齒音和舌根音」這組音源之間，彼此本就容易轉化，因此，形成此種語音演變化現並非偶然而生，如此亦使白語語音系統內，出現在舌根音和舌齒音，於舌面塞擦音顎化部分具合流特性，彼此音韻又能相諧之來由。

參、白語見系[tɕ]和[tʂ]的塞擦音顎化

白語見系顎化作用所產生的音質，最主要形成的誘發因素，不外乎受到「介音細音化[-i-]」，甚至是「墊音[-j-]」或「舌尖元音」等影響所致，即前高元音[-i-]舌尖化，以小舌／舌根音爲源頭形成鏈鎖式的演變模式，即：「[tɕ]、[tɕ']、[dʑ]>[tʂ]、[tʂ']、[dz]、[ʂ]＋[-i-]＿＿＿」組音形式，舌面音聲母與[-i-]介音拼合，使得[-i-]介音產生較爲強烈的[＋摩擦化]，誘發舌面塞擦音顎化往擦音或翹舌音發展，在中古中晚期甚至元明之際便已成形。值得注意的是，白語見系去顎化作用和顎化作用，同樣受到介音[-i-]的影響，已形成顎化的舌面音[tɕ]若受到介音[-i-]持續[＋高化]影響而阻礙其[＋前化]，此時則形成去顎化的舌尖塞擦音[ts]，較爲特殊的是，白語見系除了受到介音[-i-]影響外，亦受到主要元音近央化[-ɤ-]、圓唇元音[-u-]及低元音[-a-]影響，而產生去顎化作用的擦音化語音現象，例如[f]、[v]、[x]等擦音結構。

綜合整理關於周祖謨、麥耘和彭建國等學者的說法可知，由舌面音往翹舌音顎化是受到音系諧合作用的影響，並從語音學概念理解說明，由於塞擦音由塞音和擦音所組成，當要求留一條間隙使氣流通過以磨擦發音，此條件正好與細音[-i-]相合因而產生舌面音，反之，若發音間隙與細音[-i-]不相合時，便會往捲舌化的音位變體發展，進而形成捲舌化的顎化音讀。﹝註14﹞白語見系聲母讀

﹝註13﹞王暢：〈釋湖南雙峰話的部分古合口三等見系字讀 t-系聲母〉，頁31～39、彭建國、熊睿：〈湘語見溪群母的語音格局與歷史演變〉，頁640～652。

﹝註14﹞彭建國、熊睿：〈湘語見溪群母的語音格局與歷史演變〉，頁640～652、周祖謨：《問學集》（北京：中華書局，1966年），頁656～663、麥耘：《音韻與方言研究》（廣

音類型的歷史演變規律複雜，不僅保有存古小舌音，由小舌／舌根音搭配語音條件：介音[-i-]細音化、圓唇、三等，甚至是不具介音[-i-]細音化的二等音，只要其介音或主要元音具有「前」的性質，此「前」便會形成誘發力促使前、高性質的[-i-]在音韻結構內作用，產生顎化作用所形成看似不相關卻緊密相關的音讀類型，如此語音現象正好符合王力所言：尖團音發展過程中，見系總是先於精系顎化之論述〔註15〕，這是因為舌根音比舌尖音易形成顎化現象，由舌根音→舌面音→翹舌音→舌尖音（「→」箭號部分的誘發因子即是介音[-i-]細音化）鏈鎖式音變模式，即塞擦音顎化、舌面化再齒齦舌尖化的語音演變模式，此種演變模式正好具備顎化與去顎化雙重作用。

　　白語見系聲母進行顎化作用時，主要以顎化為舌面音[tɕ]/[tɕʰ]為主要語音現象，經由上述說明配合語音歸納表發現，白語見系聲母進行顎化作用時，無論是否為三等音，都會產生與「知系」和「章系」三等混同合流的翹舌音[tʂ]/[tʂʰ]音讀，見系聲母翹舌音[tʂ]/[tʂʰ]音讀，在層次演變的過程中屬於近現代的語音現象，其形成源由值得深究。

　　因此，白語見系軟顎舌根音因顎化作用產生與知章系三等同音的翹舌音現象，應該是屬於「舌面音產生後」的另一種後起語音變化。在白語語音發展的過程中，見系和章系關係密切，章系源流又溯源自端系，章系字上古時期本就精通喉牙音，時至中古時期亦然，因此，見系[k]類聲母在一定的條件之下，便會隨著演化路徑向舌面音進行，較為特殊的是，見系演化至舌面音後並未停止，又再一定的條件下繼續演化形成翹舌音[tʂ]/[tʂʰ]音讀，白語見系從舌面音再接續的演化過程，筆者研究確認，這並非古老音韻現象的遺存，而是屬於後起的音韻變化，但此音韻變化並非見系突變，仍是在正規語音演變的漸變過程中，受到語言接觸的競爭借貸而持續進行。

　　藉由語音分析歸納表（見表 4-2-2 和 4-2-3）可知，白語見系字產生翹舌音例「群、軍、鬼、跪、窟、糠」等，僅有「糠」為開口，餘字皆為合口但仍形成顎化作用，原因在於這些字例顎化的時間早於細音的產生，當顎化作用完成後，某些字例以原韻母表示或新生細音韻母表示，但仍不影響對於白語見系形

州：廣東人民出版社，1995 年）、參耘：〈關於章組聲母翹舌化的動因問題〉《古漢
　　語研究》第 1 期（1994 年），頁 21～35。

〔註15〕王力：《漢語史稿》（北京：中華書局，1980 年），頁 121～122。

成翹舌音的說明。

根據此種語音現象，並綜合王臨惠、汪應樂、喬全生、侯精一及陳初生等學者的說法〔註16〕，針對白語反應的實際語音，將上述推演的見系顎化路徑分爲二步驟分析：第一步，先由見系底層古音讀軟顎舌根音[k]展開語音演變，學者們認爲見系在顎化爲[tɕ]/[tɕ′]舌面音前，經歷了舌面中過渡音[c]/[c′]階段，由發音部位前、高化誘發而成；某些例字在這個舌面音顎化作用後即完成演變，但仍有某些例字又繼續演化，從顎化後的主流音讀舌面音[tɕ]/[tɕ′]展開，經歷了翹舌性質較弱的舌葉音[tʃ]/[tʃ′]過度；第二步再進而演化爲翹舌音[tʂ]/[tʂ′]，這個過程經歷了顎化作用和翹舌化作用，翹舌化作用在舌齒音類組內相當活躍，在見系內則屬於少見的特例。

從語音歸納表內發現（見表 4-2-2 和 4-2-3），白語見系產生翹舌音的這些詞例，同樣也具備非翹舌音讀，因此筆者提出演變說法，關於白語見系翹舌音的產生應當是：知章系翹舌音形成在見系顎化爲舌面音[tɕ]/[tɕ′]之前，這才能解釋爲何此些例字仍保有未翹舌音的音讀，再者經由顎化作用影響後，在特定語音條件下發生翹舌化現象而使得與知章系合流混同。

肆、白語見系聲母問題釐清與相關語音層次演變規則

關於白語見系聲母語音演變現象，有五點演變規則需釐清定義：

（一）見系橫跨的時代定調：

筆者研究認爲白語見系[q]/[k]類漢語借詞的時代跨度極大，從上古晚期至中古晚期且呈現重疊。其聲母在上古原始白語時期分屬小舌音[q]和舌根音[k]兩個音位，然而，由於地理位置及發音原則前移的影響，白語南部和中部除了諾鄧外的語源區受漢語接觸較之北部深入的影響下，其上古原始白語時期即以

〔註16〕 王臨惠：《汾河流域方言的語音特點及其流變》（北京：中國社會科學出版社，2003
年）、喬全生：〈從晉方言看古見系字在細音前齶化的歷史〉《方言》第 3 期（2006
年）、《晉方言語音史研究》（南京：南京大學博士論文，2003 年）；侯精一和溫端
正主編：《山西方言調查研究報告》（太原：山西高校聯合出版社，1993 年）、汪應
樂：〈贛東北方言古見組三四等齶化考察〉文，收錄於《語言運用與語言文化研究》
叢書之二《語言運用與語言文化》內（2004 年）、陳初生：〈上古見系聲母發展中
一些值得注意的線索〉《古漢語研究》第 1 期（1989 年），頁 26～34。

舌根音[k]一個音位表示，中古時期受到介音[-i-]細音化的影響，三等見系才逐漸合併以舌根音[k]一個音位表示，因此，介音[-i-]細音化、圓唇、三等是基本誘發見系三等和非三等區辨的因子。

（二）關於濁軟顎舌根塞音條件式舌面化部分：

白語語音系統內軟顎舌根塞音部分具有清濁對立的現象即[k]-[g]，由於人們發音依循趨簡求易原則，而發這個濁軟顎舌根塞音較爲困難，因此使其容易與清軟顎舌根塞音混同，故產生濁音清化而併入[k]內，白語語區內在中部諾鄧仍保有部分[g]音詞例，特別是韻母爲[a]、[v]、[o]、[u]時，以[g]爲聲母，在[ɯ]韻母的狀態下亦會使用[g]，在韻母爲[e]、[i]時，則會顎化爲[tɕ]，例如北部蘭坪大華「烤」字即產生[tɕi31]音讀。

（三）見系受介音[-i-]的影響

針對白語見系音讀的對應歸納比較，進而提出白語見系三等和非三等受到「介音[-i-]細音化」後有所分別的語音現象條例，主要應從上古晚期至中古早期便已開始進行，這種語音現象更間接影響了零聲母影母，溯源影母的演化源流，其舌根音聲母於此同時已完成喉音化（零聲母），原舌根音位形成空位並形成見系非三等的音位變體，白語影母字「約」（開口三等），其音讀以[ku55]舌根音[k]表示，較爲特殊的範例如：「看」字（溪開一），雖不是影母字，但其音讀演變卻能說明見系與零聲母音讀的關係。「看」白語音讀爲[x'ã55]（調值[55]爲原始白語聲調底層層次，見聲調層次分析），此字以擦音送氣爲聲母，且韻母具鼻化成分，使得聲母逐漸弱化往零聲母邁進：[ʔɑ33]→[a33]；又如專有名詞「關羊」的「關」，亦有從鼻音顎化音讀從零聲母演變：[no42]/[nð42]/[nṽ42]→[u33]，演變爲零聲母時，元音亦隨之高化發展。

此外，研究過程中在見系非三等合口部分，也發現了韻母韻尾影響聲母的例字，在見系溪母合口一等通攝詞例「孔」即屬之，透過孔字的聲母演變可知，其中古層次由同義詞「坑[k'uã33]」的語音至近現代的語義分化演變：[k'uã33]→[ŋui33]，聲母逐漸趨向弱化爲舌根鼻音，連同韻母部分也從鼻化元音脫落爲非鼻化且主元音亦完成高化發展。

（四）顎化作用的誘發因子[-i-]介音→高化舌尖元音[ɿ]、[ʅ]

細音[-i-]爲舌面前展唇高元音，從語音學原理分析此音讀可知，其在元音

系統內普遍與其他元音形成變動，透過詞例歸納表 4-2-3 發現，細音[-i-]已有向前轉化爲舌尖前元音和後向轉化爲舌尖後翹舌元音的現象，例如詞例「群」和「跪」所呈現的多元音讀現象，隨著舌面前後的影響，受顎化作用的聲母也隨之相應而動：舌尖前[ʅ]→[ts]，舌尖後[ʅ]→[tʂ]，白語此語音現象的接觸融合，實然於近現代中期階段即已然成形。

（五）身處顎化環境卻未顎化

白語見系部分三等字出現該顎化卻未顎化的語音現象，例如上表 4-2-3 所列舉之「橋、韭、腳、景、舊、舅、曲」等詞例，仍維持舌根音並未顎化。何以產生這種現象？原因在於這些字的韻腹或韻尾具有前元音[-i-]或後元音[u]/[ɔ]，韻尾具有發音靠後的舌根音[ŋ]或[k]之故。表 4-2-4 歸納「橋、韭、腳、景、舊、舅、曲」等詞例該顎化卻未顎化的詞例，其相關漢語音讀來源如下分析：

表 4-2-4 白語見系未顎化之漢語音讀來源歸納分析

字例	攝	調	韻目	韻母	開合	等第	清濁	上字	下字	韻	中古擬音	上古疑音
舅	流	上	有	群	開	三	全濁	其	九	幽	gĭu	gĭəu
韭	流	上	有	見	開	三	全清	舉	有	有	kĭu	kĭəu
舊	流	去	宥	群	開	三	全濁	巨	救	救	gĭu	gĭəu
橋	效	平	宵	群	開	三	全濁	巨	嬌	嬌	gĭau	gĭɛu
景	梗	上	梗	見	開	三	全清	居	影	陽	kiaŋ	kĭɐŋ
曲	通	入	濁	溪	合	三	次清	丘	玉	屋	kʰĭwɔk	kʰĭwok

（表格註：「韻目」所指爲中古韻目，「韻」所指爲上古韻目，中古和上古擬音皆採王力擬音系統予以說明）

當音節結構在具備這些韻尾爲條件之下，將會阻止介音[-i-]產生或弱化脫落，促使顎化作用不發生而維持原主體層次語音，另外，當韻腹本身爲前元音[-i-]或後元音[u]/[ɔ]，韻尾具有發音靠後的舌根音[ŋ]或[k]時，介音[-i-]與其搭配時，發音狀況並不符合語音經濟原則，在省力原則影響下亦選擇維持原音不顎化，例如上述表 4-2-4 內所舉詞例普遍具有筆者所列的條件，因此不產生顎化作用，視爲見系顎化的特殊現象。

伍、見系顎化與文白異讀、見系顎化與端系和章系之溯源

透過白語見系顎化現象及其語音演變規律可知，白語見系的顎化現象，其音讀影響「文白異讀」語音，且白語見系音讀在顎化過程中，與「端系」產生語音交融，因顎化作用在中古時期與章系亦產生語音交融的關聯性，相對而論，見系與知系和精系也有著相對的語音相通性，即見系與端系展開的舌齒音發展一脈，有著語音演變的相融性；白語雖不能如同上古漢語般，藉由古文字材料及古文字諧聲偏旁進行音讀考證，然而，透過白語的元音類型，仍能統整出如同漢字諧聲偏旁的語言現象，從白語的元音諧聲系統內，足以論證白語見系音讀具有：見系從端系和章系發展，而見系音讀成爲滯古底層；見系音讀從知系、章系和精系發展，而見系音讀成爲中古層，見系語讀內同時並存使用此二種語音發展路線。

針對白語見系顎化影響文白異讀語音方面，筆者將表 4-2-2 和 4-2-3 歸納的語音現象，進一步分析如下所示：見系音讀概況主要以清音爲例表示，濁音亦同

見母音讀	k-/g- ki-/kj- ku-	q- qi-/qj- qu-	k'- k'u-	q'- q'u-	t-	tɕ-	ts-	tʂ-	f- v- ø-
白語現象	文／白	文／白	文／白	文／白	白	文	文	文	白
白語語音現象說明	*韻母介音出現 [-i-]/[-j-]，可視爲白語留存複輔音聲母的語音演變過程					顎化作用	去顎化作用		

白語「文白異讀」語音現象屬於兼融南北語音特色，這是因爲受到官方韻書方言影響調合而成，使其音讀現象甚感劇變，其音讀亦有透過聲母送氣與否表示。依據研究定論而言，漢語語音史上見系聲母發生兩次「顎化」作用，白語深受漢語接觸融合影響亦不例外，白語包含小舌音在內的舌根音聲母，因介音的條件制約影響，第一度顎化往章系生成，時至中古時期則第二度顎化往舌尖音及舌面音生成 [註17]；此外，白語語音系統內仍有一條顎化路線，便是第

〔註17〕 張光宇：〈漢語方言見系二等文白讀的幾種類型〉《語文研究》第 2 期（1993 年），頁 26～36、李新魁：〈近代漢語介音的發展〉《音韻學研究》第 1 輯（1984 年），頁 471～484。

三度往雙唇音顎化方向生成，在顎化的過程中形成[f-]、[v-]甚至零聲母的顎化音讀現象。由此可知，白語見系聲母形成顎化現象後，主要在塞擦音、少數擦音和雙唇音內構成顎化作用的循環語音特徵，突顯其與漢語接觸融合後的語音表現。

　　原始白語和古漢語間長時期深入的接觸融合，使得彼此間的語音溯源有著密切關聯性，研究過程仍然持中立立場認爲，原始白語和古漢語見系的來源和分化合流，是屬於一種語言接觸後的借用同源關係，而不是發生學上的同源關係，關於見系及其後齒音的討論皆秉持此立場，對於詞例是從古漢語借入白語內部亦或白語對漢語產生影響，都不會影響對見系層次演變的討論。

　　總結白語見系的讀音類型及其演變的時間層次是依循：舌根顎化、舌面化，及舌面音舌尖音化而成，橫跨同源層和異源層音變，由於滯古小舌音與舌根音的合流演變，因此亦將小舌音置於此處，並以「層次 0」表示其滯古源現象。演變進程說明如下：〔註18〕

　　層次 0：滯古語音層

　　　小舌音讀[q]/[k]/[ɢ]，[q']，[χ]，[ʁ]，（ʙ），（ɴ）

　　層次 1：滯古上古層與中古重疊層次

　　　見三[tɕ]<[*k]，[k]<[*k]

　　　見非三[q]/[k]<[*q]/[*k]；[tɕ]<[*q]/[*k]；[f]<[*qw]/[*kw]

　　　溪三[q']/[k']<[*q']/[*k']

　　　溪非三[*q']/[*k']

　　　群[*tɕ]/[*k]

　　層次 2：近現代層

　　　見[k]

　　　溪[k']群[k/g]：群母併入見溪兩母，顎化舌面音[tɕ]/[tɕ']及翹舌音[tʂ]/[tʂ']
　　　　　　　　　亦併入

　　　疑[ŋ]：[ŋ]<[ɣ]<[ʔ]<[ø]

　　關於白語見系聲母的整體演變現象，筆者認爲還有一點特殊現象有待進

〔註18〕音節列舉以清音爲例，亦包含相應濁音部分，以下章節列舉狀況亦同，於此一併
　　　　統一說明。

一步考證，透過整體聲母演變歸表可知，白語見系產生翹舌音讀並非偶然突變，而是語音漸變的常態現象，在演變過程中受到顎化作用和翹舌化作用的影響而形成，而見系這種語音演變現象連同特殊的唇齒擦音[f]/[v]音值的產生，筆者認為是擦音游離現象所致，受到介音的影響而帶動聲母產生變化，這類的語音現象除了見系外，在白語語音系統內的舌齒音亦有相關的語音過渡情形，特別在存有[-i-]介音值的二、三、四等內，由此可知，此種擦音游離現象在白語內部的生成與等第有著相當的關聯性，使得見系聲母的演變形成諸多變化，相同作用的擦音游離過渡演變，在聲母舌齒音部分，及韻讀屬於止攝開口三等範圍者，亦有相關的語音演變狀況。

第三節　白語幫非系的層次演變現象

「幫非系」語音演變屬於「輕重相變」原理，清代語音學家錢大昕提出「古無輕唇音」之說，並指出輕唇音之名約出於齊梁之後，此時亦屬於白語歷史層次分層的上古晚期至中古早期 A 層的交界過渡期。白語語音系統內的非系[f]甚為特殊，其發音方法和部位屬於唇齒音擦音，不僅具有送氣與不送氣相對的語音現象，且清濁對立顯著，特別是非系[f]對立的濁音[v]，在白語音韻系統有著特殊作用；此外，透過詞彙語料反應的語音概況可知，白語語音系統內的非系[f]源流，除了受到漢語借詞音讀影響外，透過詞彙系統內少數底層本族詞的語音結構發現，白語非系[f]音讀亦保有古白藏接觸的語音遺留，即以類複輔音的後置輔音形式誘使聲母產生語音演變的模式產生，符合「基本輔音＋後置輔音」條例，與前置和後置輔音皆屬於塞音和擦音的原則〔註 19〕，與藏語不同的是，白語語音結構內的後置輔音在拼合過程中與基本輔音產生音變作用，使後置輔音和唇齒擦音本身的送氣成份趨向弱化消失。

從「幫非系」語音演變的「輕重相變」原理展開說明，本小節先就「幫非系」演變分析，第四節再針對非系清唇齒擦音[f]及其對立濁唇齒擦音[v]進一步探究。

〔註 19〕孫宏開：〈原始漢藏語的複輔音問題——關於原始漢藏語音節結構構擬的理論思考之一〉《民族語文》第 6 期（1996 年），頁 1～8。

壹、白語幫非系演變溯源

　　白語語音系統內「幫非系」的演變，屬於重唇幫系與輕唇非系不分的形態，非系與幫系聲母在上古及中古時期皆讀爲：[p]－[p′]－[b]－[m]，保留上古音輕唇重唇不分的語音形式，非系音讀同幫系，且非系[f]的形成最主要之因是用來承載漢語借詞，亦有少數用以表示自／本源之本族詞（例如下表 4-3-1 內範例字「六」、「肚」和「筆」等，另有非漢語借詞水痘[ɕy33 f′ɔ35]的「痘：f′ɔ35」、特意[f′ɔ31 ɕiãu35]的「特：f′ɔ31」採用唇齒擦音送氣[f′]表示），由白語內部的語音現象發現，白語在上古時期當屬於「古有輕唇音」的語音現象，換言之，早在上古語音層次時，白語語音系統內部早已發生三等重唇音轉讀爲輕唇音的情形。

　　藉由 16 世紀本悟《韻略易通》內所言：「『敷奉』與同『非奉』親」可知〔註 20〕，如此已反映出當時元明之時，「敷」母歸在「非奉」二母內，並與重唇幫母處於合流與分化的過渡。至元代同於中古聲母的奉母[v]確立，但白語內部並非用以表示漢語奉母，而是表示微母，此聲母[v]至現代用以表達漢語的[w]聲母字例，此外，幫系又與軟顎舌根音[k]及部分曉母[x]產生語音通轉對應現象，而鼻音明母在分化出微母前，則出現分化前的過渡舌根鼻音[ŋ]及條件變體[ȵ]音讀，產生原因不外乎受到韻母介音影響所致。

　　針對白語相關幫非系詞例的語音對應及歸屬情形，歸納整理如下表 4-3-1 所示：

表 4-3-1　白語幫非系字之讀音類型概況

漢語聲類 （中古中晚期分化）　白語聲類暨詞例		白語音讀類型	相關詞例舉例〔註 21〕
幫－非 [*p]→[*v]→[*f]	1.合口三等字出現顎化現象	[p]/[b]→[v]→[f] 1.北部語源區例如洛本卓和營盤形成	（1）乳房[pa42]/[pã42] （2）風[pi35]→[tsuã55]→[tɕyi33] （3）瘋[vu55]→[v55]

〔註 20〕此處轉引自楊瑞鯤和王渝光：〈雲南少數民族漢語的產生與雲南漢語方言的形成〉《通化師範學院學報（人文社會科學）》第 35 卷第 5 期（2014 年），頁 7～21。

〔註 21〕表內例字舉例需特別說明的是：範例字內標上「*」號者，屬於非「幫非系」屬字，在此舉例之因，是此些例字在白語語音系統內以唇齒擦音表示，具有語音演變遺留痕跡，故提出說明。

	2.不論開合口的三等字由重唇音弱化爲唇齒擦音[f]	塞擦音和舌面音顎化[tʃ]/[tɕ]。 2.不分語源區，白語整體語區概況，不論開合口的三等字由重唇音弱化爲唇齒擦音[f]。	（4）分[fɤ35]（以不送氣表示漢語平聲） （5）地方[tɤ35 vɤ55]→[tɕi31 fɤ35]；與圓相對的方[fã35] （6）背帶[fɔ44] （7）六和肚子[fo42]→[fv42]* （8）筆[fv42]/[vo42] （9）飛[fv55]（漢語音譯借詞） （10）蜜蜂[fv55]（洛本卓擬其聲爲擬聲詞[xɤ55]表示） （11）扶[kʼɛ55]（[tsã31]） （12）鋸[fv42]→[fø42]*
滂－非／敷 [*pʼ]→[*p]/[*pʼ] →[*f]/[*fʼ]	合口三等字出現顎化現象	1.北部語源區例如：洛本卓形成舌面音顎化[tɕ]、營盤形成由舌面音顎化，再次受到介音[-i-]影響，逐漸形成舌尖塞擦化[ts]。 2.北部語源區例如：共興在韻母主元音爲圓唇[o]/[u]元音時，形成軟顎舌根音化。	（1）輕飄飄[fɤ55]（音讀釋義飄飄） （2）屁[fʼɔ31] （3）副[fɔ42] （4）吹[pʼɯ55] （5）到／肺[pʼia44]→[tɕʼua42] （6）秕[pʼi33]→[tɕʼui33] （7）偏[pʼiɛ55]→[tɕʼuã55] （8）邊[pi55]→[tɕuĩ55]→[tsu ɛ̃55]→[tyĩ55] （9）熛[pʼio55]→[tɕʼuã55]→[tɕʼo55]（漢語釋義爲「熏」） （10）瓟（瓜）[pʼo44]→[kʼv44] （11）賦（租佃）[pʼo44]→[kʼv44] （12）捧（敷合三）[pu31]/[pʼɯ33]→[tʼou]→[ja21]
並－奉（敷） [*b]→[*p]/[*pʼ] [*f]/[*fʼ] [*v]→[*u]→[*ø]	合口三等字出現顎化現象；開口二等字也同樣出現顎化作用	[b]/[p][pʼ]→[f]/[fʼ] 1.北部語源區例如洛本卓和共興形成顎化[tɕ]/[dʑ] 2.舌尖端系和軟顎舌根見系擦音化爲唇齒擦音[f] [b]/[p]→[m] 3.北部語源區例如共興在韻母主元音爲圓唇[o]/[u]元音時，形成軟顎舌根音化	（1）吠[pia42]→[tɕua42]→[dʑua42] （2）特意[fʼɤ31 ɕiãu35]（白語以風向語義表示「特意」之義）* （3）分／棵[fɤ35]（釋義爲「分」時，以送氣表示去聲） （4）水痘[ɕy33 fʼɤ35]* （5）鹽[pĩ55]→[tsu ɛ̃55]→[dzuɚ33]* （6）他[bɔ42]-[po31]/[pɯ31]→[mo31]* （7）爬[mã44]/[mɛ44] （8）佛[ve42]→[uɛ42]（奉母） （9）負[vu33]→[v]（奉母）（白語以同音字表示漢語背負和負債語義） （10）孵[vu42]→[uɛ42]→[ɛ42]/[ɯ42]

			（11）抱人[pu44]→[bɯ42]
			（12）抱物[pia44]→[gv44]/[kv44]
			（13）薄[po42]→[bɯ42]→[kv42]
			（14）步[pv42][pu42]/[bɯ42]/[kv42][gv42]
明－微 [*m]→[*m]/[*v]	不分等第，皆產生鼻音翹舌化現象	[b]/[p]→[m]→[v] [m]→[ŋ]→[v]→[u] 北部語源區例如：洛本卓、共興和營盤等語區，不論等第皆出現鼻音翹舌化現象；除了鼻音翹舌化外，亦形成舌面音顎化[tɕ]。	（1）毛[ma21] （2）門[me21] （3）秣（穀草）[ma44] （4）買[ma44] （5）麥[mɯ44] （6）他（某）[bɔ42]-[po31]/[pɯ31]→[mo31]/[vi42] （8）尾[mɛ33]→[mu33]→[mi33]→[ŋv33]→[vo33] （9）芒[mõ55]→[ȵõ55]（明開一） （10）名（明開三）[mia55]→[ȵue55]→[ȵõ55] （11）瞑（明開四）[mia44]→[ȵue55]→[ȵõ44]（表天黑或暗的語義） （12）磨[ŋui42]→[ui42]（明合一） （13）問（微合三）[piɛ42]→[tɕua42]→[tɕo42]

透過表 4-3-1 關於「幫非系」語音及詞例的整體分析說明，首先將白語區關於「幫非系」的演變層次途徑，根據詞彙語音結構反應出的音韻情況，整理歸納如下：

1. **上古時期**：[*p]/[*b]/[*p′]/[*m]。具有塞音清濁對立音位，白語北部語區及相關與北部語區有地理位置相鄰之區，其清濁對立顯著；透過白語詞彙系統內少數保留的自源本族詞，及漢語借詞採用的音韻結構發現，上古時期的白語語音系統，應具有「古有輕唇音」的語音特徵。

2. **中古中晚期**：[ts]/[tɕ]/[ʥ]及[k]。聲母由上古時期[*p]/[*b]/[*p′]音位，受條件式音變影響而產生，其條件主要是介音具有半元音[-j-]或高化[-i-]影響，此外，也受到自體本身條件影響而音變，即唇音聲母本具有的圓唇化[-u-]影響。

3. **近現代時期之民家語時期**：[ŋ]/[ȵ]/[f][v]/[ø]。聲母由上古時期[*p]/[*b]/[*p′]音位，受條件式音變影響而產生，其條件主要是介音具有半元音[-j-]或高化[-i-]影響，與中古中晚期不同的演變，此時的聲母趨近清唇齒音[f]及其對應的濁音[v]發展，[*m]同樣受到條件式音變影響，進而產生[ŋ]/[ȵ]或[ø]音讀類型。

4. 近現代時期：[p]/[b]/[p′]/[*m]/[f]/[v]。濁音[*b]逐漸合流於清塞音[p]，[f]/[v]音讀確立。

　　白語幫非系字的聲母演變現象，主要受到韻母元音帶來的條件式音變影響，特別在白語北部語源區甚為顯著。當韻母為合口三等或開口二等字，具有半元音[-j-]和高化[-i-]介音成分時，聲母受到條件限制，為符合音理原則，便與介音作用形成舌面音、舌尖音及翹舌音顎化現象，此外，當元音為圓唇[-u-]（[-w-]），或音節結構還原後，聲母本身即帶有圓唇成分時，例如：詞例「風」、「到」和「肺」等，此三例的音讀現象除了產生顎化作用外，也透露出白語韻母朝向撮口[-y-]發展的初始階段；相同的作用在鼻音明母亦具有，更進一進形成翹舌化的鼻音現象[ɳ]、往舌根音顎化形成[ŋ]，受到音節弱化脫落影響而逐漸形成唇齒音[f]－[v]，複元音韻母脫落韻尾以單元音表示，且介音與聲母透過顎化作用形成新聲母系統，並影響脫落韻尾的單元音往高化發展，例如：名[mia55]→[ɳue55]→[ɳð55]；非系唇齒清濁擦音讀形成；此外，從詞例「尾」[mɛ33]→[mu33]→[mi33]→[ŋv33]→[vo33]（重唇明母至輕唇微母）和「孵」[vu42]→[uɛ42]→[ɛ42]/[ɯ42]字（輕唇敷母至零聲母）的語音演變類型可知，二詞例經由「雙唇鼻音、軟顎舌根鼻音再至唇齒擦音及零聲母」的過程，正能表示唇齒擦音的演進過程；關於唇齒擦音的形成過程，在白語整體語源區內，先不論開合口，只單獨論及其等第為三等韻時，聲母在此條件限制之下，皆由重唇弱化為唇齒擦音，例如詞例「六」和「肚子」二詞，白語語音讀系歸屬同音：[fo42]→[fv42]唇齒擦音出現在韻母位置，又如「筆」[fv42]→[vo42]唇齒擦音以聲母型態出現，與清唇齒擦音[f]形成清濁對立。

　　綜合上述分析，進一步將白語語音系統內，「幫非系」之聲母演變概況，區辨類型，並詳細說明其語音概況，如下表 4-3-2 的整理：

表 4-3-2　白語語音系統幫非系歸屬[p]/[p′]<[pf]/[pf′]聲母概況

中古聲母	今音	類型	說　　明
幫系	[pf]/[pf′]	幫系型	①白語語音系統內的幫非系，直到 8 世紀輕唇音完成分化時，仍然保持幫非合流現象。②透過對應分析發現，[pf]/[pf′]是白語語音系統內幫系逢合口呼一部分時的音值，但音值歸屬仍為幫系。

| 非系 | [f]/[v] | 幫系型 | ①[f]/[v]屬於清濁唇齒擦音的對立，兩音值皆源於幫系分化。白語語音系統內的清唇齒擦音[f]來源於幫／滂母，借自漢語承載漢語借詞音讀，亦有表示本族底層本源關係詞例，其採用清唇齒擦音[f]表示底層本源關係詞，其時間應於守溫三十六字母之後即中古中期以後，即唇音與[-i-]介音產生擦音化而形成：[p-]＋[-i-]/[-j-]→[pi-]/[pj-]=[f] |
| | | | ②濁唇齒擦音[v]白語語音系統內來源於明母，並用以表示幫／並母音讀，明微分立後，白語語音系統內並使用[v]承載漢語借詞音讀，主要對應現代漢語[w]聲母和[u]韻母，也表示喻三和喻四及匣母音讀。 |

幫非系在白語語音系統內的演變，除了上表 4-3-2 所整理的相關基礎演變條例外，透過白語詞例音讀的對應比較，主要歸納出白語幫非系內相關的特殊語音演變規則，如下分項舉例說明：

1. 唇音與舌根音：喉唇通轉下的重紐

白語語音系統內保有上古時期漢語語音特徵，即是唇輔音與圓唇[w]介音的交替現象，特別是上古時期舌根音[k]組字與唇輔音聲母字間的通轉對應，吸收①[**PVX]→[*PVX]→中古唇音聲母字；②[**SPVX]→[*SPVX]→中古非唇音聲母字等二條例而產生。〔註22〕透過例詞表內重唇音讀包、補、飽、布、皈（瓜）、租（租佃）、抱、步、薄等例字發現，其演變條例正能藉由藏語複輔音[*spa]演變路徑得到證實，如下列演變路徑所示：〔註23〕

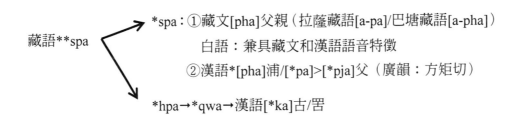

藏語**spa

*spa：①藏文[pha]父親（拉薩藏語[a-pa]/巴塘藏語[a-pha]）
　　　　白語：兼具藏文和漢語語音特徵
　　　　②漢語*[pha]浦/[*pa]>[*pja]父（廣韻：方矩切）

*hpa→*qwa→漢語[*ka]古/罟

〔註22〕王双成：〈安多藏語輕重唇音的分化趨勢〉《語言研究》第 27 卷第 1 期（2007 年），頁 103～109。

〔註23〕語音演變路徑圖示，筆者主要依據施向東文內圖例，並配合白語實際語音演變概況徑行修改而成。施向東：〈上古漢語聲母*S-與*X-的交替〉文，收錄於施向東：《漢語和藏語同源體系的比較研究》書內，（北京：華語教學出版社，2000 年），頁 166、施向東：〈漢藏語唇輔音與半母音 w 的交替〉《語言研究》第 26 卷第 2 期（2006 年），頁 5～10。

演變路徑內一條形成「唇音」，一條形成「舌根音」，白語重唇音內具有唇音和舌根音對應的語音形態，從藏語及上古漢語的同源通轉對應，便能獲得證實，由此可知，白語聲母系統在唇音方面，與舌根音有相應的語音通轉關係，而此通轉形成的條件因素，不外乎與唇音本具有之的圓唇音[-u-]有關，而作用後的圓唇音[-u-]，便以低化近央化的唇齒濁音[-v-]爲介音出現在音節結構內，例如詞例「抱」、「布」和「薄」，聲母[p-]/[b-]受介音與本身圓唇[-u-]音影響，以唇音舌根化呈現出新音讀[kv]，是舌音的升格表現。

從漢語上古時期的諧聲原則觀察，白語唇音與舌根音間的同源對應並非有異，周及徐即指出，漢語上古時期即存在[*Kw-]/[*K-]與[*P-]交替的同源現象，即所謂的「喉唇通轉」語音現象。〔註 24〕針對白語此種「喉唇通轉」的上古漢語時期的語音現象，必需要加以討論。

歷來學者諸如高本漢、陸志韋及董同龢等人，不約而同以廣義角度論及「通轉」的概念，主要說明相同發音部位，或近似的聲母發音部位彼此間，普遍產生的諧聲現象〔註 25〕；李方桂則統整指出，「通轉」即是說明上古時期，發音部位的塞音互諧，或上古舌尖塞擦音或擦音互諧，但兩者不與舌尖塞音互諧的現象。〔註 26〕換言之，李方桂認爲，「通轉」內的此種喉唇通轉現象，是指發音部位相同的塞音或塞擦音，不論清濁與送氣，都可相互諧聲。這也是白語圓唇喉牙音「*Kw－」類的語音演變現象。

中古聲紐之見、溪、曉匣及云影等六母，在種「喉唇通轉」的語音現象內，與唇塞音有密切關聯性。〔註 27〕根據潘悟云的說法觀察白語語音系統〔註 28〕，白語滯古語音層即有小舌音位，潘悟云將曉母、影母和云母三母的上古音讀擬

〔註 24〕周及徐：〈上古漢語中的*Kw- /*K- > *P-音變及其時間層次〉《語言研究》第 23 卷第 3 期（2003 年），頁 60～63。

〔註 25〕高本漢:Analytic Dictionary of Chinese and Sino-Japanese. Paris（1923）、陸志韋：《古音說略》，《燕京學報》專號二十（1947 年）、董同龢：《上古音韻表稿》，《歷史語言學所集刊》第十八冊（1948 年）。

〔註 26〕李方桂：《上古音研究》，（北京：商務印書館，1980 年），頁 32～35。

〔註 27〕李琴：〈從喉唇通轉看上古漢語*Kw－＞*P－音變〉《漢字文化》第 6 期（2016 年），頁 53～57。

〔註 28〕潘悟云：《漢語歷史音韻學》（上海：上海教育出版社，2000 年），頁 334～350。

音爲小舌音讀[*q-]、[*q′-]和[*ɢ-]，並有相對應的圓唇音讀[*qw-]、[*q′w-]和[*ɢw-]，而小舌音的不穩定性，使得其朝向舌根音演變：[*q-]>[ʔ-]，[k-]；[*q′-]>[h-]，[k′-]，此正好與白語小舌音讀的演變相符，也使得「喉唇通轉」的語音現象包含見系和影組的喉音部分，除此之外，在「喉唇通轉」的語音現象內，亦需觀察唇音明母[m]和喉音疑母[ŋ]是否也具有通轉關係。進一步再根據吳疊彬的說法發現〔註29〕，白語唇音明母[m]和喉音疑母[ŋ]的語音演變現象，正能符合「喉唇通轉」的語音現象。

曾曉渝和王靜如不約而同認爲〔註30〕，此種「喉唇通轉」的語音現象，主要好發於「韻頭介音或韻腹主要元音的『圓唇元音』或『u』韻尾」有關；麥耘更進一步指出〔註31〕，這類唇部與舌根雙發音部位的音，所謂唇部是一個單純的發音部位而非一般的圓唇，屬於帶有「唇音性」的語音特徵，有一種特別的「[w]音色（即[u]音色）」。此外，王靜如在提出「喉唇通轉」的語音現象時，主要是在說明三種上古漢語語音特色，以下爲論證白語語音現象所需，分別將關於白語重紐現象的相關說明分述如下：

（1）純四等韻：中古韻母齊、先、蕭、青、添等純四等韻，中古合口只有喉牙音而無唇音和舌音的發音現象，這是因爲唇化喉牙音的演變結果所致。

（2）重紐現象：牙音的重紐三等爲唇化喉牙音，介音較後[-ɪ-]，或爲半元音[-j-]；重紐四等爲顎音，介音較前[-i-]。此即門法通廣門現象。

（3）二等特例：唇化喉牙音影響二等韻，例如：皆佳夬、山刪、咸銜及庚耕等韻出現重韻現象。此即門法內外轉現象。〔註32〕

透過上述特徵詳觀白語語音現象，確實可以說明白語在上古漢語諧聲時

〔註29〕吳疊彬：〈古代漢語的一種特殊音變——合口舌根音雙唇音化〉《語言研究增刊》（1994 年）。

〔註30〕曾曉渝：《漢語水語關係論》（北京：商務印書館，2004 年），頁 53、王靜如：〈論開合口〉《燕京學報》第 29 期（1949 年），頁 143～192、王靜如：〈漢語音韻學雅言〉《漢字文化》第 4 期（1990 年），頁 14～21。

〔註31〕麥耘：〈廣州話介音問題商榷〉《中山大學學報（社會科學版）》第 4 期（1999 年）。

〔註32〕王靜如：〈論開合口〉《燕京學報》第 29 期（1949 年），頁 143～192。

期，即白語上古語音層時期，其語音系統內的[*Kw-]/[*K-]已經分化出兩條演變路徑：①[*Kw-]/[*K-]→[*K-]及②[*Kw-]/[*K-]→[*P-]；甚至趨向唇化喉牙音產生「*kw->*p-」和「*kw->*t-」的演變，以下便就此演變路徑予以說明：

　　關於條例①[*Kw-]/[*K-]→[*K-]方面，由於演化過程失去圓唇化[w]，因此往舌根音[k]內合流；實際而言，與白語唇音和舌根音間具有同源對應關係者，當為條例②[*Kw-]/[*K-]→[*P-]之喉唇通轉條例。

　　透過字例分析表 4-3-1 的歸納發現，白語聲母出現「[p]/[b]－[k]/[g]」對應時且後置韻母為[-ɯ-]/[-o-]/[-ɛ-]/[-a-]/[-v-]/[-ou-]時，白語中部及南部方言區皆變為唇音[*P-]，白語北部方言區部分變為唇音[*P-]，也有仍維持舌根音[*K-]，這種變化普遍產生於[-o-]/[-ɯ-]/[-a-]/[-v-]/[-ou-]等韻母前，這是因為這些元音韻母分屬於後高、後半高或高圓唇元音，[*Kw-]內的[w]聲母帶有唇齒濁擦音色彩，因此與[*Kw-]相拼合時易形成唇齒化所致，其演變規律為聲母為唇化的喉牙音展開喉化唇音的演變：[*Kw-]＋[-ɯ-]/[-o-]/[-ɛ-]/[-a-]/[-v-]/[-ou-]>[*P-]。例如詞例「飽滿」[guĩ33]/[kuĩ33]→[k'v33]→[pv33]→[pu33]/[pɯ33]，此條詞例首先以複元音鼻化現象出現，其鼻化受到謂語「滿」的鼻輔音影響而產生，複元音後單元音化使聲母朝向唇化發展韻母亦隨之單元音高化，另外，詞例「脖」[qo21]/[ko21]/[Gu21]→[kṽ21]→[ku21]→[pɔ35]，由音讀可知，白語「脖」字的語音通轉情形，是受到漢語借源詞音讀影響而來；此外，筆者也發現白語語音因詞義的引申擴展而鍵動語音由小舌音朝向唇音演變，例如：詞例「寬」的白語音讀為[q'ua44]=[k'ua44]，白語借源漢語借詞語音和語義，特別在語義上又加以引申表示外擴外偏表示「橫的距離加大」概念而將聲母轉以唇音[p'ie44]表示新興語義「偏」，如此突顯小舌音和軟顎舌根音及唇音間，具有相當的語音關聯屬性，體現喉唇通轉的語音現象。

　　白語詞彙語音系統內，此種「喉唇通轉」的特徵，也出現在漢語釋義是唇音，但白語音讀是牙喉音的語音現象，呈現「義唇音牙」的特殊喉唇通轉現象，例如：漢語釋義「翅膀」的「膀」為並母開口一等全濁，而白語以軟顎舌根音[k'o55]→[k'ṽ55]→[k'õ55]→[k'u55]→[kou55]/[kv55]的語音形態，以送氣與否兩條路徑展開演變；詞例漢語釋義「尾巴」的「巴」為幫母開口二等全清，此詞例甚為特殊，一詞兼具語義上的「喉唇通轉」現象，和語音方面的「見系齒齦塞音顎化」現象，即「尾巴」的「巴」語音為：[qua55]/[kuã55]→

[tṽ55]→[to55]→[tu55]，見系齒齦化現象在「見系語音的演變層次」單元內已有說明，語義上的「喉唇通轉」現象，即漢語釋義「尾巴」的「巴」為幫母開口二等全清，白語以軟顎舌根音[qua55]/[kuã55]表示。

2. 唇音齒齦化

白語唇音齒齦化現象的產生，主要涉及到顎化現象，及在重紐條件制約下所產生的顎化演變現象，白語重紐相關條件已在「第三章第四節〈聲母層次因接觸內化的演變機制〉」內提出說明。白語重唇音產生齒齦化現象，主要受到非重紐元音及重紐元音雙重影響所致，不論何種作用都顯示，白語重唇音齒齦化不僅元音自身演化，伴隨著聲母的同化作用更是存在其中。這種演變原則在音理上即屬於顎化現象，亦有其依據原理，白語聲母系統的演變，主要受到韻母介音齊齒[-i-]和合口[-u-]的影響，漢語方言內另有撮口[-y-]的影響，但白語語音系統內撮口[-y-]並不活躍，故影響不甚顯著。透過字表內唇音產生齒齦化現象的詞例可知，當唇音[p]/[p′]＋[-i-]→產生舌面音化，當唇音[p]/[p′]＋[-u-]→聲母前化產生唇齒音，聲母後化產生舌根音；形成之因即合口[-u-]介音本為舌根上傾的發音方式，唇齒本就有輕微磨擦接觸所致，因此，[-i-]介音使聲母發音部位逐漸央化，[-u-]介音則使聲母發音部位逐漸前化或後化，兩者相互作用使音系維持平衡發展。

白語的唇音齒齦化即是唇塞音[p]-[p′]-[b]-[m]受到條件影響使得唇音進而演變為齒齦塞擦音[ts]、[ts′]、[tɕ]、[tɕ′]和[dʑ]等形式，屬於歷時及共時的有條件音變，此條件主要限定於唇音聲母位處輔音前高元音[-i-]及半元音[-j-]前時，即會產生擦音化現象，形成清唇齒擦音[f]及相對應的濁音[v]，此外亦產生顎化現象，當聲母顎化為齒齦塞擦音後，連同韻母介音亦隨之由前高元音變易為後高或半高元音[-u-]和[-o-]，形成元音後化作用，此種語音演變現象，可視為白語韻母系統內撮口[-y-]音形成初期的語音形式。

以下單獨列舉出白語幫系產生齒齦化（下文論述將白語齒齦化出現的聲母類型統稱為[ts]類音）現象詞例為證，做為說明依據：

①八[pia44]→[tɕua44]（幫黠開二）
②鹽[pĩ55]→[tsuɛ̃55]→[dzuɚ33]（以銑開三）
③吠[pia42]→[tɕua42]/[dʑua42]（奉廢合三）

④風[pi35]→[tsuã55]→[tɕyi33]（非東合三）

⑤矮／低[pi33]→[dʑui42]（以「庳」字表示：幫紙開三）

⑥拔[pia42]→[tɕo42]/[dʑua42]（並黠開二）

⑦偏[p'iɛ55]→[tɕ'uã55]（滂仙開三）

⑧熛[p'io55]→[tɕ'uã55]→[tɕ'o55]（漢語釋義爲「熏」）（滂宵開三）

⑨女陰[pi42]→[tɕ'ui42]（漢語釋義爲「雌」）（以「**雌**」字表示：滂質開三）

⑩肺[p'ia44]/[p'ja]→[p'iã44]→[tɕ'ua42]（敷廢合三）

透過上述詞例發現，白語幫系產生齒齦化現象基本仍作用於三等（重紐
B）、四等（重紐 A）重紐字上〔註33〕，亦有少數詞例並未屬於重紐字也形成
齒齦化現象，例如白語詞例釋義表示「遮蔽」的「䡞」、「棚」或「屏」之音
讀[pi55]→[tɕuĩ55]，白語詞例「扁」及同音例字「瘺」之音讀[pie33]→[tɕuĩ33]，
白語詞例「問」釋義爲「聘」之音讀[pie42]→[tɕo42]→[tɕua42]→[tɕue42]，主
要產生齒齦顎化作用之因，與韻母元音由單元音裂化爲複元音和元音逐漸高
化有關，即[i]→[ie]→[ui]及[ie]→[o]→[ua]→[ue]。所謂重紐是指在韻圖內有些
三等韻並未列置於原屬於其位置上，而是改列置於四等位上，換言之，重紐
即聲紐重複，在某些三等韻內出現相同的等和相同的開合口之唇、牙和喉音
時，進而系聯出兩個相重的韻類。此種現象在精三借四、喻三借四、莊三借
二以及部分唇牙喉音由三等移入四等時，其反切上字爲唇、牙、喉音且反切
下字爲祭、眞、仙、宵、支、諄、鹽、侵、脂等韻時，便依聲母、介音及主
要元音之別加以區分。根據這三項重紐的區別原則分析白語幫系[ts]類音認
爲，潘悟云和朱曉農將重紐三、四等介音分別擬爲元音性的[*-i-]和輔音摩擦
性較強的半元音[*-j-]〔註34〕，不僅符合實際發音的生理條件，白語幫系[ts]類
音在重紐的環境下，即循著此原則在顎化的唇音[pʲ]/[pⁱ]、[bʲ]/[bⁱ]、[mʲ]/[mⁱ]或
唇音聲母後接顎介音[pj]/[pi]、[bj]/[bi]、[mj]/[mi]產生齒齦[ts]類音等相關音值
現象，屬於條件式的離散跳躍音變。

然而，在重紐條件下所產生的幫系[ts]類音變化，同樣也產生於非重紐條件
下的幫系[ts]類音變化，因此本文認爲，此種音變現象應屬於白語幫系[ts]類音

〔註33〕 竺家寧：《聲韻學》（臺北：五南圖書股份有限公司，2008 年），頁 271～277。

〔註34〕 潘悟云和朱曉農：〈漢越語和切韻唇音字〉文，收錄於吳文祺編：《中華文史論叢》
語言文字專輯第 1 輯（上海：上海古籍出版社，1982 年），頁 323～356。

形成的顎化現象，當幫系[p]受到後置元音性的[*-i-]，和輔音摩擦性較強的半元音[*-j-]介音影響，使得聲母發音部位後移所致，白語伴隨而來的是連同介音一併後移，還原唇音合口屬性，亦有例外未還原者，例如：「螞蟻[pi31]➔[tɕi31]（以蚍字表示）」一詞即屬之，當聲母舌面音顎化後，仍保有原齊齒[-i-]介音，並未還原唇音本有的合口音成份。

根據研究發現，歷來有將幫系[ts]類音變化認爲是由[*pr-]~[*pl-]的演變結果之說，但是，筆者認爲這種解釋並不全面，根據俞敏研究顯示，重紐在中唐慧琳《一切經音義》的時代仍保留以[r-]做爲擬音，時至南宋重紐對應逐漸弱化消失〔註35〕，隨著語音長時間的演變發展，既已消失之音若仍言其爲重紐四等音值，爲未牽強，此外，又根據朱曉農的說法，藉由漢藏方言、漢越語及其他印歐語系語言對應材料可知〔註36〕，唇音不僅搭配元音性[*-i-]，甚至搭配輔音摩擦性較強的半元音[*-j-]，如此產生唇齦化的條件較之[*pr-]~[*pl-]，更能將演化現象如實說明。

本文研究進一步也發現，若白語幫系[ts]類音變化若由[*pr-]~[*pl-]而來，爲何白語內部相關固有詞[ts]類音或漢語借詞，未見任何[*pr-]~[*pl-]之存古遺跡？因此筆者認爲，白語幫系[ts]類音的變化並非只發生在重紐韻內，若由[*pr-]~[*pl-]>[*pi-]/[*pj-]中間的演變過程無法論證說明，且白語固有詞[ts]類音或，漢語借詞借入時期本已處於[*pi-]/[*pj-]階段，故毋需強調重紐對幫系[ts]類音變化的影響。綜合前論，筆者對幫系[ts]類音的變化說明如下：

（1）性質屬於顎化唇音現象，受到介音的條件制約影響。

（2）[*pi-]/[*pj-]在語音演變過程中受到[*pr-]~[*pl-]觸發產生改變，爲了區辨彼此差異，[*pi-]/[*pj-]與後置介音產生顎化形成[ts]、[ts′]、[tɕ]、[tɕ′]和[dʑ]等形式，聲母變化伴隨著韻母產生將原合口音值還原的現象。

（3）因此，筆者認爲其音韻結構內的變遷模式爲：A>B/_C，代入白語的語音變化爲：[*pi-]/[*pj-]>[ts]、[ts′]、[tɕ]、[tɕ′]、[dʑ]/__i。[*pi-]/[*pj-]爲變化項，[ts]、[ts′]、[tɕ]、[tɕ′]和[dʑ]是生成項，[i]是變化的條件項，白語幫系[ts]類音的語音換讀現象，亦是語音變遷形式內的「變體」。

〔註35〕俞敏：《俞敏語言學論文集》（北京：商務印書館，1999年），頁275。
〔註36〕朱曉農：〈唇音齒齦化和重紐四等〉《語言研究》第3期（2004年），頁11～19。

白語唇音齒齦化具有本族語底層詞特徵，即是例詞「淡[pie42]」、「庹[p'e31]」語音爲上古底層，但漢語釋義卻是端系，形成這種語音現象有二種原因：第一是屬於本族底層詞語例；第二是屬於唇音齒齦化現象，產生聽感上的[*pj-]>[*t]齒齦化的突變語音現象；進一步查詢白語語料發現，在金墩白語內的漢語借詞發現此語音現象，例如：「水痘[ɕy33 f'ʅ35]」即是白語以其語音唇齒送氣表示漢語義譯的端組定母痘字、肚子[fɔ44 k'u31]；同例還有表示邊音[l]的漢語借詞「妯娌[ts'u31 võ31]」等，值得注意的是，金墩白語和諾鄧、康福及辛屯同屬於白語中部方言區之鶴慶縣內，但除了金墩外，其餘語源點的唇齒擦音[f]音讀字例少且不普遍，顯見金墩受到漢語接觸的影響較爲深廣。

貳、重唇鼻音明母語音發展

白語重唇鼻音即合清流鼻音而成明母的語音發展，在上古時期主要合流於同發音部位，但方法不同的清塞音[p]及濁塞音[b]內，隨著時代語音的演化發展，受到後置輔音的影響，產生條件變體舌面前鼻音[ȵ]，及隨著「明微母混同」朝向分化前的過渡：產生舌根鼻音[ŋ]二種類型；此外，根據白語詞彙歸納出的語音現象發現，重唇鼻音明母[m]內，又具有「合口介音及圓唇主要元音」成份，使得明母[m]與舌根擦音曉母[x]產生語音互諧現象，也因爲具備這種「合口介音及圓唇主要元音」這種最接近明母[m]的音素，使得「唇喉通轉」規律在白語語音系統內影響顯著。

綜合江荻在其《藏語語音史研究》書內對於〈藏語聲母及輔音的發展〉所述，現代藏語舌面前鼻音[ȵ]的來源有二：其一是古藏語本已有之的聲母音位，其二是古藏語由雙唇鼻音[m]與半元音[-j-]組成的複輔音聲母。〔註37〕據此觀察白語雙唇鼻音明母[m]的演變，透過與藏語方言和其他藏緬親族語相關語言材料的對應比較可知，白語聲母[m]（[mi]/[mj]）的演變，可溯源於[m]音素的鼻音特徵影響了介音[-j-]音素，使得介音[-j-]音素產生了發音方上的質變，進一步往舌面鼻音[ȵ]轉變，白語雙唇鼻音明母[m]往舌面鼻音[ȵ]轉變，正與藏語的演變條例吻合：[mi]/[mj]→[mȵ]→[ȵ]，聲母受到韻母條件式音變的影響而翹舌鼻音化，韻母帶動聲母演變後，自身也朝向單元音化發展，例如以詞條範例「名字」

〔註37〕江荻：《藏語語音史研究》（北京：民族出版社，2002年）。

爲例加以說明，如下所列：〔註38〕

名字	古藏語	藏語	德格語	夏河語	獨龍語	白語整體語源概況
	mjiŋ	miŋ	ȵin	ȵaŋ	mlɑʔ	mia55/miɛ24→miɚ55→ȵue55→ȵõ55

　　進一步言之，雙唇鼻音明母[m]往舌面鼻音[ȵ]演變的語音現象，在漢語內亦能得到佐證，唐作藩從同源詞的角度針對漢語[ml]複聲母進行分析，說明重唇鼻音明母[m]有兩讀的語音現象並非藏語方言獨有〔註39〕，這與獨龍語從[ml]演變爲舌面鼻音[ȵ]的條例不謀而合，唐作藩從諧聲方面舉出諸多明母與日母互諧之例證，例如：矛／茅（明母）──柔／揉（日母）及諧聲字「謬繆蓼廖蓼戮」等，換言之，這也說明了日母和鼻音類的明母通諧現象普遍；潘悟云針對唐作藩說法，進一步將與明母諧聲的日母來源理出演變規律爲：「[mlj]→[mnj]→[mȵ]→[ȵ]」。〔註40〕

　　透過潘悟云的演變規律，進而觀察白語雙唇鼻音明母[m]產生的舌面前鼻音[ȵ]，不難發現白語吸收藏語和上古漢語複聲母演變痕跡，也因爲如此，使得雙唇鼻音明母[m]及其所產生的舌面前鼻音[ȵ]，又與鼻音類的泥娘母通諧。〔註41〕雖然白語語音系統內，現今已不複見鼻冠音及複輔音聲母之語音，但是不可否認的是，在上古時期的原始白語系統內，應當存有鼻冠音和複輔音聲母，如此一來，白語重唇鼻音[m]便有[m]及[ȵ]兩讀即可證得。

　　舌面鼻音[ȵ]的語音演變現象在白語語音系統內甚爲普遍，可謂吸收藏語

〔註38〕 表格內之「古藏語、藏語、德格語、夏河語、獨龍語」語音來源整理查詢自馬學良：《漢藏語概論》（北京：民族出版社，2003年），頁125～208。

〔註39〕 唐作藩：〈從同源詞窺測上古漢語的複輔音聲母〉《中國語言學報》第7期（1995年），頁135～138。

〔註40〕 潘悟云：《漢語歷史音韻學》，頁316～318。

〔註41〕 這組鼻音聲母古來即具有相混特性，清代古音學者們指出：戴震《聲類表》認爲娘日合一、段玉裁《說文解字注》認爲泥日屬雙聲，娘日屬雙聲、李元《音切譜互通篇》認爲泥娘日三母互通、夏燮《述均》認爲舌音泥娘母與日母相混、鄒漢勳《五均論廿聲四十論》認爲泥娘日爲一聲、章太炎《國故論衡》提出古音娘日二紐歸泥說、黃侃《音略》的古聲十九紐理論則認爲，娘日二紐是泥的變聲。周晏菱：《龍宇純之上古音研究》（彰化：國立彰化師範大學國文所碩士論文，2011年），頁21～43、崔金明：〈與鼻音諧聲的上古擬音問題初探〉《中南大學學報（社會科學版）》第19卷第4期（2013年），頁210～214。

和上古漢語進而成爲內部特定的條件音變音位，江荻將此演變稱之爲輔音間的「非線性相干」。〔註42〕江荻認爲，鼻音[m]的音素雖然在鼻腔空前狀態，無法轉換爲半元音[-j-]音素的口腔空間狀態，但是，[m]音素的鼻音成分，卻仍能擴及至半元音[-j-]音素的空間狀態，使聲母發生「[mlj]→[mnj]→[mȵ]→[ȵ]」的變化，隨著兩個發音部位相同的音值[mȵ]產生，彼此相互競爭下，因後起的[ȵ]本身已具備鼻音成分，且前置輔音弛化本屬普遍，在羨餘作用的影響下，前置輔音聲母[m]脫落，[ȵ]便在特定的語音條件下取[m]而代之出現。〔註43〕

　　白語重唇鼻音[m]除了產生條件變體舌面鼻音[ȵ]外，亦有舌根鼻音[ŋ]主要用以表示「微母」例字，與[p]/[p′]相較[m]相對不易產生唇齒化，演化時間較爲緩慢且長，因此產生舌根鼻音[ŋ]做爲「微母」唇齒音[v]形成前的過渡；此外，查閱《白語簡志》及《白語詞典》內所收錄的語例，也發現明母「麻」和「棉」等農耕詞例，這些詞例屬白語本源詞例，使用其「種子」的語義表示，以下列出明母「麻」和「棉」，在白語區整體因語義促使音節結構演變的過程，由此可以看出明母字音讀，當屬於近現代時期由漢語借詞借入後才使用：

（1）麻：ɕi33→sɿ33（韻母出現舌尖元音）→ma42（漢語音譯借詞）

（2）棉：xõ55→sɿ55 lɔ55→xɔ35 mi21（漢語借詞）→miã31 xuɑ33（漢語音譯借詞）

　　綜上所論，總結歸納白語幫非系之層次演變音讀分爲二條路線論述：

第一：幫系顎化（含重紐及唇音齒齦化）演變層次：上古和中古時期層次疊置

幫[p]/[ts]/[tɕ]<[*pi]/[*pj]；

滂[p′]/[ts′]/[tɕ′]<[*p′i]/[*p′j]；

並[p]<[*b]，[ts]/[dz]/[tɕ]/[dʑ]<[*pi]/[*pj]；

明[m]，[ȵ]<[*mlj]

〔註42〕江荻：《漢藏語言演化的歷史音變模型：歷史語言學的理論和方法探索》，中國社會科學院文庫之文學語言研究系列（北京：商務印書館，2007 年），頁 364～371。

〔註43〕江荻：《漢藏語言演化的歷史音變模型：歷史語言學的理論和方法探索》，頁 364～371。

第二：幫非系演變層次：

層次1上古及中古早期層次：非[p]；奉[p]<[*b]；微[m]

層次2中古中晚期及近現代層次：非敷[pf]<[*f]；微[m]<[ŋ]<[v]<[ø]

依循演變脈絡，第四小節將針對幫非系齒音擦音化後產生的清濁唇齒音[f]和[v]，及影響其語音變化的半元音[-w-]/[-u-]進行分析討論。

第四節　白語活躍齒音化之清濁唇齒音[f]和[v]與半元音

第三節主要討論關於白語幫非系字的語音演變情況，並於討論後分析出幫非系的語音層次變化過程，做為討論總結。由幫非系延伸，特別是關於非系內的清濁唇齒音對立音位[f]和[v]，在白語語音系統內有著相當程度的意義與作用，因此，本節將在第三節關於幫非系的相關討論基礎上，單獨提出解析。

白語語音系統內有二個特殊獨立的音位，可視為源自於中古時期幫系型的非系字，這組字普遍擬音為「[f]－[f']－[v]－[m̥]」，然而，對應白語音節結構反應的語音現象可知，白語語音系統內具備的，即是「非敷合併」所形成的[f]清唇齒擦音，和經過半元音化而形成的[v]濁唇齒擦音二種音位型態，[f]－[v]二者在白語內部的語音表現特徵為：具備聲母和韻母雙重音位特性的唇齒音[v-]/[-v-]，僅能做為聲母之用並承載漢語借詞讀音之[f]，雖然這兩個音位的產生有相當的因素是和語言接觸有關，但透過語音的對應分析可知，這兩個音位在白語內部的演化，與重唇[p]向[pf]的演變密切相關。

在此語音表現特徵的基礎上，本章探究的問題點，主要包括清濁唇齒擦音[f]和[v]二音的來源，與其在白語語音系統內的層次演變現象，特別是濁唇齒音擦音[v]，從其演變過程中，進一步延伸分析關於「半元音[-w-]/[-u-]」對唇齒音的影響，由於白語清唇齒擦音[f]聲母，在語音演變過程中與曉母的演變產生疊置，因此，本文討論依其演變的親源關係，將清唇齒擦音[f]歸入曉母章節內探討，以便更清楚勾勒其演變原貌。

詳觀白語語音系統內部，關於濁唇齒擦音[v]，歷來依循兩條演變路徑發展，分別從濁唇齒擦音[v]和清唇齒擦音[f]而來，如下圖4-4所示：

圖 4-4　濁唇齒擦音[v]在白語語音系統之演化流程

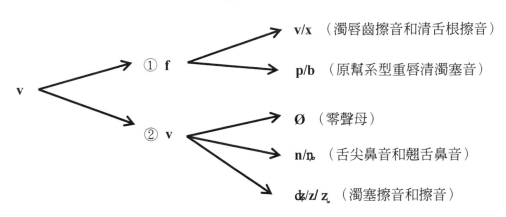

v → ① f → v/x （濁唇齒擦音和清舌根擦音）
　　　　　→ p/b （原幫系型重唇清濁塞音）

　→ ② v → Ø （零聲母）
　　　　　→ n/ɳ （舌尖鼻音和翹舌鼻音）
　　　　　→ dʑ/z/ʐ （濁塞擦音和擦音）

　　觀察演化過程圖可知，標號①的路徑受到「濁音清化」條例影響，由濁唇齒擦音[v]演變為清唇齒擦音[f]，需特別說明的是，標號①演化出的音讀[f]，並非從幫系字分化而出的輕唇非系，而是為了清濁對立以做為濁唇齒擦音[v]產生，爾後此清唇齒擦音[f]音，便在白語語音系統內主要用以承載漢語借詞音讀，其語音也普遍與雙唇塞音[p]（清）/[b]（濁）等幫系字混用，也與濁唇齒擦音[v]或清擦音[x]混用。

　　當濁唇齒擦音[v]做為聲母時有兩種情形：第一種類型，主要用以承載白語本族語底層詞，及中古時期所借入，在層次堆疊的模組下已屬於老借詞性質的漢語借詞時，此濁唇齒擦音[v]所對應的聲母系統有「幫系」和「云母」；第二類型，用以承載近現代時期所借入，在層次堆疊的模組下屬於上層的漢語借詞讀音時，所對應的聲母系統為中古時期的「微母」和「喻母（包含喻三和喻四）」，並做為「喻母」字語音演變的首要層次，特殊現象有以見系轉化為唇齒音，對應的元音系統則以[-u-]為主，及承載部分併入舌尖鼻音[n]內的舌根鼻音[ŋ]。

　　標號②的路徑是濁唇齒擦音[v]產生三種語音演變現象，分別為：

（1）濁音清化形成零聲母[ø]。

（2）鼻音化[n]及其條件變體[ɳ]。

（3）濁舌尖擦音[z]和濁舌面擦音[ʑ]與濁舌面塞擦音[dʑ]。

　　然而，白語內部對於濁唇齒擦音[v]，受到濁音清化形成零聲母[ø]的過程並不穩定，在濁唇齒擦音[v]受清化作用朝向零聲母發展的過程中，白語又產生「逆向音變」，原因在於此零聲母[ø]，由於在音節內做為聲母功能的零聲母，

聲學性質並非完整音位，而是屬於半元音性質，在語音系統爲了自身結構的諧合而自我組織的過程中，因而將音節結構內不穩定的語言單位進行改造，以便形成穩定的音節結構。因此，零聲母字內所隱含的半元摩擦音[w]再度加強摩擦化，逆向促使[v]再生或以其他半元音呈現，以達成音節穩定之效，如此才使得濁唇齒擦音[v]形成零聲母[ø]的過程仍有較大變動。

綜合兩條演變路徑發現，白語唇齒音[v]的形成，莫不與[pw]/[bw]（清－濁）圓唇雙唇音聲母產生「唇齒塞擦化」有關，屬於爲維持音位對立現象而形成的有條件式的音變，甚爲特殊的是，白語唇齒擦音[v]的形成承載了兩條規律：

第一條：[pw]/[bw]塞音唇齒化——「A＿＿B→C」

濁唇齒擦音[v]的形成，是因雙唇塞音和圓唇元音在發音上產生競爭所致，塞音脫落保留墊音[w]〔註44〕，受圓唇齒音圓化影響而形成[v]；再者，墊音[w]並未在這場唇齒音顎化內消失，反而在不影響實際交際語境的前提下，與[v]整化爲一個音位[v]。

第二條：[pw]/[bw]清化作用——「A＿＿B→C」；「A＿＿B→C→新語音」

雙唇圓唇音墊音在語音競爭的過程中脫落形成塞音[p]/[b]清濁對立，白語在南部和中部方言區（排除大理和諾鄧）產生清化作用，濁音[b]併入清音[p]內，並以[p]爲單一音位，此外在北部方言區及大理、諾鄧則在具有上聲、去聲和陽入聲的條件下仍維持濁音[b]，反之則清化爲[p]。此外，由於清化音位併合導致同音現象增多造成交際困擾時，白語採用聲調來做爲語音區辨的方法，亦即演變公式的 C 向著新語音轉移發展。

透過上圖 4-4 所歸納的演化路徑可知，針對清濁唇齒擦音[f]和[v]二音在白語語音系統內的來源，首先在聲母清唇齒擦音[f]部分，其來源是與漢語借詞發音相同的清唇齒擦音聲母[f]，這類的來源較爲單純，主要來源於「幫系型」，即是由中古時期漢語重唇幫母合口三等分化而來。重唇音幫系在白語內部的演化規律與漢語大致相符，重唇音「幫滂並明」在中古時期與三等合口相拼合後，分化出「非敷奉微」四母輕唇音，隨著語音演變，輕唇「非敷」

〔註44〕鄭張尚芳：〈上古漢語的音節與聲母構成〉《南開語言學刊》第 2 期（2007 年），頁 5～12。

二母實際獨立的時間短暫且音值不穩定，故容易產生整合化，逐漸合併為現今清唇齒擦音[f]音位，然而，需特別注意的是，「微母」並未隨著此條整化路線演變為清唇齒擦音[f]，而是展開另一條演化路線，即「微母」在白語內部透過濁唇齒擦音[v]，進行的演化過程為：[m]→[ɱ]→[v]→[ø]→[v]/[ø]。

關於「微母」在白語語音系統內詳盡演化脈絡，統整歸納如表 4-4-1 所說明：

表 4-4-1　唇齒音[v]在白語語音系統內的層次演變

漢語朝代	微母	白 語 語 音 系 統 演 變 概 況
先秦 西漢 東漢 南北朝 隋唐	m	**上古滇文化時期**：微母構擬為雙唇鼻音[m]，與重唇明母[m]相混，而上古時期重唇明母在白語系統內又與同為重唇的清塞音[p]和濁塞音[b]相混。
五代	ɱ （mv）	**中古洱海－昆明時期**：微母構擬為唇齒鼻音[ɱ]，且[ɱ]脫落鼻音成分，內部具備的雙唇摩擦音[w]半元音仍保留。
宋		**中古中晚南詔時期**：雙唇摩擦音[w]形成趨近零聲母的擦音[v]，至民家語的元明時期仍為獨立音位[v]。由此可知，此時期微母的唇齒鼻音[ɱ]已趨向唇齒擦音[v]的轉化，誘發因素與後接韻母介音為[-u-]（後高圓唇元音）有密切關聯。
元 明清	v	1. **近代時期**：明代《洪武正韻》仍維持獨立音位，明代中葉至清代與漢語接觸後，擦音[v]逐漸失落與合口字合流形成零聲母[ø]，但白語語音系統內仍保留相當數量以聲母為[v]的例字，在表示漢語借詞的同時，做為聲母用的[v]，在清唇齒擦音[f]尚未定型前仍與其相諧混用，在軟顎舌根擦音[x]部分亦相諧混用，較為普遍的語音現象是做為韻母出現，在聲母部分形成擦音[v]和零聲母[ø]並存。 2. 白語語音系統內的[v]用以表示微母及喻母（喻三和喻四）。 3. 零聲母[ø]來源於漢語官話異源層。
現代	w	**現代時期**：白語與漢語接觸後，擦音[v]用以表示漢語聲母[w]、韻母[u]的音讀。

「微母」在中古時期屬於次濁聲母，「微母」的出現首先影響「後高圓唇單元音韻母[u]」，這對於這組[pf]組聲母的演變有相當影響性，為了符合拼合條件，後高圓唇元音韻母[u]開始，隨後是由[u]組成的複輔音[uo]，最後為其他形式的複輔音，依次輔音化即輔音弱化為[v]或其音位變體[ṽ]，這種輔音化是因為發音不便所形成的語音異化現象，使得介音的圓唇成分脫落消失，產

生[v]或音位變體[ṽ]，[pf]在語音演變過程中，不斷受到外作用力的干擾進而中斷演變形成新的語音現象，白語語音系統內部具有清濁對立的唇齒擦音[f]和[v]，這種情形更是顯著，其語音內的合口呼[u]都具有唇齒化特徵，加速影響重唇[p]組的唇齒塞擦音化及擦音化演變。

「微母」，在白語語音系統屬於獨立的一類聲母且絕大部分讀為[v]，不僅如此，白語語音系統內的濁唇齒擦音[v]，更用以承載包含喻三和喻四的整體喻母音讀，這與漢語濁唇齒擦音[v]不屬於獨立音位，僅做為聲母[w]和韻母[u]的變讀，以及半元音[-j-]、[-w-]或[-o-]的音位變體之實際語音狀況不符；此外，在白語語音系統內，仍有少數微母字仍讀為重唇鼻音[m]，例如：亡、晚和蚊等語例，並從詞例「尾」和「萬」可見重唇鼻音[m]的演變現象，見下列語音分析說明：

漢譯	韻攝	中古聲母	中古韻目	中古聲調	開合	等第	清濁	共興	洛本卓	營盤	辛屯	諾鄧	漕澗	康福	挖色	西窯	上關	鳳儀
亡	宕	微	陽	平	開	三	次濁	mũ44	mũ44	mɯ44	mu33	mu21	mu21	mɯ44	mou21	mo21	mou21	mu21
晚	山	微	阮	上	合	三	次濁	mẽ33	me33	me33	mei33 ɕʰiə55	pe33 kɛ21（緊）	mã33 pã33 kv44	me33	me33 pe33 kə32	me33 pe33 kie32	me33 pe33 kə32	me33 pe33 kiɛ32
蚊	臻	微	文	平	合	三	次濁	mũ44 （tsŋ33）	mo44 （qo33）	mɯ44	mũ44 （tsi33）	mɯ44	mou44	mãu44（緊） （tsi33）	xe44	mu44 （tsi33）	mu44 （tsi33）	mu44 （tsi33）
尾	止	微	尾	上	合	三	次濁	mẽ33 qua33	mõ33 qua33	mu33 kua33	mo31 to33	ŋo21 do35	mi33 tu24	vo33 to55lo55	v33 tv35	v33 tv35	mi33 tu35	mi33 tu35
萬	山	微	願	去	合	三	次濁	me31	me31	me31	vã55	va55	vṽ31	võ31	ŋv31	ŋv31	ŋv31	ŋv31

前三條詞例語音現象仍未形成濁唇齒擦音[v]，可歸屬於微母存古型性質，即體現「奉微合流」的語音現象，後二條詞例則產生濁唇齒擦音[v]，形成白讀為微母[m]、文讀為濁唇齒擦音[v]的文白異讀現象，並朝向舌根鼻音弱化發展；然詞例「蚊」受到漢語小稱詞影響，增添類詞綴小稱詞表示[qo33]和[tsŋ33]，從北部洛本卓的小稱尾和其餘語區的小稱子尾發現，韻母部分除了高化發展外，聲母部分由舌根音受元音圓唇影響而產生舌尖音顎化，受到漢語小稱詞語義借入影響，而逐漸以[tsi33]→[tsŋ33]為子尾稱詞；詞例「尾」和「萬」的語音變化，則顯示微母由重唇[m]往舌根音[ŋ]並朝向濁唇齒擦音[v]發展的語言形式，受到聲母和韻母鼻音影響，而在元音上增添鼻化表示。

　　因此，本文研究認為，濁唇齒擦音[v]在白語語音系統內雖然屬於獨立音位，但實際依據白語語音系統反應的音理而論，濁唇齒擦音[v]應該視為「m兼v類」；白語語音系統內，保有清濁唇齒擦音[f]和[v]兩音位相關語音類型，從梵漢對音和域外譯音材料亦能獲得證實。試看以下關於白語語音以濁唇齒擦音[v]為聲母、和以濁唇齒擦音[v]為元音，及其零聲母單元音的相關詞條範例，首先列舉聲母部分說明，以表4-4-2所示：

表4-4-2　唇齒擦音[v]做聲母的搭配詞條範例

韻母類型	低元音 a	前元音 ɛ	前元音 e	央化翹舌 ɚ
詞例	萬 va55 歪 vã55 漁網 va31 襪子 va35tsʅ31	寫 vɛ33	佛 ve42 背 ve33	寫 vɚ33 圓 vɚ21
韻母類型	後高圓唇元音 u	後高不圓唇元音 ɯ	後元音 o	
詞例	雨 vu33 欠 vu33 胃 vu31 孵 vu42 鴉 tɕa44 vu55 風 vu55→v55 瘋 vu55→v55	文 vɯ42（漢語借詞） 文化 vɯ42 xua55 扶 vɯ31 戴（帽）tɯ42	霧 vo55 掏／挖 vo42 撈 vo21 抛 võ33	

　　藉由表 4-4-2 針對濁唇齒擦音[v]，做為聲母結構時的相關詞例歸納分析後，進一步將說明濁唇齒擦音[v]，做為韻母時其元音和做為零聲母單元音時的相關音節結構類型，詳述如表4-4-3所示：

表4-4-3　唇齒擦音[v]做元音及零聲母單元音的搭配詞條範例

濁唇齒擦音 v 做為韻母時之聲母相關詞例	
ø 零聲母	風／瘋 v55；淹 ṽ55；惡 v42（零聲母）
重唇音送氣與不送氣	抱 pv33/bv33；瓟（瓜）pʼv44
唇齒擦音清濁對立及 清唇齒擦音送氣與否對立	蜂 fv55；背帶 fɔ44；飛 fv35；鋸子 fv42；屁 fʼɔ31 瘋 vv55；泥鰍 vv44；背 vv33；雲 vv21 扇子 fv33se44

舌尖擦音清濁對立	菌 sv44；山 sv32；子／鼠 sv33（表屬相義） 往 sv31；沿 sv21；痛 sv31；zv31 用（使動語義）
翹舌擦音	梳 ʂv31
舌面擦音	象 ɕṽ21
小舌和軟顎舌根音 軟顎舌根音送氣與否對壘	江／弓 kv35；鬼 kv33；櫃 kv31；曲 k'v44； 巳／蛇 k'v44（表屬相義）；苦 q'v33/k'v33
舌尖塞音	冬 tv35；東 tv35；凍 tv44
舌尖邊音	綠 lv44
舌尖鼻音	辰／龍 nv21（表屬相義）；nv21 膿
軟顎舌根鼻音	魚 ŋv35；五 ŋv33
翹舌鼻音	女 ɳv33
舌尖塞擦音送氣與否對立	筷子 tsv31；蟲 tsv21；竹 tsv44；春／槍 ts'v55
軟顎擦音	雪 ɣv33ɕi44
軟顎舌根擦音	蜂 xṽ55
半元音合璧詞	女人 jṽ33 ji21

　　濁唇齒擦音[v]在漢語方言內，主要來源基本為微母、云母和影母的合口呼，白語語音系統內除了此三者外，透過表 4-4-3 觀察可知，有來源於小舌音及軟顎舌根見系的唇齒化，也有各類的聲母所搭配而成的音讀現象。濁唇齒擦音[v]，之所以仍保有以「聲母型態」留存於白語語音系統內，主要的原因與「發音部位形成音位變體現象，雙唇摩擦音[w]逐漸向唇齒音[v]靠近，屬於語音內部的自變，使得[v]仍保留在語音系統內」有關，因此，濁唇齒擦音[v]的產生，與合口韻產生擦化有相當關聯性。

　　知其來源後，再者分析濁唇齒擦音[v]的音節結構部分。濁唇齒擦音[v]做為聲母時語音現象較為單純，透過表 4-4-2 詞條範例歸納可知，能與其搭配的韻母有：後高圓唇及不圓唇元音[u]和[ɯ]、前半高展唇元音[e]和[ɛ]、捲舌元音[ɚ]、後低展唇元音[a]及唇齒音[v]等七種，聲調除了入聲外，在平聲（陰平／陽平）、上聲、去聲皆有相應例字；反觀濁唇齒擦音[v]做為韻母時，音節搭配較為複雜，可分為未鼻化[v]和承載鼻音後的鼻化[ṽ]兩類，能與其搭配的聲母略有差異：[t]和[t']及其條件變體[ţ]、[ts]、[ts']、[s]、[k]和[k']等 8 個聲母與[p]、[f]、[t]、[n]及其條件變體[ɳ]、[l]、[ɕ]、[ŋ]和[v]等 7 個聲母，能同時與未鼻化[v]和鼻化[ṽ]結合；較為特殊者為半元音[j]和軟顎舌根擦音[x]與[v]結合時，半元音[j]主要以合璧詞結構出現，軟顎舌根擦音[x]筆者認為屬於擬聲詞現象，

主要相應例字的聲調分布仍以平聲（陰平／陽平）、上聲、去聲及陰平入聲字
爲主。

　　透過分析可知，白語語音系統內，做爲聲母的濁唇齒擦音[v]，主要源自
於重唇微母的[v]，此音與清唇齒擦音[f]同樣於中古時期形成，且最晚在近現
代元明時的民家語時期，便從唇齒鼻音[ɱ]經由半元音[-w-]/[-u-]摩擦化增強，
而轉化爲唇齒擦音[v]；反觀白語語音系統內，做爲韻母的濁唇齒擦音[v]，其
與清唇齒擦音[f]，同樣對圓唇元音韻母[-u-]產生語音變化，這是因爲聲母在進
行唇齒化的過程中，合口韻母仍保留圓唇元音[-u-]，然而，爲避免聲母和韻母
同時發雙唇音不符合實際發音現象，因此，折衷辦法便是將韻母[-u-]漸次弱
化，先弱化爲[o]再弱化爲近央化[v]，形成成音節韻母元音；如此一來，韻母
[v]的形成便是符合發音現象而生，與單元音韻母[u]和[o]相關，亦可視爲其音
位變體，並在白語語音系統內，做聲母和韻母雙重使用，做爲語音演變的轉
換過渡。

　　針對唇音幫非系及其演變而出的清濁唇齒擦音[f]和[v]完整分析後，接續將
先從白語語音系統內，關於喉音及其零聲母相關層次演變現象進行說明。

第五節　白語零聲母影疑喻母和喉音曉匣母的語音演變

　　本節主要討論白語零聲母「影疑喻」三母和喉音「曉匣」二母的層次演變
現象，然而，依據白語詞彙語音結構反應出來的實際語音現象，在零聲母的討
論範圍內，仍會涉及幫非系的「微母」和歸入與端系泥母演變一脈的「日母」
因此，本部分以零聲母「影疑喻」三母的討論爲主、「微日」二母的討論爲輔，
進行相關歷史層次演變現象說明。

　　依據小節標題，首先針對白語聲母系統之零聲母「影疑喻」三母，及因
語音演變逐漸往零聲母邁進的「微日」二母進行解析。需特別提出說明的是，
文中關於「零聲母[ø]」的討論部分，會牽涉到軟顎舌根濁擦音[ɣ]、喉塞音[ʔ]
和半元音[j]等音值，根據研究此些音值成分在白語語音系統內的實際作用而
論，軟顎舌根濁擦音[ɣ]、喉塞音[ʔ]和半元音[j]等音值雖然趨近於「零聲母[ø]」，
但實際發音部位上，仍有別於純零聲母音值，例如：以軟顎舌根濁擦音[ɣ]爲
例，此音在發音部位上的音值，雖然與軟顎舌根清擦音[x]和喉擦音[h]相同或

相近，但從聲學原理細究，三者之間的音理質性仍不盡相同，因此，本文的處理特將軟顎舌根濁擦音[ɣ]與零聲母[ø]加以區辨，不混入零聲母內討論；其次再分析本節另一項聲母現象：喉音曉匣母的層次演變現象。

壹、白語零聲母的「去零化」概念

白語語音系統內的零聲母[ø]字在不同的層次階段內，產生二種演變現象：第一種是直接增加輔音聲母而成；第二類是聲母受韻母設定的條件化制約而發生的輔音純化語音現象。白語語音系統內，此兩種零聲母[ø]的演變現象皆具有之，即便如此，在探討白語零聲母[ø]字的歷史層次演變時，仍然依循聲母零化的演進過程：有－無－有之「從有至零」到去零化的「從零至有」原則發展。

零聲母[ø]常見於漢語方言，依中古聲紐論之，零聲母[ø]主要分布於「影、喻〔註45〕、疑、微、日」六母，此六母統稱為「零聲六母」。白語語音系統於中古中晚期大量接觸並移植滲入漢語詞彙音讀，透過白語語料的分析可知，白語語音系統內同樣也具有此零聲六母，且語音演變層次呈現多重疊置樣貌，零聲母[ø]屬於多樣的語音現象之一，零聲六母在白語語音系統內部，雖然不同於漢語，因零聲母[ø]擴大音理現象，因而進行「語音合流省併」並以零聲母[ø]做為最終語音表徵，然而，透過白語語料反應的實際語音現象發現，零聲母[ø]在白語語音系統內，確實具有合流省併又對音理演變產生影響的相對作用。

因此，研究討論零聲六母的同時，首先需依據白語詞彙語音系統的實際語音現象詳細歸類，基本可將白語零聲六母在聲母系統內的作用，分成全讀零聲母[ø]類和不全讀零聲母[ø]類兩大類進行討論，在此兩大類的架構下，再次依據相關的語音現象進行細部分類：

（一）全讀零聲母[ø]類

白語語音系統內並未有音讀已全然歸屬於全讀零聲母[ø]類，即便是以零聲母[ø]為主要音讀的影母，在白語內部仍有齊齒呼[-i-]或半元音[-j-]表示零聲母[ø]現象。

〔註45〕關於文中對於「喻母」的敘述定義：以「喻母」表示者，即說明包含喻三云母和喻四以母在內，統一以「喻母」表示；若文中相關內容有需，需要特別說明喻三云母或喻四以母者，將特別以「云母」或「以母」表示，以便在行文表述時統一用詞。

（二）不全讀零聲母[ø]類

不全讀零聲母[ø]類的音，依據白語實際語音狀況，又可以細分爲「v類」、「z類」、「鼻音類」和「其他類」，這些小類設定的分類條件，是從聲母「從有到零」的來源和聲母「從零到有」的演變過程進行判別，必要時，在依據語音所需，區分出內在的存古特徵；當聲母若有一字讀某音時即作某類，若聲母讀音類型複雜多元者，則稱之爲其他類。透過聲母「從零到有」的初步考察發現，此零聲六母大致在白語語音系統內的音讀，主要可分爲五類音讀現象：「v類微母」、「鼻音兼z類日母」、「鼻音類疑母」、「鼻音類影母」及「其他類喻母」。

分析零聲六母在白語語音系統內的層次演變現象之前，必需先建立關乎演變形勢的基礎觀念。由於此六母在演變過程中與零聲母[ø]甚有關聯，因此，對於零聲母[ø]及白語對於零聲母的運用和定義，有二點內容必需事先明析，分別敘述如下：

1. 定　位

這部分關係到白語零聲六母「實質」的定位問題，討論時主要採用游汝杰對於零聲母[ø]的說法，將零聲母[ø]確認爲「音節必有成分」爲實際音位進行明確說明。〔註46〕

2. 活　用

這部分關係到白語語音系統內，對於零聲母[ø]的實際活用問題。依據白語實際語音現況，將零聲母[ø]音值現象區分爲「開口呼零聲母[ø]」及「非開口呼零聲母」二類，此處需特別提出說明的是，筆者的區分前提是，對於開口呼及非開口呼之分別，並非針對元音之開齊合撮而言，而是以「零聲母表現的發音起始音值」做爲區分依據，這是較之以往的不同分類條件；在「開口呼零聲母[ø]」部分，根據白語語音情況，又可以再次細分爲「直接以元音爲起始音節」、「以聲門喉塞音[ʔ-]爲起始音節」，及以「軟顎近音[ɰ]相關系列音值，主要以軟顎舌根鼻音[ŋ]和軟顎舌根濁擦音[ɣ]爲起始音節」三類；在「非開口呼零聲母」部分，根據白語語音情況，主要以「半元音[-j-]」和「濁唇齒擦音[v]」爲二類爲主，其餘無法歸入這些類別非零聲母音節的語音現象者，

〔註46〕游汝杰、錢乃榮、高鉦夏等：〈論普通話的音位系統〉《中國語文》第 5 期（1980年），頁 328～334。

則置入其他類範圍內。

　　研究分析的過程中認爲，有必要再次針對白語語音系統內，在「開口呼零聲母」部分，特別以「軟顎近音[ɯ]相關系列音值，主要以軟顎舌根鼻音[ŋ]和軟顎舌根濁擦音[ɣ]爲起始音節」這條語音規則，提出進一步說明。

　　本文在分析的過程中，將白語這條演變規則反應出的「增加輔音聲母」的零聲母[ø]情形，稱之爲「去零化」的過程，這種零聲母[ø]「去零化」的語音現象，屬於白語語音系統內部的特殊音變類型，主要出現的時機點，是在本來的音節結構爲零聲母字的聲母內；反之，白語系統內另有本來的音結構爲非零聲母字的聲母，因條件制約產生零化的音變現象。

　　依據這種白語語音系統內所反應出來的特殊音變情形，整理歸納相關語音對應的詞條範例予以說明如下表 4-5-1：

表 4-5-1　白語非零聲母字去零化詞例

非 ø 零聲母音節增加暨改易聲母後，形成零聲母去零化現象之詞例	
去零化類型	詞例列舉及特殊說明
1.增加[ʔ]喉塞音 2.增加[j]半元音 3.改半元音[j]聲母爲[ʔ]喉塞音 4.改軟顎擦音[ɣ]爲[ʔ]喉塞音 5.改重唇音爲[ʔ]喉塞音	1.增加[ʔ]喉塞音：衣ʔĩ55；褲子ʔĩ42 ʔĩ55；咽ʔe42；看ʔa33；喝／飲ʔɯ33；暗ʔa42；凹ʔɔ42；喊ʔɯ35；喂（人）ʔɔ35；澆（水）ʔu33；孵ʔe44 2.增加[j]半元音：咽 ji42 3.改半元音[j]聲母爲[ʔ]喉塞音：油ʔi21；腌ʔa55；壓ʔa44；咬ʔa44；淹ʔa44 4.改軟顎擦音[ɣ]爲[ʔ]喉塞音：喝／飲 ɣɯ33→ʔɯ33 5.改重唇音爲[ʔ]喉塞音：不 pɯ31→ʔa31
	特殊語音現象說明： （1）「衣」和「褲」二詞例韻母受聲母喉塞音影響而形成鼻化成分；並以「衣」的重疊表示集合體做爲褲子之義。 （2）「咽」一詞具有兩種去零化的增加形式，當增加半元音[j-]時，其韻母亦產生高化現象 （3）「看」去零化的過程有增加[ʔ]喉塞音，和增加聲母[x]兩種方式。 （4）「喝／飲」去零化的過程有增加[ʔ]喉塞音和改換聲母[ʔ]喉塞音爲濁軟顎舌根擦音[ɣ]兩種方式，另有一特殊現象是維持零聲母[ø]，其元音由高化往低近央化[v]演變，並以鼻化表示其陽聲特質。

1.增加[ŋ]軟顎舌根鼻音 2.改半元音[j]聲母爲[ŋ]	1.增加[ŋ]軟顎舌根鼻音：瓦 ŋua42；熬 ŋo31 2.改半元音[j]聲母爲[ŋ]：咬 ŋa44
	特殊語音現象說明： （1）關於詞例「咬」在去零化的過程如同詞例「喝／飲」， 　　具有疊置的語變現象，詞例「咬」的半元音[j-]聲母， 　　主要以借入漢語之音讀而論，白語的去零化過程爲： 　　[a44]→[ʔ ã44]→[ŋa44]
增加舌尖[n]或翹舌鼻音 [ɳ]	銀 ni21、遺 ne21；銀 ɳi21；用 ɳio42→ɳõ42 羊 ɳõ31；癢 ɳiõ33→ɳõ33
增加鼻音[m]	彎（腰）me33；叫（雞叫）mã21
增加翹舌擦音[ʐ]	外 ʐ̥e42
改半元音[j]聲母或零聲 母[ø]爲舌面擦音[ɕ]、[ʑ]	用 sv31/ʑv31 夜 ʑɔ42；邀 ʑɔ35
	特殊語音現象說明： （1）關於詞例「用」的語音現象：[sv31]/[ʑv31]，呈現出 　　同字音讀，同時具存清濁音讀的語音現
增加舌葉濁擦音[dʒ]	運 dʒi21
增加軟顎擦音[x]	看 xã55
改重唇音爲軟顎擦音[ɣ] 或半元音[j]	不 pɯ31→ɣa35→jɛ35
	特殊語音現象說明： （1）詞例「不」在去零化的過程中，連同元音也產生低 　　化作用，顯示去聲化的增加聲母的過程，對於韻母 　　亦發生演變

　　透過表 4-5-1 的整理歸納可知，白語在去零化的過程中，白語分別以增加「鼻音聲母」和「非鼻音聲母」二條路徑展開語音演變。鼻音部分，以軟顎舌根鼻音[ŋ]和喉塞音[ʔ]爲首，另有增加舌尖鼻音[n]，及其條件變體舌面前鼻音[ɳ]，和雙唇鼻音[m]等類；非鼻音部分以軟顎舌根濁擦音[ɣ]爲首，受到韻母制約影響產生輔音純化，另有增添舌尖前濁擦音[z]、舌尖後濁擦音[ʐ]、舌面前濁擦音[ʑ]及舌葉濁塞擦音[dʒ]等音位現象。

　　由此可知，白語語音系統內的「濁擦音」與零聲母間，存在有條件式的語音整化現象，在這種語音整化的前提下，白語語音演變過程中的「零聲母去零化」，已非特殊語音現象，這和語音本身的韻母條件制約及實際發音狀況甚有關連。

　　細究其形成原因，韻母條件制約，最主要不外乎是語流內前後音節的影響，特別是緊連著聲母的元音，其影響作用甚爲顯著，其次與語言本身的音韻屬性

有關，零聲母受搭配元音影響所產生的輔音聲母，即是本身語音系統內，所有的語音類型進行音位或條件變體而成。白語語音系統內亦有此種音變現象，即是「零化」的語音演變，例如：詞例「飽」，其音韻結構普遍為重唇音[pv33]→[pɯ33]，然而，因韻母[-v-]與聲母本具有的圓唇[-u-]產生抵觸，使得聲母產生零聲母化，保留韻母唇齒音[v]，如此亦產生「零化」的新音節結構[ṽ33]；詞例「尋／找」的音韻結構演變[ʂe33]→[ã33]現象，亦屬於趨向「零化」演變。如此亦顯示出，在白語語音系統內，「去零化」的過程產生在「零聲母」字內；「零化」的過程則做用於「非零聲母」字內。

　　針對白語零聲母特殊類型加以釐清後，便要在共時與歷時平面上，針對零聲母「影、疑、喻」三母進行對應比較，並探討其歷史層次演變概況。關於零聲六母另外的日母、泥母和微母三母，則分別依據其相關的音理屬性，歸建於相應小節內討論。

貳、零聲母「影疑喻」三母的語音演變層次

　　結合共時與歷時平面進行分析，零聲母「影疑喻」三母在白語語音系統內雖然呈現複雜的語音面貌，但彼此間仍有諸多共同的語音特點。相關同異質性，詳見表 4-5-2 針對「影疑喻」三母，在白語語音系統內的讀音歸納對照表說明：〔註47〕

表 4-5-2　白語影、疑、喻母讀音對照

	開口				合口	
	一等	二等	三等	四等	一二等	三（四）等
影母	ø/i-	ʔ/ø	ø/ɣ	ø	u-/v	----
		j/ʐ	ȵ/j			

〔註47〕表格安排方式說明：表中在斜線左邊音讀表示絕大部分方言點都以此音讀為主，斜線右邊音讀表示少部分方言點之音讀；因白語語音系統有以[v+v]兩個唇齒音[v]的音節結構表示音讀者，為區辨而在表中標示[v-]者表示方言點以[v]為聲母，若以[v]為零聲母者則以[v]標示，表中標示[i-]者表示以讀齊齒呼做為零聲母，出現[u-]表示方言點讀合口呼零聲母，亦有方言點以[o-]表示，表內一律以[u-]表示；另外，表格內分層者表示同等內有多種語音現象，表格內以虛線表示者，代表此聲母在此開合等第內無音讀現象，特殊語音現象在表格後列點說明。文後相關表格的安排方式皆同於此註所說，在此統一說明。

疑母	ŋ/ʁ / ø	ø / ŋ/n̠ / ŋ/n/ɣ		ŋ/j/ɣ	----	u- / ŋ/ɣ		u- / *u-/ŋ/v
喻母	----	----	云	z	----	----	云	ʁ/ŋ/v/j / z/dʑ/v / u-/ŋ / t
			以	n̠/j / u-/ɣ / s/z / ts/t（d） / k	----		以	n̠/j/n

特殊語例現象說明：

（1）疑母開口一等出現小舌音[ʁ]，主要為白語北部方言區存古特徵的語音表現。

（2）疑母開口二等「眼」字出現合口呼零聲母[u-]：[ui33]/[uĩ33]及雙唇鼻音[m]：[me33]兩種音讀。

（3）疑母開口三等部分字出現雙唇鼻音[m]，例如：詞例「魚」字在北部大華語區即出現[mv55]音讀；此外，詞例「魚[ŋð55]」和「迎[n̠o31]」，這二例在白語以合口表示，但中古漢語卻是開口呼（皆為疑母開口三等），開口三等亦出現舌面前鼻音[n̠]及零聲母[ø]現象，例如：詞例「語」即有音讀以零聲母表示[ð33]，表現語音受到韻母介音影響而形成翹舌化，且又產生零化的語音現象。

（4）影母開口二等和三等的零聲母表現為：[-i-]齊齒呼零聲母現象，或非[-i-]齊齒呼零聲母時，白語音讀表現會以增加半元音[j]或舌根鼻音[ŋ]、喉塞音[ʔ]或舌面前鼻音[n̠]為零聲母之聲母，也有增加非鼻音之[ɣ]或[v]表示。另外，在以母亦有以此種增加聲母的去零化方式表現音讀結構。

（5）云母和以母同樣出現[z]音讀，以母[z]音讀與心母字互諧現象，例如：蠅字以擦音[s]/[z]/[z]和齊齒呼[i-]為音讀現象、葉字以[s]/[ʂ]/[ɕ]為音讀、恙字以[s]、貽/遺字以[s]/[z]為音讀、養字以[s]/[ʂ]/[ɕ]為音讀、晾（暘）以[s]為音讀，此字甚為特殊，在辛屯和漕澗皆以舌根[x]表示，例如：[xɯ33]和[xo31]。

（6）以母出現與船母字及端組互諧現象，例如：鑰字有兩種音讀以[ts]

（[dz]）為音讀者諧船母，以 t（[d]）為音讀者諧端組，云母同樣也有此種語音現象；以母漢語借詞「釉」字，依諧聲偏旁論之歸屬於「油」字，其字例白語以舌根音[k]為以母音讀：[kv42]➔[ko42]；以母開口三等「舀」字，以小舌[ɢɯ35]為音讀屬特例。

（7）影母開口三等「約」字，康福白語出現舌根音[ku55]，此例可佐證影母與舌根音互諧，且未脫落聲母的現象。

（8）影母四等在零聲母前會出現去零化現象，添加舌根鼻音[ŋ]或喉塞音[ʔ]表示。

（9）白語北部方言部分區域，在疑母合口呼零聲母前出現去零化現象，添加舌根鼻音[ŋ]或舌面前鼻音[n̠]，亦有特殊情形以增加雙唇鼻音[m]，例如詞例「五」之語音演變情形：[ŋv33]➔[ŋð33]➔[ŋu33]➔[mv33]➔[mu33]。

（10）影母合口一等出現與合口三等相同現象，合口一等的「穩」字，諾鄧白語出現舌根音[kɯ33]，此例同「約」，可佐證影母與舌根音互諧，且未脫落聲母的現象。

（11）云母出現小舌音[ʁ]為白語北部方言區存古特徵。

（12）以母三等詞例「遺」字以增加「半元音[j]：[ji31]」或「[n]：[ne31]」為零聲母去零化後之聲母。

（13）云母合口三等「遠」字音讀為[tue33]，屬端組[t]音並與以母相同，顯示零聲母與舌齒音源流「端系」，亦有語音演變的親源關係。

透過上表 4-5-2 歸納的語音概況，接續將從合而分，先統整分析零聲母「影疑喻」三母的音讀演變綜合情形，再分別就「影疑喻」三母的各別語音演變現象進行分析論述。

一、「影疑喻」三母的語音綜合概況

零聲母「影疑喻」三母所涉及到的演變問題，跟本文研究所採用的深層對應研究法甚有關聯，丁邦新對此曾補充說明，他認為如何確定語言彼此間的類同異質？主要的方法不外乎透過音系結構的關係來確定。〔註48〕將其深層對應

〔註48〕丁邦新：〈上古漢語的音節結構〉《中研院史語所集刊》第 50 本第 4 分（1979 年），此文另收入丁邦新：《丁邦新語言學論文集》（北京：商務印書館，1998 年），頁 2 ～32。

的範圍縮小置於方言內部體察，同樣能用以解釋同方言內部不同音類間的深層對應關係。針對白語語音系統內的零聲母部分的討論，筆者即是使用此種方式進行，當不同音類間的相同音值點越多或其源流相近者，其關係愈加緊密，反之則疏遠，針對白語相關語音情形，主要是藉由丁邦新說來檢視相關問題。

首先，從表 4-5-2 可以看出，中古零聲母「影疑喻」三母在白語語音系統內的音讀，先排除個別特殊語音形象，大致可以分爲兩組：一組爲影疑組，一組爲喻母，而影疑組又可分別就影母和疑母的語音現象進行細部說明。

分爲二組的原因在於，從喻母音讀方面觀察，喻母在白語語音系統內的讀音與影疑母相較，既有相同點亦有不同點，喻母出現在開口三四等和合口三四等，當中以母開口三四等音值[ȵ]和[j]與「影疑母」基本相同，喻三合口三四等音值[u-]/[ŋ]和[v]與疑母基本相同，云母無開口三四等字，及廣義喻母無開合口一二等字，因此不論；再者，「影疑母」在白語語音系統內的音讀大致相同但並非完全相同，其相同點在於，「影疑母」的音值有逐漸往零聲母[ø]合流的趨勢，這種音值現象來自於兩種音變：一爲舌根音[ŋ]脫落形成零聲母[ø]，二爲還原舌根鼻音即產生逆向音變現象，主要受到後置元音影響所致。

在「影疑母」音讀方面，「影疑母」在合口部分主要以[u]爲零聲母並直接表現合口現象，「影疑母」又從合口[u]的零聲母表現方式，產生濁唇齒擦音[v]音讀，其產生過程，即是原來音值的合口呼進一步發生「擦化」的結果所致；然而，同中有異的部分在於，疑母未有以齊齒呼表現零聲母的語音現象，且影母實際語音現象是以零聲母[ø]和半元音[j]爲主，與疑母以舌根音[ŋ]爲存古語音屬性不同，影母將脫落的鼻音再度還原的現象可謂是創新。

二、「影」母語音歷史演變概況

關於影母的語音演變現象，綜合歸納爲以下二點進行討論：

1. 影母的語音演變產生「逆向音變」現象。

即原已脫落聲母變爲零聲母[ø]的影母字，由於受到後置元音韻母爲開口度相對較大、舌位相對較低較後的元音影響，例如：白語影母字韻母出現[a]和[e]時，便有此種現象；若後置元音韻母爲齊齒呼[-i-]時，白語的處理情形是直接以齊齒呼[-i-]爲零聲母音節或以半元音[-j-]表示，亦有與輔音產生顎化進而以純音化後的輔音舌面鼻音[ȵ]或舌面擦音[ʑ]表示。

2. 添加舌根濁擦音[ɣ]。

舌根濁擦音[ɣ]的添加與舌根鼻音的添加相同，都與韻母有密切關係，一般添加舌根濁擦音[ɣ]的原則是其零聲母音節的韻母都是開口呼，且主要元音是開口度較大、舌位相對較低較後者，然而，白語添加舌根濁擦音[ɣ]的情形並非如此，白語影母普遍在韻母[ɯ]前添加舌根濁擦音[ɣ]，韻母[ɯ]屬於舌面後高不圓唇元音，開口度不大，會產生添加擦音的原因，與其發音部位高且發音時舌頭緊促產生磨擦有關，因而誘發零聲母產生舌根濁擦音[ɣ]，此外，白語語音系統甚為講究「清濁對立」，在韻母[ɯ]前既有添加舌根濁擦音[ɣ]，相對而言，筆者在調查過程中也發現，在辛屯、洱海周邊及漕澗白語內，將原零聲母字添加舌根清濁擦音[x]以形成新的語義，並以此來表達原義，例如：暗[xɯ33]，添加聲母[x]後以「黑」的語義同時承載黑義及其天「暗」時黑的狀態。諾鄧白語「暗」字則是以添加雙唇鼻音[m]表示：[jɛ31]→[mjɛ31]。

三、「喻」母語音歷史演變概況

喻母即是韻圖內的喻三以母和喻四云母，以母和云母在《切韻》時期屬於喉音，並將其分為三等和四等兩個音類，然而依據實際音理而論，以母屬於假四等內的真三等，而云母在中古前期本屬於匣母，約中古中晚期始與匣母分流。從此分析白語喻母，白語語音系統同於漢語，同樣將喻母分為云母和以母兩個音類，主要詞例屬於漢語借詞來源，透過表 4-5-2 的歸納可知，白語語音系統內的喻母組成複雜，屬於漢源歸化詞源系列，即音值屬於白語音系，詞源屬於借入漢語彼此融合而新生。

從發音部位來看，喻母在白語語音系統內的語音表現可分為四類：

1. 唇類擦音[v]（包含[f]），簡稱為 v 類，[f]和[v]為唇齒擦音清濁對立，在喻母內形成混讀現象，產生在近現代漢語借詞讀音為聲母[w]或韻母[v]內，例如：胃、王、文等。

2. 舌尖或舌面類塞擦音、擦音和鼻音[dʑ]、[ʐ]、[s]、[ʂ]、[z]、[ʐ]、[ɕ]、[n]和[ɳ]，簡稱 z 類。

3. 舌根鼻音、小舌擦音及半元音和零聲母[ŋ]、[ʁ]、[j]、[ø]和[ɣ]，簡稱 ŋ類，喻母在（2）和（3）類的音值表現有因聲諧作用而產生的語音變化，也有受到元音及零聲母去零化的影響所致。

4. 其他類[ts]、[dz]、[t]和[d]，這類音值同樣也是喻母表現因聲諧作用而產生的語音變化，特別是[t]/[d]音值，屬於「上古喻四古歸定」的語音條例，白語內部喻三云母和喻四以母具有相同的語音現象，屬於獨立的層次演變現象。

論及「喻母」與「影疑母」的語音親疏，「喻母」與「影疑母」基本呈現合流，實際語音現象是排除「喻母」因聲諧形成的音讀情形，在開合口三等部分呈現相合的語音形態；歸納「喻母」的語音來源可知，「喻母」的「z類」音讀來源有二條路線：

（1）受到以母與舌齒音心母和船母互諧影響，演變出 z 類音讀[s]<[*ʂ]、[*ɕ]和[s]-[z]等清濁對立及條件音變的語音現象（其中的[z]音讀爲[ʂ]同化作用而產生）和其他類[ts]、[dz]、[t]/[d]音讀，此部分可獨立爲喻母的一條語音演變層次，產生時間點爲中古晚期以後。

（2）受到韻母介音或主要元音舌尖音高化[-i-]的影響，產生舌尖音擦化現象。在喻母「ŋ類」音讀的來源部分，明顯有合流於匣母的現象。

藉由上表 4-5-2 的歸納又可觀察到，白語「喻母」僅在開合口三等有音讀，一二四等皆無音讀，且云母音讀演變較之以母來得活躍，此種現象可借用曾運乾提出，原匣母三等字在晚唐五代時，分化出喻母之「喻三古歸匣」條例得到證明；〔註49〕關於在喻母「v類」音讀的來源方面，主要受到介音或主要元音爲[-u-]的影響，由於聲母脫落，以致於介音或主要元音[-u-]偏向展唇且增強磨擦屬性，因而衍生出唇類擦音[v]及其清音對立[f]音讀，因此形成喻母「v類」音讀；喻母音讀需特別說明的部分，還有一類受到韻母影響而產生的「z類」音讀，因韻母舌尖化[-i-]或半元音[-j-]的影響，白語「喻母」在中古晚期後產生[z]/[ʥ]等音讀；此外，白語「喻母」又另外產生舌面前濁擦音[ʑ]音讀，形成這些多重複雜的聲母音讀的原因，主要產生的關鍵，當與喻母輔音聲母脫落合流於影母，以致於形成零聲母[ø]有關，受到半元音零聲母[-j-]的影響，而演變成類同舌面前濁擦音[ʑ]的發音現象。

此外，在喻母「z類」的部分還有一音讀需提出說明，即舌面前鼻音[ɲ]，此音讀在白語以母音值內的出現，是與「ŋ類」音讀的半元音[-j-]形成交互使用的語音現象，例如：羊、癢、欲、用、咱們等詞例，其原因在於，白語以

〔註49〕竺家寧：《聲韻學》，頁 563～564。

母形成此類音讀的實際狀況，是一種屬於語言混雜形成的假象，這是因為上古時期有專門與三等韻相配的聲母，以母雖然有唇音、舌尖或舌根音互諧使用的現象，但其產生顎化未必需要如同袁明軍等學者們所言，必需要經過[-r-]介音的央化作用才能完成。〔註50〕白語這些「羊、癢、欲、用、咱們」等以母產生舌面前鼻音[ɳ]和「ŋ類」半元音[-j-]交互使用的詞例，其韻母介音並未有細音[-i-]等誘發產生顎化的因子，但這些以母的字仍然產生顎化作用，並以「半元音[-j-]零聲母」形態和舌面前鼻音[ɳ]兩種語音現象呈現；筆者研究認為，以母的顎化現象作用於產生細音[-i-]介音之前，以致於出現未有細音[-i-]介音參與其中的顎化作用，而半元音[-j-]則是此種顎化後[-i-]介音的還原，也是以母趨向零聲母化的過渡；另外在顎化之前，這些以母詞例已率先受到「軟顎舌根音群母」的演變影響，在曉母詞例「兄」也產生相同的演變作用，相關說明見於白語聲母軟顎舌根音見系的演變與層次概況內。

總結「喻母」的語音演變情形，將演變過程呈現如下圖 4-5 所示：

圖 4-5　喻母音讀的演變流程概況〔註51〕

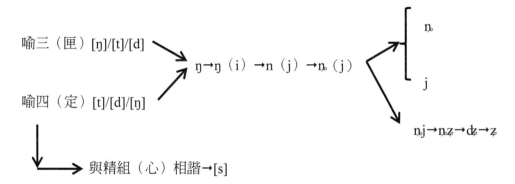

綜上所述，透過表 4-5-2 的歸納說明，可以從中觀察在白語語系統內，以母字除了本身的語音演變外，又與精系心母及章系船母通轉互諧，更與軟顎舌根見系[k]組產生通轉互諧，例如：詞例「晾」，這條詞例在辛屯和漕澗白語讀為舌根音組的[xɯ33]和[xo31]，屬於上古時期見系[k]音讀的存古遺跡；「喻母」在白語語音系統內的「v類」、「z類」和「其他類」的讀音表現，產生的時間應

〔註50〕袁明軍：《漢白語調查研究（當代語言學論叢）》，頁 77、86。

〔註51〕圖例 4-5 關於白語「喻母」之演變流程圖，為筆者研究白語「喻母」演變概況後，所整理歸納製圖。

當在喻母和影疑母合流朝向零聲母定位後才產生的音變現象，進一步而言，「喻母」內的音讀表現，排除「其他類」音值較爲混雜之外，其餘類別不外乎是塞擦音和擦音的音值現象，由此再次證明，「喻母」在語音演變的過程中，其聲母發音方法爲塞擦音和擦音時，爲其發生變化的主要關鍵。

四、「疑」母語音歷史演變概況

白語語音系統內的「疑母」屬字，其古漢語借詞的主流音讀爲舌根鼻音[ŋ]。舌根鼻音[ŋ]是原始語音現象，屬於上古時期方言底層的層次，隨著語音演變舌根鼻音[ŋ]在合口韻前脫落，開口韻前依照等第進行分化，韻母爲細音三、四等時，舌根鼻音[ŋ]有二種演變路徑：第一條是聲母失落形成零聲母；第二條是聲母與介音結合形成新的音位：舌面前鼻音[ȵ]。新興的舌面前鼻音[ȵ]音讀，主要是由舌根鼻音[ŋ]與介音[-i-]/[-j-]相互作用而生成，即：舌根鼻音[ŋ]＋[-i-]/[-j-]→舌面前鼻音[ȵ]＋[-i-]/[-j-]；然而，韻母爲洪音一二等時，仍保有上古時期舌根鼻音[ŋ]原始音讀，不產生語音變化。

白語語音系統內的「疑母」音讀較爲穩定，都是以舌根鼻音[ŋ]來對應外，也有不少詞例是直接以源頭軟顎舌根音[k]爲音讀，王力即針對疑母字指出，疑母在漢語音韻系統內穩定發展至元代《中原音韻》時才與「喻母」合流〔註52〕，然而，觀察白語語音系統內，關於「疑母」字的語音層次發展發現，「疑母」在白語北部方言區內是依循著漢語「疑母」的語音演變規律進行，少數例詞出現「疑喻合流」因而脫落鼻音輔音形成半元音[j-]，亦有因存古小舌音影響而出現特殊小舌擦音[ʁ]，例如：共興表示「熬／炒」語義時，以[ʁo31]對應其他方言區的[ŋo31]。此外，元代以後，「疑母」的聲母由舌根鼻音[ŋ]逐漸脫落形成零聲母[ø]，在白語北部方言區同樣有之，這樣的語音脫落現象，主要出現在舌根鼻音[ŋ]與合口呼搭配時，此條語音演變條例在白語內部呈現不穩定的狀態，在搭配開口呼時也有出現，例如：[a]或[e]，這種因舌根鼻音聲母[ŋ]和合口呼韻母在發音上同爲[＋Back]的性質而使舌根鼻音聲母[ŋ]脫落的現象，於白語內部排除來源於漢語意譯的語音，更有因此異化而將聲母改爲雙唇鼻音[m]者，例如：「五」和「魚」，此種語音特例並未影響「五」爲白語上古層次本族底層語的屬性，但此例較爲特殊的現象，是兼受有彝語層影響。

〔註52〕王力：《漢語語音史》（北京：中國社會科學出版社，1985 年），頁 317～320。

反觀在白語中部和南部則仍以保持未隨著漢語與喻母合流，以舌根鼻音[ŋ]表示「疑母」，舌根鼻音[ŋ]的基礎條件音變原則：受到齊齒呼即韻母介音[-i-]的影響而產生舌面前鼻音[ȵ-]的語音現象，則同樣在白語語音系統內體現。

不僅如此，透過「疑母」字的語音整體歸納進一步又發現，「疑母」字的語音與「來泥娘」三母彼此間又有些微關聯性，其語音相混的原因，主要與白語在近現代民家語時期，吸收自西南官話的影響有關，回溯 16 世紀雲南人釋本悟改良蘭茂《韻略易通》而成的新版本悟《韻略易通》，其書內的條例即已明白說明這些微語音關聯性形成因素，「疑母」音讀在今日白語音讀內，會類同於「泥娘」二母的原因，即：「『泥疑娘』三母不二處」〔註53〕，「疑母」與「泥娘母」混同，「泥娘」二母又與「來母」混同，形成現今白語語音系統內，語音混用的主要因素。

因此，疑母字在白語語音系統內的基本讀音為舌根鼻音[ŋ]，舌根鼻音[ŋ]對於疑母來說是存古語音性質，[ŋ]受韻母制約而發生輔音純化現象[ȵ]，近代早期[ŋ]脫落形成似零聲母的半元音[j-]，至近代中晚期後趨於零聲母化。

總結而論，歸納白語零聲母「影疑喻」三母的實際音讀概況，探究其演變層次如下敘述：

影母：

　　層次 1：[ɣ]/[j]<[*ø]、[ʔ]<[*ø]。（上古至近現代時期層次）

疑母：

　　層次 1：[ŋ]（上古時期層次）

　　層次 2：[ŋ]>[* ȵ]_[-i-]/[-j-]（中古~近現代時期重疊層次）

　　層次 3：[ŋ]<[*ø]（近現代時期層次）。

喻母：具有二條不同路線的層次演變現象

本源語音層：[ŋ]和變體語音層：[t]和[s]

　　層次 1：[ŋ]（上古時期層次）

　　層次 1a：[ŋ]>[* ȵ]_[-i-]/[-j-]→[-j-]（過渡）→[ŋ]<[*ɣ]<[*j]<[*ø]

　　層次 1b：[ŋ]>[* ȵ]_[-i-]/[-j-]→[-j-]>[z]/[ʥ]/[ʑ]>[*ø]_[-j-]

〔註53〕此處轉引自楊瑞鯤和王渝光：〈雲南少數民族漢語的產生與雲南漢語方言的形成〉《通化師範學院學報（人文社會科學）》第 35 卷第 5 期（2014 年），頁 7～21。

層次 2：[ŋ]>[*v]/[*f]_[u]（中古時期至近現代層次）

層次 2a：[s]<[*ʂ]/[* ɕ]、[t]或[ts]（[ʂ]因同化作用產生[z]；中古晚期齒音
　　　　諧聲擦音）

進一步將就白語喉音「曉匣」二母的語音演變現象進行探討。

參、喉音「曉匣」二母的語音演變層次

喉音「曉匣」兩母在白語語音系統內的層次屬性，分別是依據白語自／本
源詞及中古時期因接觸引發的音變層展開演變。歸納白語喉音「曉匣」兩母的
語音發展流程，以表 4-5-3 列舉出相應的讀音類型，再分別討論語音演變現象。

表 4-5-3　白語曉匣母讀音對應

	開口				合口		
	一等	二等	三（四）等		一二等		三（四）等
曉母	q′=k′ x/χ/f	x/χ	三等顎化	t′（ʈ′）/ts′（tʂ′） ts/tɕ tɕ ɕ	一等	x ŋ	三等 k′/tʂ′/ts′
匣母	ɣ=ʁ	ɣ/ʁ	q/k		q/k		
	ø/j	x			ŋ/ʁ/（j）		
	q/k/（g）/（ɢ）	q/k			k/g		
	q′/k′	ŋ			u-		
	ɣ/ŋ/ø	ŋ/j/ø/ɳ			ɣ/v/u-		
		tɕ			k/g		
		ɕ			x		

特殊語例現象說明：

（1）「曉匣」兩母存古音讀小舌音與舌根音在北部方言區內並存，且曉
母開口一等詞例「薅」，其韻之開合和白語實際音讀不合，詳細音讀概況如下
所示：

漢譯	韻攝	中古聲母	中古韻目	中古聲調	開合	等第	清濁	共興	洛本卓	營盤	辛屯	諾鄧	漕澗	康福	挖色	西窯	上關	鳳儀
薅	效	曉	豪	平	開	一	次清	q′u55 q′ou55	q′v55	q′u55	ko55	k′u55 k′ou55 tʂ ua42	k′u42	k′u55	ko55	ko55	ko55	ko55

白語音讀實際現象爲韻母以「合口」爲主，並由單元音展開央化和裂化作用，其介音合口爲條件，使軟顎舌根音聲母產生顎化翹舌音聲母[tʂ]，如諾鄧的第三個音讀。

（2）曉母開口一等詞例「攄」，北部大華出現以唇齒清擦音[f]爲聲母：[fv33]，受漢語影響，及聲母和韻母同時唇齒化的結果，出現顎化舌面擦音[ɕ]的音讀，例如辛屯[ɕĩ55]。

（3）匣母開口一等詞例「寒」，其音讀除了同時具有小舌音[qa31]和軟顎舌根音[ka31]並存外，另外還有以軟顎舌根濁塞音[g]爲音讀：[ga31]的語音現象。

（4）匣母開口二等音讀有詞例「漏：[ɣɯ31]」，其音讀與中古漢語不相符合。但是此音讀在辛屯白語做[ɯ33]，脫落聲母[ɣ]形成聲母趨向零化發展的語音現象。

（5）匣母開口二等詞例「胶（膠）」產生舌面音顎化音讀[tɕo55]和[tɕã55]。

（6）曉母三等形成顎化現象：包括舌尖音顎化、舌面音顎化即舌尖往舌面顎化和發展舌面擦音

（7）曉母合口三等出現半元音[j]及其舌面前鼻音顎化[ɲ]，屬於語音現象特例，例如詞例「兄」即屬此種特殊音讀：[jõ55]和[ɲõ55]兩型。

（8）匣母開口四等與見母開口二等通轉互諧，例如：夾／挾／剪，此組詞在語義上相類同，屬於詞彙擴散引起語音擴散之例。

（9）曉母合口一等音讀不僅出現舌面擦音[ɕ]，也出現如同開口一等的唇齒清擦音[f]，例如：詞例「火」在北部洛本卓音讀：[fi33]，北部大華音讀：[ɕui33]即屬於此種特殊語音現象。

（10）曉母合口二等詞例「歪」，以[u-]表示合口呼零聲母，此例屬音譯漢語借詞而來的借源詞。

（11）匣母合口一等詞例「換[mũ33]→[mɯ33]/[mũ33]」屬於中古時期的漢語借詞源例，白語主要以古本義「貿」表示其音讀，以唇音聲母[m]表現曉匣母與[f]組間的混讀關係。

（12）白語曉母三等字合口以舌根音展開舌尖音顎化，以蛇（巳）字爲例：

漢譯	韻攝	中古聲母	中古韻目	中古聲調	開合	等第	清濁	共興	洛本卓	營盤	辛屯	諾鄧	漕澗	康福	挖色	西窯	上關	鳳儀
蛇虵	假	船	麻	平	開	三	全濁	tsʵ33	tʂe33	tsʵ33	kʼo33	kʼo44	kʼv33	kʼo33	kʼv33	kʼv33	kʼv33	kʼv33

同於詞例「蟒」，顯示白語語音系統內，軟顎舌根音和舌齒音間，亦有語音通轉互諧的關連性，主要透過韻母圓唇化和原軟顎舌根音產生舌尖化和翹舌化的顎化作用牽動。

漢語上古音系統內，喉音「曉匣」兩母[x]和[ɣ]同軟顎舌根見系[k]是合而不分的。藉由上表 4-5-3 的整理發現，在白語語音系統內，喉音「曉匣」兩母皆具有兩個語音演變層次，其中一層便是由見系[k]層展開語音演變。李新魁即明白指出，上古音「曉匣」兩母讀音與見系相同，在中古早期魏晉時期，隸屬於「曉匣」兩母的例字並非現今[x]和[ɣ]音讀，其音讀是與見系[k]即[k][kʼ][gʼ]相同甚無差異，時序進入中古中晚期時，「曉匣」兩母才逐漸念讀爲今日所見之[x]和[ɣ]音讀。〔註54〕

因此，[x]和[ɣ]即從上古層次的見系[k]分支而出爲曉匣兩母的音讀，這條語音演變條例在白語語音系統內明顯能找出線索，且白語北部方言區的存古性影響，並有小舌音[q]與見系[k]並用現象。此演變而生的[x]屬於舌根音性質，在白語語音系統內與具有鼻音成分的聲母擦音[h]分屬不同音位，[h]並非從[x]演變而來，在白語內部採用[h]爲聲母音讀的詞例如後所列範例：捋（葉）[hɔ33]、領（小孩）[hɑ33]、罵（喝斥）[he33]、裂痕[tʼɛ33 hə55]、允許[hɑ55]、愛護[hu44]、畫[hʷɑ33]、活（生）[hɛ55]-熟[hɯ21]、房屋[hɔ21]等，採用[h]表示音譯的近現代及中古時期漢語借詞之用，白語語音系統內使用[h]這個聲門擦音來表示的詞例，同樣也使用[x]表示，例如：畫[xuɑ33]、活（生）[xɛ55]-熟[xɯ31]、房屋[xɔ31]等，且[h]所代表的漢語借詞可以是具有鼻音者亦有非鼻音者，並無明確規律，且此種[h]和[x]混同的代換使用模式，在白語內部僅限於中古時期的漢語借詞，近現代漢語借詞特別是現代漢語音譯借詞則此種混用現象不如中古漢語借詞普遍。

關於曉母語音演變過程，可分爲兩條線索展開討論：

〔註54〕李新魁：〈上古音「曉匣」歸「見溪群」說〉《學術研究》第 2 期（1963 年），頁 92～102。

（一）溯源軟顎舌根見系

「曉母」音讀的語音演變第一條層次，即是以上古時期語音特徵爲軟顎舌根見系[k]爲源頭展開，且曉母合口音讀出現的[ŋ]音亦屬舌根音內的鼻音現象，由於白語北部方言區保有更古的小舌音，小舌音和舌根音見系[k]音屬同類音，因此併列爲曉母底層讀音，由此演化出清小舌／軟顎擦音[χ]/[x]，因發音強弱而又同化出聲門擦音[h]，由清小舌／軟顎擦音[χ]/[x]再展開演化，進而分支出唇齒擦音[f]。曉母在近現代時期發展出唇齒擦音[f]，又關涉到兩點問題：第一是曉母與[f]合流，第二是由清小舌／軟顎擦音[χ]/[x]演化出唇齒擦音的實質因素。

在曉母與[f]的合流方面，從發音部位來看唇齒擦音[f]，其混讀的音節結構普遍帶有合口圓唇性質，其音節結構爲[xu]，例如在北部洛本卓表示「火」字的讀音即出現此種合流，火字白語主流音讀爲[xui33]/[xue33]，洛本卓出現[fi33]的音讀，原因在於聲母受到合口[-u-]介音影響而改爲唇齒擦音[f]，諾鄧則以聲門擦音[h]表示[hu33]，另有「畫」字諾鄧亦使用同樣的表示方式[hʷɑ33]（以此音表示音譯漢語借詞），大華則以顎化後的舌面擦音表示「火」字[ɕui33]，借入時間應爲近代早期（約莫元代）時，這是因爲與曉匣兩母關係密切的見系[k]，其完成顎化的時間至晚不超過元代即已完成之故；不僅如此，白語更以利用曉匣兩母源自於見系[k]和與[f]合流的性質，針對漢語借詞一字多音的詞例加以區辨，例如：繫字（特別指稱繫皮帶或腰帶時），以底層音[k]爲本音[kãu55]（見母），並以演變而出的[f]爲異讀[fo42]（匣母）；此外，白語也利用見系[k]與曉匣兩母的合流關係來區辨漢語借詞的借入時間及其本義與引申義之別，例如：「烘－哄」，兩字中古時期呈現曉匣兩母混同現象，「烘」字本義爲焚燒，「哄」字爲「烘」的同源引申，特別用以表達人發出聲音的喧鬧貌，白語語音系統內表達此兩義時，表示本義時即使用[k]表示：[kãu31]，用以表示晚期借入的引申義「哄」時，則使用[x]表示：[xõ31]。

再者，又如「蟹」字，蟹屬於匣母字，白語使用見系軟顎舌根清塞音[k]：[kue31]音讀表示詞例，顯示「曉匣」母與見系在上古底層語音系統內的合流關係，此外，白語透過漢語借詞之語義釋義，影響其音讀的借用發展亦不容忽略，此種語音現象，必需將白語音讀與漢語借詞之語音，彼此進一步以語義深層對應加以判斷之處，例如詞例屬匣母字之「橫」，白語音讀以軟顎舌根

清／濁塞音之擬「寬」之音讀[kua55]→[kuẽ55]/[gue55]表示。

在清小舌／軟顎擦音[χ]/[x]演化出唇齒擦音的實質因素方面，當聲母受到後置元音影響，特別是元音為[-u-]、[-o-]或[-v-]時，其發音時唇形並不屬於圓唇，其屬於帶有展唇性質且發音時稍有磨擦，由於這類的音位其語音性質容易衍生出唇齒擦音，當聲母已為擦音，再搭配此類具有磨擦屬性的元音時，聲母產生音變逐漸失落，受元音[-u-]/[-o-]/[-v-]合口呼及擦音化影響，而逐漸形成以唇齒擦音[f]或[v]為聲母，甚至出現[h]音，以取代原小舌或舌根清擦音[χ]/[x]的語音情況。

由此可知，由清小舌／軟顎擦音[χ]/[x]演化出唇齒擦音[f]的主要關鍵，即是在元音屬於合口的情形下，白語內的特例是在韻母為[v]的時候亦會形成唇齒擦音化，至於為何會趨向唇齒擦音發展？針對此問，綜合王力和莊初升的說法可知，當是受到發音部位前後，影響成阻面大小及發音力度之故。〔註55〕唇齒擦音[f]在發音過程中，其發音部位較前使得成阻面積小，發音時力度能集中方便除阻後氣流快速衝出，因此，在發音配合度的前提下，便往唇齒擦音[f]轉化演變。其演化條件為：「曉匣[x]（[h]）→[x]＋[-u-]/[-v-]→[f]」。

（二）制約條件下的顎化作用

「曉母」音讀的另一條語音演變層次，即是顎化現象。曉母的顎化演變層次，關涉到見系字產生尖團音的分化現象。透過表4-5-3的語音演變流程歸納可知，曉母的顎化音出現：「[t′]（[ţ′]）、[ts]、[ts′]/[tʂ′]、[tɕ]、[ɕ]」等音讀現象，然而，進一步透過曉母出現的顎化音讀卻發現，本來應當尖團不分的白語語音系統，居然藉由曉母音讀在其語音系統內存有尖團音對立的情形。觀察白語「曉母」音讀，並反向探查其底層語源，關於見系字的讀音類型有三類：

第一：見系字讀如端組[t]、[t′]時，曉母顎化為清舌面擦音[ɕ]。例如：香[ɕo35]/[ɕou35]、腐[ɕu42]、腥[ɕɛ35]、箱[ɕa35]等詞例，其聲母讀音與精組心母相同都讀為[ɕ]。

第二：見系字音讀為[tɕ]、[tɕ′]、[ɕ]。這一類型的精組字讀為舌尖音[ts]、

〔註55〕王力：《漢語語音史》，頁 602～603、莊初升：《粵北土話音韻研究》（北京：中國社會科學出版社，2004 年），頁 47～49、頁 63～65。

[ts′]、[s]，見系字讀舌面音[tɕ]、[tɕ′]、[ɕ]。例如：九[tɕɯ33]、朽
[tɕu35]/[tɕv35]、小氣[ɕu35]-小[se31]、些（表人的單位量詞）
[tɕɛ35]、鹹[tɕɔ31]等詞例。

第三：見系字讀為[tʂ]、[tʂ′]、[ɕ]。例如：滑[tʂue42]（見／匣）、嗅[tʂu′42]
（（曉）此字亦有聲母讀為[ts]、[t]和[t′]的現象）等詞例。

白語「曉母」產生顎化現象，是屬於「語音演變有其時間性」的規律語音
演變內的「特例」，因顎化產生於細音[-i-]介音之前，[-i-]介音在白語這些產生
顎化條例的語音系統內並未參與其中，不僅錯過了顎化的歷史脈落，白語在完
成顎化後細音[-i-]介音也並未還原於已顎化的音質內，形成白語音變過程中的
特殊現象。

因此，曉母的語音層次演變現象為：

層次 1：[q]/[k]；[ŋ]>[*NG]（上古時期）

層次 2：[q]/[k]→[χ]/[x]（[χ]為小舌清擦音）（中古時期）

層次 3：[q]/[k]→[χ]/[x]（[χ]為小舌清擦音）→[f]>[*xu]（近代時期）；[ɕ]
（近代借入）

匣母與曉母相同，語音演變皆是以上古時期語音特徵見系[k]音為源頭展
開，由於白語北部方言區保有更古的小舌音，小舌音（[q]/[G]）和舌根音見系
[k]音屬同類音，因此併列為匣母底層古老讀音。經由表 4-5-3「白語曉匣母讀
音對應」表內關於匣母音讀的整理，及李新魁的說法可知，匣母字普遍由上古
見系[k]組內的全濁群母[g′]演化而來→匣母[ɣ]〔註56〕；白語北部方言區存古性質
而有小舌音[ʁ]，由此進一步產生兩條語音演變現象：第一條演變是仍然維持舌
根音讀，與曉母相同亦產生顎化現象，第二條演變是清化為[x]及部分以零聲母
及合口[-u-]零聲母形式出現。

因此，匣母語音演變層次為：

層次 1：[q]（[G]）/[k]→[ɣ]（[ʁ]）；[ŋ]>[*NG]（上古時期）

層次 2：[q]（[G]）/[k]→[x]（中古時期）；[tɕ]、[ɕ]（近代借入）。

總結而論，白語「曉匣」兩母主要經過「聲母弱化」和「濁音清化」的語
音演變過程，經由清化為[x]甚或其同化[h]，最終才確定其零聲母音讀形式；除

〔註56〕李新魁：〈上古音「曉匣」歸「見溪群」說〉，頁 92～102。

此之外，白語曉母受到韻母條件對聲母的影響，曉母在合口之前，由於韻母條件受合口[-u-]介音影響，使其發音部位近似摩擦，因此影響聲母唇齒清擦音[f]音讀產生，也帶動聲母唇音化的語音現象發展。白語喉音聲母「曉匣」兩母，在上古語音層次的演變過程中，除了保有白語本身滯古小舌音和軟顎舌根見系音讀外，並逐漸受到顎化作用影響，至中古時期則又受到唇化、濁音清化和弱化作用鏈動其音變漸次發展。

接續將就白語聲母端系進行分析，首先談論端系「泥來」兩母的分化合流與混同的演變現象。

第六節　白語端系泥來母之聲源分合與日母鼻音之關連

針對端系字的討論，依據白語實際語音概況，主要切分成三個部分進行說明：關於端系端母端母和透母部分，由於白語此音讀與舌齒音整體發展脈絡關係密切，因此將端母和透母歸入舌齒音演變系列內探討；關於端系定母部分，由於定母與重唇音幫系並母同屬全濁聲母，因此在研究過程中，將全濁聲母全數整併獨立討論；最後關於端系鼻音泥母部分，則與來母一併對應說明，主要的原因在於，白語語音系統內反應出來的「泥來」二母音語變化相當有意義，從上古時期的泥來母相混同至中古時期半混型式，在到近現代西南官話的影響，有同於漢語泥來母分別之音讀，又有逆向音變再恢復兩者相混同的音讀。

因此，在白語語音系統內的泥來兩母，其相混的主要是以交叉相混的形式出現，交叉相混的是讀來母還是泥母，主要依據其韻母是否具鼻化而論，混讀不同於換讀，因混讀主要受到韻的制約所致，此外亦一併將日母列入「泥來」母音讀系列內討論。

壹、端系「泥來」母語音溯源

端系包括「端透定泥」四母，白語語音系統內的端系從上古到現代普遍呈現較為穩定的發展狀態，其語音系統內部包含知系在內，且端系在白語語音系統內亦做為整體舌齒音之演化源頭；端系語音受到介音[-i-]細音化影響而產生顎化現象，要論及較特殊的語音變化，即是在白語端系內部的底層本源詞例中，以清軟顎送氣擦音表示者，例如：漢語中古聲母屬透母，但白語語音卻以清軟顎送氣擦音表示，例如在詞例「湯」及「天」的音讀現象即屬之，試以此二詞

為例說明，更能從中看出白語語音系統內端系字的語音演變層次。白語「湯」和「天」相關讀音現象如下整理歸納：〔註57〕

例字	中古聲紐	漢語音讀	共興	洛本卓	營盤	辛屯	諾鄧	漕澗	康福	挖色	西窯	上關	鳳儀
湯	透開一	t'aŋ55	xiẽ55	χã55 χã55	xiɛ55	xã55	xɛ55	xv42	x'ə̃55	xə55tsɔ21	xe55tsɔ21	xə55tsɔ21	xe55tsɔ21
天	透開四	t'ien55	xɛ55	xĩ55	xɛ55	xe55	xɛ55	xã55	x'ẽ55	xe55	xe55	xe55	hi55xi55ɣi55

詞例「湯」和「天」所反應的語音特徵，不僅呈現白語底層本源詞特徵，也表現出白語以自身語音系統表現漢語音譯或意譯的漢源歸化詞特色，例如：在洱海周邊之鳳儀語區，明顯可以發現其表現「天」字的二個音讀：[hi55 xi55]和[ɣi55]，呈現出聲母軟顎舌根擦音的清濁對立及喉擦音化的現象；從康福和其餘語區的聲母則顯示出擦音送氣的對立情形，韻母鼻音韻尾脫落以鼻化及不鼻化方式表示，聲調則以平聲高平調[55]表示，僅漕澗「湯」以[42]調與[55]調的「天」字做為語音上的區辨；較為特殊者為康福內部表示單音節字「湯」為[x'ə̃55]，但表示偏正結構時，其「湯」字卻採用漢語借詞音讀表示，例如「米湯[mi21 ç'i31 t'ãu55]」，形成一字二音讀雖並列，但各有不同的使用時機；而白語語音系統內以一字二音讀並列的現象顯著，以此達到不造字為造字的原則，以不同音讀承擔不同的語義和語法屬性。

　　透過語音材料的對應歸納可知，白語端系「泥來」二母在上古時期混讀的形式有二種：第一類是泥母併入來母且二母聲母都讀為[n]聲母，第二類是交叉相混，當韻母為鼻化元音對讀為[n]，非鼻化時則讀為[l]；泥母[n]也隨著介音，特別是齊齒[-i-]介音影響，進而形成[n]音的變體翹舌鼻音[ɳ]音讀，並用以承載後起的日母和娘母音讀。

　　由此可知，白語語音系統內的泥母及變體日母與娘母，其讀音以舌尖鼻音[n]為主，部分詞例在細音前亦有讀為顎化後的舌面前鼻音[ɲ]，及特殊例軟

〔註57〕表格註說1：白語詞彙系統內此兩例字，其語音現象與漢語音讀差異頗大，因此依據王力上古漢語音讀擬音做為參照。

　　　　表格註說2：表內語音洛本卓音讀歷經語音演變歷程，由並列結構複音詞「湯水」語義演變為單音節「湯」，其演變過程為：[xã55 tsɳ33]/[xã55 çyi33]➔[tsɳ33 çyi33]➔[χã55]/[xã55]；洱海四語區「挖色、西窯、上關、鳳儀」，其單音節「湯」字以雙音節表示[xə55 tsɔ21]/[xe55 tsɔ21]。

顎舌根鼻音[ŋ]；來母讀音雖爲邊音[l]，但將來母置於此處與端系泥母並置分析，原因在於「泥來」兩母在白語語音系統內的關係密切，白語內的「泥來」兩母，其演變方式不同於傳統由分至合的走向，白語泥來兩母是從混同朝向兩分的格局發展，隨著漢語接觸的影響，分化現象更爲顯著。

「泥來」兩母之「[n]和[l]」，在白語語音系統內屬於自由變體現象，即「l兼n類」的語音特徵，此外，在白語中部劍川金華及辛屯內，亦有泥來兩母相混但以舌根鼻音[ŋ]或半元音[j]表示的語音現象，例如：粘（娘）便以舌根鼻音[ŋou55]，並以滯古層[55]調表示漢語借詞爲特例表示音讀；再者，進而從發音部位和空間觀察人類語音的輔音空間可知，來母和泥母的發音空間同樣位處舌前音區的齒齦部位，音理上相近的發音特徵造就兩母相混的先天條件，對應藏緬親族語內來母字相關音讀亦可發現，其音讀若非[n]便是齒齦相關音讀，例如塞音[t]或擦音[s]。對應的語音情況列舉相關詞例以表 4-6-1 演示：

表 4-6-1　白語來泥母字混讀對應

例字	中古聲紐	共興	洛本卓	營盤	辛屯	諾鄧	漕澗	康福	挖色	西窯	上關	鳳儀
龍	來合三	lõ21 lu21	lv21 lu21	lue42 lu42	lo21	nɔˤ21	nṽ31	no21	nv21	nv21	nv21	nv21
懶	來開一	ȵã21	ȵã21	ȵa21	la31	na21	nã31	na31	la31	la31	la31	la31
藍	來開一	piɛ44	tɕʼa42	mõ55 nã55	tɕʼiə55	na21	lã31	na42	la21	la21	la21	la21
爛	來開一	ȵã21	ȵã21	ȵa21	su31	ȵa21	na31	na44	ɕo31	ɕo31	ɕo31	ɕo31
領	來開三	qʼe44	qʼe44 tɕia44	ne44 tã55	ŋə55	nɛ33	ŋɛ33	lĩ21	ne44	ne44	ne44	ne44
扔	日開三	liu44 võ33	ʂɛ55	pio55	lẽ44	ʂɛ55	liao42	liau44	piə35	pie35	piə35	liou44

（註：表格內標灰底框格，其音讀受詞彙擴散影響引發語音擴散爲特殊音讀）

關於表 4-6-1 所呈現的語音現象方面，值得注意的是，在漕澗和諾鄧表示「懶」時另有文讀音[pɛ42 jo31]（漕）和[pɛ21 ja44 gɔˤ21]（諾）與[nã31]漢語借詞白讀音並列，受到泥來不分的語音影響，借入漢語音讀時仍以舌尖鼻音[n]表示舌尖邊音[l]音讀；詞例「藍」則因使用原則影響，而有採用「青」表示；較爲特殊者爲表格內漢語釋義爲「爛」、「領」和「扔」之灰底部分的白語音讀，此三字在借入白語詞彙系統時有混用的現象，首先在辛屯和洱海周邊四語區的

音讀，明顯借漢語音譯「朽」表示「爛」，「領」的借入混用情形和「扔」字相同，「領」字在白語詞彙系統內既同於「拿」又同於「帶」，從表格內的營盤音讀發現「拿[ne44]」和「帶[tã55]」並存，但「帶[tã55]」字音讀卻以鼻化元音呈現，筆者認為這是漢源歸化的特色，雖是借入漢語「領」字卻以自身詞彙系統內的音讀表示，但為保有漢語借入的詞義而形成，這種現象在白語語音系統內甚為普遍；「扔」字則與「擲／甩[ʂɛ55]」和「拋[pio55]」等字義混用，這種語音現象可以透過共興[liu44]、辛屯[lẽ44]及漕澗、鳳儀和康福的舌尖鼻音讀音[liao42]觀察，確實已有朝向漢語借詞「扔」的音讀演變特徵。

歸納藏緬親族語的相關對應，及白語干支詞內的「龍」詞條，定論白語語音系統內的來泥兩母上古時期本屬於相混型，透過字表對應發現，隨著語音的接觸演變，相混型的白語古來泥兩母，在今口音韻和鼻音韻前的讀音開始略有差異，白語內部來母音讀較特殊的來源變體現象有二：

1. 出現半元音[j-]音讀

此音的出現與舌尖鼻音顎化原因相同，來母邊音[l]在細音前時，亦逐漸往顎化靠近形成半元音[j-]音讀，有時也在細音伴隨入聲韻時以半元音[j-]出現，例如：利（鋒利）／快[ji42]/[ȵi42]、夜[jo42]、淚（眼淚）[ji44]、捩[ji44]、栗[jɯ44]/[ji44]和鐮（鐮刀）[ji31]/[ȵa31]等例詞。

2. 上古時期漢語借詞借源滲入

自上古時期由漢語借詞音讀借入進而出現的軟顎舌根濁擦音[ɣ-]，來母邊音[l]在洪音前[u]/[ɯ]/[o]時，舌尖邊音[l]便產生語音變化以軟顎舌根濁擦音[ɣ-]表示，例外情形探查到單位量詞「縷（頭髮）」，在漕澗白以軟顎舌根塞音[ku31]、諾鄧白以顎化舌面音[tɕ'y21]表示，釋義表示絲線之用時以軟顎舌根清擦音[xɯ33]表示，受到漢語語義影響語音發展所致，此外，並有伴隨聲母脫落形成零聲母或半元音現象。

除此之外，進一步分析更發現，白語語音系統內的來母除了與泥母混同外，部分詞例受到漢語借詞語義影響，更與軟顎舌根音及存古小舌音[q]/[k]和舌尖或舌面塞擦音[tɕ]相混，例如：犁[tsãu44]/[tɕi35kɯ33]、聾[kṽ24]/[ko44]、冷[kɯ55]/[kũ55]、雨、露（水）[ka42]/[kã42]/[ko42]、勒（捆）[ke42]/[kɯ42]（語義釋義表示用繩子等捆住和套住）、流／騎[kɯ55]、老[ku33]-[gu33]、卵[qõ33]/

[quã33]/[kuã33]、牢[ke55]、肉[kɛ31]等，其中詞例「流和老」二例在白語語音系統內呈現軟顎舌根音清濁對立的語音現象[k]-[g]；又如詞例「冷」字更以此種軟顎舌根音和舌面塞擦音相混的語音現象表現出文白異讀情形，例如：冷[kɯ35]（舌根音表示底層語音現象：文讀）－冷[tɕɑ33]（白讀），相類似的語音相混情形另有「來母」與濁小舌和軟顎擦音混用者，例如：學／漏以同樣語音結構[ɣɯ]/[ʁɯ]表示、來母與端系和見系混用，例如：脫[lue44]（端系）、扛[ɳɔ35]（見系）等詞例，這些語音現象，筆者認爲屬於「白＋漢」的借詞現象，即借入時以白語語音表示漢語詞例語義的音讀，「脫」字採用漢語「裸」的語義表示音讀、「扛」則以白語自身的發音現象表示，區辨其借入性質的主要方法即採用聲調值表示借入漢語的特徵。

統整上述分析，此處將針對「端系來母」的第二種語音現象：「來自上古時期漢語借詞借源滲入」現象，整理出白語語音系統內屬於「來母」上古時期，主體層語音軟顎舌根濁擦音[ɣ]的相關詞彙語音現象，將其與中古時期或其他上古時期屬於舌尖邊音[l]，或與泥母舌尖鼻音[n]相混的詞例分別觀察。

白語特殊「端系來母」相關語音概況，統整歸納爲表 4-6-2 所舉詞例表示：

表 4-6-2　白語「端系來母」之語音現象詞例列舉

例字	中古聲紐	共興	洛本卓	營盤	辛屯	諾鄧	漕澗	康福	挖色	西窯	上關	鳳儀
贏	以開三	ɣo55	jo55	ɣo55	ji44	jɯ35	jĩ42	jũ55	ɣo35	ɣo35	ɣo35	ɣo35
容易	以母三	uo42	ɣo42	u42	ɣo42	ju55 ji33	zõ24 ji33	ɣa42（緊）	ou42	o42	ou42	u42
猴	匣開一	õ55	ŋo55	ɣɯ55	vɯ33 sua44	ɣu21 sua35	u31 suã24	ɣu21 suã55	ou55	ɣo55	ou55	ɣo55
後後面	匣開一	ɣɯ33	ɯ33	ɣɯ33	ɣɯ33	ɣɯ33	ɣɯ33	ɣɯ33	ɣɯ33 ɯ33	ɣɯ33 ɯ33	ɣɯ33 ɯ33	ɣɯ33 ɯ33
蝦	匣開二	ɣo44	ɣo44	ɣo44	ɣo21	ɣa21	ɕiɑ44	ɣa21	ɔ21	ɔ21	ɔ21	ɔ21
學漏	匣開二 來開一	ʁɯ42	ɣɯ42	ʁɯ42	ɣɯ42	ɕo35	ɣɯ42 ɕo24	ɣɯ42（緊）	ɣɯ42	ɣɯ42	ɣɯ42	ɯ42
黃	匣合一	ʁã21	ŋo21 õ21	ʁo21	ɣo21 ŋv21	ɣɔ21	vṽ31 ṽ31	uõ21（緊）	ŋv21	ŋv21	ŋv21	ŋv21
狐	匣合一	u31	vu31	ɣu31	xu42 li55	ŋɔ42 zo42	xu24 li24	xu42 li55	xu42	xu42	xu42	xu42
鬍	匣合一	ɣu31	vu31	v31	ɣu31	ɣu21 tɕ'y21	u21	u21（緊）	u21	u21 tɕy33	u21	u21

飲喝	影開三	uɯ33	uɯ33	ɯ33	ɣɯ55	ʔɯ33	ŋuɯ33	uɯ33	ɣɯ33	ɣɯ33	ɣɯ33	ɯ33
邑村邑	影開三	ji44	uɯ44 ʔĩ44	jou44	jou44	ʑɯ44	jɯ44	jɯ44	jɯ44	ʑɯ44	jɯ44	jɯ44
羅魚網	來開一	ɣo31	ɣo31	ɣo31	ɣo31	ɣu42 pe31	uã31	vã31	va31	va31	va31	va31
摟	來開三	uo31	ɣu31	u31	pu55	pe21 kɔ21	lau31	kue44 kɯ44	pa55	pa55	pa55	lou55
落落下	來開一	u42	o42	uo42	ɣou42	jɯ33	tua42	tua42 lo42	lia42	lia42	ly42	la42
籮筐	來開一	ɣu42	ɣo42	uo42	ɣo42	dɯ35 ne21	fv31 tɯ24	tɯ55 pe2（緊）	tɯ35	tɯ35	tɯ35	tɯ35
柳柳樹	來開三	ɣɯ44	ɣɯ44	ɣɯ44	mu33 tso55 mo55	jɯ21	ts'ɯ33	ja21（緊） kɯ31	ɣɯ44	ɣɯ44	ɣɯ44	ɣɯ44
力力氣	來開三	ɣɯ42	ɣɯ42	ɣɯ42	ve42	ɣɯ42（緊）	ɣɯ42	ɣɯ42（緊）	ɣɯ42	ɣɯ42	ɣɯ42	ɣɯ42

　　透過表 4-6-2 內所列舉的詞例歸納發現，白語「來母」上古時期主體層語音軟顎舌根濁擦音[ɣ]的音讀，同樣也屬於喻母字及匣母字之上古時期主體層語音，此音讀的層次演變依循兩條路徑展開：第一條是元音以圓唇及高元音爲主，例如[ɯ]、[u]或[o]；第二條是聲母趨向弱化消失以舌根鼻音做聲母[ŋ-]或喉塞音[ʔ-]呈現及半元音[j-]爲聲母並趨向零聲母呈現，較爲特殊者爲詞例「黃」，其音讀的演變以小舌音展開語音演變；此音讀的語音保留特徵，主要是以合璧現象做爲單音節詞，即以合璧的雙音節表示單音節構詞現象，並於白語詞彙語音系統內出現。

　　此外，透過詞例表內所舉詞例對應可知，當中不乏漢語音譯借詞，例如：上古時期詞例：「學／漏」、「柳」；上古時期借入並展開語音演變之詞例：「黃」、「後／後面」、「猴」和「鬍」等，其語音分別從小舌音讀趨向軟顎舌根濁擦音，及軟顎舌根鼻音甚或零聲母展開演變；中古時期與近現代語音部分，諸如詞例：「贏」、「容易」、「蝦」和「狐」等；受漢語語義影響語音發展者，例如詞例：「摟」、「羅（魚網）」和「籮筐」等，另有受彝語來源影響者，例如詞例：「力／力氣」等，由此可見白語語音系統內，關乎「泥來」兩母的語音現象，其來源演變相當繁複多元。

　　總結而論，透過上述分析，對於白語古「泥來」兩母的演變動因及層次有以下的認識：首先，本文研究認爲白語古泥來母在上古時期屬於混同型，且來母並有自漢語上古時期借入之軟顎舌根濁擦音讀[ɣ-]，經由與藏緬親族語詞例

的相關對應及白語本族語的對應分析便可窺知，此外，音理上同屬濁音及相似的發音部位等語音特徵亦是形成泥來母相混的內在動因。

再者，時至中古時期《切韻》音系成體系後，泥來不相混同的《切韻》音系便用來做為語音變遷中音類分合的參照點，隨著白語和漢語接觸愈加深入，泥來不相混同的現象也逐漸被白語吸收，並依據韻母型態產生相應的聲母變化，由泥來母混同趨向泥來母半混的類型，白語內部的半混有二種作用：其一是[n-]在細音前的顎化，其二是部分漢語借詞能區辨泥來母；此外，進一步也發現白語語音系統內，來母的三條特殊語例現象：

第一條：隨著[n-]與細音產生顎化後形成舌面前鼻音[ɲ]，形成與舌面音[tɕ]相對應的現象。

第二條：來母出現以雙唇鼻音為聲母的讀音，在辛屯、康福和諾鄧白語內表示淋雨的淋，即以[miã44]表示，聲調以[44]調值表示漢語借詞，聲和韻則不相合。

第三條：來母出現聲母[l]脫落以唇齒擦音[v]作為零聲母的形式表示，例如白語「撈」字在康福、辛屯、洱海周邊都以[vo21]/[vɯ21]/[v21]/[vv21]表示，諾鄧則保有兩種音讀，但是，以「來母」為音讀者，則屬於借入漢語音譯：[v21]或[lɔ33]，漕澗白語同樣也是直接音譯漢語音讀[lɑo44]而來。

綜合上述的語音演變分析，統整白語古「泥來」兩母的語音演變層次之歷史脈絡，整理如表4-6-3的分析概況：

表4-6-3　白語古泥來母今讀類型的歷史層次

歷史層次	上古時期	《切韻》音系形成	中古中晚時期	近現代時期
分混類型	1.泥來母相混 2.漢語音讀ɣ		泥來母半混型： ①細音前亦有讀為顎化後的舌面前鼻音[ɲ]及半元音[j-]。 ②鼻化韻母[n-] / 非鼻化韻母[l-]。 ③洪音前、入聲韻和鼻化韻洪音前普遍不混。 ④特殊現象：細音前且為入聲韻時，來母以半元音[j-]出現。	泥來母半混型與不混型兼具： ①受到與漢語接觸的影響，漢語借詞主要以不混的型態泥[n-]和來[l-]呈現其音讀。 ②半混型即細音前亦有讀為顎化後的舌面前鼻音[ɲ]，因其演變為條件變體，故穩定不加入混同。
演化動因	內源屬性		內源屬性變化	內源屬性變化兼具外源語言接觸影響

貳、「日母」語音演變概況

白語語音系統內關於日母字的讀音演變過程，首先將日母字相關音讀概況歸納爲表 4-6-4，需特別說明的是，表格內以灰色標示者，表示白語語音系統內，此音讀概況主要依據漢語單音節語義及延伸的雙音節語義而來，即一音承載雙重語義現象，例如：詞例「燃」之音讀肩負有雙音節詞義「燃燒」語義、詞例「熱」之音讀肩負有雙音節詞義「溫熱」語義。

表 4-6-4　白語日母字之讀音

例字	中古聲紐	共興	洛本卓	營盤	辛屯	諾鄧	漕澗	康福	挖色	西窯	上關	鳳儀
嫩	日開三	ȵẽ31 ji31	ȵi31	ȵɯ31	juŋ21	ŋɯ31	ȵɯ31	juŋ21	ȵɯ31	ȵɯ31	ȵɯ31	ȵɯ31
人	日開三	ȵi31	ȵi31	ȵi31	ji21	ȵi21	ȵi33 ji33	ji21	ȵi21	ȵi21	ȵi21	ȵi21
女	娘開三	ȵõ33	ȵo33	niũ33 ȵu33	nũ33	ȵɔ44	ȵv33 jv33	jõ33 ji21	ȵv33	ȵv33	ȵv33	ȵv33
燃	日開三	ʂu55	ʂu55	ʂu55	s'u44	ȵɯ33	su42	s'u55	ou44	o44	ou44	ou44
熱	日開三	ȵi44 ji44	ȵie44 ȵi44	ȵi44	ou55	ue35	uã24	ũ33 ji44	ȵi44	ȵi44	ȵi44	ȵi44
扔	日開三	liu44 võ33	ʂɛ55	pio55	lẽ44	ʂɛ55	liao42	liau44	piə35	pie35	piə35	liou44

（註：表格內標灰底框格，其音讀受詞彙擴散影響引發語音擴散爲特殊音讀）

白語語音系統對於日母擬音以[n-]、[ȵ-]和[j-]三種類型爲基本音讀及[z]和[f]音讀，例如：在諾鄧表示日開三「惹」字時，即以清唇齒擦音表示[fa55]、洱海周邊四語區則以[ze33]和[ʑe33]表示；屬於具存古鼻音性質的語音特徵，實際觀察語音現象發現，在白語語音系統內，日母仍舊維持著「娘日歸泥說」的古音條例而在音讀上仍以中古泥母擬音[n-]表示，並與來母相混，例如日母「扔」字在康福、辛屯、漕間白語內皆以來[l]：[liɑo42]、[lẽ44]表示，諾鄧、洱海周邊四語區及洛本卓等地，其日母「扔」字則以近義詞「抛／擲／甩」表示，故音讀爲重唇音[pjɛ35]及翹舌擦音[ʂɛ55]，此音讀需還原其初形本義，或相關漢語語義的深層對應才能明確其音讀來源，此外，受到韻母制約發生輔音純化現象[ȵ-]，進一步鼻音成分脫落僅保留似零聲母性質的半元音[j-]，白語日母字並未完成完整的零聲母化，仍保有近零聲母的半元音；此外，從「燃」字的發展亦可看出白語詞彙系統自漢語借入此詞例時，是將其與「燒」字相

混用，如漕澗和洱海周邊四語區；「熱」字音讀在白語語音系統內還與「日」和「入」同音，因此，共興的第二個半元音讀，筆者認爲是近於表示「入」的語義，另外還有以零聲母音讀表示「熱」者，這是在白語詞彙系統內，將「溫暖／暖和」語義視爲「熱」的語義，屬於方言自身的理解狀況。

因此，根據詞例表內所顯示的語音概況可知，白語古日母字以[n-]爲方言底層，其所承載的語音性質，不僅有古本音泥母一、二等，亦有經由語言分化後產生的今變聲二、三等娘日母字。隨著語言分化，中古中晚期肇始條件變體[ɲ-]和[-j-]逐漸承載日母和娘母字音讀，並受到漢語接觸影響，白語日母讀音於晚近亦產生漢語音譯的新形式音讀：不具鼻音性質的[s]/[z]（清濁對立的齒齦擦音）和[ʂ]/[ʐ]（清濁對立的翹舌擦音），及[tʂ]（清翹舌塞音）的語音現象，其不具鼻音性質的濁齒齦擦音[z]，白語內亦有用以表示泥母音讀，例如：念[zɔ31]。後二者翹舌音現象出現在北部蘭坪彌羅嶺內，例如：二和讓，這種語音特徵當與韻母介音[-i-]擦化或元音舌尖化有關，進而產生翹舌聲母類型。因此，筆者認爲現今白語吸收漢語日母音讀所歷經的演變層次爲：[n]＋[-i-]/[-j-]→[ɲ]，再由[ɲ]分別產生一條由半元音[-j-]往零聲母[ø]發展、及一條產生擦化往濁擦音發展的演變路徑，分別爲：

1. **趨向零聲母**：翹舌音[ɲ]與[-i-]/[-j-]介音抵觸，[ɲ]弱化形成介音。相關演變公式爲：[ɲ]＋[-i-]/[-j-]→[-j-]

2. **形成擦音化**：翹舌音[ɲ]與[-i-]/[-j-]介音產生顎化和擦音化交互作用，最終形成濁擦音，相關演變公式爲：[ɲ]＋[-i-]/[-j-]→[ɲʑ]→[ʑ]/[z]→[z]

白語泥母、日母／娘母的音讀演變受有顎化及擦音化影響，其由底層原始音讀[n]爲基礎，因介音細音化[-i]、墊音[-j-]影響顎化形成[ɲ-]，再由顎化逐漸往擦音化形成，新形成的擦音[s]-[z]和[ʂ]-[ʐ]皆可用以表示漢語借詞泥母、日母（娘母）的音讀。白語的演變現象，透過邵雍《皇極經世聲音唱和圖》內所言可得到論證，是書將日母和審禪母同列爲音十，且周祖謨亦有撰文針對邵雍之說加以註解，周祖謨言道，邵雍將日母分做清濁兩類，並與疑微二母之例相同。〔註58〕詞例「耳」爲上聲已由鼻音變爲口音（口音即擦音化），故爲一類，即由[ɲʑ]→[ʑ]/[z]，[ʑ]再次顎化形成擦音[z]，並與清擦音[s]相對應，

〔註58〕周祖謨：〈宋代汴洛語音考〉文（1942 年），收錄於周祖謨：《問學集（下）》（北京：中華書局，1966 年），頁 581～655。

呼應白語的演變條例。

綜合歸納白語端系及日母之層次演變音讀，依次如下所示：

端系：

層次1：泥來[n]/[l]（上古層次）

層次2：端[t]/[tɕ]<[*ti]；透[t′]/[tɕ′]<[*t′i]；定[t]<[*d]、[t]/[tɕ]/[dʑ]<[*ti]；
　　　　泥[n]/[ɳ]；來[l]/[n]<[*ɳ]/[*j]/[*ɣ]/[*q]/[*k]/[*tɕ]（中古層次）

日母：[n]/[ŋ]/[ɳ-]→[j-]→[s]/[z]/[ʂ]/[z]

層次1：上古時期及中古早期仍隸屬泥母[n]（與來母相混）。

層次2：中古中晚期因顎化形成條件變體[ɳ-]，並由顎化往零聲母和擦音
　　　　化演變。

層次3：近現代時期受到顎化和擦音化的作用影響，產生不具鼻音性質
　　　　的齒齦擦音和翹舌擦音[s]-[z]和[ʂ]-[z]音讀。

第七節　白語舌齒音的歷史層次及其演變溯源

端／知、莊、章三組聲母系統的古今演變關係複雜，並與精系和見系兩系
聲母的今讀音形成錯綜複雜的分合關係，這是白語語音系統內重要的語音特
色，舌齒音來源多樣繁雜的語音樣貌，在影響白語語音發展特別顯著的民家語
時期官話韻書本悟《韻略易通》內，即對舌齒音複雜的語音現象下了注解闡釋：
[註59]

　　（1）「知照」原來不二門

　　（2）「徹澄」相互「穿床」下。

　　（3）「見溪」若無「精清」取，「審心」不見「曉匣」跟。

如此已然說明舌齒音的演變概況朝向顎化舌面音、翹舌化翹舌音、舌尖元音以
及擦音化發展。因此，本部分將討論白語精系、知系和照系三組舌齒音的歷史
層次，並推本溯源至舌音端系的探討，及莊系的音讀類型。

初步探察白語精、知、照三組舌齒音發現，白語語音系統內的舌根音和
舌齒音的語音演變現象，莫不受到韻母介音[-i-]和[-u-]的影響，由於撮口呼[-y-]

〔註59〕　〔明〕釋本悟版本《韻略易通》，採用版本爲《雲南叢書》集本。本段語句亦可見
　　　　　於楊瑞鯤和王渝光：〈雲南少數民族漢語的產生與雲南漢語方言的形成〉《通化師
　　　　　範學院學報（人文社會科學）》第35卷第5期（2014年），頁7～21。

（[i＋u]）在白語語音系統內並不普遍，又因撮口呼本由[-i-]和[-u-]結合而成，因此仍歸入[-i-]和[-u-]內，在介音[-i-]細音化的影響下，使舌根音產生顎化趨向舌面音，舌面音又趨向舌尖音和翹舌音演變，即誘發聲母的發音部位朝向央化；反觀介音[-u-]合口化的影響下，即是產生唇齒擦音清濁對立[f]和[v]音位的產生，即誘發聲母的發音部位朝向前化，值得注意的是，筆者研究發現，白語內部聲母介音化的作用，除了往央化和前化發展影響外，亦有舌面前往舌面後顎化的後化現象，透過白語語音系統反的音讀加以對應發展，在見系字組的詞例內，發現例如：「群」、「兵」、「鬼」、「跪」、「窟（窩）」等詞例，便是軟顎舌根音與介音產生顎化作用的舌面化[tɕ-]、[ɕ-]前化[ts-]及後化[tʂ-]作用，進而形成舌面音、舌尖音和翹舌音讀，形成與知系合流的現象，試看以下語音概況分析：

漢譯	韻攝	中古聲母	中古韻目	中古聲調	開合	等第	清濁	共興	洛本卓	營盤	辛屯	諾鄧	漕澗	康福	挖色	西窯	上關	鳳儀
群	臻	群	文	平	合	三	全濁	tsʅ31	tʂẽ31	tʂʅ31	kõ33	k'ã42 tã24	ɣo35 pa35	kv31	kv31	kv31	kv31	ɕ'ɯ55
兵	梗	幫	庚	平	開	三	全清	kõ55	tʂe55	kv55	tau33 kõ33	pĩ33	ko35	tse55	tse55	tse55	tse55	tã55 kõ55
鬼	止	見	尾	上	合	三	全清	tsʅ33	tʂe33	tʂʅ33	ko44	kv44	qɔ44（緊）	kv33	kv33	kv33	kv33 tɕui33	ko33
跪	止	群	紙	上	合	三	全濁	tsʅ31 dzʅ31	dʑi31	dʐʅ31	tse44 k'o21	kv31	kɔ21	ko31	ko31	kv31	kv31	ko31
窩窟	果臻	影溪	戈沒	平入	合	一	全清	ts'ʅ44	tʂ'ẽ44	tʂ'ʅ44	ko55	k'o31 tso42	k'ə21（緊）	uo44	uo44	k'o44	k'o44	k'o31 tɯ55

　　從音讀概況分析表內標上灰色網底的語音現象可知，這些詞例屬於白語本源詞屬性，音讀未產生變化前，皆是以軟顎舌根音為主要音讀，隨著舌根音聲母與介音產生顎化作用，雖然詞例語音在介音部分皆為圓唇音成分，但隨著其歸屬於三等字具足[-i-]介音的本源音屬性，因而使得與聲母產生顎化作用的介音即是本源屬於三等的[-i-]介音，此種語音現象透過表內語例可知，主要好發於白語北部語源區，少數發生在地處過渡語區之地方。值得注意的是，語料範例內的「窩」又可釋義為「窟」，此詞例屬於一等字，屬於借自漢語借詞之借源詞例，本義表示「窟」受詞彙擴散影響增生「窩」語義，並讓語音亦擴散借入同於今的漢語音譯讀音[uo]，排除此直接借源自漢語音讀的語音例，從產生變化的北部和中部語區諾鄧音讀觀察，合口一等字產生如同三等字般，在聲母與

介音產生顎化作用的同時，亦還原本有的[-i-]介音成分，不僅與聲母產生顎化，亦讓介音逐漸高化發展，白語這類看似突兀的一等字顎化現象的原因，當屬於其吸收並保留於語音系統內的藏語音讀特色，這也顯示出白語保有滯古－上古時期複輔音的語音特色，即舌根音早期語音應為[kj-]/[ki-]/[kr-]/[kl-]，兩音節與介音共同產生語音變化，帶動介音成分朝向高化發展。

發生這類的顎化作用現象，是為了使音系結構格局的立場相互互補，以維持音系結構的平衡所不得不為之的語音演變過程。筆者針對白語語音現象所持論點，學者丁邦新和何大安雖然非針對白語〔註60〕，但皆有就漢語相關語音現象探究到此述，並加以論證。

首先，綜合概述丁邦新與何大安兩學者，關於精系、知系、照系三組舌齒音論點的相關內容。兩位學者指出，對於這三組的名稱是依據傳統三十六字母之稱，精系包括精、清、從、心、邪五母，知系包括知、徹、澄三母，照組包括莊、初、崇、山和章、昌、船、書、禪九母，三組在韻圖內分別安排於不同的等第內，一般等韻圖內關於照二和照三的分辨，即照組的莊、初、崇、山居二等位稱之為照二，照組的章、昌、船、書、禪居三等位稱之為照三，白語語音系統內知二等和三等語音現象相同，因此統稱為知系。〔註61〕據此說明，筆者在分析白語舌齒音時亦依據此分類，將照二和照三的音韻相關對應現象其分開說明，故於行文論述時，分別將三組稱之為知系、莊系和章系，由於上古時期知端兩組並未分化，因此將端系置於此處說明。

白語語音系統內精、莊、知、章等組的語音分合概況相當複雜，不僅具有關涉北方漢語[ts-]組及[tʂ-]組分合問題，同時也具備南方漢語所涉及相關[tɕ-]組及塞音[t]等語音現象，關於這些問題，筆者分別將其區辨為幾項主題來分析：

第一部分：先討論現代白語舌齒音的格局並依序就知系（端知系）、精系、章系和莊系的語音演變層次加以歸納分析。

第二部分：再就白語知精章莊系的語音合流及演變層次展開說明，並兼論

〔註60〕 丁邦新：《丁邦新語言學論文集》（北京：商務印書館，1998 年），頁 221～224；何大安：〈雲南漢語方言中與顎化音有關諸聲母的演變〉《史語所集刊》（1985 年），頁 261～283。

〔註61〕 丁邦新：《丁邦新語言學論文集》，頁 221～224、何大安：〈雲南漢語方言中與顎化音有關諸聲母的演變〉，頁 261～283。

與見系的相關性。

第三部分：結合主體語音層和非主體語音層的概念，針對白語複雜的舌齒音讀情形提出區辨以做為統整說明，此外，並就舌齒音讀同軟顎舌根見系，在擦音部分因韻母條件制約影響，形成語音演變與塞擦音間產生不同步的矛盾游離現象進行說明。

壹、白語舌齒音的格局及其語音演變狀況

白語語音系統內，知系讀如端系的主要音讀類型為：知系讀如端系而章系不讀如端系；這條語音演變規律主要說明，白語古知系聲母的歷史語音演變發展。白語舌齒音系統語音格局牽連廣泛，透過語音對應分析，歸納白語知、精、莊、章等的讀音類型為：知系與端母混讀[t-]，並與精、莊系混讀[ts-]、[ts'-]、[s-]，從知系展開的語音類型另有：

（1）知系與章系混讀：洪音讀為[tʂ-]、[tʂ'-]、[ʂ-]，細音讀為[tɕ-]、[tɕ'-]、[ɕ]，端系細音亦有讀為[tɕ-]、[tɕ'-]、[ɕ]。

（2）知系與章系部分讀塞擦音和擦音：[ts-]、[ts'-]、[s-]/[tʂ-]、[tʂ'-]、[ʂ-]/[tɕ-]、[tɕ'-]、[ɕ]，其中的[ts-]、[ts'-]、[s-]和[tʂ-]、[tʂ'-]、[ʂ-]音讀，白語有時會以濁音表示，呈現清濁對立現象。

知系、精系、章系和莊系這四組舌齒音讀，在白語語音系統內的讀音概況，主要歸納出的語音呈現情形大致為：白語語音系統內，知系與端系和精莊系語音產生混同格局，音讀在上古時期為[*t]、中古時期除了底層舌尖塞音[*t]外，受到漢語端母二等[*tr-]/[*tj-]內的[-r-]/[-j-]介音影響，也受到本身語音系統內，保有的上古複輔音[*tr-]/[*tj-]/[tl-]的語音形式雙重影響，白語語音系統內遺留的此種類複輔音的語音現象，才能有效說明白語在特殊等第時，出現在顎化作用的影響下，進而形成的翹舌音[*tʂ]或其他舌齒音讀的原因；此外，知系音讀並重疊出現混讀章系[ts-]、[tʂ-]和[tɕ-]的語音現象，近代時期亦然，現代音譯漢語借詞部分則以[ts-]和[tʂ-]並用。

明悉舌齒音語音發展，及其受到「聲母自源成分」和「條件制約下的介音與聲母的顎化作用」下的語音發展變化後，進一步分別就白語語音系統內知系、精系、章系和莊系的讀音概況，統整歸納為表 4-7-1（端知系）、表 4-7-2（精系）、表 4-7-3（莊系）和表 4-7-4（章系）等四表說明；由於白語語音系統內，端知

系不分且差異甚微，因此，分析說明時，亦將端系語音演變類型與知系併置同處。

「端知系」在白語語音系統內的聲母讀音概況，並與出相對應的語例說明，整理爲表 4-7-1 說明：

表 4-7-1　白語端知系讀音之聲母讀音概況

漢語聲類		白語聲類暨詞例	白語音讀類型	相關詞例舉例（端知系舌面塞擦音諧見系）
端 [*t]	知 [*t]	開口一 （端）	[t]/[d]/[t] [ts]/[tɕ]	端：刀[ti55]/[ta55]-[do55]、多[ti55]/[tɕi55] 戴（帽）[tɯ42]/[tiu42] 戴（手飾）[tsu42]/[tɕu42] 得[tɯ44]、檔[tã31]（此字白語詞彙系統內亦有釋義爲「蔽[bi33]」）
		開口二	[t]/[t] [t']/[ts]/[tɕ] [k']	端：打[te44]/[tsa44]/[du21] 知：啄[to44] 摘／採[k'ua44]/[tao42]/[t'ue31][tsai44]/[tia44][tɕe44] （另有音讀[fe44 xṽ33]以摘採取下後使甲物與本體分離之抽象語義表示）
		開口三	[t]/[d]/[t] [ts]/[tʂ]	知：張[tõ55]/[tsou55]/[tʂõ55]/[tõ55] 豬[te42]/[də42]
		開口四 （端）	[t]/[d]/[d] [tɕ]/[tɕ']	端：底[ti33]-[di33]/[tɕi33] 男陰[dv31]/[du31]、點[qe31]/[tɕ'i33]
		合口一 （端）	[tu]/[ts][tɕ]/[dz] [x]	端：正/直[tui42]/[tɕi42] 堆（土）[tsẽ33]/[dze33]、對[xɯ44]
		合口三	[t]/[t']/[d] [ts]/[tʂ]/[tɕ] [s]/[k]	知：追[tã31]/[tẽ31] 竹[tsv44]/[tɕo44]/[tʂo44] 住[si31]/[kɔ42]、拄[t'ou55]
透 [*t']	徹 [*t']	合口一 （透）	[t']	透：兔[t'o42]
		開口一 （透）	[t']/[t'u]	透：覆蓋[t'a44]/[t'ua44]、踩踏[ta42]
		開口二	[t']/[t']	徹：拆（房）[t'e44]/[t'ɛ44]
		開口三	[t']/[t']/[ts']/[tʂ']	徹：蟲（蜇）[t'o44]/[t'o44]/[t'iu44]/[ts'o44]/[tʂ'o44]
		開口四 （透）	[t]/[t']/[tɕ]/[tɕ'] [x]/[x']	透：貼[tɛ44]、踢[tɕ'ɛ44]（此字另外音讀爲重唇送氣[p'ɑ44]）、添[tɕa35] 透：天[xe55]/[x'e55]

			[ŋ]/[n̠]/[tɕ']/[t']	透娘詞義相混例：粘／貼[ŋa35]/[n̠a44]/ [t'iɛ24]/[tɕ'a44]（翹舌音讀顯而易見是受到 漢語借詞影響而形成，軟顎舌根音聲母和介 音[-i-]作用後形成翹舌鼻音）
		合口三	[t'u]	透：脫[t'ua44]
定 [*d]	澄 [*d]	開口一 （定）	[t]/[d]/[d] [dʑ]/[tɕ] [t']/[ʈ']/[tɕ']	定：話[to42]、糖[to31]/[tã31] 豆[dʑũ42]、盜[ta55]/[di55] 道路[t'u42]/[ʈ'u42]、大[to31]-[dɔ31] 桃／彈[ta31] 等／待[tɯ33]/[di33]/[dɯ33]/[tɕɯ33]
		開口二	[t]/[t]/[d] [ts]/[dz] [ts']/[tʂ']	澄：撐[tsʼi55]/[tsʼɛ̃55]/[tʂʼʅ55] 擇[to42]、茶[tso31]/[to31]/[do31]/[dʐo31]
		開口三	[t]/[t]/[d] [q]/[k] [ts]/[tɕ]/[dʑ] [p]/[m]/[s]/[ʐ]	定：地[tɕi42]-[dʑi42] 澄：佇[tɕi42]-[dʑi42]、稠[qu35]/[ku35] 直／豎[tui33]/[tye55]/[tũ55]/[miɔ32] 知系與幫系相混用： 纏（繞）[piau44]/[mɛ33]/[sou44]/[ʐou44]
		開口四 （定）	[ts]/[tʂ] [t]/[t']/[tɕ'] [f]	定：弟[t'i42]/[tɕ'i42]、拴[fo42] 停[tiɯ42]／挺[tiɯ31]（此二詞例同聲母同韻 母，以調值差異表示區辨不同語義）
		合口一 （定）	[sʼ]/[t]/[d] [tsʼ]/[tɕ]	定：銅[tṽ42]/[dɚ21]（漢語借詞音譯，銅字 白語詞彙系統初期借入音讀爲「鋼」 [qã22]/[kɚ33]/[kiɛ33]，以鋼表銅之語義，近 現代時期直接音譯銅之漢語音讀） 土[tsʼu33]、疼[sʼõ31] 鈍[ti42]-[du42]/[tua42]/[tɕui42]（撮口呼欲生 成初期）
		合口三	[d]/[ɖ] [ts]/[dz]/[tʂ]/[tɕ]/ [dʑ]/[dz]	澄： 蟲[tsv21]/[tsuo21]/[tɕu31]/[tʂʅ31] 重[tsv33]/[dʑõ33]/[dʐo33]/[dzʅ33]

　　從上表 4-7-1 關於詞例的舉例發現，白語整體端知系的語音概況具有豐富的塞擦化、翹舌化和舌面音顎化現象，並伴隨清濁對立的語音現象，此外，從表內亦可發現到，白語在撮口[-y-]音不發達的情形下，其語音的變通方式是以[ui]或[iu]表示；且白語語音系統內的送氣現象相當不規則，有依循平聲送氣仄聲不送氣的規則，但白語語音系統內的送氣屬於特殊滯古語音特徵，因此普遍情況較未依循漢語的送氣規則進行，例如：懂[t'ɔ55]、拄[t'ou55]和弟[t'i42]

與蟲[tsv21]等詞例，皆是未依循漢語送氣規則條例進行演變，這種語音現象在以下舌齒音組內亦得以窺見。

再者，透過端知系演變概況，進而深入論及關於舌齒音精、莊、章三組聲母系統的白語整體讀音現象，並列舉相關的詞彙範例。第一步先論述精系的語音演變概況與其相關語音對應詞例，以表 4-7-2 說明：

表 4-7-2　白語精系讀音之聲母讀音概況

漢語聲類 \ 白語聲類暨詞例		白語音讀類型	相　關　詞　例　舉　例
精 [*ts]	開口一	[ts]/[tʂ]/[tɕ]//[t']	精開一：灶[tso42]、早[tsu33]/[tsui33]/[tɕui33] 鑿（表示動作動詞）[t'ɚ44]/鑿子（表示使用的工具名詞）[mou42]/[tsou42]
	開口三	[ts]/[tʂ]/[tɕ] [ts']/[tɕ'] [s]/[s']/[ɕ]	精開三：借[tʂɛ42]/[tɕɛ42]、子[tsʅ31]、焦[tse55] 酒[tsõ33]、椒[su55]/[s'õ55]/[ɕu55] 尖[tsi55]/[tɕi55]、姐[tsi33]/[tɕi33] 箭[tsi31]/[tɕi31]（以上三詞例「尖、姐、箭」其聲母和韻母的演變相同，差異僅在調值部分，白語借入漢語「聲調辨義」原則，以調值差表示不同語義）
	合口一	[t']/[ts]/[tɕ]	精合一：鑽[t'v55]、做[tsʅ55]/[tɕiu55]
	合口三	[ts]/[ts']/[tɕ]	精合三：踪（腳印）[tsõ55] 蹙（蹲）[ts'o44]/[tsuã31]/[tɕua33]（由第一度借詞「蹙」再借用其動詞引申義「蹲/踢/踏/踩」語義，進而產生不送氣塞擦音讀[ts]，再進一步顎化為舌面塞擦音）
清 [*ts']	開口一	[ts']/[tɕ']/[s]	清開一：餐[ts'ã55]、蹭（動作：蹭癢）[ts'uo55] 草[ts'u33]/[tɕ'u33]（白語語音系統內草之音讀另有同音字「嫂」，受漢語借詞影響而分化出音譯音讀[sau31]）
	合口一	[ts]/[ts']/[tɕ']	清合一：單位量詞撮[tso24]/[ts'ua44]（此例為塞擦音送氣與否之對立詞例，以聲調值 24 和 44 為漢語借詞之特徵）、粗[ts'u55]/[tɕ'u55]
	合口三	[ts']	清合三：短促（指時間短促）[ts'e55]
	開口三	[t]/[ts']/[tʂ']/[tɕ'] [p]/[ø]	清開三：淺[po31]、七[ts'i44]/[tɕ'i44] 刺[tuo35]/[ts'i42]/[tʂʅ42]/[tɕ'ɚ44]（此例另有音讀為零聲母[v35]）
	開口四	[ts']/[tɕ']	清開四：千[ts'i55]/[tɕ'i55]

從 [*dz]	開口一	[ts]/[ts']/[dz]/[tɕ]	從開一：材[ts'ou55]、藏[tsou21]/[dzð21]
	開口三	[ts]/[dz]/[s]/[z]	從開三：字[si44]/[zɯ44]/[tsɯ44]/[dzɯ44] （詞例「字」在白語整體語音系統內呈現擦音和塞擦音清濁對立的語音現象，由擦音朝向塞擦音發展）
		[ŋ]	從開三：嚼[ŋa42]
	開口四	[ts]/[tɕ]/[tɕ']	從開四：齊[tse42]/[tɕi42] [tɕ'i42]（白語原初音讀爲不送氣，近現代時期借入漢語送氣音讀形成舌面塞擦音送氣對立）
心 [*s]	開口一	[t]/[d]/[s]/[s'] [ts]/[ts']/[tɕ']	心開一：漱[tð42]/[dð42]、三[sã55] 塞[tsu35][ts'ɯ55]/[tɕ'ɯ55] 繩[so44]/[s'o44]（此詞例爲擦音送氣之對立）
	開口三	[s]/[z]/[s']/[ɕ] [ts']/[tɕ] [x]	心開三：辛（辣）[ts'i55]/[tɕ'i55] （白語詞彙系統內以辛辣食用後的實際嗆辣反映爲語音表示[tɕ'iã42]，調值[42]不僅是漢語借詞去聲亦是標誌爲漢語借詞的特徵） 線[x'e33]→[xɯ33]（此詞例爲心母特殊語音，屬於本源詞現象）
	開口四	[p]/[p'] [s]/[s']/[ʂ] [ɕ]/[ɕ'] [tɕ']	心開四：撕[pe44][p'e44]（此例屬於送氣與否對立現象，詞例本義爲「剝」，剝者裂也，故白語用以借指撕裂義）、緆（細麻布）[se44]/[s'e44] 析（割/鋸）[se44]/[ʂe44]/[ɕe44]/[ɕ'o44]、 栖[tɕ'i55]
	合口一	[s]/[ɕ]/[ts']	心合一：鎖[so33]、算[sue44]/[ɕue33]、嗉[ts'u31]
	合口三	[s]/[s']/[ʂ]	心合三：年（歲）[sua42]（本義「年」和「歲」由語義深層對應論可知爲「年」之引申義，漢語「年歲」普遍以並列結構呈現，白語使用同一語音結構表示）、雪[sui44]/[s'ue44] 骨髓[sue44]/[s'ue44]/[ɕui44]/[ʂɛ44]
邪 [*z]	開口三	[s]/[t']/[ʂ]/[ɕ] [z]/[ɕ]/[j] [ts]	邪開三：廗[t'o31]/[zi31]/[ɕi31] 尋[ji31]/[zi31]/[ɕi31]、夜[jo42]/[ʂɛ42]/[ɕɛ42] 山[so42]/[ʂo42]/[ɕo42]
	合口三	[t]/[t] [ts]/[tʂ] [s]/[z]/[ɕ]/[j]	邪合三：松[sð33]/[ɕou21]/[jo21]/[zð21] 篲（掃帚）[tui44]/[tui44]/[tsui44]/[tʂui44] 單音節動詞掃[su33]

總體歸納出白語精系聲母音讀演變後，表 4-7-3 將歸納莊系相關音讀演變現象，及其相應的詞例與特殊情形說明：

表 4-7-3　白語莊系讀音之聲母讀音概況

漢語聲類	白語聲類暨詞例	白語音讀類型	相　關　詞　例　舉　例
莊 [*tʂ]	開口二	[t]/[ṭ] [ts]/[tʂ] [k]	莊開二：抓（捉）[qɛ33]/[kɛ33]/[tsua44] 窄[tsɛ44]/[tʂɛ44]/[tɛ44]（詞例「炸」與「窄」同聲同韻同調值，此組借詞同屬「乍」聲，因此借入後以同音表示）
初 [*tʂʼ]	開口二	[tʼ]/[ṭʼ] [tsʼ]/[tʂʼ]/[tɕʼ]	初開二：炒[tsʼu33]/[ṭʼu33] 窗[tsʼuã55]/[tɕʼuã55]
崇 [*dz]	開口二	[d]/[ḍ] [ts]/[tʂ]/[dz]/[z]	崇開二：咋[tsou42]/[dʐu42]/[za42] 秧[tsi55]/[tʂ55]
	開口三	[t]/[ṭ] [tʼ]/[ṭʼ] [ts]/[tʂ]/[dz]/[dʑ]	崇開三：柿子[tʼe42]/[ṭʼɛ42]
	合口三	[ts]/[tɕ]	崇合三：鋤[tsue42]/[tsv21]/[tɕo31]
生 [*ʂ]	開口二	[s]/[ʂ]/[ɕ]/[x]	生開二：杉[so55]/[ʂu55]/[ɕo55]、產（生蛋）[se44] 沙[so55]/[ʂo55]/[ɕo55]、霜[ɕʼõ55]
	開口三	[s]/[z]/[ɕ] [ɕʼ]/[ʂ] [tsʼ]/[ṭʼ]	生開三：澀[sɛ42]/[ɕi42]/[ʂɛ42]（韻母並有高頂出位的舌尖元音現象）、虱[ɕi44]、殺[xa44]、量（昏）[su31]/[zv31] 生合三：刷[sua55]/[甩[sue31]（此二例同屬漢語音譯借詞，除了聲調值的區辨外，在韻母音讀部分低元音[a]表示「刷」，半高帶有[-i-]音值成分的[e]為「甩」）
	合口三	[s]/[ɕ]	

　　總體歸納出白語莊系聲母音讀演變後，表 4-7-4 將歸納章系相關音讀演變現象，及其相應的詞例與特殊情形說明：

表 4-7-4　白語章系讀音之聲母讀音概況

漢語聲類	白語聲類暨詞例	白語音讀類型	相　關　詞　例　舉　例
章 [*tɕ]	開口三	[t]/[ṭ] [ts]/[tʂ]/[tɕ] 語義影響：[m]/[f]	章開三：蒸[tsuĩ55]/[tuĩ55]/[tũ55] 正（直/豎）[tsɛ32]/[ṭã42]（[miɔ21]和[fa35]音讀為諾鄧音讀現象，因詞彙系統內正語義即等同豎和方語義，故正、豎和方三詞例語音相混用）
	合口三	[t]/[ḍ] [ts]/[tʂ]/[tɕ]	章合三：磚[ḍuẽ55] 主[ṭu33][tsu33]/[tʂ33]/[tɕĩ33]

昌 [*tɕʰ]	開口三	[t]/[tʰ]/[ʈ] [tsʰ]/[tʂʰ]/[tɕʰ]	昌開三：稱（稱重量）[tsʰuẽ55]/[tɕʰye55] 扯[te21]、糠[tʰõ55]/[ʈʰõ55]/[tsʰõ55]/[tʂʰõ55]
	合口三	[ts]/[tʂ]/[tɕ] [pʰ]	昌合三： 穿[tiu55]/[tsou44]/[tʂou44]/[tɕu44]（穿鞋） 穿[tsʰv42]（穿針：以聲母送氣與否來表示動詞後的補語為何，另有穿衣則直接以[ji42]表示）、吹[pʰɯ55]
船 [*dʑ]	開口三	[s]/[z]/[ʐ]/[t]/[d]/[ʈ] [ts]/[tʂʰ]/[dz]/[tɕ] [kʰ]	船開三：吃（食）[jou44]/[jɯ44]/[ʐ̩44] 舌[tse42]/[tʂe42]/[tʂʰe42]/[ʈe42]/[di42] 射[do42]/[tsou42]/[ʈo42]/[dʐu42]
	合口三	[ɳ]/[j]/[tɕʰ]/[ʑ]	馱（乘）[tsɯ31]/[tɕi31] 蛇[tʂʰ̩33]/[kʰv44]/[kʰo33]/[kʰua33] （蛇又等同於屬相詞「巳」） 船合三：船[je21]/[ze21]/[ʑi21]/[ɳa31]/[tɕʰuã31]
書 [*ɕ]	開口三	[s]/[ʂ]/[ɕ]/[z]/[x]/[f] [tʰ]/[ʈʰ] [tɕ]/[tʂ] [tsʰ]/[tʂʰ]/[tɕʰ]	書開三：手/守[sɯ33]/[ɕi33]/[ʂ̩33] 拭[sɯ42]/[ɕi42]/[ʂ̩42] 收[sɯ55]/[ɕi55]/[ʂ̩55]（以上三詞例以同聲同韻表示，差異在調值，在白語詞彙系統內以調值表示不同的詞義） 識（懂）[sɯ42]、輸（失）[tsʰi55]/[tʂʰ̩55] 燒[su55]/[xu55]/[fv55]/[ɕu55][tɕo35][tɕʰy44] （「燒」字另有零聲母音讀[ou44]/[o44]，與「熬」字相同） 聲[tʰiɛ55]/[ʈʰã55]/[tsʰɛ55]/[tʂʰɛ55]/[tɕʰo55]
	合口三	[s]/[ʂ]	書合三：書[si55]、水[ɕui33]
禪 [*ʑ]	開口三	[s]/[t]/[d]/[ʂ]/[ʈ]/[ɖ] [z]/[j] [ts]/[tʂ]/[dz]/[dʑ]	禪開三：蟬[ta31]、上[to42]/[dõ42] 城[tia31]/[ʈa31]/[tsẽ31]/[dzɛ31]/[dʑo31] 是[tso33]/[dzo33]/[dʑõ33]/[dõ33]
	合口三	[t]/[sʰ]/[tʰ]/[d]/[ʈ]/[ɖ] [tɕ]/[ts]/[ʈs]/[tʂ] [tsʰ] [z]/[j]	禪合三：樹[tsɯ31]/[diɯ31]/[ɖɯ31]/[dzɻ31]/[dʑɯ31]/[tɕĩ31] 熟/濁[sʰɚ44]（莊稼）/[tʰɚ55]（果子） [tsv42 xɯ33]（單純表示把東西蒸熟的動作）/[su35]（跟人熟）[tsua42]/[tɕo31]/[tʂ̩42] （另有澄母「濁」字和「熟」字同音，白語語音系統內表示「熟」字音讀依補語不同而有不同的語音現象，其述補結構分別為表示莊稼熟、果子熟及單純動作把東西蒸熟及借入漢語音讀表示與人熟識[su35]）

　　透過表 4-7-1 至 4-7-4 四張關於知端系、精系、莊系和章系讀音對應暨詞例表發現，舌齒音系列音讀在白語語音系統關涉相當廣泛的語音演變現象，以音

讀爲[*t]者爲底層本源成分，並與軟顎舌根音和唇音等語音產生相互混用的現象，然而，透過四張讀音對應分析表可知，底層詞隨著漢語深入擴散接觸形成顎化音變後，也隨著音變模式產生新音讀，使得新舊語音成分形成疊置，使其語音更顯複雜，另外，白語語音系統內，塞音部分一直持續不斷進行著「塞音的塞擦化」語音現象，除了唇音部分在中古中晚期後，在幫系聲母具合口三等條件形成唇齒化及見系顎化外，在白語舌齒音讀部分亦具有塞音塞擦化的語音現象，例如：端系聲母受韻母條件制約影響產生塞擦化，在章系和精系的「聲母＋韻母→顎化＝新音位成分」皆屬之，主要原因不外乎受到介音或元音具有[-i-]/[-j-]/[-y-]及舌尖元音[ɿ]和[ʅ]的影響，進而誘發主體層底層聲母在歷史演變的過程中產生音變，形成新聲母音位。

　　值得注意的是，透過相關詞例的列舉發現，白語語音系統有項基本特色，即是語義領導語音的發展趨向，針對源自於漢語的借詞音讀除了音譯和義譯外，筆者認爲，在以借入義譯表示語音時，白語主要以詞例的「原始本義」爲音讀，這屬於第一層音讀結構，隨著近現代漢語音讀的借入，白語從義譯轉爲音譯，即再出現第二層音譯音讀結構，如此一來便會在語音層次內形成不同層次的不同音讀現象，例如以知系知母開口二等詞例「摘」便是乙例，其音讀在白語整體語音系統內有以下幾項：摘／採[kʼua44]/[tao42]/[tʼue31]/[tsai44]/[ʨia44][tɕe44]，並另有音讀[fe44 xṽ33]，以摘採取下後使甲物與本體分離之抽象語義表示，由軟顎舌根音本源語音隨著漢語音讀的借入而朝向舌尖音的系列語音演變前，筆者認爲初期轉變時經過了義譯層的音讀過渡，即出現[fe44 xṽ33]音讀，隨著語音的確認才逐漸形成舌尖聲母及相關的翹舌音及顎化作用；又如莊系莊母開口二等詞例「抓（捉）」，其音讀第一層語音爲[qɛ33]/[kɛ33]，隨著漢語音譯借入後又形成[tsua44]的音讀，此種語義影響語音疊置的情形在白語語音詞彙系統內甚爲普遍，隨著漢語詞彙深入接觸融合後，使語義由合而分進而鏈動語音也隨之分化，因此，本文研究認爲，白語舌齒音在演變的過程中，應有歷經一種擦音游離的複雜演變機制，進而使舌齒音系列音讀產生複雜的語變現象。

貳、白語知精章莊系的語音合流及演變層次

　　統整歸納語音材料顯示，要精準理解白語「知精章莊」系的語音演變現象，一切都需溯源於「知系」，而「知系」的語音現象即古本源於「端系」，因此需

從「端知系」展開溯源探究。

　　白語知系在上古時期的語音現象亦是遵循「古無舌上音」的原則而合流於端系內，據王力所言，知系從端系分流的時間約莫成形於中古晚期，分流的同時，「知系」本身又形成保有端系舌尖塞音與受到[-r-]介音影響而形成的翹舌音現象，形成翹舌與舌尖塞擦音二種語音現象〔註62〕，此外，白語內部的「知系」不僅與章系合流形成[*tɕ]音讀，至近代元周德清《中原音韻》時期又與莊系合流形成[*tʂ]音讀，因此，精章莊系的語音合流與演變，莫不需溯源自「知系」展開說明，需注意的是，白語語音系統內，由於北部方言區發音較爲緊促且沉重，因此出現濁音音質並採嚴式記音，故將其羅列於詞例範例內列舉，並依據語音調查的狀況，完整並列具有清濁音讀的語音概況。

　　白語語音系統內的知系知二與知三無別，但透過少量的知二例字仍可發現知二和知三在語音表現上仍有所差異，例如：啄、追、桌等中古中期借入的詞例，其語音表現卻有差異，但白語內部此時對知二和知三卻是往合流一途前進，可見，知二和知三兩音讀趨向合流，可謂白語吸收漢語音韻特點後並與自身語音特性融合之故；此外，知系不論開合口與端系自上古開始即呈現語音合流，依韻圖分布位置觀察，知系位居二、三等、端系位居一、二、四等，兩者具有互補互諧關係，也因爲如此，端系在不具三等音的情形下，亦能因聲母和介音交互作用後，形成相關的聲母演變新音位的狀況；透過對應比較發現，白語知系三等讀如端系，且在北部語源區甚至在少數章系詞例內，亦有讀如端系語音現象，在徹二和澄二部分亦有讀如[t]/[t′]的語音現象，屬於從[tsʻ]演變而來的晚起語音現象。

　　細究形成此種合流主因，透過筆者研究分析認爲，除了與詞例普遍屬於口語常用字有關之外，這種斷續且時隱時現的語音現象，一方面也是白語體現古無舌上音遺留上古漢語知系三等音讀爲[t]的音讀特徵，此語音現象屬於底層本音層，不受到是否具有[-r-]或[-j-]介音的影響。這點可以透過蔣希文、沙加爾（Sagar）、莊初升及萬波等學者的論述得以佐證。〔註63〕筆者藉由上述學者們

〔註62〕王力：《漢語語音史》，頁585～593。

〔註63〕Sagart, Laurent（沙加爾）,Les Dialectes Gan: Etudes sur la Phonologie et le Lexique d'un Groupe de Dialectes Chinois, Paris: Languages Croises.（1993）,p249~250、蔣希文：〈湘贛語裡中古知、莊、章三組聲母的讀音〉（1992年），收錄於蔣希文《漢

談及知系在不同方言內的語音合流現象之說，來解釋白語知系三等和章系讀如端系的語音特點，亦能得到相當啓發，究此透過上述四張語音對應表的整理歸納及綜合諸家說法認爲，白語此種語音特徵的演變是依循舌尖音顎化爲舌面音再往翹舌音顎化的路徑展開移位及顎化的演變，其相關演變條例爲：

$$[t-]+[-j-]\rightarrow[tj]\rightarrow[tsi-]\rightarrow[t\varsigma i-]\rightarrow[t\underline{s}-]（送氣時亦同）$$

　　白語知系知二與知三在趨近相同的語音特徵內，筆者仍相信其在合流之初，因當保有古漢語知二和知三有別的語音現象，否則難以說明其同中有異的語音情形；李方桂、鄭張尙芳及潘悟云等學者早已論證知系二等上古時期帶有[-r-]，因此與帶有[-j-]介音的三等語音上本有所差異，影響知二和知三語音差異的介音[-r-]和[-j-]連同[-l-]和[-w-]四類輔音，即是鄭張尙芳所言漢藏古老語內的輔音性墊音〔註64〕，白語吸收此古老音值，對其語音演變亦有相當啓發。筆者研究亦認爲，白語知二音質和端系二等舌尖音[*t]同樣具有[-r-]介音，因語音平行演變規律進而在知二產生翹舌化作用：知二[*t]<端二[*tr-]，此音質在白語北部方言區之瀘水洛本卓普遍使用於知三字例，例如：張、挂、著（穿／戴），屬於知二字例如：「啄」則未見使用，這雖與漢語呈現矛盾，但也是白語吸收漢語並融入自身的語言特徵表現。除了洛本卓外，白語知三的語音特徵仍保存上古舌尖塞音[*t]而與端系維持合流。以下筆者依據莊初升文內圖示，並配合白語實際的語音歸納現象重置，將白語知系所貫聯的精章莊系之語音演變路徑說明，整理如下圖 4-7-1 所示：〔註65〕

語音韻方言論文集》，（貴陽：貴州人民出版社，2005 年），頁 73～74、莊初升：〈粵北土話中知組三等讀如端系的性質——兼論早期贛語知二、知三的分化〉，《中國語學研究：開篇》第 21 期，頁 176～182、莊初升：〈論贛語中知組三等讀如端系的層次〉《方言》第 1 期（2007 年），頁 15～22、萬波：〈贛語古知莊章精組聲母的今讀類型與歷史層次〉《中國文化研究所學報》第 51 卷（2010 年），頁 317～354。

〔註64〕鄭張尙芳：〈上古漢語的音節與聲母構成〉《南開語言學刊》第 2 期（2007 年），頁 5～12、李方桂：《上古音研究》，頁 21～27、潘悟云：《漢語歷史音韻學》，頁 289～303。

〔註65〕莊初升：〈論贛語中知組三等讀如端系的層次〉，頁 15～22，下圖 4-7-2 亦同樣採取莊文內之圖例，重新改製符合白語語音現象之說明圖示，於此加註說明。

圖 4-7-1　白語知精章莊系之語音演變路徑示意圖

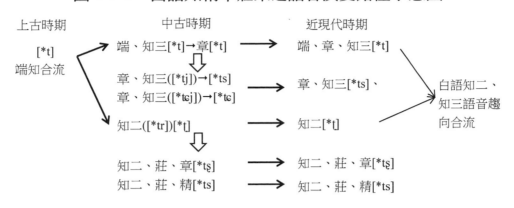

藉由圖 4-7-1「白語知精章莊系之語音演變路徑圖」爲基礎，接續討論的重點，要從知系延伸談論，關於舌齒音莊系除了[ts]音讀外的顎化翹舌音塞擦音[tʂ]、章系除了[ts]音讀外的顎化舌面塞擦音[tɕ]及精系的舌尖塞擦音[ts]的形成與演變。

知系三等洪音與端系仍保持合流，細音部分則受到三等介音[-j-]/[-i-]影響而產生顎化作用，使得「章系」一併鏈動往「舌尖塞擦音」和「舌面音」發展。

其中，因知系三等細音影響，進而誘發章系聲母一併往「舌尖塞擦音」和「舌面音」發展原因有二點：（1）詞彙擴散影響語音擴散，和（2）語言受到外在語境影響而自體演化，主要仍是透過韻母的特定條件制約，產生對聲母的變化影響，另一方面，也受到聲母本身遺留的複輔音屬性，與介音作用形成雙重顎化影響，如此帶動韻母再次高化、低化或近央元音化發展皆有可能。

根據語音材料的研究顯示，由於白語語音史上與漢語深入接觸，進而內化促使詞彙擴散影響詞語原本的發音狀況，使得白語在漢語深化的影響下，合流於端系內的知三，首先透過[-j-]/[-i-]介音顎化趨向舌尖塞擦音[ts]、[tsʹ]，並因發音時除阻氣流強弱而產生送氣與否之別外，由塞擦音[ts]的產生又具有兩條顎化路線：（1）經由語音演變脫落[t]產生清擦音[s]及其相對的濁擦音[z]；（2）[ts]再度與介音進行顎化，形成舌面塞擦音[tɕ]、[tɕʹ]，亦再透過語音脫落演變，形成舌面擦音[ɕ]音讀。舌齒音系列的產生脈絡，最重要的是顎化作用的深入影響，若無顎化作用影響，此種詞彙擴散便無法順利推展達到語音的擴散演變；因此，當音節結構內缺少誘發因子卻仍然需要完成顎化作用時，白語語音系統內爲了達成目的，即使在音節結構內缺乏誘發因子即介音

[-j-]/[-i-]，甚或更晚期才逐漸緩步成形的撮口[-y-]音，仍舊自源完成顎化，其自源誘發的關鍵，不外乎本身聲母部分即具有上古補複音之痕跡，然而，白語在進行自源誘發性顎化作用後，當完成顎化後，介音[-j-]/[-i-]/[-y-]仍仍維持原語音結構，即該洪即洪、該細即細，這也是白語舌齒音系列在介音成分上，同時具有細音和洪音的原因。因此，筆者將白語舌齒音聲母演變過程，整理出兩條演變步驟，並從中分析舌面音[tɕ]的形成要素：

第一步本有介音的演變：舌尖音聲母在介音[-i-]影響下而顎化音變

[ts]、[tsʹ]、[s]>[tɕ]、[tɕʹ]、[ɕ]>____＋[-i-]

第二步顎化音變產生於介音形成之前：強制音變後未還原介音

[ts]、[tsʹ]、[s]>[tɕ]、[tɕʹ]、[ɕ]>____＋（[-i-]）[a][e/ɛ][o][u][v][ɯ]

舌面音[tɕ]主要來源於舌尖音[ts]是無庸置疑，李方桂在《上古音研究》書中，針對[tɕ]音讀的語音演變現象有言，由於上古和中古時期的三等都具備[-j-]介音，而本位居一四等的端系並無[-j-]介音故不受其影響，本身即具[-j-]的知三，在聲母與韻母介音相互作用下，趨向舌面塞擦音化讀為[tɕ]、[tɕʹ]、[ɕ]，產生時間在隋唐之際至宋元之時衍然確立，進一步更與舌根音顎化後的[tɕ]、[tɕʹ]、[ɕ]音讀產生合流現象。〔註66〕因此，來源於舌尖音顎化的[tɕ]組音讀，和來源於舌根音顎化的[tɕ]音讀，最後因語音相同而互諧通轉合流，要溯及其演變源頭，需透過語音對應探求。

「精系和莊系」的演變莫不與「知系二等」與「端系二等」的[-r-]結盟有關。白語受到漢語影響，知系二等[*t]和端系二等本具有之的[-r-]介音合盟形成翹舌音[*ʈ]，影響莊系、精系及章系的語音發展。此處必需說明的是，採用[*ʈ]做為知二的擬音，是因為在中古時期的相關梵漢對音的材料內，基本使用「[*ʈ]做為對譯知系和莊系二組的翹舌擬音」，[*ʈ]擬音亦是依循蒲立本、周法高及潘悟云等人的擬音，而李方桂、王力及董同龢等人則將此音擬作[*ȶ]，擬音相異但所指音讀相同。因此，在圖4-7-1知二[*ʈ]一脈的演化基礎上，再次延展出舌齒音演化路徑，說明如圖4-7-2所示：〔註67〕

〔註66〕李方桂《上古音研究》，頁21～24。

〔註67〕莊初升：〈論贛語中知組三等讀如端系的層次〉，頁15～22，圖4-7-1和圖4-7-2同樣採取莊文內之圖例，筆者依據白語實際音讀狀況，重新改製符合白語語音現象之說明圖示，於此加註說明。

圖 4-7-2　白語莊系等翹舌音讀形成路徑示意圖

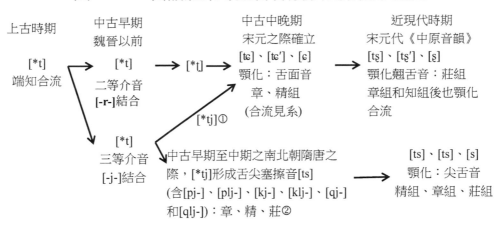

白語上古時期「端知合流[*t]」，筆者研究認為，白語知二和知三分化各自與二等[-r-]和三等[-j-]介音結合的時間應發生相當早，因為在白語內部的知二和知三差異極微並趨近整化，即便如此，在語音演化過程中，知二和知三仍分別經歷以下過程：（1）知二：t>ts>tʂ；（2）知三：tj>ts>tɕ>tʂ。

在兩者的演化階段內，其中的知三又分化為二支，其中一支與知二合流形成章精系的顎化並與見系合流；另一支則顎化為章精莊三組的主體層次音讀[ts]，近代時期受漢語知章莊系翹舌化的影響，白語又再度顎化形成翹舌音，屬於晚近官話借入而演化的非主體層次音讀。另外，值得一提的是，歸納白語中古時期借入的漢借詞對應其語音演變規律發現，中古時期在部分知系、章系和精系顎化作用影響形成的舌面音[tɕ]、[tɕʻ]、[ɕ]，又和部分見系聲母顎化後產生的舌面音[tɕ]、[tɕʻ]、[ɕ]音讀合流。以下列舉數條詞例範例做為持論佐證：

　①趁：知系徹母開口三等次清，其音讀為顎化舌面音[tɕɯ31]。

　②摘：知系知母開口二等全清，其音讀由軟顎舌根音隨著語義演變而朝向顎化舌面音發展[kʻua44]→[tɕe44]。

　③栖：精系心母開口四等全清，其音讀為顎化舌面音[tɕʻi55]。

　④刮：見組見母合口二等全清，其音讀為翹舌音[tʂʻu33]。

　⑤刺：精系清母開口三等次清，其音讀為顎化舌面音[tɕʻɛ33]。

　⑥主：章系章母合口三等全清，其音讀有顎化舌面音讀[tɕĩ33]語音現象。

　⑦鋤：莊系崇母開口三等全濁，其音讀有顎化舌面音讀[tɕo31]語音現象。

觀察上述列舉的數條詞例可知，古知章精見四組聲母在聲韻組合的特點上，聲母受到韻母介音[-i-]細音化影響而顎化為舌面前聲母[tɕ]、[tɕʻ]、[ɕ]，此外，知

章系所呈現的顎化後語音現象又可分爲[ts]、[tsʹ]、[s]和[tɕ]、[tɕʹ]、[ɕ]兩種音讀與精見組合流。爲何會產生此種互諧合流的語音現象？這要溯源章系的語音源流，其語源內具的[-j-]介音便是勾勒出白語舌齒音和舌根甚至唇音合流相諧語音格局的關鍵要素。

　　章系的語音來源甚爲多樣，白語承載了這種多元樣貌，使其語音與端知、精、見組甚至唇音幫系串聯起語音相諧的共通性。清代語音學者錢大昕在其〈舌音類隔之說不可信〉文末提及：「古人多舌音，後代多變齒音，不獨知徹澄三母爲然也。」〔註68〕至夏燮更深入爲「照（章）系三等古讀舌頭音」之說〔註69〕，這也說明了從知三分化而出的章系，上古時期和端知本爲混同；而章系語源所具有的[-j-]介音；除了顎化形成翹舌音讀外，鄭張尙芳爲此章系[-j-]介音的顎化作用提出說明，鄭張尙芳將章系[-j-]介音稱爲墊音，並認爲具有此音讀的上古聲母，不論是舌音、喉牙音甚或唇音，他認爲除了[lj-]和[sj-]依次演變爲邪母和心母外，其他的語源成分都經由顎化作用演變爲章系，如同現代漢語的舌面音[tɕ-]由近代漢語的[k-]顎化而來，依此論點，鄭張尙芳將章系來源擬爲：[tj-]、[kj-]、[klj-]、[qj-]、[qlj-]、[pj-]和[plj-]等音值。〔註70〕鄭張尙芳的說法不僅爲筆者研究，解決了白語內部對於唇齒音和舌根音間爲何會相諧的問題，箇中原由是因聲母語源本有舌根音成分在內所致，也解決了白語來母字爲何會出現半元音[j-]和舌根音[k-]音值的問題，由[kj-]和[klj-]進行演變，[kj-]往見系發展並有少數形成來母，[klj-]則因語音演變脫落而形成[ɣ]的來母音值。

　　針對白語承載章系語音多樣來源的風貌部分，筆者發現，漢語章系主流語音現象，根據周祖謨藉由研究北宋邵雍《皇極經世聲音唱和圖·天聲地音圖》內所反映的語音概況可知，北宋時期（即白語中古時期語音層次 B 階段）京城洛陽一帶的方音，所呈現的聲母系統主流現象爲：照二莊系和照三章系（照系）合爲一流，便與知系無異，但與端透相次，且其音讀與照三相混〔註71〕；陸志

〔註68〕〔清〕錢大昕：《十駕齋養心錄》（北京：商務印書館，1957 年），頁 111～116。

〔註69〕〔清〕夏燮：《述韻》（北京：北平富晉書社，1930 年），頁 3～6。

〔註70〕鄭張尙芳〈漢語方言異常音讀的分層及滯古層次分析〉一文，收錄於何大安主編：《南北是非：漢語方言的差異與變化》（第三屆國際漢學會議論文集·語言組）（2002年），頁 97～128。

〔註71〕周祖謨：〈宋代汴洛語音考〉，頁 596。

章亦有相同看法〔註 72〕，魯國堯更進一步系統性研究宋代《盧宗邁切韻法》之相關等韻學著作發現，「莊章先合，再與知合」的語音合流路徑〔註 73〕；然而，由此觀察白語在此時期即白語中古時期語音層次 B 階段語音現象，明顯發現，白語所呈現的聲母系統主流現象亦爲「照二莊系和照三章系（照系）合爲一流，便與知系無異」，但知系與端系在洪音仍保持合流，細音則一併產生顎化作用，保有上古時期端知混同語音特徵，這也反映出白語，雖然在中古時期大量接觸漢語並受其語音滲透交融，然而，在條件音變的作用下，仍顧及自體語音而以漢源歸化的語貌呈現。

參、白語舌齒音讀主體和非主體語音層概況

關於白語舌齒音讀的主體和非主體語音層的音韻概況，透過本文研究對於白語章系[*t]音值來源的說明便可知其所以然，藉由鄭張尚芳的章系來源構擬可加以輔證。〔註 74〕時序至南北朝隋唐之際（約莫中古初中期），與墊音[-j-]結合的塞音音值[tj-]在白語語音系統產生舌面塞擦音[tɕ-]顎化，不受開合口而以等做爲影響因子，由於形成條件已有限制，章系[tɕ-]音讀在白語語音系統內並非主體層次，而是屬於受來源於官話層與自體語源結合而演變的非主體層次音讀，然章系完成顎化舌面塞擦音[tɕ-]的時間，大底成於宋元之際；另外，章系還有[kj-]和[klj-]（白語具有小舌音，故也包含[qj-]和[qlj-]）的來源，白語內部在精和莊系也有如同章系[kj-]和[klj-]的來源而與舌根音產生相諧的語音現象，應是在南北朝隋唐之際借入白語的語音系統內。然而，還有一點必需說明的是，關於知章莊三組白語出現翹舌音的語音現象，雖然現代白語吸收漢語對於此三組以翹舌音爲擬音的音值，但細究之，白語並非一昧吸收且全然改以漢語翹舌音表示此三組音讀，而是自體語音系統確實產生語音演變。

根據上圖 4-7-1 和圖 4-7-2 的演化規律說明，已得知莊系首先經由章系舌面音的顎化形成翹舌音，由於語音學原理擦音較之塞音更易產生語音演變，

〔註 72〕 陸志韋：〈記邵雍《皇極經世》的〈天聲地音〉〉文，收錄於陸志韋編著：《陸志韋近代漢語音韻論集》（北京：商務印書館，1988 年），頁 43。

〔註 73〕 魯國堯：〈《盧宗邁切韻法》述評〉文，收錄於魯國堯編著：《魯國堯自選集》（鄭州：河南教育出版社，1994 年），頁 121。

〔註 74〕 鄭張尚芳：〈漢語方言異常音讀的分層及滯古層次分析〉，頁 97～128。

因此，章系和莊系有相同的語音結構（即具備擦音成分），因此，章系再次進行顎化往翹舌音演變，最後知系由於缺少演變分子，故形成翹舌音最不顯著，演變時間也較長；而透過語料所顯示的音讀對應可知，白語在知章莊三組的語音對應仍是以舌尖[ts]為主體層次的第二層（主體層第一層為上古來源[*t]），而翹舌音[tʂ]則屬於非主體層次音讀，來源有二：借入第二層主體層中古[ts]音讀顎化及借入晚近的現代漢語官話層，官話層不同於中古層，此層屬於開放系統，現今白語借入漢語詞彙，其音讀皆普遍以翹舌音[tʂ]為主，然而，雖然中古層音讀[ts]已然形成封閉系統，但現今白語借入漢語詞彙時仍舊有以[ts]和[tʂ]並行音譯的現象，形成語音疊置。

此外，根據上述章系[*t]音值的來源說明，筆者感到好奇的是，為何白語章系和精系字讀塞音[t]且端系出現讀濁塞音[d]/[ɖ]？濁音清化是語音演變趨勢，清音濁化則屬於逆音變的歷史潮流，不僅不符合語言經濟原則，從省力原則上觀察，端系實在也沒有條件趨使其產生逆音變（濁化），若說端系濁音從清塞音[t]濁化而來，並不符合語音演變規律。由此筆者認為，白語在上古時期的濁塞音部分，應當具有內爆音值[ɓ]/[ɗ]，因語音演變而分別整化入[b]和[d]內（隨著語音演變則清化歸入[p]和[t]），使得端系產生濁塞音成分音讀；且溯源白語發展史來看，白語自形成起即受到諸多語系的影響，可謂語言大熔爐，在語言強弱勢的競爭之下，在漢語取得優勢之下，與其不合之處便弱化消失往同語音部分整化所致。然而，受限於白語語源複雜且各語區隔步差異的影響，有待日後拓展更多白語區語料以證實此論。

另外，白語章、精、莊三組語音內部的擦音音值還有一部分值得注意的語音特徵即是，這類擦音音值在白語章精莊系內產生錯綜相應的游離現象。依據語音學原理可知，語音系統內的塞音和塞擦音皆具備同部位的擦音與之相應配對，但白語語音系統內的章精莊系，其聲母的塞擦音和擦音卻出現不相應的歧異現象。白語在章精莊三組語音系統內出現擦音游離現象。何謂擦音游離現象？即白語語音系統內主要在知莊章系在聲母趨向整化的過程中，擦音與塞擦音不同步發展的語音現象。白語依據地域語區的劃分屬於南方方言之西南官話語區，主要在「崇生船書禪」（崇船禪為全濁聲母；生書為全清）和「『知徹澄』『莊初』『章昌』」這兩組聲母在語音演變的過程中，出現發展不同

請的語音演變特殊現象，桑宇紅將此分爲準合一型和二分型兩類現象〔註75〕，此種舌齒音的特殊語音演變現象與止攝開口三等亦有所關聯，雖然此部分的語音演變亦關涉到韻母止攝，然而，由於白語知莊章系之擦音游離現象仍屬於聲母的演變，因此，筆者研究便將其視爲舌齒音的特殊演變現象，仍置於舌齒音內單獨說明。

綜上所論，舌齒音類組在白語語音系統內呈現複雜的語音演變及諧聲作用，透過語音歸納，依次分析白語舌齒音相關音質演變現象發現，此組音從上古音值開啓演變規律後，因詞彙擴散形成複雜的語音疊置現象，因此筆者研究爲符合白語語音現象的反應，便將本部分的層次演變現象，轉換以主體層次和非主體層次的方式表示，如此才能明確各時期語音整體變化。

舌齒音主體層與非主體層的語音演變現象，主要是朝向合流型的語音類型發展，其聲母形式概況主流層基本派入[ts]組，及其顎化作用後的[tɕ]組；非主流層則基本派入擦音組內。整理如下表 4-7-5 所示：〔註76〕

表 4-7-5　白語古知莊章精系語音演變形式兼論與見系之合流演變形式

時間 聲紐	上古 時期	中古 隋唐之際		中古 中晚時期		近現代 元明清		現　代
知系	t	主	t/ts	主	t/ts/（t）	主	t/ts	t/ts tɕ（合流見系）
		非主	t	非主	（t）→tɕ	非主	tɕ	
莊系	t→tr=ʈ	主	ts	主	ts	主	ts	tʂ 受現代漢語影響較大 「生」形成擦音化
		非主	t	非主	t→tʂ	非主	t/tʂ	
		非主	ts→s（生）	非主	s/z/ɕ/ʂ/x	非主	s/z/ɕ/ʂ/x （擦音游離）	
章系	t→tj=ts	主	ts	主	ts	主	ts	tɕ 不論開合出現於三等合流見系 「船書禪」形成擦音化
		非主	ts→tɕ	非主	ts→tɕ	非主	ts→tɕ	
		非主	ts→s（船書禪）	非主	s/ʂ/ɕ/z/x/f	非主	s/ʂ/ɕ/z/x/f	

〔註75〕桑宇紅：〈中古知莊章組字在現代方言中的擦音游離現象〉《語言科學》第 9 卷第 4 期（2010 年），頁 416～427。

〔註76〕表 4-7-5 內的「主」表示主體層次，「非主」表示非主體層次，表內音讀以清音爲例，亦包含濁音及送氣音。

		主	ts→tɕ	主	ts	主	ts	ts
精系	t→tj=ts qj/kj			非主	tɕ	非主	tɕ	tɕ（合流見系）；[ts]演變塞音脫落形成「心邪」擦音化
		非主	ts→s（心邪）	非主	s/z/ʂ/ɕ	非主	s/z/ʂ/ɕ（擦音游離）	
見組	q/k	q/k→tɕ		主	q/k	q/k tɕ/ts/tʂ		主	q/k
				非主	tɕ/ts/tʂ	tɕ及少數ts/tʂ音讀與舌齒音知章精合流互諧	非主	tɕ/ts/tʂ

　　根據本文研究顯示，白語語音系統內，韻母介音[-i-]細音化對於聲母來說是誘使其產生顎化現象的重要音變因子，不僅影響知精章莊系之語音演變，甚至是舌根音組之見系（含曉匣）都有受到介音[-i-]細音化的影響，使得端精系與看似無關聯的見組形成關聯性，然而，對此只能保守說，白語語音系統內端精和見組在細音化影響下而在語音演變上有所相關，然而，是否已達到端精見彼此合流仍有待進一步論證。端精見三組在語音關聯性部分，筆者研究透過邢向東和張双慶所言，[註77]進一步細究發現在白語語音系統內，介音[-i-]能影響端精見組語音使其產生變化，最主要的原因不離聲母與元音彼此間的交互作用，再配合發音時成除阻氣流通過所產生的磨擦力雙重影響下，元音[-i-]對舌尖塞音及翹舌音[t]（[t']）和[ʈ]（[ʈ']）產生顎化的影響力才能確實發揮效用。

　　高本漢對此種理論認為，當聲母的發音部位在發音時較為緊促時，塞音（指舌尖：[t]（[t']））與齒齦的接觸面積便會增大，進而促使聲母和元音[-i-]產生顎化現象並伴隨擦音化的產生，使送氣部分率先產生變化；同樣地，當發塞擦音[ts]（[ts']）時與齒齦的接觸面積增大，則會產生顎化之後化作用，舌尖往後挪動形成舌面音[tɕ]（[tɕ']）。[註78]因此，在中古時期即已大致成形的「[t]（[t']）→[ts]（[ts']）」或「[t]（[ʈ']）→[tɕ]（[tɕ']）　→[tʂ]（[tʂ']）→[ts]（[ts']）」的語音演變現象，使其形成的最主要因素仍與輔音聲母的實際發音狀況，以

〔註77〕邢向東和張双慶：〈近八十年來關中方言端精見組齊齒呼字的分混類型及其分佈的演變〉《陝西師範大學學報（哲學社會科學版）》第 42 卷第 5 期（2013 年），頁 57～64。

〔註78〕高本漢：《中國音韻學研究》（北京：商務印書館，1994 年），頁 172～174。

及輔音聲母與韻母介音產生的顎化作用所致，除此之外，部分知章系字讀為[tɕ]、[tɕ′]、[ɕ]的原因，是因為這部分的知章系字完成向精系的轉化，演變為聲母[ts]、[ts′]、[s]後，受到後接韻母介音[-i-]、[-y-]（白語語音系統內撮口[-y-]不普遍）影響，與聲母相互作用使得知章聲母全面舌面化，又因章系本源即具備[pj-]、[plj-]、[kj-]、[klj-]、[qj-]和[qlj-]等語音成分，使其能諧於精見組聲母便能獲得解釋；除此之外，白語「章精莊」系內形成的擦音游離現象，及擦音對白語整體語音系統的發展，皆有相當的影響力。

肆、白語舌齒音內的特殊擦音游離現象

白語舌齒音同見系，其語音演變現象內存有特殊的擦音游離現象，這種語音現象是語音系統內擦音和塞擦音演變不同步發展的情形，舌齒音知莊精章系及軟顎舌根見系，連同韻母止攝開口三等皆有此種語音現象。

在白語語音系統內甚為重要的聲母即屬「擦音」，其特殊的擦音送氣現象不僅屬於白語聲母的底層滯古特徵，擦音送氣所呈現的調值層次更是白語聲調系統的滯古源起層次。白語擦音聲母主要受到格里姆鏈移拉鏈定律的變化而形成，其形成步驟分為三點說明：〔註79〕

1. 首先，在清塞音[p]、[t]、[k]等聲母上增加送氣成分形成[p′]、[t′]、[k′]。
2. 其次，送氣成分[h]（即音節結構內之[′]）先同化於前置的塞音聲母並因此產生一組塞擦音，例如：[ph]>[pf]、[th]>[ts]、[kh]>[kx]。
3. 最後，此塞擦音再脫落其前置塞音成分並簡化為擦音[f]、[s]、[x]，進而形成擦音的語音現象。

透過桑宇紅的南北方言分區之說〔註80〕，筆者將白語實際反映的擦音游離現象而論，白語位處雲南西南官話區，語音演變的反映屬於南方方言准合一型的擦音游離語音現象，受到等第的影響較開合口顯著。透過在聲母歸納表內的範例詞內發現，白語在[tʂ]組聲母方面亦有與高元音[-i-]相拼合並衍生出[-u-]介音的語音形式，相反的其[tɕ]組聲母卻能與開口呼相拼並衍生出[-i-]介音的語音形式，這些被認為是不和諧的讀音現象，即這種擦音游離的語音過渡現象，在白語北部方言區內甚是明顯，且形成之因絕非偶然，針對白語語音

〔註79〕桑宇紅：〈中古知莊章組字在現代方言中的擦音游離現象〉，頁416～427。
〔註80〕桑宇紅：〈中古知莊章組字在現代方言中的擦音游離現象〉，頁416～427。

系統內的此種現象推出假設：這些形成有如突變現象的聲母，極有可能是其在條件式音變的過程中，受到韻母結構欺騙，原先應該在演變的過程中連同聲母一同變化的韻母卻食言未改變，如此使得原本的聲韻調拼合的關係產生破壞，造成這類[tʂ]組聲母配給音且[tɕ]組聲母卻配洪音的不和諧語音現象，然而，細究白語的語音現象可知，這種不和諧的語音過渡並未持續很久的時間，因爲這種照系字系列的過渡突變語音現象，會引起新的語音演變情形，使這種不和諧的語音狀態導回正途。

此種語音演變的游離過渡現象，其具體的語音表現行爲是：知系內知徹澄三母、莊系內莊初、章系內章昌及精系內的精清從等聲母，合併爲一套「塞擦音」聲母，基礎的音值表現爲：舌面塞擦音[tɕ]組與擦音[s]/[z]搭配，或翹舌塞擦音[tʂ]/[tʂ′]與擦音[ɕ]搭配；且崇生和船書禪則又另外合爲一套擦音聲母。普遍的演變現象爲：在知莊章精系塞音多演變爲翹舌音聲母[tʂ]/[tʂ′]，亦有部分演變爲塞擦音和舌面音聲母[ts]/[ts′]及[tɕ]/[tɕ′]；擦音聲母則有[ʂ]、[ɕ]和[s]等三種讀音類型（亦有濁音與之對應），白語整體語音系統內此種語音現象，普遍形成於北部語源區，以下列舉形成此種游離現象的相關詞例：

①少：章系書母開口三等全清效攝，其音讀爲舌面擦音[ɕu33]。

②數：莊系生母合口三等全清遇攝，其音讀爲舌面擦音[ɕ′u55]。

③酸：精系心母合口一等全清山攝，其音讀爲舌面擦音和擦擦音[tɕiɔ̃55]/[ɕue55]。

④手：章系書母開口三等全清流攝，其音讀爲舌面擦音[ɕi31]。

⑤沙：莊系生母開口二等全清假攝，其音讀爲舌面擦音[ɕo55]。

⑥煮：章系章母開口三等全清遇攝，其音讀爲舌尖塞擦音至舌面擦音之語音過度[tɕu33]，特別出現在白語北部語源區之洛本卓，共興則保有此語音現象的演變過程：[tso33]/[tɕu33]，此種顎化舌面音與圓唇元音搭配的語音現象如[tɕu]音，在北部洛本卓表示牙齒時，其齒字（章系昌母開口三等次清止攝）音讀即爲[tɕu33]，亦出現相同的音節結構。

⑦碎：精系心母合口一等全清蟹攝，其音讀爲舌面擦音[ɕa42]→[ɕo42]→[ɕu42]等，元音逐漸高化。

⑧虱（蝨）：莊系生母開口二等全清臻攝，其音讀爲舌面擦音[ɕe44]→[ɕi44^{（緊）}]

　　除了擦音游離的語音現象外，另外還需補充說明一點，即在白語語音系統內，擦音是爲重要的語音系統組合成分，不僅影響白語滯古語音層次的聲調結構，也影響聲母系統的語音演變。透過分析歸納，筆者將白語中的擦音依據發音部位分爲四種語音現象：

（1）中唇齒擦音清濁對立：[f]－[v]

（2）舌尖擦音清濁對立：[s]－[z]

（3）舌面擦音清濁對立：[ɕ]－[ʑ]

（4）軟顎擦音清濁對立：[x]－[ɣ]（白語亦有喉擦音[h]，與[x]形成對立）

白語內部除了塞擦音外，擦音同樣亦具有清濁對立的語音現象，清濁對立的語音現象，更是反映了濁音清化的語流音變情形，在各地方的演變速度並非相同，而是存有差異，且擦音聲母演變的主要原因，不僅具有系統內部自我調適的影響外，也受到語言接觸等外部因素影響而被動演變調整，如此皆影響白語舌面擦音的演變情形。

　　白語內部的舌面擦音其來源有兩類：第一類爲來自於固有詞，第二類爲來自於漢語借詞。在來源於固有詞方面，原始擦音聲類表內具有[ɕ]和[ʑ]兩個音位，並有[s-]、[ts-]和[tɕʹ]等變體音值，變體音值的成因屬於條件式音變現象，受到[-i-]介音影響而帶動聲母產生塞擦化及舌面顎化現象；來源於漢語借詞方面，屬於白語語音系統內部的舌面擦音來源大宗，中古時期的精知章系聲母字，在借入白語後都被搭配爲[ɕ]，漢語借詞在借入白語後以[ɕ]相匹配者，應屬於[s-]的條件變體現象，例如：詞例「送」、「拭」、「（花／辣）椒」等例即屬於此種語音現象

例字	中古聲紐	共興	洛本卓	營盤	辛屯	諾鄧	漕澗	康福	挖色	西窯	上關	鳳儀
送	以開三	ʂõ33	sou33 sõ33 ɕõ33	ɕõ33	(ja31)	ʂɔ33	sõ33	sʹau33	sou33	so33	sou33	so33
拭	書開三	ʂo42	ɕi42	ʂɣ42	(ma55)	ʂɯ21 tʂʹo55 ma35	(tsʹa24) (fũ31)	tsʹa55	sɯ44 ma35 tsʹa35	sɯ44 ma35 tsʹa35	sɯ44 ma35 tsʹv35	sɯ44 ma35 tsʹv35
椒	精開三	ɕu55	ɕu55	ɕu55	sʹõ55	su35	su24 la24tsi33	su55	su35	ʑi21 tɕo35	ʑi21 tɕo35	ʑi21 tɕo35

（表說明：表格內以括號標示或以灰色標示者，並非此語源區無此音讀，而是此語區之音讀與此處所論之詞例語音相去甚遠，其音讀現象表示其他近義語義，爲免形成矛盾，因此暫以其他標記標示。）

除了舌面擦音外，白語內部的軟顎舌根擦音和喉擦音亦相當普遍，不僅具有軟顎清濁對立的擦音[x]－[ɣ]，亦有與[x]形成對立的喉擦音[h]，在後高圓唇元音前時，軟顎擦音受到條件影響爲了符合發音省力的經濟原則，即由軟顎往前形成唇齒擦音[f]/[v]：[x-]/[ɣ-]→[f]/[v]＿＿（後／高元音），白語在聲母演變爲唇齒擦音的過程中連同韻母主元音一併產生低化近央化的改變，例如：詞例「腹」即屬於此種變化之例：[xu]→[fu]（洛本卓／共興）或[xu]→[fv]（洱海周邊四語區）；此外還有一種情形爲軟顎擦音脫落爲零聲母的語音現象：[x-]/[ɣ-]→[ø]＿＿（後高圓唇元音），但若是非圓唇者則不脫落仍維持擦音：[x-]/[ɣ-]→[x-]/[ɣ-]＿＿（高非圓唇元音），筆者發現在主元音爲後高元音時，軟顎擦音聲母普遍產生相應的語音演變，究此可以認爲，當主元音在高化的過程連同聲母一併產生變化的階段，其間應有個過渡，即當主元音在半高後元音[o]時，處於可變可不變的過渡：[x-]/[ɣ-]→[x-]/[ɣ-]＿＿；[x-]/[ɣ-]→[ø]＿＿（半高後元音[o]），例如：以詞例「腹」、「燒」、「後」、「狐」之語音對應佐證說明：

例字	中古聲紐	共興	洛本卓	營盤	辛屯	諾鄧	漕澗	康福	挖色	西窯	上關	鳳儀
腹	屋合三	fv44	fo44 ɣe44	fv44	xu44 kua44	v42 k'ɔ44	vo42 ɣo33	fo44（緊）	fv44	fv44	v44uo44	fv44
燒	書開三	ɕu55	fv55	xu55	tso42 s'u42	tʂo35	tɕ'u44 su42	tsãu55 s'u55 xua44（緊）	ou44 tɕɔ35	o44	ou44	ou44 tɕɔ35
後	匣開一	ɣɯ33	tɯ33 ɣɯ33	ɣɯ33	ɣɯ33	ɣɯ33	tɯ33 ɣɯ33	ɣɯ31（緊）	ɣɯ33	ɣɯ33	ɣɯ33 ɯ33	ɣɯ33
狐	匣合一	u55	u55 ɣu44	v55	xu42 （li55）	ŋɔ42 zɔ42	xu24 li24	xu42 li55	xu42	xu42	xu42	xu42

白語語音系統內的擦音甚爲重要，本文研究認爲，擦音在白語語音系統內部屬於其滯古的存古語音現象，屬於從其本源固有成分內傳承下來，另一部分則是隨著與漢語深入的接觸而影響，即來源於漢語借詞而此亦影響原舌面擦音塞擦音化，筆者提出，其主要原因是受到漢語借詞擴散作用所致，例如上述詞例「拭→擦→抹」連貫的語義擴散促使原舌面擦音相應演變，形式白語如同漢語具有類比與語音變化相互關聯的現象；此外，軟顎擦音在白語北部方言語區內與小舌擦音形成對應形式屬互補關係不形成對立，在特定的語音條件下亦產生聲母脫落或唇齒擦音的演變，顯見擦音在白語語音系統內的影響甚爲重要。

第八節　白語聲母主體層與非主體層語音現象及音值擬測

藉由分析白語語音系統從滯古－上古時期、中古時期 A 層和中古時期 B 層
至近現代時期，在聲母部分的演變概況可知，在明析其演變現象後，要爲其確
定歷史層次時，不能僅單純以音值做爲考量，更重要的是，必需要將整個音系
內各個音類和音值的深層對應關係一併列入對應，要如此界定的原因在於，因
爲在不同的方言中，相同音值可能代表不同的演化歷史層次；換言之，在同一
個方言內部，相同的音值也可能來源於不同的歷史層次，這也是本文研究透過
白語詞源內部來源於漢語部分的借詞，透過音韻結構表現出的歷史層次概況，
及其演變的定義條例，相較之下，白語詞源內部來源於非漢語部分，特別指藏
緬彝親族語，其呈現的歷史層次概況，偏屬於上古底層結構內的語音現象。

透過歷史層次分析觀察，白語聲母系統在中古時期 B 層的中晚期階段至近
現代時期，漢語借詞源源不斷滲入，漢語音讀現象與白語滯古源自於彝語而來
的音讀成分形成歷史競爭，由中古時期白語聲母系統搭配語義的引申轉喻或假
借，所呈現的多重層次演變可知，中原唐音的漢語官話正以強勢語言第一度影
響白語語音演變，至民家語時期的北方官話韻書正音，以官定韻書文讀音第二
度影響白語語音的省併整化。

因此，白語的聲母系統在歷史時間的分層基礎上，再次深入定義四層次
的內容：滯古層、上古層（上古時期）、唐宋層（中古時期 A 期和中古時期 B
期）、漢語干擾層（包含官話接觸：近現代時期）。在此歷史時間源分層架構
下，進一步歸納黃行和胡鴻雁及龍國貽等學者，對於層次分析分類提出的相
關方法〔註 81〕，梳理符合白語的層次分析分類原則，爲白語因受到韻母制約
條件影響而形成複雜多樣的聲母系統，透過歷史時間源的層次分期及白語詞
彙系統的詞彙源分層，從主層－借層－變層的自／本源、漢源與借／異源屬
性，將白語聲母系統的語音對應現象，區辨出主體層次和非主體層次，及相
應的滯古本源層次、現代官話層次和彝語層次，確實反映白語聲母演變概況
及白漢對音的語音現象。

不同歷史時期借入的借詞形成不同的歷史層次階段，主體層次的識別原則

〔註81〕黃行和胡鴻雁：〈區分借詞層次的語音系聯方法〉《民族語文》第 5 期（2004 年），
　　　　頁 12～17、龍國貽：〈藻敏瑤語漢借詞主體層次年代考〉《民族語文》第 2 期（2012
　　　　年），頁 36～40。

以借入詞彙最多的時間點做為主體層，白語詞彙系統借入漢語借詞最大宗的時間以中古時期為主，這也是研究過程中設定以中古音類做為對應並以此承上啓下觀察的原因。因此，區辨主體層次時，必需要考量語音層內各個音類的主體層都是相同語音時期借入，並可共構為一個語音系統；換言之，在歷史層次分析梳理出語音演變過程的基礎上，再進一步確認音類的主體層次時，必需要兼顧該音類主體層次與其他音類主體層次間的關聯性，也就是各音類的主體層次，彼此雙方要能構成一個合理的語音系統。

因此，主體層次的確立需符合現代白語本身的音系，並透過各音類在現代白語中對應最多的那個音讀便是該音類的主體層次，各主體層次彼此間要能協調一致並組成為音系結構；餘者音讀則為該音類的非主體層次，也是該音類中的特殊音變現象所形成的音讀類型。

白語的非主體層次主要有三類：

第一類：以直接音譯的音讀表現之現代漢語官話層。

第二類：已受到漢源影響而逐漸縮小語義和使用範圍之借源於彝語部分的彝語層，雖然白語詞彙結構非漢語來源的異源成分複雜，但其內部普遍的異源成分當以彝語為主要，因此白語非主體層次之其中一層，筆者主要以彝語為說明依據。

第三類：早於《切韻》時代借入的中古早期或上古時期層，這個時期又與白語滯古本源層形成疊置。

在現代漢語官話層部分，由於借入現象仍持續進行，因此屬於開放的語音系統，而主體層次和彝語層及滯古本源層及其相關的中古早期層部分，因為語言接觸引響而生的借貸融合過程已經結束，因此屬於封閉的語音系統。

本節將在歷史層次分析的架構下，配合白語詞彙源的層次概況，針對本章探討的白語聲母語音演變現象進行總體論述，以此區辨出白語聲母的主體層次和非主體層次之別，並透過內部擬測法在本章的分析基礎上，為早期白語聲母音值進行擬測。

壹、白語聲母主體層次和非主體層次音讀歸類

白語聲母系統分為主體層次和非主體層次兩大路線進行細部歸類，在主體層次部分，主要依據中古漢語聲類及相關的發音部位進行語音現象的歸納說

明，並說明其語音現象內屬於特殊音質表現的語音現象，屬於主體音質現象內的非主體語音表現；在非主體層次部分，則區分出現代官話層、滯古彝語層和滯古自／本源詞層進行相關語源材料的分類說明。

一、主體層次

1. 幫　系

中古的幫系包括「幫、滂、並，明」四個聲母，皆屬於唇音字，若要細分則屬於重唇音字例。然而，透過白語詞彙語音結構分析可知，白語在底層本源詞內，有使用如同中古輕唇音聲類非系字的清唇齒擦音[f]，及中古晚期至近代民家語時期，相對於清唇齒擦音的濁唇齒擦音[v]，如同中古輕唇音聲母微母字，唇齒擦音清濁對立[f]－[v]這兩種音類表現，同樣也包含在唇音聲紐範圍內，以做為指稱漢語借詞相應的聲母標記，亦有做為白語底層本源詞的聲母之用。

這類唇音聲母在白語漢源詞內的主體層次表現為：

幫母主體層：p/b

滂母主體層：p′/p

並母主體層：p/b

明母主體層：m/本源詞/幫系聲母混用

這類唇音聲母在白語漢源詞內的非主體層次表現為：①唇齒擦音清濁對立[f]－[v]混用，②唇喉通轉的唇音舌根化[k]，③唇音齒通轉的唇音齒音化[ts]、[tɕ]、[s]、[z]，④脫落聲母的零化現象[ø]，⑤唇音舌根鼻音及翹舌鼻音化[ŋ]、[ɳ]。

幫母在中古漢語屬於不送氣清塞音，白語借入後同樣以不送氣清塞音表示，然而，歸入白語語音系統後所代表的詞彙屬性，除了漢源借詞外，也用以做為自身底層本源詞的聲母現象；滂母在白語借入後有送氣與否兩種現象，在送氣部分普遍受到漢源詞語音影響，不送氣部分則是白語在借入後亦保有自身語言屬性的表現，形成漢源歸化詞的特殊語音現象。

並母和幫母中古漢語清濁對立，在白語滯古－上古語音層即統稱的上古層時期，主要具有不送氣濁塞音的語音現象，與不送氣清塞音形成清濁對立；白語在底層本源詞部分，有少數詞彙以中古後期才產生的清唇齒擦音做為聲母結構表示，依其語音屬性加以逆推這類詞源屬早，但音韻結構表示為晚的語音形

式，應該屬於唇音聲母和介音，或唇音聲母自身聲源自體作用，受到擦音化的影響所致，白語語音系統內有此種屬於自／本源結構的底層詞，本屬固定不變，但卻受到外源音變作用的影響，進而撼動自源產生變異，也使得核心關係詞的詞源親疏程度產生變化；明母部分基本與中古語音一致，然而，部分詞例在白語語音系統內，仍有混用的語音現象。表 4-8-1 列舉相關語例說明幫系聲母語音表現概況：

表 4-8-1　白語幫系聲母主體層語音概況〔註82〕

例字	中古聲紐	共興	洛本卓	營盤	辛屯	諾鄧	漕澗	康福	挖色	西窯	上關	鳳儀
崩塌	幫開一	po33	pũ33	pv33	tẽ44	pa55	pa33	nɯ44 tau44	nɯ33	nɯ33	nɯ33	nɯ33
包	幫開二	pou55	po55	kou55	pou55	ɢɔ33	ko55	pau55	pɔ55	pɔ55	pɔ55	pɔ55
豹	幫開二	pi42	pie42	pie42	pa42	ue55 u33	pã31	pã42（緊）	pa32	pa32	pa32	pa32
左邊	幫開四	tɕuĩ55	tɕuĩ55	tsue55	pie55 xuo42	bi33	sv31 piã24	pi55	pie55	pi55	pi55	pie55
偏	滂開三	tɕ'uẽ55	tɕ'uã55	p'ie55	piɚ55	ue35	p'ie42	p'iɚ55 ɕe42	p'iɚ55	p'ie55	p'iɚ55	p'ie55
屁	滂開三	fu31	fe31	fe31	fv31	fv44	fo42	f'o31	fv31	fv31	fv31	fv31
薄	並開一	po42	po42	po42	po42	po42	pao42	pa42（緊）	pou42	po42	pou42	po42
皮	並開三	bi31	tɕui31 qo44	pi31	pe21	pe33 tʂo35	ke33 pai31	pe21	pe35	pe35	p'i42 fv44	pe35
背	並合一	ba42	bo42	bo42	pou55	dzɯ44 je44 po31 v33	jv44	pau31 vo33	jɚ32 po33	ʑɚ32 v33	jɚ32 vv33	jɚ32 vv33
母姆	明開一	mũ33	mõ33	mo33	mou33	mɔ33	mo33 mu33	mau33 mãu33	mɔ33	mɔ33	mɔ33	mɔ33
貿	明開一	mũ33	mũ33	mɯ33	mɯ33	mɯ33 xue33	mũ33	mɯ33	mɯ33	mɯ33	mɯ33	mɯ33

〔註82〕表格內例字的漢語釋義部分（以下皆同），一格內有二單字或雙音節詞並列的現象，這是因為據調查結果顯示，白語詞彙系統以相同音節結構表示近義釋義的詞例；換言之，即詞例的古義和今義，白語都並列在其詞彙系統內，並以相同音節結構表示，這也使得調查過程中，必需將字義進一步解釋，確定一字二義後，才能確定相關語音結構，而白語詞彙結構內此種現象相當普遍。

墨	明開一	mu44	mɯ44	mɯ44	me44	me35	me44	mɯ44	mɯ44	mɯ44	mɯ44	mɯ44
小麥	明開二	mɯ44 go21	mɯ44 ku21	mɯ44 kv21	mu33 ko21	mɯ33 gɔ21(緊)	mũ33 kṽ33	mɯ44(緊) ko21(緊)	mɯ44 kv21	mɯ44 kv21	mɯ44 kv21	mɯ44 kv21
大麥	明開二	zo21	zo21	zau21	sou21	mɯ33 gɔ21(緊)	mũ33 kṽ33	mi55 za21(緊)	tso21	tso21	tso21	tso21
蟆	明開二	ʔa55 mẽ55	ʔo55 mo55	ʔo55 me55	ou21 mɚ55	u21 tas33	tɕʼe55 tɕe55	u21 mɚ55	ou21 tsa21 mɔ33	o42 me35	ou21 tsa21 mɔ33	u42 tɕua33 mɔ33
某他	明開二 透開一	ba42	bo42	vo42	uo31 uã55	po21 pa55	po21 pa55	pɯ33 pa55	pɔ31 pa55	pɔ31 pa55	pɔ31 pa55	pɔ31 pa55
米	明開四	me33	mi33	mĩ33	mei33	me33	mã33 mai33	me33	me33	me33	me33	me33
秫稻草	明合一	ɢo44 ma44	qa44 ma44	qe44 ma44	ma44	ma44	ma44	ma44	ma44	ma44	ma44	ma44
爬	並開二	mã55	mã55	ma55	mã55	me44	me44	mɚ44	ma44	ma44	ma44	ma44
跑	並開二	mou31	mõ31	pe31	mõ31	pʼo21	mu21	mɯ21(緊)	pʼo31	pʼo31	pʼo31	pʼo31 sa44
暝	明開四	mie42	ȵua42	ȵõ42	xe44	mie21	xɯ33	me33	xɯ44	xɯ44	xɯ44	xɯ44

「幫系」特殊詞例來源說明：

　　詞例「崩」現今白語釋義表示「倒塌」，辛屯語區有兩種音讀一種即表內所列現代漢語借詞「塌」的語音，另一種為本身口語用法[ou33 pʼe33]；詞例「墨」在白語語音系統內有彝語[me44]/[mɯ44]和漢語[mək]兩種來源，受到現代漢語影響多以雙音節「墨水／墨汁」表示，其音讀分別有[mɚ35sue33]/[mɚ35tsv33]；詞例「薄」在白語內部來源有彝語[bo21]及漢語上古音讀[buak]二音讀；詞例「背」在白語中南部語源區之區分較為複雜，隨著後接賓語不同而有不同的語音結構，以諾鄧語區分類較為細項，例如表示「背『重』物」之「背」語音為[dʐɯ44]、「背『輕』物」之「背」語音為[je42]、「背『人』」之「背」語音為[po31]及「『背』之總稱」[v33]，洱海周邊四語區則分出「背『輕』物」之「背」語音為[jɚ32]/[ʐe32]、「背『人』」之「背」語音為[po33]及「『背』之總稱」[v33]/[vv33]，康福則區分「背『人』」之「背」語音為[pau31]及「『背』之總稱」[vo33]，其餘各語區則未多加細分。

　　詞例「某」即漢語釋義爲第三人稱代詞「他／他們」；詞例「母」在白語詞彙系統內另有表示「姆指」；詞例「貿」即漢語釋義爲「交換」；詞例「麥」在白語詞彙系統內分別爲「小麥」和「大麥」兩類，雖然同屬明母字，但隨著物質屬性不同而有不同的語音結構；詞例「蟆」即指「青蛙」，白語借入古稱「蛤蟆」表示其音讀，音讀以雙音節詞表示，亦有以單音節[mɔ33]表示，例如洱海四語區之挖色、上關和鳳儀，不僅有單音節詞，亦保有雙音節詞的音節結構現象；北部語源區之共興、洛本卓和營盤，其雙音節詞彙結構可視爲單音節，其前綴成分[ʔa55]→[ʔo55]屬於增添的羨餘成份；詞例「秣」釋義爲餵食動物之「糧草或稻草、穀草」，白語語音系統內具有雙唇鼻音和小舌音做爲聲母等兩種結構類型；詞例「爬」雖屬並母聲紐，但白語以雙唇鼻音爲其音讀，即以漢語借詞「逃亡之『亡』」的語義表示「跑」，現代白語借入漢語「跑」音讀後才逐漸區分；詞例「暝」漢語釋義爲「天『黑』、天『暗』」，與表示顏色之「黑／暗」不同語義，但在白語中部和南部語區仍普遍以顏色之「黑／暗」表示，且透過北部語源區之洛本卓聲母的演變可知，其雙唇鼻音聲母與韻母介音在中古中晚期產生翹舌化演變現象。

2. 非　系

　　中古時期的非系包括「非、敷、奉、微」四個聲母。非系字在漢語語音史上直到《切韻》時期都還是屬於重唇音系統內的一脈，讀音與幫、滂、並、明相同無別，約莫中唐後期即白語中古時期B層時，重唇音產生裂化將輕唇音分出，即唇齒音逐漸形成，白語語音系統內具有唇齒擦音清濁對立的語音現象，主要的演變條件爲合口三等字，且各聲母的演變速度並不一致。

　　這類唇音聲母在白語內的表現相當特殊也相當矛盾，特別是濁唇齒擦音[v]，不僅做爲聲母用，亦可視爲韻母結構，對於聲母產生相關的顎化作用；此音類主要用來表示漢源借詞的聲母外，亦有少數白語底層本源詞彙，直接採用清唇齒擦音表示，由此推測，白語底層本源詞的時間層段面並非僅斷在上古至中古早期，從清唇齒擦音生成並用來表示底層本源詞，例如：鋸子、六或麂子等詞例時，就表示時至清唇齒擦音分化的中古中晚期時，不僅具有大量漢語借源詞借入，連同本源詞仍在循求適當的音理結構。

　　白語這組特殊的唇齒擦音與漢語相較特別不同的是，白語滯古語音層內具有清唇齒擦音，再更加強調其內源的送氣成分的送氣現象，至現代受漢語音譯

借詞的影響，其送氣成分已逐漸與不送氣整併，而以不送氣的形式表現；在微母部分，則至近現代時期的近代民家語時，才逐漸定型爲濁唇齒擦音[v]。

這類唇音聲母在白語漢源詞內的主體層次表現爲：

非母主體層次：f/fʻ（白語語音系統亦包含敷母和奉母）

微母主體層次：m→ŋ→至近代民家語時期形成濁唇齒擦音 v→u

由此可知，漢源詞彙在借入白語聲母系統時，非系字在被借入的漢語官話內已唇音化爲清唇齒擦音[f]，但在微母字的演變則未依循腳步唇齒擦音化，如此說明，幫系四個聲母的輕唇化音變並非同時進行，微母輕唇化在白語聲母系統需至近代民家語時期才逐漸定型。

表 4-8-2 列舉相關語例說明非系聲母的語音表現概況：

表 4-8-2　白語非系聲母主體層語音概況

例字	中古聲紐	共興	洛本卓	營盤	辛屯	諾鄧	漕澗	康福	挖色	西窯	上關	鳳儀
筆	幫開三	fe42	fv42*	fe42	fu55 kuã55	fu31 kua21	vo42	fo44（緊）	vo42 pi35	vo42 pi35	vo42 pi35	vo42 pi35
瘋	非合三	v31	vu31	v31	vu21	ɕi55 bɯ21 tɕʻe44	vo31	vo21（緊）	pe33 vo31	pe33 vo31	pe33 vo31	pe33 vo31
肺	敷合三	tɕʻua44	tɕʻua44	tɕʻua44	pʻia44	pʻia21	pʻia33	fe44（緊）	pʻia44	pʻia44	pʻia44	pʻia44
蜜蜂	敷合三	fṽ55	xõ55	fe55	fʻo55	fv55	fv42	fʻõ55	fv55	fv55	v55	v55
覆蓋	敷合三	pʻɯ42	pʻɯ42	pʻũ42	pʻɯ31	pʻɯ21	pʻɯ31	pʻɯ31	pʻɯ42	pʻɯ42	pʻɯ42	pʻɯ42
漂浮	奉開三	bɯ55	pɯ55	pɯ55	pʻio21	bɯ33	pɯ21	pɯ21	pɯ21	pɯ21	pɯ21	pɯ21
父爹	奉合三	bv42	bo42	bo42	pa33 pou55	di33	ti33	pa33ti33	ti33	ti33	ti33	ti33
扶	非合三	qʻe55	qʻe55	ʈia55	tsa31 pu33	kʻe55	tsã42 u31	vɯ31	u21	u21	u21	u21
晚	微合三	mẽ33	me33	me33	mei33	me33	mã33	me33	me33	me33	me33	me33
亡	微合三	mũ44	mũ44	mɯ44	mu33	mu21	mu21	mɯ44	mou21	mo21	mou21	mu21
蚊	微合三	mũ44 tsi33	mõ44 qo33	mɯ44 tsʅ33	mũ44 tsi33	mɯ44 tsʅ33	mou44 tsi33	mau44 tsi33	mo33 tsi35	mo33 tsi35	mu33 tsi35	mu33 tsi35
尾	微合三	mẽ33 qua33	mõ33 qua33	mu33 kua33	mo31 to33	ŋo21 do35	mi33 tu24	vo33 to55lo55	v33 tv35	v33 tv35	mi33 tu35	mi33 tu35

利息	心開三	bu21	bɯ21	pɯ21	pɯ21	bɯ21	li42 çi24	li55çi35	li42 si35	pɯ21	pɯ21	pɯ21
六	來合三	fv44 fu44	fo44	fo44	fo44 xo44	v42 k'ɔ44	vo42	fo44^(緊)	fv44	fv44	fv44	fv44
鋸	見開三	fv42	fv42	fo42	fu42 ts'e55 ç'iɚ55	fv42 tʂ'e33 ʂe33	se44	fo42^(緊) s'e44	fv33 se44	fv33 se44	fv33 ts'e44	fv33 ts'e44
麂	見開三	bv42 v42	uo42	vu42	vo42	v42 dɚ21	so44 lo31	t'ia31 tçi31 tsi33	v42	v42	v42	v42

（表格註：雙底線及灰色網底詞例表示白語本源底層詞；諾鄧[dɚ21]等同於康福[tsi33]，屬於小稱詞綴，表示漢語「麂子」的「子」）

「非系」特殊詞例來源說明：

　　詞例「筆」在北部語源區洛本卓出了中古輕唇音分化後的[fv42]音讀外，在早於輕唇音讀另有依據字面語義解釋其音的音讀[qua55 sv55 qau55]，表示這種工具是在寫信時使用，以重複白語詞彙系統內「筆」的單位量詞「支[qua55]/[kua55]」搭配「書信[sv55]」表示語音，近現代時期隨著「筆」的種類繁多，白語也借入如「粉筆[fu31 pi35]」或「鉛筆[tç'i33 pi35]」等現代用語，其「筆」的音讀則回到幫母音讀[pi35]，屬於借詞屬性。詞例「浮」和「父」在上古時期白語語音系統內屬於兼具彝語（浮[pu33]/[bu33]，父[po55]）和漢語（浮[bǐu]，父[bǐwa]）兩種來源外，另有受到苗瑤語影響，而在聲母出現舌尖塞音[t-]的音讀現象，由表格內的語音演變現象發現，白語和彝／漢語同源的唇音音讀，其元音呈現高化作用並伴隨單元音裂化為複元音化，在舌尖塞音讀部分則維持高化[-i-]介音的韻母模式。

　　詞例「亡」表示逃亡／逃跑義；詞例「瘋」和「蜜『蜂』」屬於近代漢語借詞音讀，換言之，若將唇齒擦音聲母還原成早期白語，其音讀與重唇音無別，由此可知在白語語音系統內重唇和輕唇即便輕唇已然分出，兩者混用的現象仍普遍。

　　詞例「利息」是白語借用現代漢語的釋義而來，其古本字義是單音詞表示名詞屬性的「息」，主要指利息或利錢，從語例表內排除漢語音譯音讀的語區，其他語區表示的語音[pɯ21]－[bɯ21]，若與漢語借詞音譯[si35]－[çi35]對應比較，亦能從語音佐證白語唇音齒齦化現象甚為活躍。

3. 端系

　　中古端系包括「端、透、定、泥」四個聲母，端系屬於整體舌齒音之發源，

由此展開知系及其章系等語音發展；其發音部位屬齒齦即舌尖部位，端系在白語漢源詞內的主體層次為：（括號內為特例非主體層次音讀）

端母的主體層次：t/d；ʈ/ts/tɕ/tʂ；（k）

透母的主體層次：t′－d′/t；tɕ′

定母的主體層次：t/t′/d/ts；ɖ/tɕ－dʐ/ʑ；（s－z）

泥母的主體層次：l/n；t′；s/ɕ；（p）/（m）/（t）

（白語語音系統內泥母不僅與來母相混，亦與日母、娘母相混用）

來母的主體層次：l/n；ɣ；（k/k′）/（v）

端系在白語聲母系統內仍為齒齦音，其各聲母的主體層次在上古時期及中古前期與幫系對應相當整齊，在主體層同樣都為不送氣的清塞音，並具有清濁塞音對立的語音現象；透母如同滂母在漢源借詞方面具有送氣成分，但受到自身語音現象影響，普遍仍以不送氣塞音表示；濁塞音定母的主體層次則與端母相同，然而，白語在幫系和端系的全清和全濁聲母方面具有清濁對立兩種音類屬性，這種語音現象在白語整體音位系統內的實際情況是，在白語北部和中部部分語源區仍保有清濁對立的音位形式；多數中部語源區和南部語源區則已然與漢語無異，主要以清塞音表示；較為特殊者為泥母，在白語語音系統內的泥母，則與舌尖鼻音來母相混，在現代漢語借詞詞例能予以區辨，白語對此種語音現象的對應措施則是「保留古音、增添新音」，即是形成文白異讀的語音現象，保留[n]和[l]不分的語音並借入區辨詳實的漢源詞語音讀，而古本音屬白語白讀音，借入後的漢源詞語音讀則屬今音官話文讀音。

表 4-8-3 列舉相關語例說明端系聲母的語音表現概況：

表 4-8-3　白語端系聲母主體層語音概況

例字	中古聲紐	共興	洛本卓	營盤	辛屯	諾鄧	漕澗	康福	挖色	西窯	上關	鳳儀
戴	端開一	ti42 tʂu42	tũ42 to42	tuu42 tiu42	tai55	tuu21	tũ31 kuu31 kua44	tũ42（緊）	tuu31	tuu31	ti31	ti31
鳥	端開四	tsu42	tso42	tsu42	tsou33	tsu42	tsou33	tsau44	tsou33	tsou33	tso33	tso33
脫	透合一	lui44	la44	lua44	t′o55 lui44	lue35	t′o24 lue42	lue55	t′uo35	t′o35	t′uo35	t′o35
土	透合一	t′u33	t′o33	ni31	mei31	t′u33	nã31 tɕ′i42	p′ẽ55 ne21	ne21	ne21	ne21	ne21

字	聲類											
唾	透合一	tʂɻ33 t'o31	ɕyi33 t'o31	t'u42	t'au42	ɕy55 mie21	si42 mã42	t'au31	ts'ɻ55 t'ɔ31	ts'i55 t'ɔ31	ts'i55 t'ɔ31	ts'ɻ55 t'ɔ31
踏踩	透開一	da42	da42	da42	tã42	ta42	ta42 t'a24	ta42	ta42	ta42	ta42	ta42
貼	透開四	niã55	p'e55	tɕ'i55	tɕ'ia55	tɕ'a44 ŋa35 n̪a44	tie24 t'ie24	tɕ'a44(緊)	ŋa35 n̪a44	ŋa35 n̪a44	ŋa35 na44	ŋa35 na44
鐵	透開四	tɕ'i44	tɕ'i44	tɕ'i44	t'ei44	t'e44	t'ai44	t'e55	t'e44	t'e44	t'e44	t'e44
毒	定合一	dɯ42	tɯ42	tɯ42	tu42	dɔ21	tv42	tɯ42	tɯ42	tɯ42	tɯ42	tɯ42
疼	定合一	sã42	sõ42	sv42	suo42	sɻ21	sv31	s'õ31	sɻ31 ou31	sɻ31 ou31	sɻ31 ou31	sɻ31 ou31
頭	定開一	di31	dɯ31	tɕɯ31	ti31 po21	dɯ21 bo21	tsṽ31 sã42	tɯ21 pa21(緊)	tɯ21 po21	tɯ21 po21	tɯ21 po21	tɯ21 po21
豆	定開一	di42	dɯ42	dʐɯ42	ti44	dɯ21	tɯ33	tɯ31	tɯ31	tɯ31	tɯ31	tɯ31
大	定開一	da42	do42	do42	tou42	do21	to31	ta42(緊)	to31	to31	to31	to31
等待	定開一	di33	dɯ33	diɯ33	tũ33	dɯ33	tiɯ33	tɯ33	tiɯ33	tiɯ33	tɯ33	tɯ33
地	定開三	dʑi42	dʑi42	ʑi42	tɕi44	xe55 dʑi21	tao44	tɕi21(緊) pə21(緊)	tɕi31	tɕi31	tɕi31	tɕi31
弟	定開四	t'i33	t'i33	tɕ'i33	te33	ti55	t'ai33	tsi33 t'e33	t'e33	t'e33	t'e33	t'e33
腦	泥開一	nõ33	nõ33 qa55	nv33	nõ33 tsi33	nɔ33 kə31	nõ33	nau33 ɕy33	nɔ33	nɔ33 mɯ31	nɔ33 k'v31	nɔ33 mɯ31
那	泥開一	pɯ33	pɯ33	mɯ33	na55	na55	tua42	na55	pɯ33	pɯ33	pɯ33	na55
泥	泥開四	nõ31	ne31	ni31	ne21	ni21 tɕ'i55	nã31	p'ə55 ne21	ne21	ne21	ne21	ne21
年歲	泥開四 心合三	sua44	sua44	sua44	s'ua44	ʂua44	sua44	sua44	sua44	ɕua44	sua44	sua44
撈	來開一	ne31 tʂ'ɯ44	ne31 tʂ'ɯ44	z̩31 tʂ'ɯ44	vɯ21	v21 lɔ33	lao44	vo21(緊)	v21	vv21	vv21	v21
露	來合一	ka42	kõ42	ko42	kou42	gɔ42	kv42	kã42(緊)	kv42	kv42	kv42	kv42
道路	定開一 來合一	t'iu33	t'u33	t'v33	t'u33	t'u33	t'u33	t'u31	t'u33	t'u33	t'u33	t'u33
裡	來開三	kɯ31	kɯ31	kɯ31	kɯ21	k'ɯ33	vo42	lɯ44(緊)	k'ɯ31	k'ɯ31	k'ɯ31	k'ɯ31

「端系」特殊詞例來源說明：

　　詞例「鳥」屬於端母開口四等，效攝篠韻，漢語音讀擬音為[tiu]/[tieu]，其白語語音結構以「舌尖齒齦塞擦音＋韻母單圓唇元音或裂化複元音」的結構表現，三方言分區的語源結構呈現相當一致性，此字在白語詞彙系統內又釋義表示「雀」屬於精母開口三等，宕攝藥韻，漢語音讀擬音為[tsĭauk]/[tsjɑk]，〔註83〕

〔註83〕漢語音讀擬音採用王力系統並參酌董同龢擬音。以斜線區分，斜線左邊為上古漢語擬測音讀，斜線右邊為中古漢語擬測音讀。

從白語音讀顯示，應是先借入狹義「雀」再借入廣義「鳥」，端系聲母受到介音[-i-]的條件制約影響，使其產生齒齦顎化現象，元音並未加入語音演化的過程，因此在聲母演化完成後便與元音形成現今的語音型態；類似的語音演變現象在詞例「道路」亦可窺見，從北部語源區之共興和洛本卓的語音演變可知，端系聲母[t]和介音[-i-]產生翹舌音顎化作用，形成翹舌舌尖塞音[t]，介音調合後即脫落，形成[t'u33]結構，其餘語區則未產生相關的聲母變化。

詞例「唾」即釋義爲「口水」，白語在語音表現上有以字例語義表示語音的形式，例如漕澗、諾鄧和洱海周邊四語區皆屬之；詞例「踏」是中古時期漢語借詞音讀，白語借入以踏表示，然而，依據互訓條例可知，「踏，踩也；踩，踏也」，「踏和踩」屬於同義複詞，因此現今白語詞彙系統內「踏和踩」兩詞語音相同。詞例「土」在上古時期白語詞彙系統的概念內，與「泥」視爲相同地理風貌，「土」在上古時期白語音讀即爲[p'ẽ55 ne21]，此時「土」的概念是具有濕黏特徵的屬性，隨著漢語「土」的音讀借入，白語遂將「土」的概念再細分出乾和濕兩類，濕土承載白語古音讀、乾土則以漢語借詞音讀[t'u33]表示，如此也形成白語各語區對於「土」字的音讀，具有類同於「泥[ne21]」和類同漢語借詞[t'u33]兩種音讀現象，呈現語音疊置且兩者兼用。詞例「貼」在白語詞彙語音系統內屬於漢語借詞例，與「黏」的語音形成兼用現象。

詞例「毒」在白語語音系統內亦有彝語[du33]和漢語[duk]兩種來源；白語詞彙系統內的端系字除了泥母和來母語音尚不穩定外，其餘在端母、透母和定母部分除了送氣與否具有混用現象外，普遍以漢源借詞爲主要詞彙來源，並有依據詞義的轉喻義表示語音，例如詞例「脫」在白語語音系統內並採用脫後形成裸身的狀態的「裸」音讀表示「脫」，形成透母出現邊音的特殊聲母現象。

詞例「泥」在康福有兩種用法，當單音節詞使用時，其聲母爲同源於漢語音讀[n]，當雙音節合璧詞使用時則以舌尖邊音[l]表示，例如同樣屬於漢語借詞例「泥漿」和「黏土」舌尖邊音[l]爲音讀[le21 tçã55]（泥漿）/[le21]（黏土）；詞例「年和歲」在白詞彙語音系統內表示同源引申語義，因此使用同音表示。

4. 精　系

中古精系聲母包括「精、清、從、心、邪」五個聲母，其源流皆隸屬於端系支脈的演變。此五個聲母在白語語音系統內，於中古中晚期 B 層時期，產生複雜多樣的語音現象，由端系[t]展開聲母清濁塞擦化、舌面音清濁顎化、擦音

化及其半元音化，特別是擦音部分，具有滯古送氣的語音現象，而這些聲母的語音變化屬於精系聲母在[t]和[ts]的主體層次下的非主體層次，此處所論之非主體層次定義，即指其生成需搭配特定的演變條件才得已形成，並兼具清濁對立的語音現象。

歸納精系五聲母在白語漢源詞內的主體層次，特別在心母部分呈現聲母多樣化發展，以括號表示其主體層次內的非主體語音現象，此種白語在主體層次內的非主體語音現象，普遍情形受到語區內部語義認知釋義影響：

精母的主體層次：t/ts/tɕ；t'/ts'；s－s'（具對立濁音 d/dz）；ɕ

清母的主體層次：t/ts；t'/ts'/tɕ'（具對立濁音 d/dz/ʐ）；（ɣ）/（s）

從母的主體層次：t/s/ts；t'/ts'；ʈ（具對立濁音 d/dz/z）

心母的主體層次：s－s'/ɕ－ɕ'/x（具對立濁音 z/ʑ）；（t/ʈ/ts/ts'/tʂ/tɕ）；
　　　　　　　　（x）；（m）

邪母的主體層次：s－s'/ɕ－ɕ'/j（具對立濁音 z/ʑ）；（ts/tʂ/tɕ）

精系具有和幫系及端系不平衡的主體層次，精母在白語聲母系統內演變為清塞音和塞擦音的現象甚為顯著，其早期語音現象即其主體層次即是[t]。

表 4-8-4 列舉相關語例說明精系五個聲母的語音表現概況：

表 4-8-4　白語精系主體層次語音概況

例字	中古聲紐	共興	洛本卓	營盤	辛屯	諾鄧	漕澗	康福	挖色	西窯	上關	鳳儀
灶	精開一	tsu42	tsu42	tso42	tsu42 ɕy33	tso42	tũ42	tsa42	tsuo32	tsuo32	tsuo32	tsuo32
酒	精開三	tsõ33	tsõ33 dzõ33	tsɯ33	li31 tɕi44	dzɿ33 li21 tɕ'i55	tsv33	tso33 lɯ31 tɕi55	tsɿ33	tsɿ33	tsi33	tsi33
箭	精開三	tɕĩ42	tsẽ42	tsi42	tɕi42	tɕi42 (緊)	tɕiã31	tɕĩ42 ma42	tɕi32	tɕe32	tɕe32	tɕi32
進入	精開三	ȵi44	ma44 ȵi44	ni44	ji44	ȵi44	pe33 ȵɯ24	ji44	ʑi44	ʑi44	ʑi44	ʑi44
子	精開三	tsi33	tsi33	tsɿ33	tsi33	tsɿ33	tsi33	tsi33	tsɿ33	tsi33	tsi33	tsɿ33
姐	精開三	tse33	tse33	ta33 tɕi33	tɕi33	tɕi21	ta33	tɕi55	tɕi33	tɕi33	tɕe33	tɕe33
花椒	精開三	ɕu33	ɕu33	ɕu33	s'õ33	su35	su24	su55	su35	ʑi21 tɕo35	ʑi21 tɕo35	ʑi21 tɕo35
租	精合一	p'o33	k'o33	k'o33	k'o33 p'o33	dzu33	tsu33	k'ãu33	k'o33	k'o33	k'ɔ33	k'ɔ33

字	中古音											
村邑	清合一 影開三	ji44	uĩ44 ʔĩ44	jou44	jou44	ʑɯ44	jɯ44	jɯ44	jɯ44	ʑɯ44	jɯ44	jɯ44
七漆	清開三	ts'i44	ts'i44	ts'i44	tɕ'i44	tɕ'i44	tɕ'i24	tɕ'i44	tɕ'i44	tɕ'i44	tɕ'i44	tɕ'i44
圍屎	清開三 書開三	tɕ'i55 si33	tɕ'i55 si33	tɕ'i55 si33	tɕ'i55 si33	tɕ'i55 ʂɿ33	tɕ'i55 si33	si33	ʂɿ33	ʂɿ33	ʂɿ33	ʂɿ33
千	清開四	tɕ'e55	ts'i55	ts'i55	tɕ'i55	tio33 tɕ'i55	tɕiã42	tɕ'ɿ55	tɕ'i55	tɕ'i55	tɕ'i55	tɕ'i55
賊	從開一	tsɿ42	tsɿ42	tsɯ42	tsɯ42	dzɯ21	tsɯ42	tsɯ42	tsɯ42	tsɯ42	tsɯ42	tsɯ42
蠶	從開一	tsa31	zã31	tsa31	tsã21 tsi33	tsa21	tsã31	tsã21	tsa21	tsa21	tsa21	tsa21
裁	從開一	ɢa42	qa42	ka42	kə42	ke42	tsai42	ts'e55	kɚ42	ke42	kɚ42	ke42
字	從開三	dzɿ44	dzũ44 zũ44	tsɯ44	so44	sɿ35	si24	so55	sɿ35	sɿ35	sɿ35	sɿ35
前	從開四	tɯ21	ʈiɯ21	tiɯ21	tũ21	dɯ21	tɯ33	tɯ21(緊)	tɯ21	tɯ21	tɯ21	tɯ21
鎖	心合一	su33	tsou33	tso33	su33	ʂo33	so33 pe42	so33	suo33	so33	suo33	suo33
孫	心合一	ɕue55	sõ55	ɕui55	s'uã55	sua44	suã42	s'uã55	sua55	ɕua55	sua55	ɕua55
雪	心合三	sui44	sue44	sui44	s'ue44	sue44	ɕy44	s'ue44	sue44	ɕy44	sue44	sue44
掃	心開一	ts'u44 tʂ'u44	ʈ'o44	t'iu44	ts'ou55	so33	tɕy44	ts'au44	tsue44	tsue44	tsue44	tsui44
塞	心開一	ts'i55	tɕ'i55	tɕ'ɯ55	ts'ɯ42	ts'ɯ55	tsu24	ts'ɯ55	tsu35	tsu35	tsu35	tsv35
線	心開三	xɯ33	xɯ33	xɯ33	x'e33	xo35	xɯ33	xau55	xɯ33	xɯ33	xɯ33	xɯ33
四	心開三	si44	ɕi44	ɕi44	ɕi44	ɕi33	ɕi33	ɕi44 si44	ɕi44	ɕi44	ɕi44	ɕi44
辛	心開三	tɕ'i55	ts'ẽ55	ts'i55	tɕ'i55	tɕ'i55	tɕ'iã42	tɕ'ɿ55	tɕ'i55	tɕ'i55	tɕ'i55	tɕ'i55
小	心開三	se31	sẽ31	si31	se44	se21	sai31	s'e31	se31	se31	se31	se31
細	心開四	mã42	mie42 mo42	mie42 mo42	mou42	mɔ42 mi42	mõ42	mã42	mou32	mo32	mu32	mu32
西洗	心開四	si33	ɕui33	ɕɯ33	sei55 s'e44	se33	sã24 sã31	s'e33	se35 se33	se35 se33	ɕi44 se35	se35 se33
星	心開四	sã55	ɕã55	ʂe55	ɕ'ie33	ɕe44 k'o44	ɕv42	ɕ'ɚ55	ɕɚ55	ɕe55	ɕɚ55	ɕe55
篲	邪合三	tʂui44	ʈue44	tsui44	tɕue42 ke44	tʂue33 kɔ21(緊)	tɕui44	tsui31 kɯ33	kɯ31	tsue44	tsui44	tsue44

「精系」特殊詞例來源說明：

　　「精系」的語音演變現象，除了聲母和介音的相互影響外，另一項關鍵因素便是受到漢語接觸的影響，使得白語詞彙系統內的古本義和今義產生相融，古今義皆在詞彙系統內作用並存，使得語音也隨著語義產生擴散作用。

　　詞例「村」在白語詞彙語音系統內以古本義「邑」為音讀，置於精系內是由於此詞例現今白語已不釋義為「邑」，而是以「村」為語義，因此以現今語義歸屬並列出古本義並列；詞例「字」在白語詞彙語音系統內本與「書」相混用，由於上古時期「書」又有做為字體或寫的字等釋義，因此「『字』和『書』」在白語詞彙語音系統內本做為同一詞，中古時期借入漢語音讀後，兩者音讀才區分開，以塞擦音化者[ts-]/[dz]表示「字」，以擦音[s]表示「書」；詞例「圊」白語借入古本義用以表示「廁肥／糞肥」之義，中古中晚期時借入漢語[si33]音讀表示「糞／屎」之語義。

　　詞例「辛」即白語詞彙語音系統借源上古語義「辛甚曰辣」、「辛，辣也」之語義並以義表示語音；在白語詞彙系統內詞例「細」和「小」的語音相當特殊，兩詞皆表示「微小／細小」之義，但是，白語以近義詞語音「毛」表示「細」，以類同於「細」的語音表示「小」，兩詞例同屬心母但分屬三等和四等；至於詞例「四」和「西」屬於漢源同源詞彙，即便在白語語音系統內的「四」在中古中晚期產生舌面擦音化現象，其仍屬於漢語同源屬性；詞彙「西」和「洗」白語源自於漢語音讀並以調轉表示不同。

5. 知　系

　　中古知系聲母包括「知、徹、澄、娘四個聲母，該組聲母在漢語中古語音為翹舌音，白語此組聲母由「端系」分支而出，其早期音讀同於端系[t]為不送氣清塞音和濁塞音對立、徹母主要具有送氣與不送氣兩種清塞音現象、澄母亦具有清濁塞音對立現象，娘母為齒齦鼻音且仍歸屬泥母範圍內，中古時期受到韻母介音影響使得聲母產生塞擦化的音變及顎化舌面音的音變現象，受漢語借詞影響使其在塞擦化和舌面音顎化後又產生翹舌化的音變情形。

　　知系在白語內的主體層次分別為：

　　　知母的主體層次：t/t′－d；ts/ʈ；tʂ/tɕ；tɕ；(ŋ)

　　　徹母的主體層次：t′/ʈ′；ts′

　　　澄母的主體層次：d/ɖ；s－s′/ɕ；ts/tʂ/tɕ；dz/dʐ

　　　娘母的主體層次：n/ȵ/j

知系早期白語即屬於端系，在知系借入白語已形成塞擦化、顎化舌面音及翹舌音的音變，且具有清濁相互對立的現象。

表 4-8-5 列舉相關語例說明知系四個聲母的語音表現概況：

表 4-8-5　白語知系主體層次語音概況

例字	中古聲紐	共興	洛本卓	營盤	辛屯	諾鄧	漕澗	康福	挖色	西窯	上關	鳳儀
豬	知開三	te42 de42	de42	te42	t'e42	de21	tai42	te42	te42	te42	te42	te42
長	知開三	dʐo21	tõ21	do21	tsou33	tʂo21	ko24 tsõ31	x'ɚ55（緊）	tsou21 kuo35	tso21 ko35	tsou21 kuo35	tso21 ko35
蟄	知開三	tʂ'o55	t'o42	t'iu42	tũ44	tʂ'u55	t'o55	tiɯ55	ts'ou55	ts'o55	tɕ'io55	ŋa55
追	知合三	tɕi42	so55 te42	tɕe42	tɕi42	tɕi42（緊）	tɕi42	tɕe42（緊）	tɕe42	tɕe42	tɕe42	tɕi42
坼拆	徹開二	t'ua42	t'o42	t'ɚ42	t'ei33	t'e33 ts'e35	t'ai44	t'e44（緊）	t'e42	t'e42	t'i42	t'i42
茶	澄開二	do31 dʐo31	ţo31	do31	tsou31	tʂo21	tso42 dzo42	tsa21（緊）	tso21	tso21	tso21	tɕo21
柱	澄合三	dʐuĩ33	dɯ33	tɕõ33	tɕy21 k'u31	dʐɯ21	tsɯ44	tsɯ33	tsɯ33	tsɯ33	tsɯ33	tsɯ33
腸嘗	澄開三	dʐõ21	ţo21	do21	tsou21	dʐo21 tʂo21	tsõ31（si31）	tsã21（緊）	tsou21	tso21	tso21	tsou21
灰塵	澄開三	su55 tsʅ31 ȵɯ35	na31 p'a55 ça55	su55 çu55 t'u33	s'u44	tɕui31	su42	s'u55	su55	su55	su55	su55
你	娘開三	no31	no31	nɯ31	nou55 na55	no21 na55	no31 na55	nãu31 na55	nɔ31 na55	nɔ31 na55	nɔ31 na55	nɔ31 na55
女	娘開三	ȵo33	ȵu33	ȵõ33	nũ33	ȵo33	ȵv33	jõ33	ȵv33	ȵv33	ȵv33	ȵv33

「知系」特殊詞例來源說明：

　　詞例「長」在白語詞彙系統內亦借入漢語「長短之『長』」和「成長或長大之『長』」兩種用法，在漕澗和洱海周邊語區表示「成長或長大之『長』」以軟顎舌根音爲聲母表示；另外，關於詞例「腸」，在白語詞彙語音系統內，另有禪母同音詞例「嘗」：「腸」爲形聲字，本義表示「人和動物消化器官之一」、「嘗」等同「嚐」，本義表示「識別滋味」﹝註84﹞，兩詞例之釋義甚遠，但白語語音系統以相同音節結構表示；至於詞例第二人稱代詞「你」，白語依漢語釋義爲「你／你們」屬娘母字，依語音釋義爲古稱「汝」則屬日母。

6. 莊　系

　　中古莊系包括「莊、初、崇、生」四個聲母，其中莊母爲不送氣清塞擦音、

﹝註84﹞ 釋義說明查詢於羅竹鳳主編：《漢語大辭典》（北京：商務印書館，2007 年）及在線漢典：http://www.zdic.net/，與在線新華字典：http://xh.5156edu.com/index.php。

初母和崇母及生母兼具塞擦音送氣與不送氣兩種形式，除了清音外同樣也具有濁音聲母。莊系在白語內的主體層次分別為：（括號內標示說明的音讀屬於非主體層次的音讀表現）

　　　莊母的主體層次：t/ts/tʂ

　　　初母的主體層次：t′/ts/ts′；tʂ′；tɕ

　　　崇母的主體層次：t－t′/tɕ

　　　生母的主體層次：s－s′/ʂ/ɕ；（p：借入漢語音讀）

　　表 4-8-6 列舉相關語例說明莊系四個聲母的語音表現概況：

表 4-8-6　白語莊系主體層次語音概況

例字	中古聲紐	共興	洛本卓	營盤	辛屯	諾鄧	漕澗	康福	挖色	西窯	上關	鳳儀
窄	莊開二	tia44	tia44	te44	tse55	tʂe33	tse33	tsɚ44（緊）	tsɚ44	tse44	tse44	tsɚ44
炒	初開二	t′u33	tɕui33	t′iu33	ts′u55	tʂ′u33	ts′u31	ts′u33	p′u31	p′u31	p′u31	ŋv31 o31
瘡疤	初開三	qa55	t′a55 pa55	tɕia55	tsõ55	tɕa35 pa35	tɕia24 pa24	pa33	tso55	tso55	tsv55	tsv55
柴	牀開二	si55	sẽ55	s′ẽ55	ɕ′i44	ɕi55 kua33	ɕiã24	ɕ′i55	ɕi55	ɕi55	ɕi55	ɕi55
柿	牀開三	t′e44	t′a44	t′a44	tã42	sʅ44 xua33	t′a44	t′a44	tɕ′ia44	tɕ′ia44	tɕ′ia44	tɕ′ia44
沙	生開二	so55	ɕo55	ɕio55	s′o55	ʂo55	so42	s′au55	su55	su55	su55	su55
殺	生開二	χa42	ɕa42	xa42	ɕ′a33	ɕa33	ɕia44	s′a44（緊）	ɕa44	ɕa44	ɕa44	ɕa44
山	生開二	ʂo55	ʂɛ55	ɕo55	so42	ʂɔ31（緊）	sv42	so42（緊）	s′v32	sv32	sv32	s′v32
紗布	生開二 幫合一	se55	se55	se55	s′e55	se21 p′iɔ21	sa55 p′iao31	s′e44	se32 p′iɔ31	se32 p′iɔ31	se32 p′iɔ31	ɕe32 p′iɔ31
生蛋	生開二	sẽ42	sẽ42	ɕẽ42	se42	se21	sã42	sẽ42（緊）	se42	se42	se42	se42
澀	生開三	tsua42	ʂe42	sʅ42	tsuo42	sʅ42	si21	si44（緊）	sa42	sɚ42	ɕi42	ɕi42
蝨	生開三	ɕi42	ɕi42	ɕi42	ɕi42	ɕi55	ɕi42	ɕi44	ɕe42	ɕe42	ɕi42	ɕe42

「莊系」特殊詞例來源說明：

　　詞例「炒」屬於借源自漢語詞彙之例，洱海周邊四語區音讀擬「炒」時發出的聲響為其音讀較具地方特色外，其餘各語區皆以中古時期漢語借詞音讀表示；詞例「瘡疤」在白語詞彙系統內屬同義複詞，白語以古本義「疤」表示漢語後起雙音節借詞「瘡疤」音讀；詞例「沙」屬於白語同源於漢語但使用自身語音現象表示借入音讀的詞例，聲母具有舌尖擦音送氣與否之對立

現象，其元音則由裂化向高化發展[au]→[o]。

7. 章　系

中古章系包括「章、昌、船、書、禪」五個聲母皆屬於翹舌音，與知系、莊系和精系皆來源於端系展開語音演變。章系在白語內的主體層次分別爲：（括號內音讀表示借入現代漢語借詞音讀現象，屬於非主體層次音讀表現）

章母的主體層次：t/ts/ʈ/tʂ/tɕ；dʐ；s；（k：漢語借詞讀）

昌母的主體層次：t/ts/ʈ；dz；tɕ；tʻ/tsʻ/ʈʻ；（x：漢語借詞音讀）

船母的主體層次：t/ts/ʈ；d/dz/dʐ；s/z/ʐ

書母的主體層次：s－z/ɕ/ʂ；tɕ；tʂ；（m：漢語借詞音讀）

禪母的主體層次：t/ts/ʈ/tʂ；d/dʑ/dz/ɖ

表 4-8-7 列舉相關語例說明章系五個聲母的語音表現概況：

表 4-8-7　白語章系主體層次語音概況

例字	中古聲紐	共興	洛本卓	營盤	辛屯	諾鄧	漕澗	康福	挖色	西窯	上關	鳳儀
蒸	章開三	tiɯ55	ʈũ55	tũ55	tɕĩ55	tʂɯ35	tsɯ24	tsũ55	a31 tsʅ44	a31 tsi44	a31 tsʅ44	a31 tsi44
煮	章開三	tso33 tɕu33	tɕu33	tʂo33	tsuo31	tsa42(緊)	tso31	tso33	tsv33	tsv33	tsv33	tsv33
識	章開三 書開三	sɯ42 tʂʅ42	si42	ɕi42	se44	ɣɯ42 ʂʅ35	zũ44	se44 sɯ44	sɯ44	sɯ44	sɯ44	sɯ44
針	章開三	tʂʅ̃55	tʂẽ55	tsʅ55	tsĩ55	tsʅ35	tsṽ24	tsĩ55	tsʅ35	tsʅ35	tsi35	tse35
脂	章開三	tʂi55	tʂʅ55	tsʅ55	tsi44	tʂʅ35 jɯ21	tsi24	tsi55 jɯ21	tsʅ35	tsi35	tsʅ35 kʻv33	tsi35
斫砍	章開三	tʂu42	ʈo42	tiv42	tõ42	tsu33 dzʐ33	kã33	tsau44	tsou44 kʻə44	tso44 kʻe44	tsou44 kʻə44	tso44
侏短	章合三 端合一	tsʻi55 tɕʻi55	tɕʻi55	tsʻe55	tʂʻɯ55	tsʻɯ55	tsʻɯ55	tsʻɯ55	tsʻɯ55	tsʻɯ55	tsʻɯ55
臭	昌開三	tʂʻu31 ʈʻu31	ʈʻv31	tʻiu31	tsʻu33	tsʻu31	tsʻu31	tsʻu31	tsʻu31	tsʻu31	tsʻu31
赤	昌開三	tʻie42	ʈʻa42	tʻo42	tɕʻə44	tʂʻe33	tsʻe44	tsʻə44	tsʻə44 xuo35	tsʻe44 xuo35	tsʻe44 xuo35	tsʻe44 xuo35
穿	昌合三	tsu55	ʈʻu55 pə42	tʂou55	tsʻou33 tsou33 ji44	tsʻʅ55 dzu44 ji42	tsʻv42 tsao44 ji44	tsʻõ55 tsao44 je42(緊)	tsou44	tso44	tɕo44	to44
射	船開三	do44	ʈo44	dzʐ44	tsou42	dzu42	tsao31	tsa42(緊)	tsou42	tso42	tsou42	se55
舌	船開三	di44	ʈe44	tie44	tse42	dze21 pʻi21	tsai42	tsc42 pʻʅ21	tse42	tse42	tse42	tse42

蛇	船開三	ts'ŋ33	tʂe33	ts'ŋ33	k'o33	k'o44	k'v33	k'o33	k'v33	k'v33	k'v33	k'v33
神	船開三	se31	z̩31	z̃ʅ31	sei55 jĩ21	ue31 n̠i21	sã24 n̠i44	sẽ55 jĩ21	sʅ21	sʅ21	sʅ21	sʅ21
手	書開三	ɕɯ33	ʂ'ɯ33 ʂ̩33	ɕi33	s'ɯ33	ʂɯ33	sɯ33	s'ɯ33	sɯ33	sɯ33	sɯ33	sɯ33 sou33
扇	書開三	ʂʅ55	ʂẽ55	sʅ55	si55	ʂe21 pa21	sã42	se44	se55	fv33 se44	se55	fv33 se44
屎	書開三	si33 tɕ'i55	si33 tɕ'i55	si33 tɕ'i55	si33 tɕ'i55	ʂʅ33	si31 tɕ'i55	si33	sʅ33	sʅ33	sʅ33	sʅ33
鼠	書開三	ɕu33	ʂu33	ʂo33 ʂ̩33	so33	ʂɚ44	so33	so33	sv33	sv33	sv33	sv33
拭	書開三	ʂo42	ɕi42	sʅ42	ma55	ʂɯ21 tʂ'o55 ma35	ts'a24 fũ31	ts'a55	sɯ44 ma35 ts'a35	sɯ44 ma35 ts'a35	sɯ44 ma35 ts'v35	sɯ44 ma35 ts'v35
水	書合三	ɕui33	ɕui33	ɕui33	ɕy33	ɕui44	ɕy21	ɕui33	ɕy33	ɕy33	ɕy33	ɕy33
書	書合三	so55	su55	sv55	so44	sʅ35 ts'ue33	si24 tɕ'ue44	so55	ɕou55	ɕo55	ɕou55	ɯ55
說	書合三	sua44	sua44	sua44	sua44 tso42	qa21 sua55	sua44	tɕã31	sua44	sua44	sua44	sua44 tsuo44
石	禪開三	do44 dzu44	tõ44	tiu44	tso42	tʂo42	tsou44	tsa42 k'ue55	ta32	ta32	ta32	ta32
城	禪開三	ʈiã21	ʈiã21	tse21	ts'ẽ42	tse21（緊）	ts'ɯ42	tsɤ21 tsɤ21	tsɚ21	tse21	tsɚ21	ts'ɯ42
上1	禪開三	ɖo33	ʈiɯ33	do33	nou33 tou33	do33	tsõ44	tãu33	tou33	to33	tou33	to33 sa55
上2	禪開三	ɖio33	tɯ33 no44	tsõ33	tsu31	no33	tõ44	nɯ33	no44	no44	no44	no44
樹	禪合三	dzʅ42	dɯ42	dzũ42	tɕĩ31	dzɯ21（緊）	tsɯ31	tsɯ31 tsɯ31	tsɯ31	tsɯ31	tsɯ31	tsɯ31

「章系」特殊詞例來源說明：

　　詞例「脂」和「油」在白語詞彙語音系統內皆表示「油」的語義，但白語區分更細微，以「脂[tsi]」表示「豬油／酥油」等「葷」類油品，以「油[jɯ]」表示「蔬菜油」即「素」類油品；詞例「斫」白語詞彙借古本義表示語音，現代漢語釋義為「砍」。詞例「侏」即「短」兩詞屬於互訓詞例，白語以侏表短之音讀。

　　詞例「赤」即白語借入古本義表示「紅」。單音節動詞「穿」，在白語詞彙系統內隨著所搭配的賓語不同而有不同的語音結構形式，常見的使用詞彙有「穿衣（白語以「衣」為音讀）」、「穿鞋（白語以「著」為音讀）」、「穿針（白語以「針」為音讀）」，另一穿戴動詞「戴」在白語詞彙語音系統內也有相同情形，區分為「戴帽」、「戴耳環」等環狀物件及「戴頭巾」，賓語為「帽

子」時同於漢語端母聲紐[t-]，賓語爲「環狀物件」或「頭巾」等物品時，其聲母爲軟顎舌根音[k-]。

詞例「拭」白語內部亦有「擦／抹／揩」等同義詞採用同一音讀表示。方位名詞「上」在白語詞彙系統內具有「上 1：方位詞『上』」和「上 2：『某物』上」兩種表示方式，其語音略有差異。

8. 見　系

中古見系包括「見、溪、群、疑」四個聲母，這組聲母在白語滯古語音層內具有兩種語音形式：第一種是軟顎舌根音[k]音，第二種則是白語滯古聲母語音層的小舌音讀[q]音。在白語北部語源區仍具有小舌音和軟顎舌根音兩者並存，並趨向合流以軟顎舌根音爲主，在白語南部語源區則受到漢語影響以軟顎舌根音爲主，其聲母與韻母介音搭配時，並伴隨塞擦音化、舌面音顎化及擦音化等語音演變，更有甚者，其音讀的演變亦與現今漢語借詞音讀有關，進而形成特殊不依據語音演變的音讀結構。軟顎舌根[k]組聲母在白語漢詞內的主體層次分別爲：（此處將小舌音讀置於[k]組聲母內討論，其括號內音讀屬於非主流層次音讀）

　　　　見母的主體層次：k/g－q/ɢ；tɕ；s（f）

　　　　溪母的主體層次：k/g－k'－q

　　　　群母的主體層次：k/g－q/ɢ；ts/tʂ；s/ʂ；（ɕ）；（m）

　　　　疑母的主體層次：ŋ－ɴ；ø；j/ɲ/ɣ

見母的主體層次在白語聲母系統內具有小舌音和軟顎舌根音兩種現象，同於幫系和端系清濁音對應，且白語自身方言系統內送氣與不送氣的對立並不顯著，其送氣成分受到漢源詞影響，因此其見系見、溪、群母合流，且群母音讀演變多樣，疑母則屬於軟顎舌根鼻音，其軟顎舌根音在白語語音系統內可做爲聲母使用，亦可做爲韻母韻尾成分，但受到第一次中古中晚期漢語陽聲鼻音韻尾脫落消失影響、及第二次近代西南官話本悟韻略即能易通的影響，使陽聲鼻音韻尾在語音系統內以鼻化元音現象出現，至現代白語則將舌根鼻音韻尾還原，此外，連舌尖鼻音韻尾亦還原於音節結構內，僅有雙唇鼻音韻尾不在白語語音系統內還原。

本表主要列舉見系各聲母的主體層次例字，由於小舌音讀例字僅 115 例，並已額外特別列舉相關音讀概況（詳見第一節表 4-1-2），且小舌音讀僅在北部

語源區甚爲顯著，若有特別對應現象者即列舉說明比較。然而，軟顎舌根見系[k]音和舌齒音兩類音讀，在白語語音系統內皆相當複雜多樣，因此，針對軟顎舌根見系的語例說明，將分別就其語音反應的主體層和非主體層說明。

表 4-8-8 列舉相關語例說明見系語音之主體層次的音讀現象：

表 4-8-8　白語見系主體層次語音概況

例字	中古聲紐	共興	洛本卓	營盤	辛屯	諾鄧	漕澗	康福	挖色	西窯	上關	鳳儀
穀	見合一	so55	so55	sou55	s'o44	sʅ44	si44	so21	sʅ44	si44	sʅ44	si44
姑	見合一	gu33	gu33	gu33	ku55	ku35	ku24	ku55	ku35	ku35	ku35	ku35
歌曲	見開一	ko33	ku33	ko33	ku33	k'ə33	ko33	ko33	kɔ44	kɔ44	kɔ44	kɔ44
角	見開二	qou44	qõ44	qo44	kuo42	qo42	kv44 tɕio24	ko44 tsã21	xɔ42	xɔ42	xɔ42	xɔ42
街	見開二	tʂʅ33	dzɛ33 dzʅ33	zɛ33	tsi44	dzʅ33	tsi31 tsi33	tsi33 tsi33	tsʅ33	tsi33	tsʅ33	tsi33
九	見開三	tɕi33	tɕi33	tɕɯ33	tɕũ33	tɕɯ33	tɕɯ33	tɕɯ33 tɕau33	tɕɯ33	tɕɯ33	tɕɯ33	tɕɯ33
腳	見開三	ku44	ko44	ko44	kou55	ɢu33 p'o33	kao44	kau44(緊)	kou44	ko44	kou44	ko44
韭	見開三	kũ33	kɯ33	kɯ33	kɯ33	kɯ33 ts'ɯ31	kɯ33 tʂ'ɯ21	kɯ33 ts'ɯ33	kɯ33 ts'ɯ31	kɯ33	kɯ33	kɯ33
救	見開三	kɯ42	kɯ42	kɯ42	kɯ42	kɯ42	kɯ31	ku42(緊)	kɯ42	kɯ42	kɯ42	tɕio32
踞	見開三	ku42	qv42 kv42	ko42	kuo42	kə42(緊)	kv42	ko42(緊)	kv32	kv32	kv32	kv32
胯腿	溪合一 透合一	q'ue42	q'ua55	q'ua55	k'o42	k'uɛ21	k'uɛ42	k'uə31	k'uə31	k'ue31	k'uə31	k'ue31 t'ui31
彎曲	溪合三	k'ou44	k'ui44	k'o44	ŋã55 k'ɯ33	ko44 ue35	k'v44	ko44 uẽ55	k'v44	k'v44	k'v44	k'v44
筐箕	溪合三	k'v42	k'v42	k'o42	tɕi44	tɕ'i55	tɕi24 k'v42	tɕi55	to35	to35	to35	to35
蕎麥	群開三	go21	ku21	ku21	kõ21	go21(緊)	kṽ33	ko21(緊)	kv21	kv21	kv21	kv21
舅舊	群開三	qu33 gu33 gu42	qu33 gu33 gu42	qu33 gu33 gu42	kɯ31 tɕiou55	gu21 tɕu55	kɯ31	kɯ31	kɯ33 tɕo55	kɯ33 tɕo55	kɯ33 tɕou55	kɯ33 tɕiu55
近	群開三	dzẽ33	tʂ'uo33	ts'o33	tɕi33	dzʅ33	tɕuã42	tɕĩ33	tɕe33	tɕi33	tɕe33	tɕi33
菌	群合三	ʂũ33	ʂẽ33	ʂʅ33	s'e33	go44(緊)	sv44	s'ĩ33	se33	se33	se33	ɕe33 mu33
騎流	群合三 來開三	gɯ31	kɯ31	kɯ31	ko33 kɯ33	gɯ21	ɣɯ31	kɯ21	kɯ31	kɯ31	kɯ31	kɯ31
群	群合三	tʂʅ31	tʂẽ31	tsʅ31	kõ33	ɣo35 pa35	k'ã42 tã24	ɕ'ɯ55	kv31	kv31	kv31	kv31
眼	疑開二	uĩ33	mĩ33	ŋui33	ui33 s'o55	ŋue44 p'o44	uã44	ũ33	ue33	ui33	ui33	ui33

額	疑開二	ŋe44	ŋa44	ŋe44	ŋɚ33 t'ei55	ŋe33 de33 ne21	ŋe33 tai44	ɔ̃44（緊） te44	ŋa44 te44 tɯ21	ŋa44 te44 tɯ21	ŋe44 tɯ44	ŋe44 tɯ44
硬	疑開二	ȵe42	kv42	ɣe42	ŋũ44 nie42	ŋe42（緊）	ŋẽ42	ŋɚ31	ŋɚ32	ŋe32	ŋɚ32	ŋe32
語	疑開三	ŋõ31	õ31	ŋv31	y33	ŋa21	jy31	y33	ŋv31	ŋv31	ŋo31	ŋo31
魚	疑開三	ŋõ55	ŋv55	mv55	ŋo55	ŋo35	ŋv24	ŋo55	ŋv35	ŋv35	ŋv35	ŋv35
牛	疑開三	ŋɯ21	ŋɯ21 ũ21	ŋɯ21	ŋɯ21	ŋɯ21（緊）	ŋɯ33	ŋɯ21（緊）	ŋɯ21	ŋɯ21	ŋɯ21	ŋɯ21
銀	疑開三	ȵi21	ȵi21	ȵi21	ji21	ȵi21	ȵi21	ji21（緊）	ȵi21	ȵi21	ȵi21	ȵi21
我	疑開一	ŋa33	ŋo33	ŋo33	ŋo31	ŋo21 ŋa55	ŋo33	ŋo31	ŋɔ31 ŋa55	ŋɔ31 ŋa55	ŋɔ31 ŋa55	ŋɔ31 ŋa55
五	疑合一	ŋõ33	ŋv33 v33	ŋu33	ŋɯ33	ŋu33	ŋõ33 õ33	ŋo33 u31	ŋv33	ŋv33	mv33	mu33
瓦	疑合二	ue42	uã42	ŋue42	uɚ42	ŋue21	uv42	uɚ̃42（緊）	ue32	ue32	uɚ32	uɚ32
月	疑合三	ua42	ȵõ42	ŋua42	mi55 ua44	ŋua33	mi44 uã44 jue24	uã44	mi35 ua44	mi35 ua44	mi35 ua44	mi35 ua44

「見系」特殊詞例來源說明：

詞例「坐」，在白語詞彙系統內借入漢語古義，表示蹲坐語義的「踞」字爲其音讀，其音讀爲尚未如同漢語已舌面音化，而是保有上古軟顎舌根音讀現象。

詞例「箕」在洱海周邊四語區另有一讀爲[po33 me33 tɕi35]。

詞例稱謂詞「舅」和表示形容詞「舊」其音節結構相同，差異在聲調值部分做爲區辨。

詞例「騎」和「流」在白語語音系統內同屬軟顎舌根音讀範圍，兩詞例以同音節結構表示，「騎」字音讀源於漢語上古音讀[gǐai]，而「流」屬於中古後期的語義轉變，此詞由語音對應語義觀察推斷，白語上古時期語義當是借入古本義「淯（見母開口二等）」，漢語上古音讀[kei]，然而隨著漢語新語義的滲透，白語僅吸收語義而在語音仍維持古本音。

詞例「群」在白語詞彙系統內借漢語古本義表示其音讀，「群，輩也」，泛指多數或多數人事物之集合體，白語語音依據漢語語義進行演變。

詞例「月／月亮」在洱海周邊四語區另有[jɔ32tsua32kuɚ33]/[vv33k'uɛ44 to33]音讀。

「見系」在白語語音系統內除了主體層次音讀演變外，由於其特殊的語音演變形式，因此又能在主體層次內再度區分出特殊音讀，在此歸入非主體層次的語音概況說明。表 4-8-9 列舉相關語例說明見系語音之非主體層次的音讀現

象，這些詞例從其音韻結構可知，主要依漢語聲類區分屬於見系範圍，但白語卻非採用軟顎舌根音[k]或滯古小舌音讀[q]表示：

表 4-8-9　白語見系主體層次內之非主體層次語音概況

例字	中古聲紐	共興	洛本卓	營盤	辛屯	諾鄧	漕澗	康福	挖色	西窯	上關	鳳儀
丐	見開一	t′a44	t′a44	t′ua44 t′ɛ44	kã44 si44 ti31	t′u55 xɛ55 ʐ̩21 n̠i21（緊）	t′u42 xɛ42 zi31 no33	ka44（緊） si44（緊）	t′u55 xe55 si31	ka44 se44	t′u55 xɚ55 ʂ̩31	t′u55 xɚ55 ʂ̩31
根1	見開一	te55	te55 me55	te55 me55	tɕĩ21 mi44	me21 me21	mi21	mi44	mi44 te44	mi44 te44	mi44 te44	mi44 te44
根2 棍燭	見開一	qua42	qua42	qua42	kuã55	kua33	mi21	kuã44（緊） tsi55（緊）	k′o32	k′o32	k′o32	k′o32
根2 針線繩	見開一	tʂɯ42	tʂe42	n̠ɯ42	jũ42 dzɯ21	ne21 n̠ɯ42	-----	-----	n̠ɯ32	n̠ɯ32	n̠ɯ32	n̠ɯ32
根2 草指擔	見開一	-----	-----	-----	t′a21	t′a21	-----	-----	tso32	tso32	tso32	tso32
根2 煙槍	見開一	-----	-----	-----	kuã55	ɢɔ35 ge31	-----	ku55 ma21（緊）	-----	-----	-----	-----
鋸	見開三	fv42	fv42	fo42	fu42 ts′e55 ɕ′iɚ55	fv42 tʂ′e33 ʂe33	se44	fo42（緊） s′e44	fv33 se44	fv33 se44	fv33 ts′e44	fv33 ts′e44
給	見開三	zi31	zɯ31	zi31	ʐu21	ʐɯ31	zi42	zi31	tɕa42 si31 kɯ31 ɕɯ31	tɕa42 ʂ̩31 kɯ31 ɕɯ31	kɯ31 ʑɯ31	kɯ31 ʑɯ31
這	疑開一	nɯ31	na21 mũ31	kɯ31	ei55	nɯ21	tɯ21	li31	tɯ31	nɯ31	nɯ31	tɯ31

「見系」非主體層次之特殊詞例來源說明：

　　白語詞彙語音系統內對於「根」有兩種釋義，詞例「根1」表示植物根部，「根 2」表示單位量詞，隨著所接賓語的物質屬性而有不同的語音表現方式，其語音依據物體外形甚或依照所接賓語物件的語音表示其單位詞之語音，並與其形成重疊形式表示整體語音概況。

9. 喉音：曉匣

　　白語語音系統內的喉音分兩組說明，首先分析中古曉、匣兩母，中古曉、匣兩母基本屬於喉擦音聲母，其中曉母爲清擦音，匣母屬於濁擦音，兩者在白語漢源詞內的主體層次爲：

曉母的主體層次：s－s′/ʂ；（ȵ 和 j：白語以自身語音表示漢語借詞之音讀）

匣母的主體層次：ɣ/ɕ；ø/j；k/q；ŋ/ȵ

白語漢源詞內的濁音具有兩種語音現象：第一類是依循白語自身方言成分，其清濁音並列；第二類即受到漢源詞語音現象影響產生濁音清化語音現象，因白語具有此種漢源歸化的語音特徵，使得其聲母的演變產生多重疊置的現象。

表 4-8-10 列舉相關語例說明喉音「曉匣」兩母主體層次的音讀現象：

表 4-8-10　白語喉音「曉匣」主體層次語音概況

例字	中古聲紐	共興	洛本卓	營盤	辛屯	諾鄧	漕澗	康福	挖色	西窯	上關	鳳儀
香	曉開三	ɕõ55	ɕõ55	ɕo55	ɕiou44	ɕo35	ɕiõ24	ɕãu55	ɕou35	ɕo35	ɕou35	ɕou35
休息	曉開三	ɕã55	ɕõ55	ɕã55	ɕiã55	ɕa35	ɕiã24	ɕã35 ɕau33 ɕi35	ɕa35	ɕa35	ɕa35	ɕa35
兄	曉合三	jõ55	ȵõ55	ȵõ55 qo55	tou55	jo35	zv24 ko33	jõ33	kɔ44	kɔ44	kɔ44	kɔ44
血	曉合四	sua44	sua44	sua44	sua44	ʂua44	sua44	s′ua44（緊）	sua44	sua44	sua44	sua44
鞋	匣開二	jẽ21 ẽ21	ŋẽ21	ȵĩ21	ŋe21	ŋe21 ke42	ŋã21	ŋe21（緊）	ŋe21	ŋi21	ŋe21	ŋi21
夏	匣開二	ɣo42	ɣo42	ɣo42	zi44 ts′a55	ɣo21（緊）	ɕia42	ɕa55	ɣo42	ɣo42	ɣo42	ɣo42
下1	匣開二	ɣe33	di33	je33	ɣə33	ɣe33	ɣe31	ɣə33	ə33	e33	e33	e33
下2	匣開二	t′ɯ55	ʈ′ɯ42	t′ɯ55	kɯ55	ŋe31	t′ɯ42	kə31 t′ɯ55	kə31	e31	ŋə31	e31
下3	匣開二	u42	u42	u42	ou42	u42 mɯ33 k′ɯ33	ɣou42	ɣa42 ɕa44	ou42	ou42	ou42	ou42
蝦	匣開二	ɣo44	ɣo44	ɣo44	ɣo21	ɣa21	ɕia44	ɣa21	ɔ21	ɔ21	ɔ21	ɔ21
覝	匣開四	ɕi55	do31 ɕi55	ɕi55	tɯ42 ɕi55 pou55	ɕi35	se31 po55	ta42 ɕi55 pau55	ɕi55	ɕi55	ɕi55	ɕi55
鬍	匣合一	u21	vu21	v21	ɯ21 tse33	ɣu21 tɕ′y21	u21	u21（緊）	ɣu21	u21 tɕy21	u21	u21
話	匣合二	to42	tõ42	que42	tõ42 xua55	dzȵ31 ts′a31	to21	ta21（緊）	tou21	to21	tou21	tou21
耳環	匣合二	qõ31	kõ31	ko31	ni21 kou31	ȵo44 do21 ko33	ȵv33 kṽ21	ji33 kã21（緊）	ȵv33 ku21	ȵv33 kou21	ȵv33 ku21	ȵv33 ku21

喉音「曉匣」兩母特殊詞例來源說明：

詞例「夏」除了漢語借詞音讀外，白語詞彙系統內亦有以解釋詞例的意義來表示其音讀，例如「[ɣɯ33n̩i44n̩i44ɕe44]/[ɯ33n̩i44n̩i44ɕe44]或[tse31ja44 tsʼa44xo55mo55ɣe31tɕi44]」，將夏天是在春天之後來臨的時序透過語音如實反應。詞例「下1」表示方位詞之語義，詞例「下2」爲偏正結構其核心詞，釋義爲「下去」、「～～下」或「在～～（之）下」，相同語例釋義也發生在「上」字；詞例「下3」則以「下」做爲動詞使用，白語詞彙系統內常見的動詞「下」之詞例爲「下『蛋』」即生蛋和「『下』雨[u42]/[ou42]/[ɣa42]/[ɣou42]」，在諾鄧和康福分別還有「『下』棋/[ɕa44]」、「『下』霧[mɯ33]或霜[kʼɯ33]」等用法。

10. 喉音：影母、喻母

白語語音系統內的喉音除了「曉匣」外，另一組便是中古漢語影母、喻三云、喻四以三個聲母，其中影母普遍爲零聲母音節[ø]並有增添聲母的現象，喻三云和喻四以母普遍以合流爲半元音讀[j-]爲主，這組聲母除了影母外，喻三和喻四母亦呈現多樣演變。喉音影母、喻母聲母在白語漢源詞內的主體層次分別爲：

影母的主體層次：ø/j；k；ɣ

喻三云母的主體層次：j/v；z/ʑ；t/ts/ʈ；（n̩）

喻三云母的中古中晚期借詞合口音的主體層次：v（f）

其演變爲過程爲：（m）/ŋ→v→y（出現語音系統內較不發達的撮口[-y-]）

喻四以母的主體層次：j/n̩；s－sʼ/z；ʂ/ʑ；ʐ

表4-8-11列舉相關語例說明喉音「影母」和「喻母」主體層次的音讀現象：

表4-8-11 白語喉音「影母」和「喻母」主體層次語音概況

例字	中古聲紐	共興	洛本卓	營盤	辛屯	諾鄧	漕澗	康福	挖色	西窯	上關	鳳儀
窩	影合一	tʂʅ44	tʂʼẽ44	tʂʅ44	ko55	kʼə21(緊)	kʼo31 tso42	kʼo31 tɯ55	uo44	uo44	kʼo44	kʼo44
鴨	影開二	a42	a42	a42	a44	a33	ɣa33	a44(緊)	a44	a44	a44	a44
飲	影開三	ɯ33	ɯ33	ɯ33	ɣɯ55	ʔɯ33	ŋũ33	ũ33	ɣɯ33	ɣɯ33	ɣɯ33	ɯ33
右	云開三	ʈa42	ʈa42	tia42	tse42	tʂe42(緊)	tsv42	tsə42(緊)	tsə32	tse32	tse32	tsə32
有/在	云開三	dʑi33	tɕi33 dʑi33 dʐɯ33 qv42	dʐɯ33	zẽ31	zʅ33	tsɯ33	tsɯ33	tsɯ33	tsɯ33	tsɯ33	tsɯ33

雲	云合三	ʁe31	mo31 qo31	ŋe31 e31	vu21 lo21	v21 ko35	pɯ21 kv42	vo21(緊)	v21	vv21	v21	v21 je21
胃	云合三	z̩42	ze̠42	ɣe42	z̩21	v21	ue42	vo42(緊) ue44(緊)	v42	vv42	ve42	ui42
雨	云合三	z̩33	dze33	z̩33	vɯ33	v33 ɕi33	vo21 ɕi33	vo33	vz33 ɕi33	v33 ɕi33	v33 ɕi33	v33 ɕi33
油	以開三	ji21	ji21	z̩21	iou33 jou33	tʂʅ35 jɯ21	tsi24 jɯ31	jɯ21	tsʅ35 jɯ21	tsʅ35 zɯ21	tsʅ35 jɯ21	tsʅ35 jɯ21
羊	以開三	jõ31	ȵo31	ȵo21	juɐ21	jo21	jõ31	jã21(緊)	jou21	zo21	jou21	jou21
葉	書開三	ʂa44	ʂe44	se44	s'e44	ʂe44	sai44	s'e44	se44	se44	se44	se44
蠅	以開三	z̩55	ɕõ55 mõ55	iũ55	sɯ21 zɯ21	zɯ21(緊)	zũ42	zɯ21(緊)	sɯ21	sɯ21	zɯ21	zɯ21

「影組」特殊詞例來源說明：詞例「胃」其音讀亦有清唇齒擦音[fo55]。

11. 日　母

日母在中古漢語音讀為鼻音聲母[ȵ]，白語漢源詞的主體層次為[n]，受到韻母介音[-i-]影響而實際音讀為[ȵ-]及半元音讀[j-]，近現代受漢語借詞音讀影響形成[z-]音讀；在白語聲母系統內，日母同娘母之音讀與「來／泥母」之音讀時相混用。

表 4-8-12 主要統整白語語音系統內，未與娘母及「泥來」兩母相混用的「純日母」的主體層次音讀表現概況：

表 4-8-12　白語日母主體層次語音概況

例字	中古聲組	共興	洛本卓	營盤	辛屯	諾鄧	漢潤	康福	挖色	西窯	上關	鳳儀
二	日開三	nẽ44	nẽ44	ne44	ne44	ne21	nai44	ne44(緊) ɚ55(緊)	ne44	ne44	ne44	ne44
人	日開三	ȵi21	ȵi21	ȵi21	jĩ21	ȵi21(緊) kɚ̃55	jĩ21 kɚ35	jĩ21(緊)	ȵi21 kɚ35	ȵi21 kiɛ35	ȵi21 kiɛ35	ȵi21 kɚ35
日1	日開三	ȵie44	ȵi44	jẽ44	ji44	ȵi44	ȵi44	jĩ42(緊)	ȵi44	ȵi44	ȵi44	ȵi44
熱		uĩ44	uĩ44	uẽ44	ou55	ɯ31 ue35	uã24	uũ33 lue44	ɣɯ31 lue44	ɯ31 lui44	ɣɯ31 lue44	ɯ31 lui44
日2	日開三	ȵi44 ȵie44	ȵi44	ȵi44	ji44 p'ĩ31	ȵi44 p'i21	ȵi44	ji44(緊) p'ĩ31	mi44 p'i33	mi44 p'i33	mi44 p'i33	mi44 p'i33
嫩揉	日開三	ȵẽ31	ȵi31	ȵɯ31	jũ21	ȵɯ21 ȵɯ35 zua42	ȵɯ31	jũ21	ŋɯ31	nɯ31	ŋɯ31	nɯ31
耳	日開三	ŋu33 tsue31	ʔẽ31 tɕ'yẽ31	jɯ31 tɯ31	jĩ33 tou42	ȵo44	ȵṽ33 tṽ42	jĩ33 tõ42	jo33 pi33	ȵv33	ȵv33	ȵv33
忍	日開三	ȵi33	ȵi33	ȵi33	jĩ31	ȵɯ33	zɯ31	jĩ33	sɯ31	sɯ31	zɯ33	zɯ33

燃燒	日開三	n̠i33	n̠i33 ɕui55	n̠ɯ33	s'u44	n̠ɯ33	su42 tɕ'u42	s'u55	su55	sv55	su55	sv55
軟	日合三	p'a55	p'a55	p'a55	nou44	n̠o35	n̠ṽ24	p'ɚ55	n̠ɯ21	n̠ɯ21	n̠ɯ21	n̠ɯ21

「日母」特殊詞例來源說明：

　　表內詞例「二」在白語詞彙系統內具有「滯古本源詞」和「上古借詞」兩種不同語音的用法，由借源自漢語的音讀表示序數或十進位數、月份等，若基數用途時仍以本源表示，至今日兩種用法兼可使用，形成白語古音為文讀、漢語借音為白讀，在漢語借音部分亦有「來母」音讀，則是借入漢語「兩」的音讀而來，表內以日母音讀為主；詞例「人」在白語詞彙系統內亦用以表示指稱人的單位量詞「一個人」，單獨稱呼時可以加上單位詞[kɤ55]表示，一般普遍使用省略之；「日 1」表示由天引申而來的「日子」義，在白語語音系統內，此音讀又同樣表示「熱」和「入／進入」的語義，然而，隨著漢語借詞深化影響，白語並以自身語音現象引申表示漢語借詞「熱」的語音，「日 2」則表示「太陽」義。

　　詞例「揉」即「嫩／柔」的後起字，「揉」字古同於「柔」，白語在中古時期亦借入「揉」與「嫩／柔」以同音表示，較有不同的是諾鄧，其借入「揉」後又再次細分為「揉衣服」和「揉臉」，以不同的受詞有不同的音讀，「揉衣服」的音讀與古義「柔」音讀相同僅聲調值類以[35]表示借詞，「揉臉」的音讀為[ʐua42]，需特別說明的是此詞例的來源有彝語[nɯ21]和漢語[n̠ǐu]雙重影響；詞例「燃」在白語音讀系統內具有兩個層次且音讀不一致，以日母為音讀者屬於中古時期借源音讀，以[s]為音讀者則屬於上古借詞。

二、非主體層次

　　白語演變複雜的聲母系統，除了主體層次之外，關於非主體層次的異源及時代方面，在非主體層次主要包括比主體層次更早或更晚借入白語的借詞，主體層次是白語聲母系統內的主流使用音讀，即便是後期借入的語音亦有可能成為主體層次，另一項指非漢語的異源成分借詞，依白語的狀況主要以藏緬彝親族語特別是彝語為主。

　　針對白語非主體層次的說明，必需就其來源再度細說分明，白語非主體層次來源主要有三類：第一類是以直接音譯的音讀表現之現代漢語官話層；第二類是已受到漢源影響而逐漸縮小語義和使用範圍之借源於彝語部分的彝語層；

第三類是早於《切韻》時代借入的中古早期或上古時期層，這個時期又與白語滯古本源層形成疊置。在現代漢語官話層部分，因借入現象仍持續進行，因此屬於開放的語音系統，而主體層次和彝語層及滯古本源層及其相關的中古早期層部分，因爲其借貸融合的過程已經結束，因此屬於封閉的語音系統。

1. 現代官話層

透過歷史層次分析法對白語聲母系統的解析，本文以唇音組、軟顎舌根音見系和舌齒音端系／知系／精系／章系或莊系內部特殊現代官話語音爲例，論述白語漢源詞內的現代漢語借詞層，主要以直接音譯漢語語音爲基本原則，配合本身方言系統的語音現象，分別在元音部分與漢語略有差異，並在聲母部分與韻母介音形成相關音變現象，更有依據漢語詞彙語義表示音讀等相關現代官話借用現象。

表 4-8-13 歸納白語詞彙語音系統內關於現代官話層的相應語料例：

表 4-8-13　白語非主體層次的語音概況：現代官話層

例字	中古聲紐	共興	洛本卓	營盤	辛屯	諾鄧	漕澗	康福	挖色	西窯	上關	鳳儀
分	非合三	pi̯ẽ55	fe55	fe55	so55 fi55	p'a31 fv35	vṽ24	fõ55	fv35	fu35	xue35	xue35
飛	非合三	pi55	fe55	fe55	so55 fi55	fv35	vo24	fo55	fv35	fu35	xue35	xue35
庿拃	莊開二	zi31	zẽ31	çi31	je31	ze21 t'o21 k'e55	t'o31 tsa31	p'e31 tsa31	p'e31	p'e31	p'e31	p'e31
隔	見開二	qe42	qa42	qe42	kɚ55	ke44	ke44	kɚ44	kɚ44	kie44	kɚ44	kie44
鍋	見合一	ko55 t'ia55	ko55 t'ã55	tʂ'e55	ku44	ko35 mɯ31	ko24	ku55 p'ĩ31	kuo35 ts'e55	ko35 mɯ31	kuo35 ts'o55	kuo35 pe21
空	溪合一	q'õ55	q'õ55	q'õ55	k'õ55	k'ɚ55	k'ṽ55	k'õ55	k'v55	k'v55	k'v55	k'v55
氣	溪開三	tɕ'i44	tɕ'i44	tɕ'i44	tɕ'i33	tɕ'i44	tɕ'i21	tɕ'i44（緊）	tɕ'i44	tɕ'i44	tɕ'i44	tɕ'i44
對	端合一	χo55	χo55	xou55	xɯ44	xɔ35	xo44	xau55	tue32	tui32	tue32	tue32
一對	端合一	χo55	χo55	xou55	tue42	tue42	tue31	tue42（緊）	tue32	tui32	tue32	tue32
鋒利	來開三	ji31	ji31	n̠i31	ji44	ji21	ji21	ji31	ji31	ʑi31	ji31	ʑi31
接	精開三	tʂa44	tɕa44	t'a44	tɕa44	tɕa21	tɕia44	tɕa44（緊）	tɕa44	tɕa44	tɕa44	tɕ'a44
蔥	清合一	ts'u55	ts'o55	ts'o55	ts'õ55	ts'ŋ55	ts'ṽ55	ts'õ55	ts'ŋ55	ts'i55	ts'ŋ55	ts'i55
痊癒	清合三	χũ33	χũ33	xe33	xũ33	xɯ33	xɯ33	xɯ33	xə33 la31	xə33 la31	xə33 la31	xə33 la31
種子	章合三	tsʵ33	tɕʵ33	tɕu33	tso33	dzo44	tsṽ24	tsõ33 tsi33	tsv33	tsv33	tsv33	tsv33

「現代官話層」特殊詞例來源說明：

詞例「庹」爲現代漢語借詞，此詞例在白語詞彙系統內等同於「拃」，做爲單位量詞使用，釋義爲「張開大姆指和中指／小指兩端的距離」或指稱「成人兩臂左右伸直的長度爲計量標準」，兩詞雖分屬端系定母和莊系莊母不同聲類，但在白語詞彙語音系統內卻以相同音讀表示。詞例「痊癒」爲現代漢語借詞，白語音讀普遍以「（病）好了」之語義表示其音讀，屬於借義表音之詞例。

2. 滯古彝語層

透過歷史層次分析法對白語聲母系統的解析，本部分將白語漢源詞彙內源自於彝語層的詞彙提舉對應，從中也發現白語詞彙語音系統內純彝語層詞彙已然難以如實確定，白語詞彙特別是上古時期源兼具源自於彝語和漢語兩種語源現象，純彝語詞彙已經縮小語義並在特殊語境下使用。

表 4-8-14 歸納白語詞彙語音系統內關於滯古彝語層的相應語料例：

表 4-8-14 白語非主體層次的語音概況：滯古彝語層

例字	中古聲紐	彝語	共興	洛本卓	營盤	辛屯	諾鄧	漕澗	康福	挖色	西窯	上關	鳳儀
皰	並開二	p'e55 p'v55	p'v44	p'o44	p'o44	p'ou44	p'o44	p'ao44	p'au44	p'ou44	p'o44	p'ou44	p'u44
被子	並開三	lo21 bo33	ba42	po42	po42	po42	lo21 po21	lo21 po33	pe42 tsi21	lo31 po31	lo31 po31	lo31 po31	lo31 po31
蹯	奉合三	bv21 bo21	bo33	po33	pa33	pa31	pa21	pã31	pa21(緊)	pa33	pa33	pa33	pa33
尾	微合三	me55	mu33	me33	ŋv33	mo31 to33 lo55	ŋo21(緊)	mi33 tu24	vo33 to55 lo55	mi33 tu35	mi33 tu35	mi33 tu35	mi33 tu35
刀	端開一	ta55	tie55	ti55	tã55	tou55	i44 ta44	ji24 tã44	ji55 tã55	ji35 ta35	ji35 ta35	ji35 ta35	zi35 ta35
兔	透合一	t'a33 la33	t'o33	t'o33	t'o33	tou42 lou33	t'o55 lo21	t'o42 lo33	tau55 lau55	t'a33 la33	t'a33 la33	t'a33 la33	t'a33 la33
池塘	定開一	bɯ33	bɯ33	bɯ33	bɯ33	t'ã55	çy33 bɯ33	çy21 pũ33	pɯ33 pɯ33	pɯ33	pɯ33	pɯ33	pɯ33
吃嚼	見開三 從開三	dza21 za21	ju44 dzu42	jɯ44 za42	ʐɳ44 dza42	jɯ44 tsou42	jɯ44 tso42	jɯ44 tsao42	jɯ44 tsa42	jɯ44 tsou42	jɯ44 zɯ44 ɣɯ44 tso42	jɯ44 tsou42	jɯ44 tsou42
滾	見合一	lɯ33	lɯ33	lo33	lu33	lɯ33	lue35 tʂu21	kuã31	kũ31	lue31	lui31	lue31	kui31

力	來開三	ɣɯ33	ɣɯ42	ɣɯ42	ɣɯ42	ve42	ɣɯ42（緊）	ɣɯ42	ɣɯ42（緊）	ɣɯ42	ɣɯ42	ɣɯ42
龍	來合三	lu21	lɯ21	lṽ21	lu21	lo21	nɔ21（緊）	nv31	no21（緊）	nv21	nv21	nv21	nv21
鵝	疑開一	o31	ð21	ð21	ð21	ou21	ɔ21	ŋõ31	ãu21（緊）	ou21	o21	ou21	ou21
虎	曉合一	la31 pa21	lo31	lo31	lo31	lou21	lo21 də21	lo31 tɯ33	la21（緊）	lo21	lo21	lo21	lo21
喝斥	曉開一	xɛ33	χɛ44	xɛ44	χɛ44	s'ua44	xɛ21（緊）	ɣɯ33	sua44（緊）	ɣɯ44 xɚ44 lɯ44	ɯ44	ɣɯ44 xɚ44 lɯ44	ɯ44 lɯ44
擤	曉開一	xɯ44	xũ33	χũ33	χũ33	çĩ55	xɯ33	xɯ44	xũ33	xɯ44	xɯ44	xɯ44	xɯ44
塞	心開一	ts'ɯ55 ts'i21	ts'i55	tɕ'i55	tɕ'ɯ55	ts'ɯ42	ts'ɯ55	tsu24	ts'ɯ55	tsu35	tsu35	tsu35	tsv35
鑰匙	以開三	dzo33 dzʐ33	to42	dzʐ42	do42	tsou42	tʂo21	tsou33	tsa42（緊）	tso33	tso33	tsu33	tsu33
餘	以開三	lu55	lui55	lv55 ts'a55	lu55	lu55	dzi33 lu55	lu24 t'a42	lu55	lu35	lu35	lu35	lu35

「滯古彝語層」特殊詞例來源說明：

　　詞例「瓟」即漢語釋義為「黃瓜」，白語此詞例穩定以唇音送氣聲母為音節結構，但在北部語源區之大華，形成與軟顎舌根音互諧的語音[k'v44]；詞例「蹯」語義釋義為「野獸之足掌」；詞例「尾」在白語內部來源有彝語[me55]和漢語[mǐwəi]二音讀；詞例「隔」在白語內部有漢語[kek]、彝語[ka55]和侗水語[qek7]等上古時期三種語音來源，如此亦使此詞例在白語語音系統內呈現小舌音和軟顎舌根音兩種音讀現象；詞例「件」白語詞彙借入漢語用法表示單位量詞之用，同音另有滂母合口一等詞例「鋪」；詞例「吃」在白語詞彙系統內亦有其古本義「嚼」，音讀受到彝語和漢語疊置影響而成；詞例「虎」收錄於唐樊綽《蠻書》內「大蟲謂之波羅」，其音讀上古時期即源自於彝語，現今白語語音內仍保存其用法。

　　白語內部源自於彝語的語音，留存在白語詞彙層內者，普遍在中古時期又再受到漢語的接觸影響而二度產生語音演變，除此之外，受到漢語強勢語言的接觸滲透，源於彝語的詞彙語音在白語整體語音結構內已縮小使用範圍而僅在特定語境內出現；在詞例「刀」則呈現不同的演變形態，白語詞彙語音系統內源自於彝語[ta55]的音，其韻母中古時受到高化影響而由低元音趨向高元音發展，此時，白語又借入漢語內與[ta55]讀音相類的詞例「擔／抬」，並在元音增添鼻化成分表示陽聲韻尾屬性，使得白語[ta55]音讀承載兩種語源，語使用範圍隨著語音擴大而擴大，同例還有詞例「滾」除了彝語層影響外，受到中古時期

漢語音讀影響聲母普遍朝向軟顎舌根音演變，且鍵動元音裂化爲複合元音。

3. 滯古本源詞層

　　透過歷史層次分析法對白語聲母系統解析可知，白語漢源詞內的滯古本源層語音並非停滯不動，其音讀亦隨著各時期的語音變化進行調整；此外，這部分同樣也包括白語自身語言現象與漢語方言接觸後所形成的特殊漢源歸化語音特徵，以此兼顧自身方言的語音特徵及受漢語影響後的變化形式，例如滯古本源詞「天」在白語詞彙系統內即有兩個釋義：第一類表示天文地理類的「天」，第二類的「天」是表示「日子」即今天／明天之「天」，相同現象者在詞例「二」亦然，表示基數時以本源詞例表示，表示序數及月份和十進位詞時則借入漢語音讀表示；「鹽」，在北部語源區形成的聲母變化及其韻母裂化爲複合元音現象即是受到漢語音值的影響所形成的語音變化。

　　表 4-8-15 歸納白語詞彙語音系統內關於滯古自／本源詞層的相應語料例：

表 4-8-15　白語非主體層次的語音概況：滯古本源詞層

例字	中古聲紐	共興	洛本卓	營盤	辛屯	諾鄧	漕澗	康福	挖色	西窯	上關	鳳儀
閉	幫開四	me55	mi55	mi55	mei44	mi35	me24	me55	me35	me35	me35	me35
怕	滂開二	kẽ44 kẽ44	qẽ44 kẽ44	kõ44	kũ44	ke35	kv24	kɤ̃44（緊）	kɤ35 tɕ'e35	kie35	kɤ35	kie35
貓	明開三	mu55	mũ55	mũ55	a55 mi55	ni55 nio55 mi55	a55 ȵi42	ã31	a55	a55 mi55	a55 ni55	a55ni55
慢	明合二	juɯ31	tɕi31	ts'ʅ31 le44	p'i55	k'ua55 luɯ33	p'i42	p'i55	p'i42	p'i42	pi42	pi42
風	非合三	tɕuĩ55	tɕuĩ55	tsue55	pi44	bi33 ʂʅ33	pi24 si42	pĩ55	pi35 ʂʅ35	pi35 si35	pi35 ʂʅ35	pi35si35
問	微合三	tɕue42	dʑua42	tʂua42	piã44	pie44	pia44	piɤ44	piɤ44	pie44	piɤ44	pie44
到	端開一	tɕ'ua42	tɕ'uo42	p'ia42	p'ia44	p'ia44	p'ia44	p'ia44（緊）	p'ia44	p'ia44	p'ia44	p'ia44
多	端開一	ti55	ti55	ti55	tɕi44	tɕi35	tɕi24	tɕi55	mɤ35 tɕi35	me35	tɕi35	tɕi35
低矮	端開四	dʑui33	dʑui33	dʑue33	pi33	pi55	pi31	pi33	pi33	pi33	pi33	pi33
天	透開四	xẽ55 hẽ55	χẽ55	xĩ55	xe55	xe55	xã55	x'ẽ55	xe55	xe55	xɯ55	hi55xi55 ɣi55
痛	透合一	sã42	sõ42	sĩ42	suo42	sʅ21	sṽ31	s'ɯ42	sʅ31 ou31	sʅ31 o31	sʅ31 ou31	sʅ31/o31

字	聲類											
銅	定合一	qã33	qõ33	qã33	tõ42	gɯ21 də21	tṽ31	tõ21（緊）	kə33	kie33	kie33	tṽ31
來	來開一	p'ia44	ja44 kɯ44	p'ia44	ɣɯ44	jɯ35	ta42 jɯ24	ɣɯ55	jɯ35	ʑɯ35	jɯ35	jɯ35
回	匣合一	ʈia44	ja44 kɯ44	ja44	jo55	ti31 jɯ35	ja44 k'v33	ja44 te44	nə21 jɯ35	ne21 ʑɯ35	nə21 jɯ35	ja44jɯ35 ta35
人老	來開一	ku33	ku33	kv33	ku33	gu44	ku31	ku33	ku33	ku33	ku33	ku33
茱老	來開一	gu33	gu33	gv33								
藍	來開一	pie42	tɕ'a42	pie42	tɕ'iɚ55	tɕ'e55	lã31 tiã42	na42（緊）	mo55 na55	la21	la21	la21
擺	來合一	de33	ɖe33	dzẽ33	li44	dze33	tsẽ33	lo44 tsẽ33	tsẽ33	tsẽ33	tsẽ33	tsẽ33
六	來合三	fv44 fɯ44	fo44	fo44	fo44 xo44	v42 k'ɔ44	vo42	fo44（緊）	fv44	fv44	fv44	fv44
鹽	以開三	tɕuĩ55	tsuẽ55	tsue55	pie44	pi35	piã24	pĩ55	pi35	pi35	pi35	pi35
鬼	見合三	tsʅ33	tʂe33	tʂʅ33	ko44	qɔ44（緊）	kv44	ko33	kv33	kv33	kv33	kv33 tɕui33
糠	溪開一	ts'õ55	t'o55	ts'ou55	t'io55	tʂ'o55	ts'o55	ts'ãu55	ts'o55	ts'o55	ts'o55	ts'o55
去	溪開三	ŋe44	ja44	ŋa44	a21	ŋe21 su33 sua33	ŋv44	ɣɚ21（緊）	ŋɚ21	ŋie21	ŋɚ21	ŋie21
橋	群開三	gu21	go21	go21	ku21 tsu42	ku21 sɯ33	ku31	ku21 tɕa42（緊）	ku21	ku21	ku21 sɯ44	ku21 se44
件衣	群開三	k'õ55	k'õ55	k'o55	k'ou55	tɕi21	k'o42	k'ãu55	k'o55	k'o55	k'o55	k'o55
件事	群開三	t'e55	t'e55	t'e55	je55	t'e35	lai31	t'e55	t'e55	t'e55	t'e55	jo55
二	日開三	ku33	kv33	kõ33	kou33	kɔ33	kõ44 ɣe42	kãu33 ne44 ɚ55（緊）	ne33	ne33	kou33	kou33
軟	日合三	p'a55	p'a55 ȵi33xũ33	p'a55	p'e55 nou33	p'a55 ȵɔ35	ȵṽ24	p'ɚ55	ȵɯ21	ȵɯ21	ȵɯ21	ȵɯ21
秧	影開三	dzj55	tʂẽ55	tʂʅ55	tsʅ21	dzʅ21	tsi31 tsi33	tsi21	kou44	ko44	tsv44	tsi21
碗	影合一	qe42	qe42	qe42	kei42	ke42 ŋe33	kai42	ke42（緊）	ke32	ke32	ki32	ki32
蘼	曉開一	q'u55 q'ou55	q'v55	q'u55	ko55	k'u55 k'ou55 tʂua42	k'u42	k'u55	ko55	ko55	ko55	ko55
瞎	曉開二	tẽ55	tẽ55	ta55	tã55	te35	tu33	tɚ55	te35	te35	ça35	ça35
姻	匣合一	go33	go33	go33	kou33	qɔ21	ko33	fo55	ko21	ko21	ko21	ko21
園	云合三	çue55	sõ55	çui55	suã55 k'u55	sua35	suã24	suã55	sua35	çua35	çue55	sua35

也	以開三	li55	le55	li55	ji55	ni55	li55	ni55^(緊)	le55 n̠i55	le55 n̠i55	le55 n̠i55	le55/n̠i55
齒	昌開三	tsŋ33 pa44	tɕu33 pa44	tɕu33 pa44	ts'i44 pa44	dʐɻ44 pa44	tsi33 pa44	ts'i44 pa44	tsi33 pa44	tsi33 pa44	tsŋ33 pa44	tsŋ33 pa44
吹	昌合三	p'v55	p'ũ55	p'ɯ55	p'ɯ55	p'ɯ55	p'ɯ42	p'ɯ55	pɯ55 p'ɯ55	pɯ55 p'ɯ55	pɯ55 p'ɯ55	pɯ55 p'ɯ55
是	禪開三	dʑo33	ɖõ33	dʑo33	tsa33	tse33	tse33	tsa33	tso33	tso33	tsɯ33	tso33
妻	清開四	v33 ji21	nv42 ne42	ve42 ni42	vɯ33 ti33	v44 ɕi55 k'e33	vo33 n̠i21	vo33	n̠iu35 mɔ33	n̠o35 mɔ33	v21 tɯ21	n̠iu35 mɔ33
拴牛	清合三	qu55	qu55	kɯ55	lau55	ba21	pã31	fo31	fv31	fv31	fv31	v31
想	心開三	mi33	mi33 sue33	mi33	jĩ33	mi33	mi33	mi33	mi33 k'a31 ɕa31	mi33	mi33	mi33 k'a31
撕	心開四	p'e55 tɕ'yi55	p'e55 tɕ'yi55	p'e55	p'ei55	p'e55	p'e42	p'e55	p'e55	p'e55	p'e55	p'e55
捉	莊開二	ka44	qa44	qa44	kɚ44	qe33	ka44	kɚ44	kɚ44	ke44	kɚ44	ke44
插	初開二	ts'a55	t'ia55	tɕ'ia55	pi44	pe42 tse35	pi24 to24 ts'a24	pe42 ts'a55	pe42 ts'a55	pe42 ts'a55	pe42 ts'a55	pe42 ts'a55
插鞍	初開二	fu55	fo55	fo55	f'o55	fv55	fo42	f'o55	fv42	fv42	fv42	fv42
晒	生開二	xa42	qo33	xou33	x'õ21	kɔ21 gɔ21 xɔ21	xɔ33	x'au31	xɔ33	xɔ33	xɔ33	xɔ33
晾		sõ55	sõ55	sue55	xɯ33	sɔ55	xɔ33	s'ãu55	sou55	so55	sou55	sou55
欠債	----	ve33	bu33	ve33	vu55 tsa55	tʂ'a33	ts'a42	ke33	ts'a55	ts'a55	ts'a55 vv33	ts'a55
乳房	----	ba42	pã42	pa42	nõ33	pa21	pa44	pa42^(緊)	pa42	pa42	pa42	pa42
男陰	----	du33	dv33	du33	tu33	du33	tu33	tu33	tu33	tu33	tu33	tu33
女陰	----	tɕui44	tɕui44	pi44	p'i44	bi33	pi44	pi44^(緊)	pi44	pi44	pi44	pi44
租佃	----	k'v42	p'o42	p'ɯ42	p'ɯ42	k'v42	po24 ço24	p'ɯ42	pɚ21 çou44	pɚ21 ço44	pɚ21 çou44	pɚ21 çou44

「滯古本源詞層」特殊詞例來源說明：

　　表內標示「----」詞例在白語詞彙系統內以雙音節聯綿詞性質表示，如「乳房」、「男陰（或可表示屌即鳥之音）」、「女陰（此詞在《說文》內在乀部以「也」表示）」，屬於白語本源詞屬性，於此不標示其漢語聲類；較為特殊者為詞例「租佃」，此詞音讀屬白語借租佃抽象「剝削」語義為音讀，即將租佃視為一種剝削行為，現今白語少見早期用法，普遍以直接音譯漢語借詞音讀為主；

詞例「來」和「回」之中古聲類雖不同，但在白語語音系統內兩詞例之音讀相類同，因此置於同處對應，「回」現代白語亦借入漢語音讀[xue21]表示。

詞例「閉」在白語詞彙系統內的賓語專指「閉『嘴』／『眼』」，雖然其音讀類同「眯[mi55]」，但用法有其釋義特色。詞例「貓」屬於擬聲及擬其外型而表示其音讀的詞例，在洛本卓除了表格內語音外，早期擬其外型如同小老虎表示音讀[xua55 lo21]。詞例「吹」在白語詞彙系統內較爲特殊，此詞例是借源漢語古本詞義來表示音讀的「以義領音」現象。白語釋義爲「吹」的音讀實爲借漢語上古語義滂母開口三等「漂」字而來，今義「吹」借入時間晚於語音，「漂」字同「飄」語義表示「吹／使飄蕩」，白語先借音後再借入「使漂」的動作隱喻義，形成音義不同步借入的情況，而此字在上古時期借用後並表示本源現象，然而，在白語南部語源區之洱海周邊四語區，其將表示上古本義的「漂」和中古後借入語義「吹」的語義同源詞例以聲母送氣與否表示，將送氣者表示中古借入的語義「吹」，不送氣者表示上古時期古本義「漂」，其餘各地則未有區辨。

詞例「藍」在白語詞彙語音系統內可以觀察語義的發展對語音的影響，白語在滯古本源層以「青」或「碧」表示現代漢語顏色詞「藍」，隨著「藍」的語義借入後，逐形成古音用法和現代音用法兩者並存的語音現象；詞例基數「六」在白語語音系統內亦有釋義爲「腹／肚」，屬於近現代時期漢語借詞例；詞例「銅」在白語詞彙語音系統內以「鋼」表示，諾鄧語區之音讀與彝語[gɯ21]相類。

詞例「老」在白語詞彙系統內表示形容「食物之老」和「人年紀之老」兩種語義，兩語義的區辨主要以軟顎舌根音清濁對立表示，以軟顎舌根濁音表示「食物之老」主要在白語北部語源區仍保留，南部語源區則已然清化；白語整體語音系統表示「人之老」時則都以軟顎舌根清音表示。詞例「六」在白語詞彙系統內亦與釋義爲人體器官「腹／肚」同音節結構，且表示「腹／肚」時，在辛屯白語亦有[xu44]音讀。詞例「薅」在白語詞彙系統內表示「薅草」義，釋義爲「除草」，單字具有除去／拔除之義；詞例「姻」釋義爲「愛戀不捨」，爲白語上古時期借入成爲本源詞時所借入的古本義，隨著中古時期語義逐漸擴展後，其釋義改稱富並與愛以相同音讀表示。

詞例「也」甚爲特殊，此詞屬於白語上古時期借入漢語古本義並以其爲音讀之例，「也」字《說文》本義做「女陰，從乁，象形，乁亦聲，從乁者、流也，

羊者切。」白語借入後採用流之來母音讀及者之韻母音讀成其字音，其語義受現代漢語影響，在句型內依語境做副詞使用。莊母詞例「債」和溪母詞例「欠」在白語詞彙系統內用以表示雙音節「欠債」語義，或以單音節動詞「欠~」表示，而動詞「欠」後所接賓語主要為「債／錢」。

　　白語以義領音又以音記義表現其白漢對音的層次語音特徵，並透過詞彙擴散趨動語音擴散，其同源層音變和異源層音變受漢語深度接觸，及地域和語域音變影響，使白語語音系統呈現層層疊置的複雜語貌。

貳、早期白語聲母擬測概況

　　關於白語聲母的歷史語音層次演變分析部分，筆者仍要就其早期的語音系統進行論述。本文研究雖然不以擬測早期白語音系為要務，但是，在分析白語內部關於漢語借詞的歷史層次演變時，對於早期白語音系擬測仍有其適要性。其原因在於，由於白語在借用漢語的過程中，不僅受到漢語的影響，即語言接觸下所產生的借用干擾語音演變現象，於此同時，自身保存在底層的滯古語音系統，亦會對新興借入的漢語詞彙音讀產生接觸變異作用，這種情形即屬於語言接觸下的底層干擾，又可稱之為轉換干擾。依據西方語言學研究學家Thomson&Kaufman 及曾曉渝援用相關理論研究水語內的漢語借詞，甚或同源詞的層次研究可知〔註85〕，借用干擾和底層干擾分別作用於詞彙語義及語音部分，如此一來，針對早期白語音系的擬測，遂有助於認識早期上古時期白語內部漢語借詞音讀之所以然，而這些上古時期的漢語借詞，或與近現代新興漢語借詞交互作用，也或與滯古底層漢語借詞形成層層疊置現象。

　　針對早期白語聲母系統構擬，筆者研究採用歷史比較的方法分析白語詞彙，確立音類演變的分合關係後，由此對白語聲母系統的歷史演變情況作出構擬，構擬即是針對早期白詞音類賦值，賦值後所呈現的早期語音系統，便是整體歷史層次分析研究最直接且直觀的成果狀況。構擬白語聲母系統的歷史演變情形時，依循Campbell 所言（此處徵引於汪汝會文內說明）和曾曉渝對於水語

〔註85〕 曾曉渝：〈水語裡漢語借詞層次分析方法例釋〉《南開語言學刊》第 2 期（2003 年），頁 20～34、〈論水語裡的近、現代漢語借詞〉《語言研究》第 2 期（2003 年），頁 115～121；Sarah Grey Thomson and Terrence Kaufman Language Contact, Creolization, and Genetic Linguistics, University of California Press（1991）。

研究之方法進行賦值：〔註86〕

（1）構擬音值符合基本音理，換言之即說明所構擬的音系要均衡並且貼近自然語言，不違逆語言類型學所闡發的人類語言共性原則。

（2）構擬音值要能解釋接觸後的各項語音演變和音變規則要求，不僅在語音條件上說明不同語音形式產生的原因，更在音變規律上賦予不同形式。〔註87〕

在此基礎上，針對白語早期聲母型態進行構擬，相關聲母擬測音值現象，以表4-8-16做為說明，需特別說明的是，本表內的發音部分，主要依據現代白語聲母系統進行分類解構：

表4-8-16 早期白語聲母系統構擬

發音部位	現代白語	近（現）代時期	中古（中）晚期	中古早期	上古時期	備 註
唇音組	p	p	p tɕ/ts k	p	p	單調 中古中晚期受到韻母影響而在聲母部分產生塞擦化和顎化作用，古來源部分來自於： *piw-/*kw-/*kp-
	p/b	p/b	p/b tɕ－dʑ ts－dz/dʐ k－g t－ɖ	b	b	雙調：清濁音並存，並母 古來源部分來自於： *piw-/*kw-/*gw-/*kb-/*gb- *tri-/*dri-
	p'	p'	p' tɕ'/ts' k'－g'	p'	p'	中古中晚期受到韻母影響而在聲母部分產生塞擦化和顎化作用，古來源部分來自於：*p'iw- 語義引申鍵動聲母產生變化： *g'w-/*k'w-/*k'p-
	m	m	m p－b v	m	m	雙調 古來源一部分來自於：*pv-/*bv-/ *mb

〔註86〕汪汝會：《原始緬語的重構》（北京：北京大學碩士論文，2013年），頁28。

〔註87〕曾曉渝：〈水語裡漢語借詞層次分析方法例釋〉《南開語言學刊》第2期（2003年），頁20～34、〈論水語裡的近、現代漢語借詞〉《語言研究》第2期（2003年），頁115～121

m	m	hm n̥	hm	hm	單調 古來源一部分來自於：*mi-/*mj-
f	f	pj/pi	pj/pi	pj/pi	古來源一部分來自於：*hw-/*pj-/ *kw-/*w- 現代漢語借詞輕唇音聲母：非母字
f'/f	f'/f	f'/f	f'	f'	古來源於擦音送氣
v	v	v	v	v	單調 古來源一部分來自於：*hw-/*bi-/ *bj-/*kw-
v	v	v z/z̩ dʑ	v	v	雙調 古來源一部分來自於：*bri/*brj
舌尖中音組 t	t	t tɕ ʈ－ɖ	t	t	單調 古來源一部分來自於：*ti-/*tj-/ *tri-/*dri-
t/d	t/d	t/d tɕ－dʑ	t/d	t/d	雙調 古來源一部分來自於：*ti-/*tj-
t'	t'	t'/ʈ' tɕ'	t'	t'	古來源一部分來自於： *t'i-/*t'j-/*t'ri-
n	n	n/n̥	n	n	雙調 古來源一部分來自於：*ni-/*nj-
n	n	hn	hn	hn	單調 古來源一部分來自於：*ni-/*nj-
l/n	l/n	l/n	l/n	l/n	雙調：和舌尖鼻音相混
l/n	l/n	hl/n	hl/n	hl/n	單調：和舌尖鼻音相混
過渡 ts/tʂ	ts/tʂ	t/ʈ tɕ tʂ	t/ti	t	單調 古來源一部分來自於：*ti-/*tj-/ *t'ri- 受藏緬語音值：*st-來源影響
ts dz̩	ts dz̩	d/di/ti ʈ－ɖ dʑ	d/di/ti	d	雙調 古來源一部分來自於：*ti-/*tj-/ *di-/*dj-/*t'ri-/*d'ri- 受藏緬語音值：*sb-來源影響
ts'/tʂ'	ts'/tʂ'	t'/ʈ' tɕ' tʂ'	t/t'i	t	單調 古來源一部分來自於：*t'i-/*t'j-/ *t'ri-
舌尖前音組 ts tɕ	ts tɕ	ts tɕ	t	t	單調 古來源一部分來自於：*ti-/*tj-
ts－dz tɕ－dʑ z ts'/tɕ'	ts－dz tɕ－dʑ z ts'/tɕ'	ts－dz tɕ－dʑ z	t	t	雙調 受現代漢語借詞影響出現送氣

	ts'/tɕ'	ts'/tɕ'	ts'/tɕ'	t'	t'	古來源一部分來自於：*t'i-/*t'j-
	s'/s ɕ'/ɕ ʂ	s'/s ɕ'/ɕ ʂ	s'/s ɕ'/ɕ ʂ	s'	s'	單調 擦音送氣之演變整併 古來源一部分來自於：*si-/*sj-
	s—z ɕ ʐ	s—z ɕ ʐ	s—z ɕ j ʐ	s'	s'	雙調
	s'/s/ɕ'/ɕ	s'/s/ɕ'/ɕ	ʃ'/s/ɕ'	ʃ'	ʃ'	齦後擦音：併入舌面、齒齦擦音
	ʂ	ʂ	ʂ'/ʂ	ʂ'	ʂ'	翹舌擦音
	ts/tʂ	ts/tʂ	ts/tʂ—dʐ	t	t	現代漢語借詞聲母
	ts'/tʂ'	ts'/tʂ'	ts'/tʂ'	t	t	現代漢語借詞聲母
舌面前音組	ts/tɕ tʂ	ts/tɕ tʂ	ts/tɕ tʂ	t	t	單調
	ts tɕ—dʑ tʂ—dʐ	ts tɕ—dʑ tʂ—dʐ	ts tɕ—dʑ tʂ—dʐ	t/d	t/d	雙調
	tɕ'	tɕ'	tɕ'	t'	t'	
	ɕ'/ɕ	ɕ'/ɕ	ɕ'/ɕ	ɕ'	ɕ'	舌面擦音送氣之演變整併
	ȵ/j	ȵ/j	ȵ/j	nj/ni	ɣ nj/ni	單調
	ȵ̥	ȵ̥	hȵ̥	hnj/h ni	hnj/h ni	單調
	ȵ/j	ȵ/j	ȵ/j	nj/ni	nj/ni	雙調
	j	j	j	j	j	單調
	j	j	j	j	j	雙調
	j	j	j	ʔj	ʔj	單調
舌根音組	k	k	k tʂ	k	k	單調 古來源一部分來自於：*kw-/*ki-/*kj-
	k/g	k/g	k/g tʂ—dʐ ts—dz	k/g	k/g	雙調 古來源一部分來自於：*kw-/*gw-/*ki-/*kj-/*gi-/*gj-
	k'	k'	k'	k'	k'	單調 古來源一部分來自於：*k'w-
	ŋ	ŋ	ŋ	ŋ	ŋ	單調 古來源一部分來自於：*ŋw-
	ŋ	ŋ	hŋ	hŋ	hŋ	單調 古來源一部分來自於：*hŋw-

ŋ n̠/j	ŋ n̠/j	ŋ n̠/j	ŋ m	ŋ m	雙調 古來源一部分來自於：*ni-/*nj-/ *mw-
ɣ/ʔ	ɣ/ʔ	ɣ/ʔ	ɣ/x	ɣ/x	雙調
ʔ	ʔ	ʔ	k/g	k/g	
ç/x	ç/x	ç/x	x	x	古來源一部分來自於：*si-/*sj-
x′/x	x′/x	x′/x	x′	x′	軟顎擦音
小舌 音組 q/k	q/k	q/k	q/k	q/k	單調 古來源一部分來自於：*qw-
q/k	q/k	q/k	ɢ/q/k	ɢ/q/k	雙調 古來源一部分來自於：*ɢw-
q′/k′	q′/k′	k′/q′	q′/k′	q′/k′	單調 古來源一部分來自於：*q'w-
x	x	x	χ/x	χ/x	
ŋ	ŋ	ŋ	ʁ	ʁ/N	雙調
聲門 音組 ʔ	ʔ	ʔ	ʔ	ʔ	單調 古來源一部分來自於：*ʔw-
x	x	x	x	x	單調 古來源一部分來自於：*h-/*hw-
ʁ/ɣ	ʁ/ɣ	ʁ/ɣ	ʁ/ɣ	ɦ	雙調

透過表 4-8-16 針對白語早期聲母的構擬現象，其內容主要說明以下 3 點意義：

（1）早期白語的全濁聲母約莫於中古中晚時期展開清化的語音演變現象，全濁聲母產生清化作用後，主要以不送氣的發音方式呈現。因此在重構時，需先設想上古時期的漢語全濁聲母借詞，今讀清聲母當屬晚期才形成清化。

（2）早期白語送氣聲母為後起，受到漢語借詞影響逐漸形成。

（3）早期白語語音形成來源與藏緬語具有相當關聯性。

由此構擬現象得知，白語聲母系統的層次演變甚為複雜，其歷史層次具有內衍和外累兩種情形，在內衍方面，主要受到語音結構本質、系統內部結構彼此拉扯和自身同質結構所形成的時間演變層次；外累方面則無法擺脫語言接觸造成的接觸競爭影響。受到語音演變不平衡干擾，使其語音系統內部演變速度不一致而產生詞彙擴散現象，因詞彙擴散進而產生滯後音變等例外音變現象，即主體語音層外的非主體現象，此種演變現象是不同時間層次上的疊置，也是

同層次上的疊置所產生的異讀現象；這種疊置所造成的異讀現象皆有其誘發的音變條件，白語聲母即在聲母與韻母介音不同的搭配條件下形成諸如：顎化舌面音、塞擦音化、翹舌化及擦音化等聲母形式，或受到雙調影響而產生濁輔音聲母，而此種演變伴隨著也影響韻母主元音的裂化或高化。

　　透過結構主義語言學分析白語聲母系統的歷史層次，主要表現音節結構內的時間層次疊置現象，促使其產生語音演變的條件與音理結構、生理機能、語音結構本質及語音系統內部結構彼此拉扯誘發的音變有關，更重要的影響關鍵即是語言接觸後形成的接觸競爭，在物競天擇的原理下進行整合與分化，例如白語聲母系統之擦音送氣現象，因接觸競爭使內在語音結構產生變化，白語滯古語音現象具有送氣成分，由於漢語擦音並不具送氣現象，接觸競爭後形成擦音不送氣及少數語源區仍保有滯古擦音送氣現象等兩種語音現象，此種演變的整合與分化在白語中古中晚期甚為顯著，例如[t]音類分出[ts]音類、[ts]音類受到顎化作用而分出[tɕ]、翹舌化[tʂ]，受到語音脫落弱化作用影響而形成擦音[s]等，即古漢語聲類端母分出知母，知母受顎化作用影響而產生舌面音讀等語音現象，同樣的語音演變亦發生在軟顎舌根音[k]見系內，使得軟顎舌根音[k]見系和舌齒音在白語語音系統內呈現豐富多樣且複雜的語音來源屬性。

第九節　小　結

　　本章主要針對白語聲母系統的歷史層次演變概況進行探討，白語語音系統呈現大規模的變化，主要結合歷史層次分析及延伸而出的主體層次探討可知，白語漢源詞主體層次大致在中古中晚期 B 層約莫唐代中晚期肇始，即白語族南詔大理時期大量借入，此時期的語音變化甚為動盪，直到近現代民家語時期，仍吸收官方韻書的語音現象進行演變，且白語聲母所呈現出來的語音演變形態，亦可與元代民家語時期的等韻門法相互對應。

　　本章依據宋代韻書《四聲等子》的安排並配合白語聲母的發展進程，首先就滯古小舌音展開說明，進而從軟顎舌根見系分析相關層次演變現象，並從舌根與唇音的通轉互諧的喉唇通轉概念，分析唇音幫非系和受到韻母條件制約影響，齒音化作用下產生的清濁唇齒擦音[f]－[v]展開討論，隨著白語語音呈現的舌齒音多元語音形態，因而將端系拆解成鼻音「泥來」及日娘母一系，與端系開展的舌齒音一脈展開說明並論及層次演變，舌齒一系的層次演變脈絡，受到

聲母和介音及聲母本身遺存的複輔音現象，從內源和外源的接觸影響，展開顎化作用的系列影響，唇音和舌根音齒齦化的現象，在白語語音系統內甚爲顯著，齒齦化後再經由語音的弱化與脫落機制，使得白語語音系統內重要的「擦音」隨之因運而生，在與塞擦音發展不平衡的情況下，擦音產生了游離不定的特殊狀況，也因爲端系承載了舌齒音一脈的演變發展，因此形成依中古韻圖而言，四等皆具足的語音特徵，此外也說明喉音「曉匣」母和「影母、喻母」的語音現象，在零聲母方面具有增音去零化的語音現象，也有脫落音節的零化現象。

　　本章進一步還透過聲母系統的歷史層次架構，依據每個中古音類在現代白語內對應最多的音讀現象，將其歸屬於該音類的主體層次原則，將白語聲母區辨出主體層和非主體層的語音概況，在區辨兩者的同時，並兼顧現代白語自身語音系統的音系表現，且各音類的主體層次彼此間要能構成一個確實的音系結構；此外，判定主體層次的歷史時期時，在上古音部分主要依據先秦時代的漢語音讀、中古音部分主要依據《切韻》時期的唐音官話，近代音部分主要依據元代《中原音韻》和本悟《韻略易通》，透過各別音類的主體層次音讀與各時期相應的主要音讀相對應，依此推斷主體層次的聲母借入白語語音系統內的大致時代。透過歷史層次分析白語聲母系統可知，白語聲母系統的語音特徵，主要在結構和演變有其規律的異質有序作用下，透過離散式、連續式和疊置式音變模式進行整合與分化的層次演變機制。